EL CRIMEN DEL LICEO

Barcelona, 1909

El crimen del Liceo. Barcelona 1909

© 2020 Fernando García Ballesteros

© de esta edición: Libros de Seda, S.L.
Estación de Chamartín s/n, 1ª planta
28036 Madrid
www.librosdeseda.com
www.facebook.com/librosdesedaeditorial
@librosdeseda
info@librosdeseda.com

Diseño de cubierta: Nèlia Creixell
Maquetación: Nèlia Creixell
Imágenes de cubierta: © Photo world/Shutterstock (rubí); © Deborah
Pendell/Arcangel Images (puerta)

Primera edición: febrero de 2020

Depósito legal: M-39497-2019
ISBN: 978-84-17626-09-9

Impreso en España – Printed in Spain

Fernando García Ballesteros

EL CRIMEN
DEL LICEO

Barcelona, 1909

Libros de seda

Bases o condiciones bajo las cuales esta Sociedad admitirá socios de números para el Baile de Máscaras a Beneficio de los damnificados por el terremoto de Sicilia y Calabria que en su local tendrá lugar el 23 de febrero próximo.

1ª El socio recibirá un título que deberá presentar en referendo en cuyo acto le será entregado un billete de caballero y dos de señora mediante el pago de 8,5 pesetas.

2ª Se admitirá a todas las personas que se respeten con máscara o sin ella, con tal de que vayan decentes y que los disfraces no imiten trajes de magistratura, religión, orden militar, ni uniforme. No se tolerará que se disfracen hombres de mujeres, ni mujeres de hombres y a cualquiera que contravenga esta norma se le expulsará del baile por primera providencia, reservándose la Junta de Gobierno el derecho a expulsar del local a cualquier persona por sus modales.

3ª No se tolerará que se haga ruido con campanas, trompetillas u otros instrumentos, ni que se den vueltas violentas que puedan causar daño, ni que se baile de manera que ofenda la decencia, ni con posiciones o figuras indecorosas.

4ª Los palcos de los que se puede disponer se reservarán a los señores abonados. Los sillones de anfiteatro y tercer piso quedarán a disposición de la concurrencia; y los pisos cuarto y quinto quedarán cerrados.

5ª Queda prohibido tirar serpentinas o confeti.

6ª Se repartirán ocho valiosos premios a los mejores disfraces.

Barcelona, febrero 1909
Por A de la J. de G. El vocal secretario Arturo Bulbena.

El asesino cumplió escrupulosamente con las bases del baile.

CAPÍTULO 1

E l inspector Ignasi Requesens no pudo evitar traspasar las puertas del Salón de los Espejos, llamado también «el Vergel», con la sensación de que estaba cometiendo una trasgresión grave y vergonzosa. Las risas y los murmullos del gentío se entremezclaban con el susurro de la seda de las faldas sobre el suelo de mármol. En el fresco del cielorraso un melancólico Apolo, sentado en su trono, miraba la fuente de Castalia, donde una ninfa amada había muerto ahogada tiempo atrás y donde las nueve musas de las artes acomodaban los pliegues de sus túnicas de colores. Bajo aquel olimpo parnasiano, algunos hombres fumaban distraídamente apoyados en columnas de mármol recubiertas de bajorrelieves de figuras mitológicas, grifos y arpías, mientras remolinos de mujeres circulaban con un detenimiento calculado para no perder ninguna oportunidad de observar y ser observadas. A veces los ojos sonreían y otras eran púdicamente apartados, aunque las máscaras ayudasen a que las miradas se retuvieran, conscientes del falso anonimato, pues todo el mundo a pesar de los disfraces sabía quién era quién y a cuánto ascendía su renta. Aquí y allá algunos grupitos se habían desgajado de la multitud y charlaban sentados en divanes anaranjados, a medias conscientes de que la extraña sonoridad de aquel lugar lograba que al inspector Requesens le llegaran ráfagas de conversaciones provenientes del otro lado del salón.

—Va vestida de faraona porque con tanta sombra de ojos disimula astutamente las patas de gallo.

Pequeñas risas, pequeñas mezquindades que a Requesens le molestaban tanto como esquirlas de cristal en los oídos, pero a las que debía prestar atención porque sabía que reflejaban una sinceridad descarnada y en ocasiones le habían resultado útiles para esclarecer una investigación encallada.

A un lado del salón, las puertas daban acceso al segundo piso del restaurante del Café del Liceo, donde se habían dispuesto gran cantidad de mesas con todo tipo de viandas y manjares. Al otro lado, las puertas del Círculo del Liceo también permanecían abiertas, pero un par de porteros con vistosas libreas blancas evitaban que accediera cualquier persona ajena a aquel grupo de selectos caballeros. Cómo podían reconocer quién formaba parte y quién no de aquel exclusivo club bajo aquellos disfraces era algo que al inspector se le escapaba.

Era la primera vez que Requesens entraba en el Salón de los Espejos a pesar de que había acudido numerosas veces al Liceo. Y es que las únicas entradas que su mujer y él podían permitirse correspondían a las butacas de los pisos superiores, al cuarto y quinto, desde los cuales tenían prohibida la entrada al resto del teatro. No era posible mezclarse ni siquiera en el vestíbulo, ya que tenían que acceder al teatro por una entrada pequeña y lóbrega en la calle de Sant Pau. La diferencia de clases en el Liceo implicaba una separación física tan absoluta como la de las diferentes castas en un templo hindú. Por ello, mientras hacía aquella ronda, la sensación de ser un intocable en un lugar del templo que no le correspondía no abandonó a Requesens en ningún momento.

Salió del Vergel y se acercó de nuevo a platea. Las butacas se habían cubierto con un piso de madera que servía de pista de baile. Oleadas de máscaras y vestidos se movían y agitaban bajo una doble hilera de arañas de cristal. Nadie se encontraba obligado a bailar y a menudo era mayor el número de gente que charlaba, reía y se asomaba desde los palcos que quienes danzaban. Los palcos del primer anfiteatro quedaban al alcance de la mano y los bailarines tenían la sensación de moverse elevados en el aire. Requesens reconocía que había una gracia inesperada en ellos. Donde debería encontrarse el foso de la orquesta se había dispuesto un servicio de bebidas atendido por los ceremoniosos camareros del Café del Liceo. Trajeados con frac negro y chaleco blanco, se les veía pasear con bandejas en la mano, atareados, haciendo malabarismos para servir las bebidas incluso en palcos y antepalcos.

La orquesta tocaba un vals ruso, *Las colinas de Manchuria*, animando el baile desde un cuerpo saliente de la galería del primer piso, engalanada con guirnaldas de flores. Se había contratado para la ocasión un gran número de cornetas y tambores, lo que le daba un aire de banda militar a la solemne rectitud sinfónica de la orquesta.

Hubo un receso, una bulliciosa quietud antes de que alguien pidiera que tocaran otro vals, y quienes deseaban bailar permanecieron expectantes ante la decisión del director, que no era el mismo que dirigía habitualmente la orquesta sino uno italiano, más brioso y que sabía ganarse al público con sus ademanes teatrales. La orquesta empezó a tocar un rigodón, una animada contradanza, *El hermoso polaco*, de Musard.

Los palcos rebosaban de gente que miraba aquella función del Gran Teatro del Mundo. Desde uno de ellos, una mujer vestida de ninfa había deshecho la corona de rosas que adornaba su cabello y lanzaba sus pétalos a la pista, realizando figuras traviesas en el aire; estos eran recibidos entre risas por los bailarines, que intentaban capturarlos con manos ávidas.

Requesens observaba aquella vorágine con un distanciamiento no exento de cierta cautela. Le había sido encomendada la seguridad de aquel baile por el Jefe Superior de Policía, el señor Enrique Díaz Guijarro. El inspector había sido considerado desde el primer momento como el hombre ideal. Era discreto, sabía guardar las formas, sus rasgos resultaban a primera vista algo severos, aunque agradables, y cada uno de ellos parecía revelar una cualidad de su carácter: honradez, fortaleza, justicia y paciencia, así como ciertas ideas abstractas sobre trabajo y progreso. Su presencia había sido notificada a Carcasona, el gerente del teatro. Ambos hombres habían hecho buenas migas y se saludaron cuando se toparon el uno con el otro por casualidad, ambos vestidos con trajes negros de confección, de menestral, una pequeña máscara a modo de disfraz y cierta incomodidad por verse obligados a estar allí.

No había policías ni municipales que acompañaran a Requesens. La seguridad del Liceo estaba garantizada por los porteros de cada planta y por los acomodadores y mozos, varios de los cuales dormían en el propio teatro, en unas habitacioncitas del último piso, y que aquella tarde de domingo hacían un extra como el propio Requesens.

Mientras caminaba por el corredor de platea se topó con el apuntador, que se llamaba Jaume aunque todo el mundo le llamaba Lo

Jaumet, con el artículo incluido porque su catalán era de Lérida y hablaba con el «lo» por delante, aunque él siempre hubiera vivido en Barcelona. Era un individuo menudo, de edad indefinible, ligeramente encorvado, algunos incluso decían que parecía hecho así para que cupiera en la concha del Liceo. Iba vestido de arlequín, un disfraz de lo más apropiado para él. Al verle uno tenía la sensación de hallarse ante un bufón, pero pocos sabían que, como los bufones shakesperianos, tenía una de las mentes más preclaras, inteligentes y cultas que había en el teatro. Iba acompañado de un hombre alto que parecía darle el contrapunto, como si fueran una pareja cómica, disfrazado de una manera ambigua que tanto podía ser de bruja como de mago del medievo. Su disfraz era de un lila subido de tono y llevaba un báculo y un sombrero de tres picos. Se llamaba Manolo Martínez y era el regidor del Liceo.

Requesens siguió la ronda por el corredor del primer piso, que daba acceso a los antepalcos. Las puertas estaban abiertas y dejaban ver a hombres que jugaban a las cartas, puros humeantes, voces roncas que recorrían octavas completas de ambiciones masculinas satisfechas. Si lograban un buen tanto se palmeaban los unos a los otros y se recolocaban sin disimulo sus partes. Se oía hablar sobre negocios, sobre los minerales del Rif, los telares húngaros, el envío de armas a Serbia, la Compañía del Norte... Todo parecía ser válido en aquellos palcos inviolables.

A medida que Requesens se acercaba a los palcos de proscenio, conocidos como «las bañeras», los más exclusivos, los más cercanos al escenario y que parecían volcados sobre la orquesta, los disfraces se tornaban más excéntricos, las alhajas más pesadas y las risas más seguras de sí mismas. Los palcos se acababan de remodelar y los adornos de pan de oro trepaban como una hiedra dorada que refulgía a la luz de las lámparas en forma de dragón. Allí la visibilidad era una cuestión cuanto menos delicada, ya que desde el primero y el segundo se perdía la visión del interior del escenario y desde los más altos apenas se podía distinguir nada. Pero nada de ello importaba, porque al fin y al cabo quien disponía de aquellos asientos deseaba ser visto más que ver, mostrarse, verse admirado, porque resultaba imposible asistir a una función y que la mirada no se dirigiera a observar a quien allí tan regiamente se hubiera sentado.

En el Liceo no había palco real. Tras el incendio de 1861 una comitiva de prohombres que formaban parte de la Sociedad de Propietarios y eran los dueños, las familias que con su dinero habían levantado el Liceo, se había entrevistado con la reina Isabel para conseguir fondos con los que restaurar el teatro. La Reina se preguntó para qué quería ella un palco en una ciudad tan alejada y que apenas visitaba, y no contribuyó a sufragar con ningún real su reconstrucción. Muchos afirmaron que era mejor así, pues de este modo no se habían visto obligados a introducir una asimetría en aquella perfecta herradura de oro y terciopelo rojo.

Pero, aunque oficialmente no hubiera ningún palco real, ello no significaba que no hubiese ningún palco dotado de esa aura de poder. Y el palco al que todos anhelaban ser invitados era el de Victoria, condesa viuda de Cardona y, por derecho propio, baronesa de Ribes y señora de Fluxà. Su palco era el segundo de proscenio, el de la izquierda, y había pertenecido durante generaciones a la antigua y venerable familia de los barones de Albí, hasta que, extrañamente, había sido vendido a Victoria en una operación que había levantado todo tipo de rumores, conjeturas e incluso objeciones.

Requesens era consciente de que se acercaba a aquel poder como un insecto hacia una flor exótica cuyo olor dulzón resulta atrayente y peligroso a la vez. Había otros antepalcos, como el de los López Bru, marqueses de Comillas, pero en ninguno de ellos se registraba el ir y venir, la frenética actividad y la sensación de hallarse en una audiencia. Durante una pequeña algarada, alguien salió, alguien entró y en menos de lo esperado Requesens, un hombre que había lidiado con criminales y proscritos, veterano de la guerra de Cuba, se vio de repente atrapado en el interior de aquel antepalco. Cabían perfectamente una veintena larga de personas, pero lo que más le llamó la atención fue el olor del lujo, aquella mezcla procedente del espesor del terciopelo, los habanos, el burbujeo del champán y el almidón de cuellos y puños primorosamente planchados. Nadie le dijo nada, pero una copa fue depositada en su mano como por azar. Requesens no la probó, aunque la sujetó distraídamente como había visto hacer a algunos hombres en el Vergel y se dedicó a observar.

Allí se encontraba la condesa de Sert, vestida de dama antigua y adornada con unas esmeraldas que refulgían con el subir y bajar de su pecho ante un comentario maldiciente sobre la marquesa de Torroella de Montgrí, disfrazada de Ana de Austria. Isabel Llorach iba vestida de hechicera de Oriente; la marquesa de Alella de baraja francesa y su sobrina de napolitana; la señorita de Castelldosrius, de mosquetera; las señoritas de Ferreter iban respectivamente de gitana y de cracoviana; la señora de Torres de rica labradora catalana y su hija de Ceres; la señora de Rogent, de campesina ucraniana; la señora marquesa de Segarra, de aldeana calabresa; las cuatro señoritas de Fonollar, de dama antigua, de mallorquina, de aldeana de Portici y de pastora; las señoritas Sarriera y de Milans, de griegas, y la señora de Dalmasses, de polaca.

Pero nadie, nadie, podía compararse con Victoria, condesa viuda de Cardona. Iba vestida de Catalina de Rusia. La diadema y la gargantilla que lucía habían pertenecido efectivamente a tan insigne personaje.

Entre los hombres había mayor variedad si cabe. Caballeros de la corte de Isabel de Inglaterra y de Francisco I, figuras de Enrique II, de Caballero del Sol y de dux de Venecia se alternaban con hugonotes, puritanos y templarios, postillones franceses, caballeros de Luis XVI, árabes, marineros napolitanos, cancilleres, pintores italianos, antiguos colegiales de beca de la ciudad de Sevilla y nobles sicilianos. Algunos iban también de capricho, copiados de los figurines de los bailes de la Gran Ópera de París.

Faltaba, sin embargo, Eduardo de Cardona, el hijo de Victoria, a quien en realidad iba dirigida toda aquella munificencia y al que su madre intentaba arrancar del abotargamiento. Eduardo era su heredero y su pasión. Pero todo había sido en balde. Nada parecía lograr rescatarle de su doliente hastío existencial.

A un lado de Victoria estaba Casandra, su hija, con aire de desear estar en otro lugar, vestida haciendo honor a su nombre, de sacerdotisa griega. Miraba a su alrededor como un entomólogo lo haría con una curiosa especie de insecto, curiosa sí, pero ya cien veces vista, analizada y etiquetada.

Y al otro lado de Victoria se hallaba Ernestina Rodríguez de Castro, baronesa de Maldà, vestida de emperatriz de Brasil. Era de naturaleza bondadosa y campechana, y seguramente habría preferido estar sentada en su famoso salón literario de cháchara ligera con algún que otro literato en ciernes. Pero hubiera sido una temeridad, incluso un acto peligroso, rechazar la invitación de Victoria. Y además tenía un cometido secreto que llevar a cabo.

Frente a ellas, la marquesa de Torroella de Montgrí temblaba nerviosa pero animada, saludando con grititos exhalados con urgencia, dando besos en el pelo o en el aire al juntar las mejillas con otras invitadas. En cambio, las bienvenidas de Victoria eran cálidas, la sonrisa luminosa susurraba a las mujeres con un aire de sutil reproche: «Estás preciosa esta noche», guardando con los hombres cierta distancia no exenta de sensualidad, intercambiando confidencias, riendo, llevándose la mano a un escote generoso, apenas cubierto con un tul casi transparente. Victoria tenía cincuenta y dos años, pero su cuerpo parecía animado por el vigor febril de una vestal adolescente. Se decía que era vulgar, orgullosa de su fabulosa prosperidad, aunque nadie negaría que las oscuras circunstancias de su vida y su astucia natural la hacían mejor compañera de conversación que otras personas de moral superior. Se decía que había posado completamente desnuda para Ramón Casas y que el cuadro se hallaba expuesto en un oscuro club de caballeros inglés. Se decía que era una de las personas más ricas de España, y sin duda la mujer más rica de Cataluña. Se decía que sentía un desprecio íntimo por las normas convencionales. Sí, se decían cosas terribles sobre ella y, sí, casi todas eran ciertas, pero la misteriosa autoridad de la belleza y el dinero le otorgaba una placentera inmunidad, y ante aquellas observaciones Victoria levantaba la cabeza, las apartaba con un ligero movimiento de manos que, sin ser en absoluto teatral, era muy consciente de su poder. Aquella fiesta de Carnaval se celebraba bajo la peregrina excusa de recaudar fondos en beneficio de los supervivientes del terremoto de Sicilia y Calabria ocurrido en el mes de diciembre anterior. Sin embargo, todos sabían que el verdadero motivo era mostrar el poder de Victoria.

De ello era muy consciente la marquesa de Torroella de Montgrí, que acababa de mudarse al paseo de Gracia, cerca del palacio de los Cardona, y se mostraba muy ufana de ello.

—Ya ves, querida, seremos prácticamente vecinas —dijo la marquesa a Victoria con un gorjeo de satisfacción—. Gaudí será un santo, pero como todos los santos está un poco loco, vive más allá que aquí. Esa casa que está construyendo para los Milà parece un aparcamiento de... de... Cariño... ¿cómo se llaman esas cosas que vuelan? —preguntó a su marido.

—Dirigibles —dijo Victoria sin mirarla, anticipándose a la respuesta del hombre, que apenas se molestaba en seguir los comentarios de su mujer.

—Sí, eso. Yo creo que mucho mejor su casa, dónde va a parar. Puig i Cadafalch. Eso sí que es un arquitecto.

Un hombre vestido de Pierrot entró en el antepalco. Miró en derredor y de pronto se quitó la máscara. Victoria mantuvo la cordialidad, pero se sentó más erguida si cabe. La gente bajó la voz y todo pareció detenerse un instante. En su rostro de muchacho asomaba la melancolía de quienes han sido heridos.

La baronesa de Maldà contuvo la respiración, sorprendida y aliviada a un tiempo. De buena gana se hubiese levantado y le hubiera abrazado, aunque sabía que en aquel momento era imposible.

Casandra habló por primera vez:

—Ismael...

Y se levantó e hizo ademán de acercarse a él, pero recordó que su madre estaba junto a ella. Requesens pudo observar en su rostro la lucha entre la fraternidad, la simpatía y la obediencia debida.

Ismael también pareció darse cuenta y sin querer ponerla en un apuro dio un par de pasos atrás y se despidió realizando una reverencia. La baronesa de Maldà dijo con voz caritativa:

—Al menos sabemos que está bien.

Su marido y ella cruzaron las miradas, sus palabras podían sonar inconvenientes.

La marquesa de Torroella de Montgrí intentó nerviosamente ser lo más agradable posible:

—Es natural, él venía aquí... Hasta que la baronesa de Albí tuvo el buen gusto de venderle a usted el palco.

Victoria se levantó y así lo hicieron el resto de las damas. Guardaba las formas, pero una nube de malhumor enturbió su mirada. Una pequeña flecha de incomodidad, que no de arrepentimiento, había atravesado bordados de organdí, tules y sedas hasta llegar a su corazón, y para arrancársela dijo con autoridad:

—Os he reservado una sorpresa. Aunque para disfrutar de ello deberéis volver cada uno a vuestro palco.

Todos los que se habían congregado en el antepalco se marcharon preguntándose qué sorpresa les reservaba Victoria. Los barones de Maldà no se movieron, ya que ellos habían sido invitados expresamente a permanecer allí.

Victoria agitó ligeramente una mano y al poco tiempo Albert Bernis, el empresario que se encargaba de la temporada teatral, salió de entre el telón no sin ciertos apuros al enredarse con él. La música cesó.

Requesens también había salido del antepalco junto con el grupo y se dirigió de nuevo a platea. Se vio rodeado por un grupo festivo y alborotador que reía copa de champán en mano, todos vestidos de príncipes un tanto alocados, con cierta querencia por el estilo regencia inglesa mezclado con algún rey Luis de Francia. Se les conocía como las Alegres Comadrejas y lo comandaba Umberto Rossi, conde de Treviso, un italiano delgado y rubio que se suponía era de origen austrohúngaro. Empezaron a dar vueltas alrededor de Requesens como colegiales divertidos y, pese a que resultaban molestos, este permaneció quieto, sabía mantener la calma; si había sido capaz de aguantar miradas de criminales, bien sabría mantener las de aquel grupo de príncipes locales. No era la primera vez que se las veía con el conde de Treviso, conocido en la ciudad por haber arrastrado tras de sí a un grupo de jóvenes ricos, lo mejor de cada casa, y haber hecho del escándalo un arte. Umberto pareció reconocer al inspector de alguna azarosa ocasión, algún momento poco honorable relacionado con un tranvía que amaneció pintado de rosa, con el conde subido encima, vistiendo tan solo con ropa interior y un bombín a juego con el nuevo color del tranvía, y entonces sonrió con cierta vergüenza, aunque instantes después se recompuso al ver a un conocido y saludó con una afabilidad exuberante a alguien que iba disfrazado de emperador Heliogábalo.

Y frente al escenario, Albert Bernis, vestido de calle, sin disfraz o adorno festivo, tal vez porque consideraba que estaba trabajando, dijo:

—Van ustedes a ver y escuchar la última parte del tercer acto de la ópera *Dido y Eneas,* que se representará en este teatro próximamente.

La ópera de Purcell había encontrado la oposición decidida de una parte del público, y sobre todo de la Junta de Propietarios, que no estaba de acuerdo con que se estrenara. Era una ópera barroca, difícil, de corta duración, cantada en inglés, algo que sucedía por primera vez en el Liceo ante un público que se entregaba con fervor a la ópera en italiano y que incluso prefería a Wagner en esa lengua. Cantar en un idioma que no fuera italiano se consideraba un sacrilegio. Cantar en inglés..., ¿a quién se le había ocurrido?

Antoni Nicolau, más conocido como «Maestro» Nicolau, director de la Orquesta Sinfónica, tomó el relevo de aquel italiano de aires sicilianos. Los músicos estaban colocados en un lugar no habitual, pero habían ensayado los días anteriores. El telón, que durante todo el baile había permanecido bajado, se levantó majestuosamente dejando ver un suntuoso decorado creado con lienzos pintados a mano que se extendían uno detrás de otro. El decorado contenía todo cuanto la imaginación atribuía a Oriente, incluidas columnas salomónicas, aunque Cartago, de donde Dido era reina, nunca las hubiera conocido.

Un catafalco blanco y dorado, abullonado en sedas y gasas opulentas, ocupaba el fondo del escenario. Más allá, un mar Mediterráneo indolente se extendía por encima de las murallas de la ciudad.

Apareció el coro. Estaba formado únicamente por mujeres, a excepción de un joven mulato que hacía de esclavo. El director de escena, Fernando Gorchs, había decidido con fina ironía que servidoras y esclavo lucieran una fantástica y vulgar profusión de joyas, y los había vestido con ropajes de intensos colores, organdíes y bordados que hubieran hecho palidecer a la mismísima corte de María Antonieta.

Quienes estaban más cerca del escenario guardaban cierta compostura, pero quienes se hallaban en palcos y antepalcos seguían parloteando, riendo, haciendo negocios, criticando al prójimo y jugando a las cartas. Algunas parejas incluso seguían bailando tontamente y se escuchaban risas y grititos de placer. Voces de hombres pedían a gritos más ponche a los atribulados camareros.

Y de repente apareció Teresa en escena, las manos en la cara, como si se hallara a punto del desgarro. Entonces sonó una celesta y el coro empezó a cantar. Cesó la actividad y todo el mundo guardó silencio. La música se convirtió en un trance, un cántico antiguo.

EN TU SENO DÉJAME DESCANSAR.
MÁS QUISIERA, PERO LA MUERTE ME INVADE.
LA MUERTE ES AHORA UNA VISITA BIENVENIDA.

Teresa iba vestida con una simplicidad deslumbrante. Su cabello, peinado como el de una doncella prerrafaelita, caía en ondas a los costados. Apenas una gasa de muselina cubría sus formas. Nada más. Ninguna joya, ningún artificio.

Cuando Teresa Santpere cantaba el mundo parecía contener el aliento. *El lamento de Dido* despertó en el público la necesidad de amor, mostrándoles en cambio la vida tal como era, ciega, fatal e inamovible. Su voz parecía llena de reflejos de agua que se volvían oscuros a medida que la muerte se acercaba. Iba a morir por amor a Eneas, que había partido para dejarla infinitamente sola. Varias servidoras, conscientes de la próxima muerte de su reina, se abrazaban las unas a las otras, compungidas, llenas de joyas, de lapislázulis y rubíes, y se arrodillaban a su paso. Entre el público vibraba una congoja compartida, en comunión con aquella mujer que se iba a sacrificar. Incluso el terciopelo de las butacas, granate oscuro como la sangre añeja o el vino seco, y las lámparas en forma de dragón, parecían a punto de la reverencia ante aquel lamento desconsolado. Dido, consciente de su destino, se recogió el vestido y se tendió sobre el catafalco; las piernas quedaron desnudas, pero nadie hizo observación alguna, tal era la pureza y la inocencia de ella. Su voz lograba el milagro de fundir la desesperación del mundo, las pérdidas irrevocables, los amores no correspondidos.

Solo unos cuantos, tal vez los más fieros de corazón, miraron al palco de proscenio de los condes de Cardona y vieron el sillón de Victoria vacío.

CUANDO YAZCA EN LA TIERRA
MIS ERRORES NO DEBERÁN PREOCUPAR A TU CORAZÓN
RECUÉRDAME
PERO OLVIDA MI DESTINO

Acabó el aria. Dido había muerto. El coro cantaba. Así acabó el tercer y único acto que se representó jamás de esa ópera en el Liceo.

El Gran Teatro estalló en aplausos. Teresa se llevó ambas manos al regazo y realizó una discreta reverencia. Todo el mundo sabía de su timidez. La poderosa figura de la reina se desvanecía y volvía Teresa, la chica tímida hija de una costurera del Liceo que había aprendido a cantar escuchando a través de las puertas cerradas del Conservatorio que se hallaba sobre el Círculo del Liceo.

Requesens se echó la culpa a sí mismo horas más tarde. Debería haber estado más atento. La música había removido un dolor lleno de aristas en su interior. Él y Mariona, su mujer, habían perdido a su único hijo de unas fiebres tifoideas apenas unos meses antes. Habían estado cuidándole todo el día y toda la noche con la angustiosa esperanza de que se salvara, sentados al borde de la cama del niño. Pero Daniel murió. Aquella sensación de pérdida absoluta había sido cauterizada por la voz de Teresa. Y ahora que había cesado, y volvía el desorden de la fiesta, Requesens pudo vislumbrar por primera vez qué llevaba al abandono a los borrachos y a quienes se entregaban a los placeres de la morfina. Cuando su mente repasó los acontecimientos de aquella noche no pudo cuantificar cuánto tiempo pasó en ese estado. Media hora, tres cuartos tal vez, no supo decirlo a ciencia cierta.

Pero en aquel espacio de tiempo se cometió un crimen.

Alguien, uno de los propietarios, se quejó de que el telón estuviera bajado. La queja prendió en otro propietario y luego en otro, y pronto se convirtió en un clamor. Eran los dueños del teatro, tenían derecho a bailar y a reír con el fondo de aquel maravilloso escenario. El clamor se convirtió en una exigencia. Albert Bernis, a pesar de ser el empresario, no podía negarse a la solicitud de los propietarios y, tras consultarlo con Carcasona, ambos decidieron subir el telón.

Y el telón se levantó de nuevo.

Un suspiro de incredulidad y exaltación se elevó en el Liceo. La diadema de Catalina de Rusia refulgía bajo las luces. Durante unos segundos, todos se quedaron mirando aquella figura cruelmente expuesta. Victoria de Cardona yacía muerta, tendida en el catafalco en el que antes había estado Dido. Su rostro mostraba un rictus extraño, como si no hubiera podido acabar de hacer algo que se había propuesto, algo de vital importancia.

Los habitantes de aquella Barcelona, que a pesar de todas sus veleidades cosmopolitas en realidad seguía siendo una ciudad pequeña, conservadora y formal, se miraron los unos a los otros entre la sorpresa y el pasmo. Aquella sociedad que temía más a un escándalo que a una enfermedad, que valoraba más una conducta decente que el coraje, y que consideraba que no había nada de peor educación que una escena melodramática, descubrió con horror a aquella mujer que tenía a Barcelona a sus pies, a la desposeída hija de un ayudante de veterinaria, expuesta como jamás lo hubiera permitido en vida. Ninguna dama se desmayó porque lo que estaba sucediendo iba más allá de lo concebible.

Un hombre mayor salió corriendo de entre los bastidores y, con agilidad a pesar de su edad, subió por aquel catafalco, se arrodilló y tomó el pulso a Victoria. Requesens se arrancó la máscara, echó a correr, apartó sin miramientos a quienes se cruzaban en su camino y de un salto llegó hasta el escenario.

—¡Soy el inspector Requesens! ¡Que nadie se mueva!

Nadie lo hizo. Alguien había tomado por fin el control. Y aquella sociedad era proclive a seguir órdenes.

—¿Quién es usted? —preguntó Requesens, aunque por las maniobras que realizaba ya imaginó que era médico.

—Soy el médico titular del Liceo y de la familia, el doctor Feliu.

El médico empezó a realizar una valoración del cadáver y al palpar la cabeza notó un tacto húmedo y esponjoso.

—Tiene una herida en la cabeza, a la altura del temporal.

Al retirar la mano vieron que tenía los dedos manchados de sangre. El inspector Requesens y el doctor Feliu se miraron, y reconocieron el uno en el otro que los dos sabían de qué se trataba.

—Ha sido asesinada —dijo el doctor.

Entonces alguien exclamó:

—¡La han asesinado!

Y una voz femenina gritó.

—¡La han dejado ahí para que la veamos todos!

Un grupo empezó a realizar disimuladas maniobras para llegar a la puerta. A aquella sociedad le gustaba obedecer, pero todavía más salvar el pellejo.

Todo el mundo empezó a moverse, a mirarse los unos a los otros. Y alguien expresó en voz alta lo que muchos estaban pensando:

—¡Un atentado!

Se oyó un sollozo.

—¡Anarquistas!

La bomba del Liceo permanecía acechante en la memoria colectiva. Las butacas de los fallecidos habían permanecido años sin ser ocupadas, muchos preferían elegir la izquierda que la derecha pues allí había sido donde habían caído las bombas. Tal vez hubiera entre ellos un nuevo Santiago Salvador, otro anarquista, y qué mejor ocasión que aquella en la que disfraces y máscaras ofrecían un anonimato consentido. El año anterior Barcelona había quedado sumida en atentados de dudoso origen.

Dos hombres entraron rápidamente en el escenario desde las bambalinas, Albert Bernis y Francisco Carcasona, ambos con caras atribuladas.

A Victoria le faltaba un guante, y la mano desnuda aferraba algo de un color rojo oscuro e intenso que parecía tener una pulsación propia. El doctor Feliu abrió con cuidado los dedos y vio que sujetaban una alhaja. Perplejo, dijo:

—Dios mío, es... es... el rubí de los Cardona. Hace años que se creía desaparecido.

Requesens miró alrededor. No había sangre. La zona del catafalco que no era visible para el público tenía una escalera para que Teresa pudiera descender de ella con facilidad una vez acabada la obra. Más allá se encontraba el gran lienzo de la escenografía. Requesens miró hacia uno y otro lado y hacia arriba. No había nada que indicara que alguien pudiera estar escondido, esperando para actuar de nuevo. El cadáver de Victoria se hallaba en una posición respetuosa e incluso la falda parecía haber sido doblada con cuidado.

No tenía sentido.

La gente se dirigía hacia las puertas y a pesar de que Requesens había ordenado que no se moviera nadie el murmullo de los pasos era imparable. El hombre vestido de bruja estrafalaria apareció también en el escenario junto a Lo Jaumet, vestido de arlequín, y aquello no hizo más que aumentar la irrealidad de lo que estaba sucediendo. Lo Jaumet empezó a santiguarse, Manolo Martínez se quitó el sombrero de tres picos y dejó ver un cabello gris corto, muy corto, la mirada de rabia, de es imposible que esto esté pasando. Albert Bernis se mostraba tembloroso, desasosegado, con la irritada expectación de quien se ve excluido de una fiesta celebrada en sus propios dominios.

En platea alguien echó a correr, y luego dos personas más. Varias gritaron y la masa se descompuso en estampida.

Carcasona empezó a dar órdenes con autoridad a los mozos y a los porteros, que se habían acercado al escuchar el silencio súbito de música y voces.

—¡Dejad salir!

Requesens le retuvo por el brazo. Carcasona lo miró y con cautela le dijo:

—Es imposible retener a tanta gente.

Y Requesens, al ver la platea, se dio cuenta de que Carcasona tenía razón. Era imposible retener a aquella multitud que se agolpaba hacia las puertas y gritaba. El afán por recuperar abrigos se mezclaba con el ansia de salvar la vida entre empujones. Y Requesens fue dolorosamente consciente de que quien hubiera cometido el crimen ya habría abandonado el lugar, pues habría aprovechado la confusión para escapar.

—¿El coro, Teresa y las sastras están en los camerinos? —preguntó de pronto Carcasona a Bernis.

—Ordene que no se muevan de allí y que no salgan hasta que les demos aviso —dijo Requesens a Carcasona.

Un mozo del Liceo se había acercado con discreción:

—Joaquín, busca a Fanny, Luisa o María, que vayan las que puedan a los camerinos del coro y avisad de que permanezcan allí.

El suelo estaba lleno de restos, máscaras, guirnaldas pisadas y copas vacías. Quedaron los músicos, el director de orquesta, los acomodadores, los mozos, los porteros, las mujeres de los lavabos, y todos ellos les miraban desde la platea esperando alguna indicación. Requesens levantó un poco más la mirada y vio los palcos vacíos, a excepción del de proscenio, en el que los barones de Maldà permanecían de pie con actitud senatorial a pesar de sus disfraces.

Carcasona dijo:

—Recojan las mesas, las botellas, barran los cristales, limpiemos el suelo. Mañana el teatro tiene que seguir funcionando y hoy va a ser una noche larga.

Y luego, en voz baja, le dijo a Albert Bernis:

—Señor Bernis, los músicos esperan órdenes suyas.

Pero Albert Bernis no contestaba, miraba el cadáver como quien mira desde puerto un barco que ha zarpado sin él.

Entró Xavier Soriano, el portero principal, seguido de dos municipales que habían conseguido abrirse paso entre la multitud. Requesens le dijo a uno de ellos:

—Avisen a la comisaría de Conde del Asalto y que vengan quienes estén de guardia. Avisen también a Jefatura. Tenemos que registrar el teatro.

Su voz resonaba extraña en el teatro vacío.

El Maestro Nicolau, al no recibir ninguna indicación de Bernis, pensó que lo mejor que podían hacer era lo mejor que sabían hacer. Se volvió y, tras unas indicaciones, la orquesta empezó a tocar la marcha fúnebre de *Música para el funeral de la reina Mary*, también de Purcell, una pieza sencilla pero increíblemente majestuosa.

Y Casandra, olvidada por todos, de pie en uno de los palcos de luto, apenas un adminículo dentro del escenario que en los próximos años sería su palco, miraba el catafalco sin rencor, pero con una expresión de doloroso asombro que era un reproche dirigido contra el orden mismo de las cosas.

El vértigo de la muerte había aparecido de nuevo en el Liceo. Y no sería la última vez que lo hiciera.

CAPÍTULO 2

A la mañana siguiente, Miércoles de Ceniza, Requesens tuvo que esquivar a la prensa a la entrada del Liceo. Se habían congregado numerosos periodistas, curiosos y aficionados, que formaban un remolino de gorras, blusones, sombreros y americanas. Varios guardias municipales franqueaban la puerta y trataban de poner orden. La entrada, bastante lúgubre, era utilizada tanto por los trabajadores que acudían a diario como por quienes accedían a los palcos superiores en los días de representación.

La extraña e irreal muerte de Victoria de Cardona ocupaba las cabeceras de toda la prensa del país. Requesens no había querido leerla, y esquivó deliberadamente los quioscos de la Rambla, pero no pudo evitar ver a un hombre-anuncio con la portada del *Diario de Barcelona,* más conocido como *El Brusi,* por ser ese el apellido de la familia que lo editaba. Una imagen de Victoria de Cardona ocupaba toda la primera plana. El asesinato era voceado por los vendedores de periódicos: «*Horrendo crimen*», y sus voces subían y bajaban por las Ramblas mezclándose con el temblequeo de los tranvías y los *riperts,* los cláxones, el repiqueteo de cascos de caballos y el ir y venir de quienes se acercaban al mercado de la Boquería.

Requesens saludó con un gesto a Miquel de Corominas, un periodista de *La Vanguardia,* para indicarle que no sabía nada. Era un pacto tácito. Tenían una relación de amistad y en ocasiones habían colaborado a cambio de la exclusiva de la resolución del caso. El rostro amable y afable de Miquel, sus gafas tranquilizadoras y su impecable corbatita podían abrir puertas que al rostro severo de Requesens se le cerraban.

Este había dormido muy poco, tan solo un par de horas. A las tres de la madrugada el juez de guardia, el señor Díaz de Lastra, había procedido a levantar el cadáver. Se habían personado el inmediato superior de Requesens, Francisco Muñoz Rodríguez, inspector general de Seguridad, y dos agentes más, Rosales y Fernández, provenientes de la comisaría de Conde del Asalto, para proceder al registro del Liceo, sin resultado alguno.

Un mozo llamado Joaquín esperaba a Requesens para acompañarle hasta las oficinas de Carcasona. Llevaba el cabello peinado hacia atrás con una mezcla de gomina y agua. Sus zapatos, grandes y pesados, retumbaban contra el suelo de madera del largo pasillo que llevaba hasta las oficinas del gerente, bajo el vestíbulo de la entrada.

Carcasona y Requesens se saludaron cordialmente a pesar de las circunstancias, o tal vez debido a ellas. Ambos habían pasado horas muy intensas juntos y había una corriente de reconocimiento entre ellos, de hombres que sabían cuál era su posición y qué debían hacer. Las oficinas eran funcionales, sin ningún tipo de adorno o litografía operística, y bien podrían haber sido las del Liceo o las de una compañía naviera. Había un escritorio perfectamente ordenado, grandes libros encuadernados que parecían de cuentas y un par de fotografías personales.

Carcasona no debía de haber dormido mucho más que él, pero, a pesar de ello, su aspecto era impecable. Requesens creía recordar que vivía en el propio Liceo, con lo que había tenido más tiempo para recuperarse.

—He dado órdenes a los porteros de que no entre nadie que no sea de la casa —dijo Carcasona—. Parece que estemos sitiados por la prensa. También he ordenado que todo el mundo acuda a trabajar como si nada hubiera sucedido. Sé que para muchos será penoso, pero la verdad es que los trabajadores se encuentran mejor juntos que estando cada uno en sus habitaciones o en casa pensando en lo que ha sucedido. Somos una gran familia. Mi prioridad es que la Casa esté en orden, tranquila y en funcionamiento.

—¿Alguno de los trabajadores ha encontrado algo o visto algo que fuera de interés?

—Felipe, el sereno, no ha encontrado nada. Los mozos todavía están recogiendo los restos de la fiesta de ayer, pero no se ha tocado nada que pudiera perjudicar la investigación. Los carpinteros y algunos maquinistas han venido a desmontar el piso del baile, aunque no tocarán nada del escenario hasta que se den nuevas órdenes.

—Si no le importa, me gustaría volver al escenario.

—Sí, claro. Le acompaño.

Tras subir una escalera que partía del vestíbulo, se acercaron al escenario por los mismos pasillos que utilizaban los cantantes para acceder a él. Eran unos pasillos largos y, como sucedía en el Liceo con todo lo que no estuviera a la vista del público, mostraba un aspecto un tanto destartalado y polvoriento. Las paredes estaban adornadas con carteles de estrenos de diversas óperas. A menudo había que esquivar baúles y cajas de instrumentos.

—¿Tiene alguna idea de quién pudo haber sido? —preguntó de pronto Carcasona.

Requesens percibió cierto nerviosismo en él. Parecía haber madurado la pregunta durante largo tiempo. Era un hombre sin edad aparente, acaso treinta, acaso cuarenta, de rostro adiestrado en pasar bruscamente de dar órdenes a mozos, porteros y acomodadores a recibirlas por parte de dueños y propietarios, con la expresión voluntariosa pero dura de quienes tienen que mediar y dirigir personas e imponer pareceres y convicciones.

—Tengo la impresión de que no ha sido ni un anarquista ni un loco de la calle. Quien cometiera el crimen debía de estar entre nosotros, bailar, beber, charlar o cantar, o servir mesas o bebidas, o llevar máscara o no haberla llevado durante toda la velada.

—Entonces pudo haber sido cualquiera.

—Pudo haber sido hasta usted.

La expresión de Carcasona era de puro estupor.

—No ponga esa cara, señor Carcasona, estoy bromeando —dijo Requesens.

En la platea, una brigada de maquinistas estaba ya desmontando el piso de madera sobre el que se había bailado la noche anterior. A pesar de ser primera hora de la mañana, casi todo el piso estaba ya desmontado. Las butacas, protegidas por telas de arpillera, iban apareciendo por debajo. Las guirnaldas y los centros de flores habían sido retirados de los reposamanos de los palcos. Ahora permanecían protegidos del polvo que se levantaba por telas blancas y parecía como si el teatro hubiese sido herido y vendado.

Llegaron al escenario. A Requesens le resultaba extraño pensar que el lugar en el que se habían representado los más turbulentos crímenes se hubiera convertido en el escenario de un crimen real.

Como hizo la noche anterior, Requesens revisó de nuevo las sedas abulladas del catafalco. No había sangre, solo manchas procedentes de la herida en la cabeza sobre uno de los almohadones. Tampoco había desgarraduras ni desperfectos. Quien hubiera depositado allí el cadáver lo había hecho de una manera limpia. Había múltiples huellas en el suelo, pero por allí habían pasado maquinistas, coristas, músicos, mozos y atrezistas, y después de descubierto el crimen mucha más gente, que podía haber destruido las pruebas de posibles huellas sin querer.

¿Fue asesinada en aquel lugar?, se preguntó Requesens. No había nada que indicara cómo el cadáver había sido llevado hasta allí. Recordó la imagen de Victoria sobre el catafalco, el vestido perfectamente doblado, las piernas alineadas, las manos colocadas en el regazo. ¿Su cuerpo había sido depositado allí ya sin vida? ¿Qué había conducido a quien hubiera cometido el crimen a tomarse tantas molestias? ¿Por qué el cadáver no había sido depositado simplemente en uno de los innumerables rincones del teatro? Habrían podido pasar horas hasta que alguien lo descubriera.

El lado del catafalco invisible para el público disponía de unas escaleras e incluso una rampa. Si Victoria no hubiera sido asesinada allí, subir el cadáver en brazos no habría supuesto un problema incluso para una sola persona. Requesens bajó por las escaleras y permaneció allí quieto, escuchando tan solo el repiqueteo de martillos sobre las maderas mezclado con alguna que otra orden dada por el capataz. El catafalco estaba en el fondo del escenario, al lado contrario del foso de la orquesta. Detrás de él quedaba el lienzo de la escenografía. El Mediterráneo que la noche anterior le había parecido evocador y tan solemne, visto desde tan cerca, se veía falso y acartonado como un viejo actor intentando parecer un jovencito a base de mucho maquillaje.

—¿Desde dónde se puede llegar hasta aquí? —preguntó el inspector.

—Esto es el foro, el fondo del escenario. Se puede entrar por ambos lados. Detrás hay un montacargas y la chácena.

Salieron a la parte posterior del escenario. Las entradas y salidas estaban astutamente disimuladas en uno de los lienzos, formando parte de las murallas, invisibles al público.

Ya había estado allí la noche anterior.

—La chácena en este teatro es pequeña. Solo sirve a veces para ampliar el escenario, para guardar escenografías que se han de utilizar o para atrezo y utillaje.

Era un espacio intermedio en el que se veían trozos de atrezo, partes del escenario movibles, cajas y telas, en un orden que parecía fruto de la casualidad. Requesens se agachó. El suelo era de madera y había innumerables marcas de rozaduras. Era imposible averiguar si había habido alguien allí o no la noche anterior.

A ambos lados había pequeños cuartos a los que llamaban capillas y que tenían múltiples funciones, desde vestuarios rápidos hasta cuadros eléctricos. A un lado se encontraba el despacho de regiduría y el del director musical y varios almacenes. Los cuartos de vestuario y los camerinos de escenario estuvieron cerrados durante toda la noche. Las llaves las tenían el portero de vestuario, la jefa de sastrería y el propio Carcasona. Únicamente había permanecido abierto el camerino de divos en el que Teresa Santpere se había cambiado sin ayuda después del recital. Era el más cercano al escenario y había sido revisado en profundidad. No habían encontrado nada en él, salvo el vestido blanco que Teresa había lucido aquella noche. En ningún sitio encontraron una pista que les pudiera indicar que la muerte de Victoria hubiera sucedido allí. Requesens sospechaba que la mujer no podía haber muerto tan lejos del catafalco.

Salieron de nuevo al escenario.

—Los trompillones de las cajas de los escotillones estaban rotos y han sido recientemente cambiados —dijo Carcasona.

—¿Adónde conducen?

—Bajo el escenario. Al foso y al contrafoso. Que no son el foso de la orquesta, sino que están debajo del escenario. Sirven para hacer aparecer y desaparecer actores. Ayer dos agentes lo revisaron.

—Me gustaría volver a verlos.

La noche anterior revisaron también las dependencias más importantes, el foyer, los salones de descanso, los lavabos y camerinos, pero Requesens no podía desprenderse de la idea de que no habían hecho las cosas bien del todo. Había habido demasiadas personas entrando y saliendo del escenario. No había podido retener al público, que había huido en estampida. No habían podido localizar al fotógrafo criminalista y estaban todavía a la espera de que apareciera.

Abrieron las escotillas. Requesens se asomó y ambos bajaron por las escaleras. El foso era tan grande como el propio escenario. Carcasona dio la luz y un bosque de vigas y columnas de madera apareció iluminado. Las paredes eran de hormigón. Estructuras y escaleras metálicas a un lado, cajas enormes, planchas de madera acumuladas sin mucho sentido. Había máquinas que servían para elevar podios donde los actores aparecían o desaparecían en escena. Allí no solo se podía esconder una persona sino varias. Los martillazos y el arrastrar de maderas se oían fantasmagóricamente amortiguados sobre sus cabezas.

—Así que aquí es donde van a parar las Carabós y Auroras.

Carcasona miró con cara de no entender.

—*La Bella Durmiente*, Chaikovski, la princesa Aurora... en su baile de cumpleaños se pincha un dedo y muere en el acto. La bruja Carabós ha cumplido su venganza y con su risa desaparece... En medio del escenario...

—Nunca veo las obras de *ballet* o de ópera. Necesito cierto distanciamiento emocional para poder ofrecer un buen servicio. No sé si me entiende. Igual que un médico no se involucra en la vida sentimental de un paciente para que no le afecte en su toma de decisiones...

O como un policía que investiga un asesinato, pensó Requesens, aunque sabía que en su caso eso no era del todo cierto.

—Comprendo.

Luego bajaron al contrafoso, abriendo un escotillón. Les recibió un efluvio de una humedad vieja y malsana que emanaba del suelo. Allí había guardado material de lo más diverso, desde pentagramas a escobones, vestidos antiguos, terciopelos, muebles rotos, coronas en otro tiempo doradas, y trozos de lo que parecía una gran lámpara, con el aspecto fantasmagórico de las cosas que han dejado de ser utilizadas.

—Aquí siempre hay humedad y cada dos por tres se inundan los sótanos —dijo Carcasona disculpándose—. La Rambla se edificó sobre una antigua riera. Cuando derribaron el antiguo convento y construyeron el Liceo tuvieron que horadar muchos metros hasta llegar a la roca y poder cimentarlo.

Requesens sabía el motivo. Dos años antes un edificio en la calle Carretas se había venido abajo sin motivo aparente y matado a cinco personas. El arquitecto municipal le había explicado que todo el barrio del Raval, y por tanto el Liceo, estaba edificado sobre una antigua zona de marismas a la que llamaban la laguna del *Cagalell*. El *Cagalell* había sido una zona de albuferas hasta el siglo XIII. Quedaba fuera de las murallas de Barcelona y recibía la escorrentía de diversas rieras y torrentes que bajaban desde el Tibidabo. Con el desarrollo urbano, aquella laguna empezó a recibir las aguas residuales de la ciudad que bajaban por los diversos torrentes que la atravesaban. Si las zonas de marismas ya eran de por sí insanas, fuente de infinidad de enfermedades, el hecho de recibir todas las miserias humanas convertía aquel lugar en un auténtico estercolero, lo que llevó a la población a bautizarlo como *Cagalell*. Con el crecimiento de la ciudad, las insalubres lagunas quedaron a un paso de las murallas y con los sedimentos de las rieras y por el aporte humano las marismas se colmataron, permitiendo su urbanización un siglo más tarde. Requesens encontraba curioso pensar que toda aquella gente tan bien vestida y enjoyada se sentaba sobre aquellas miasmas de putrefacción que parecían reclamar su lugar con aquella humedad.

—¿Eso es una lámpara?

—Era la lámpara que colgaba en el centro. Fue retirada hace muchos años porque molestaba la visión. Aquí solo hay una parte. Creo que alguien pensó que podía ser utilizada como atrezo, pero era imposible colgarla del telar, no soportaba su peso.

—¿Y el resto?

—Creo que en un cuarto, arriba del todo, aunque a ciencia cierta no se lo sabría decir.

Subieron de nuevo al foso y de allí pasaron a otro espacio, esta vez bajo el foso de la orquesta y el piso de proscenio, donde los músicos podían fumar durante los entreactos. Desde allí, una escalerita servía para que el apuntador subiera hasta la concha. Había mesas y sillas y parecía tener cierta funcionalidad; sorprendentemente, olía a sardinas y escabeche.

—Parece que esto se usa habitualmente, ¿no?

—Los maquinistas cenan aquí durante la ópera. Hay incluso una pequeña cocina.

—¿No es peligroso tener una cocina aquí abajo?

—No más peligroso que en los otros talleres o en las habitaciones de los mozos. También hay cocinas en los antepalcos que no podemos controlar. El riesgo es elevado, sí, pero aquí se vive, come, trabaja y duerme. Todos los fosos necesitarían una reforma —dijo Carcasona—, aunque en este momento es inasumible para los propietarios. Vamos parcheando y arreglando.

Requesens recordó el atuendo de Victoria, un vestido de emperatriz lleno de incrustaciones. Era imposible que no hubiese dejado rastro si ella hubiera sido arrastrada. Y el vestido no tenía ninguna señal, ni rastro de suciedad o moho.

—¿Quién puede entrar aquí?

—Bueno... al final aquí todo el mundo hace de todo y no sería extraño ver por aquí a un mozo, una fregatriz o un miembro de la orquesta.

—¿Pasa lo mismo en el resto del teatro?

—Lamento decirlo, pero así es. Veo a menudo caras nuevas que no sé quienes son, y cuando pregunto resulta ser un criado que viene a limpiar un antepalco, cuyos dueños son los propietarios, y nosotros no podemos entrar a no ser que nos dejen una llave ex profeso, y no podemos decirles que no envíen a nadie a limpiar porque en definitiva es parte de su casa. O resulta ser un nuevo carpintero o pintor que ha contratado el empresario para ayudar al señor Vilomara, el escenógrafo, y no se nos ha comunicado..., en realidad tampoco tendría que hacerlo porque en definitiva lo paga el empresario, no el teatro, en fin... A mí me gusta tenerlo todo controlado para que no haya problemas, pero esto es el Liceo, es el mundo del arte y de la ópera, y no se puede hacer nada.

—Es decir, que en todos estos lugares puede entrar cualquiera y no se extrañaría nadie.

—Es lamentable, ya se lo he dicho. Aunque debo decirle que aquí abajo no entró nadie durante la representación. Era solo el último acto. No había movimiento de máquinas. El decorado permanecía inmóvil. Los músicos estaban en los palcos.

Requesens se quedó mirando a Carcasona. Aún en la semioscuridad del contrafoso pudo distinguir su mirada, una mirada que le decía: «no tiene sentido estar aquí y no entiendo qué busca».

En realidad, Requesens tampoco lo sabía del todo.

¿Qué buscaba? ¿Algún lugar donde el asesino hubiera podido ocultarse y esperar? Pero en un baile de máscaras si alguien tenía premeditado un crimen resultaba mucho más fácil mezclarse con el gentío.

Salieron una vez más al escenario. Ambos sacudieron sus ropas intentando desprenderse de la humedad que se les había adherido. El contraste entre aquellos espacios cerrados, llenos de recovecos, y la magnificencia del Liceo resultaba desconcertante. La pista ya había sido desmontada y los maquinistas habían empezado a desfundar las telas de los sillones dejando ver su color granate. El capataz iba advirtiendo dónde quería que se guardaran las telas de arpillera. El foso de la orquesta ya estaba destapado por completo.

—¿Quién pudo acceder aquí desde la platea?

—Del corredor que circunda la platea suben unos escalones para ir al escenario. Luego hay un descansillo y una puerta vidriera en la que un portero impide la entrada a todo desconocido. Ayer siempre hubo un portero apostado a cada lado, incluso en algún momento dos. El servicio de bebidas estaba frente al telón. Los camareros hubieran podido entrar, pero lo tenían prohibido. No sé si alguno lo hizo o no.

—O sea que desde el corredor de platea nadie pudo acceder al escenario porque el portero se lo hubiera impedido.

—Sí, así es.

—¿Aunque fuera un propietario?

—Hubiera sido un problema y me habrían avisado. Pero habría tenido que atender su demanda, le hubiera acompañado a ver el escenario o lo que deseara, aunque este no fue el caso. Más o menos es lo que pasó cuando pidieron que se subiera el telón durante el baile. Yo coincidía en esto con el señor Bernis, no estaba de acuerdo, el piso de baile estaba a la misma altura que el escenario y quizá habría sido demasiado tentador no acercarse a él. Los porteros que trabajaban ayer libran hoy, pero están a su disposición si desea interrogarles.

Requesens levantó la vista y, sobre sus cabezas, arriba del todo, vio el telar, las cuerdas y el contrapeso. Si alguien se hubiera descolgado desde allá arriba habría dejado una cuerda suelta o un contrapeso que no estaría en su sitio.

—Si quiere revisar el telar, dentro de poco vendrá Pepe, el capataz, el jefe de telar.

—No será necesario.

Cientos de ideas habían sobrevolado la mente de Requesens durante toda la noche. Alguien disfrazado, alguien que debía de conocerla, alguien que la esperaba. ¿Bajó Victoria por su propia voluntad? ¿Le llegó un aviso? ¿El asesino la esperó? ¿La citó?

Requesens llegó a una única conclusión: quien hubiera cometido el crimen tenía múltiples posibilidades e infinidad de espacios para hacerlo.

Albert Bernis apareció en el escenario por el bastidor derecho. Saludó a Requesens y a Carcasona con idéntica formalidad. Su bigote, espeso y largo, se curvaba en las puntas. Bernis tampoco parecía haber pasado una buena noche, o tal vez ni siquiera se hubiera acostado. La noche anterior llevaba un clavel blanco en el ojal, y ese mismo clavel aún permanecía allí, mustio y deshojado.

—Pasado mañana habrá una Junta Extraordinaria de la Sociedad de Propietarios, señor Bernis —dijo Carcasona—. Seguramente la obra será suspendida, por respeto a la señora condesa.

—Era lógico y previsible. Habrá que avisar a los músicos, a los bailarines y a los cantantes.

—Le informaré de la decisión de los propietarios, aunque creo que sería mejor que se lo comunicara usted a los músicos y cantantes.

—Sí, claro, claro —dijo Bernis como si no quisiera pensar en ello.

El empresario se mostraba preocupado. Se frotaba una mano contra la otra lentamente. De repente, ensimismado, como si hablara para sí mismo, dijo:

—Hay una ópera de Verdi, *Baile de Máscaras*. El rey Gustavo muere asesinado durante un baile de máscaras. A la censura no le gustó y eso fue cambiado por el asesinato del gobernador de Boston.

Luego, tragando saliva, añadió:

—Nunca pensé que algo así pudiera llegar a ocurrir aquí.

Hubo un silencio que cayó sobre ellos con el peso de las cosas definitivas e irrevocables hasta que Requesens finalmente preguntó:

—¿Por dónde debo ir para llegar hasta el palco?

Carcasona contestó:

—Los palcos de proscenio comunican directamente con el escenario.

—¿No es necesario salir al corredor?

—No. Siento no habérselo dicho antes. Se lo mostraré.

Albert Bernis se quedó en el escenario mirando la platea y no les acompañó.

La escalera era pequeña, de caracol, y estaba pegada a las columnas que cerraban los lados de los palcos. Subieron y llegaron hasta una puerta disimulada en el antepalco, forrada de la misma tela que las paredes.

—No acabo de entender... ¿para qué existía esta escalerita? ¿Para bajar directamente y saludar a los actores?

—No, al contrario, para que subieran... las bailarinas, discretamente... ya sabe...

Las mejillas de Carcasona se cubrieron con un rubor oscuro.

—Joaquín es el mozo que limpia esta zona. No ha tocado nada por si era necesario.

Ahora el antepalco se hallaba vacío, pero parecía retener el eco de la fiesta de la noche anterior. Había varias copas de champán y bandejas con restos de comida. Un antifaz blanco estaba en el suelo. Requesens se agachó a recogerlo.

Unos cuadritos de marcos dorados evocaban paisajes ingleses y un delicado espejo miraba las sillas ricamente labradas. La tela con la que estaban forradas las paredes engañaba con un ligero muaré sus ojos y aquello le hizo pensar de nuevo en Victoria. ¿Qué le había conducido a bajar al escenario?

Carcasona le dijo:

—Si no le importa, debería hablar con el señor Bernis de los detalles de la junta de mañana.

—Sí, claro, claro.

Carcasona accedió de nuevo al escenario por la escalera que habían utilizado para subir.

Una vez a solas, Requesens salió al palco. Siete sillones. Desde allí vio el Liceo como nunca lo había visto hasta entonces, ferozmente majestuoso, imponente. A veces, desde el quinto piso, miraba abajo, a los palcos, y veía la luz de las lámparas reflejadas en las joyas, las carnes generosamente mostradas en escotes y en brazos. La sonoridad del lugar gustaba de realizar pequeños juegos. En ocasiones, una vez empezada la obra, escuchaba, como si no hubiera otro sonido en la sala, el rítmico movimiento del abanico de alguna joven dama, o el roce de los dedos de algún caballero que se acariciaba instintivamente la barba.

Requesens amaba la música. Su padre había sido profesor de música en la Escuela Municipal. Él, sin embargo, no había seguido sus pasos y tras un drama personal había decidido alistarse en el ejército. Pero la seguía amando. Como se ama a quien no se posee y se tiene en mente años después. Cuando la ópera lo merecía y el dinero andaba escaso —cosa habitual en la familia de un policía—, él y su mujer compraban entradas cuya visibilidad era nula. Él cerraba los ojos y se dejaba llevar. En cambio Mariona, su mujer, fijaba los ojos en alguien e intentaba seguir la ópera según las expresiones, el subir y bajar de su pecho o el movimiento de las manos. Tal vez de alguien sentado donde estaba él ahora. Requesens miró entonces instintivamente hacia arriba, para ver cómo les verían a él y a su mujer desde allá abajo. En el quinto piso se hallaba la gente como él, aficionados que no podían pagarse una buena butaca: contables, sastres, funcionarios, gente de los ateneos populares, maestros de escuela que habían ahorrado todo un mes para asistir a la ópera.

No obstante, había una pequeña subversión de la escala social. Durante las óperas, en palcos y platea, el murmullo de voces era constante, risas sofocadas, comentarios en voz alta sobre las acciones que se voceaban en el bolsín..., y de repente, alguien, desde arriba, un director de escuela, un contable o un dependiente, siseaba y mandaba callar a los de abajo.

Y allí se hallaba también la claque. A Requesens no le gustaba porque era una completa falsedad. Le había contado su historia uno de los cabos, así eran llamados los cabecillas de la claque. Unos años antes, un barítono recibía protestas sistemáticas del público por encargo de un personaje que no podía verlo ni en pintura. Los amigos del cantante, para dar la réplica, echaron mano de un carnicero de la Boquería conocido como «el Noi Salau», que llevó al Liceo a un pelotón con la consigna de aplaudir y gritar ¡bravo! en cuanto aquel barítono abriese la boca. A partir de este incidente quedó instaurada la claque, que defendía a divas y a divos con verdadero heroísmo siempre que hubiera propina de por medio. Se cobraba por todo: por palmadas al final de cada acto, por pedir un solo al final del segundo acto, por cada subida del telón, por cada *chist* para reclamar silencio, por un ¡admirable!, por un ¡bravo! En caso contrario, si no había dinero de por medio y el cantante no era bueno y se desencadenaban las iras, la claque callaba.

Su mirada cayó desde los últimos pisos hasta posarse en Carcasona y Bernis. Mantenían una conversación difícil. Carcasona hablaba como un maestro exigente pero honesto mientras Bernis se pasaba los dedos por una de las cejas, con aire de no desear estar allí. Requesens intentó dilucidar qué relación tendrían entre ellos dos. De pronto se separaron como si se sintieran observados y cada uno miró hacia un lado.

Volvió al antepalco. Se sentó con humildad en uno de los asientos. ¿Qué pudo atraer la atención de Victoria? ¿Alguien la avisó para que bajara? Era público y notorio que era ella quien había financiado aquella ópera. Y en ese estado melancólico lo encontró el director escénico. Requesens se levantó con rapidez, aunque con ademán tranquilo.

—Me han dicho que estaba aquí. Soy Fernando Gorchs, el director de escena.

Era un hombre bajito y, a pesar de las circunstancias, se mostraba de buen humor y hablador. Llevaba unas gafas de montura al aire, el lazo de la corbata cuidadosamente flojo, y había algo teatral en él, un curioso amaneramiento. Se dieron la mano. Sus guantes eran gruesos pero sedosos y estaban todavía fríos al tacto, con lo que Requesens dedujo que acababa de llegar de la calle.

—Estoy a su servicio para lo que haga falta.

—Muchas gracias. Creo entender que no estaba usted durante el baile.

—Oh, no, no me gusta acudir a los estrenos, y ayer era un estreno, aunque solo fuera el último acto. A mí me gusta imaginarme las cosas, dibujarlas, pintarlas en la mente... Veo la escena y me imagino cómo será, y dirijo a los actores, a los bailarines, y recreo lo que veo en mi mente, pero luego una vez hecho, ensayado, me aburre... El día del estreno ya estoy pensando en otras cosas... ¿Sabe si sufrió mucho?

A Requesens no le extrañó su forma atropellada de preguntar las cosas. Había veces que ante un crimen la gente reaccionaba de forma inesperada: con buen humor o risas estridentes, aunque sabía que en el fondo se trataba del miedo ancestral que provocaba la muerte.

—He de hablar todavía con el médico. No obstante, por sus heridas no creo que sufriera.

—Morir así... Aunque creo que en realidad fue una muerte igual a como había vivido. Una muerte de reina, en un escenario.

Las palabras de aquel hombre fueron interrumpidas por Joaquín, que se acercó hasta ellos.

—El señor Carcasona desea avisarle de que su ilustrísima el conde de Cardona ha llegado y que quisiera hablar con usted. Se encuentra en el escenario.

—Muchas gracias —dijo Requesens.

—Pobre Eduardo... Con lo que le desagrada este lugar. Al final, su madre ha conseguido salirse con la suya y ha tenido que acudir aquí, hoy, Miércoles de Ceniza, en polvo eres y en polvo de convertirás. Si me disculpa estaré por aquí, tengo cosas que hacer. Si necesita algo, lo que sea...

—Sí... me preguntaba si sabe usted por dónde se accede al palco de luto.

—Es esta puerta de aquí. No es necesario salir al palco para entrar en él.

—Muchas gracias.

Fernando Gorchs se puso el sombrero y se marchó. Requesens decidió no bajar de inmediato y salió al palco de luto, que caía directamente sobre el escenario. Aquel lugar era una especie de jaula, de nicho. Curiosamente, para ser un palco de luto estaba forrado de terciopelo rojo. Esos palcos estaban diseñados para que quienes hubieran perdido a un familiar pudieran al menos disfrutar de la música. Un luto de dos años por la muerte de un marido implicaba no poder asistir a ningún acto social, con lo que el palco debía permanecer respetuosamente vacío, algo que el palco de luto solventaba. Nadie era visto, la música era un consuelo. Quienes acudían debían llegar y marcharse mucho después de que la obra hubiera acabado.

Eduardo de Cardona estaba en el escenario acompañado de Bernis y Carcasona. Requesens aprovechó aquel momento para poder observar sin ser visto. Parecían unos niños representando una obra de teatro que se les hubiera ido de las manos e incomodara a los adultos. Eduardo tenía el rostro abotargado de quienes han sido muy guapos en su juventud y a los que una vida de excesos ha empezado a consumir. Tenía los hombros encorvados y en la parte posterior de la cabeza le empezaba a ralear el cabello. No obstante, aún se percibía en su figura cierta impronta de una adolescencia ya lejana, cierta belleza en la manera de inclinar la cabeza a un lado, o en la gracia con la que retenía los guantes y sujetaba su sombrero de copa. Vestía de etiqueta, como era preceptivo entre las clases altas ante un fallecimiento; su frac, algo desgastado en los costados, indicaba buen gusto y a la vez cierta desafección por la moda.

Las lámparas de la mitad superior de la sala no estaban encendidas y Requesens podía permanecer entre las sombras intentando dilucidar qué unía a aquellas tres personas. Desde allí veía engranajes y pasarelas, cuerdas que parecían no tener ningún sentido, y aquellos tres hombres parecían marionetas que hubiesen perdido los hilos y se movieran como autómatas sin saber qué hacer entre aquel decorado engañoso, lleno de falsas perspectivas. Requesens los veía en una actitud algo extraña, poco natural, e intuía que de algún modo aquellos tres hombres estaban implicados o tenían conocimiento de quién había cometido el asesinato o por qué y que le iba a costar entresacar la verdad y resolver el caso.

Bajó en silencio por la escalerilla hasta el escenario. Eduardo permanecía de espaldas a él y no lo vio acercarse, y Requesens no pudo evitar escuchar el último retazo de la conversación.

—Quiso que la acompañara, como siempre. Hasta el último momento guardaba la esperanza.

Albert Bernis le hizo un gesto a Eduardo para advertirle de la presencia de Requesens y el conde se volvió con movimientos cansados y tendió la mano al inspector.

—Soy el inspector Requesens, señor. El encargado de la investigación.

Se estrecharon la mano.

—Sí, sí... me lo han dicho esta mañana el gobernador civil y el jefe superior de Policía. Y también me han dicho que es usted la mejor persona para solventar este... —y en voz baja añadió, mirando de reojo el catafalco— este execrable crimen.

—Sí, y lamento profundamente no haberlo podido evitar ayer.

—Claro —dijo Cardona bajando los ojos, como si él fuera quien tuviese que disculparse—. ¿Qué han averiguado hasta ahora?

—Ayer varios policías y yo mismo registramos el teatro y no encontramos nada que pudiera indicarnos cómo se había cometido el crimen. Su madre recibió un golpe en la cabeza. Se lo dieron con una piedra preciosa. El doctor Feliu la identificó como el rubí de los Cardona.

—Sí, sí, me lo han dicho esta mañana.

—¿Sabía usted de la existencia de esa joya?

Durante unos segundos Eduardo pareció mostrarse inmutable, pero luego Requesens vio cómo tragaba saliva mientras su rostro enrojecía por partes y cómo intentaba recomponerse de una manera que resultaba casi doloroso contemplar.

—Desapareció de casa sin más cuando aún vivíamos en la calle Montcada. Hace mucho tiempo de eso... Lo siento, tengo que volver a casa. Debo atender a todo el mundo. No hacen más que llegar condolencias.

Requesens hubiera deseado hablar con él a solas. El interrogatorio habría sido difícil, habría tenido que mostrarse comprensivo en algunos momentos, duro y seco en otros, pero dada la alta posición social de Eduardo un interrogatorio de ese tipo resultaba imposible.

—Acompañaré al conde a la salida —dijo Bernis a Carcasona.

—Pero...

—Si no le importa, claro está.

Carcasona asintió, aunque hubo un instante de torpeza protocolaria.

Eduardo de Cardona y Albert Bernis se alejaron hablando en voz baja y Requesens comprendió que les unía cierta amistad. Nadie habla en tono confidencial ni inclina la cabeza tan cerca de otro si no existe esa confianza.

—Pobre, hombre —dijo Carcasona—. Ha venido a ver el lugar donde se encontró el cadáver de su madre. No creo que pueda volver al Liceo nunca más. Se habrá tenido que armar de valor, pues ya no solía venir por aquí. De hecho no le gusta la ópera. ¿Por dónde quiere empezar?

—Necesitaría la lista de todos los trabajadores que estaban aquí ayer. Sobre todo los que tenían acceso al escenario.

—No se preocupe, se la haré llegar. Así de memoria podría decirle que solo había dos maquinistas de retén, porque el escenario ya estaba montado y no había ningún cambio de escenografía. Estaban también el regidor y el apuntador, aunque no trabajaron. Las sastras vinieron casi todas, ya que se iban a utilizar los vestidos en escena dado el elemento festivo y también porque deseaban escuchar a Teresa y ver los vestidos de las señoras. También estaba una parte del coro, todo mujeres, un figurante y los músicos. Y Teresa claro está. No vino ninguna peluquera ni maquilladora porque las chicas se las apañaron ellas solas. Vinieron también varios acomodadores para encargarse de los abrigos de los señores socios, y había también diez porteros y varios mozos. Luego estaban los camareros. Pero ellos no son de la casa, son del Café del Liceo. Había también alguno del Círculo.

—¿Quién de ellos está trabajando ahora?

Carcasona dudó.

—Si quiere puede hablar con las sastras. Todas las que vinieron ayer están ahora en el taller de sastrería. Subamos por aquí —dijo indicando una escalera secundaria—. Tenemos que subir al cuarto piso lado jardín.

—Siempre me he preguntado por qué le llaman jardín a este lado.

—Antiguamente en estos terrenos había un monasterio, el convento de los Trinitarios, que fue derribado para construir el edificio, y parece ser que en este lado tenían el jardín. Otros dicen que proviene de la ópera francesa, que tiene un jardín para pasear. Aquí naturalmente no existe, pero se usa igualmente esa nomenclatura. En el Liceo siempre hay dos o tres versiones del mismo hecho.

Mientras subían por la escalera Carcasona dijo con cierta incomodidad:

—Como habrá observado, entre el señor empresario y yo ha habido cierto malentendido. Lo siento. No es que no quisiéramos acompañarle, pero siempre hay algunos problemas protocolarios entre él y yo.

—¿Protocolarios?

—Sí, no es por usted o por las circunstancias de hoy, es algo que se repite a menudo. Verá, hay dos grupos de trabajadores. Los trabajadores permanentes y que trabajan todo el año me rinden cuentas a mí y yo a los propietarios. Por el contrario, maquinistas, sastrería, maquilladores, peluqueros y cantantes son contratados por la empresa. Las cosas se pueden complicar un poco más. A los acomodadores y los porteros les paga el empresario durante la temporada y fuera de ella nosotros.

Subieron hasta el cuarto piso. Caminaron por un largo pasillo, abrieron y cerraron varias puertas hasta que Carcasona se detuvo frente a una de ellas, llamó y la abrió sin esperar respuesta.

El taller de sastrería era un lugar amplio, luminoso, atiborrado de retales y telas, maniquíes y pelucas. En una de las paredes había carretes de hilo de todos los colores imaginables, agrupados según su tonalidad. En otra de las paredes había colgados patrones, pruebas, muestras de tejidos, estampas de santos y vírgenes y dibujos trazados por manos infantiles. También había invitaciones de bodas, bautizos y comuniones, fotografías de grupo, fotografías dedicadas... lo público y lo privado se mezclaban en perfecta armonía. Los maniquíes servían para confeccionar los trajes de los cantantes sin que fuese necesario que estuvieran ellos presentes. A veces los cantantes engordaban y la ropa había de ser ajustada con pericia disimulada por las sastras, conocedoras de la vanidad de los cantantes. Había que tener cuidado. Una banalidad o un comentario trivial podían ser considerados una ofensa y provocar el despido. Eran ellas quienes conocían más íntimamente a los cantantes y eran capaces de transformar a un rudo tenor italiano, barrigudo y barbudo, en un alegre y juvenil arlequín. Los vestidos se guardaban en un almacén en el piso más alto del Liceo, ya que allí estaban protegidos de humedades y ratas. Se podían alquilar y en el baile de máscaras se habían utilizado algunos de ellos, que pronto las criadas tendrían que devolver. En unos estantes había unas cabezas con pelucas y Requesens, sin poder evitarlo, se acordó de sus lecturas infantiles de Robert Louis Stevenson.

Había cinco mujeres trabajando. Todas eran de edad madura excepto una, que era más joven, y todas le saludaron con amabilidad nada más verle entrar. Las sastras eran cuatro: Pepita, Chus, Roser,

Montse y la pequeña Cristina, que era costurera. A veces también se les unía Carmeta, la madre de Teresa. Carmeta había trabajado durante mucho tiempo de costurera en el Liceo, un rango inferior al de sastra hasta que Teresa, desde muy joven, empezó a destacar por su voz, y Carmeta alternó la sastrería con el cuidado de su hija.

Pepita era la sastra de los chicos y Chus era la de las chicas. A menudo se peleaban entre ellas y a veces esas discusiones llegaban a ser un tanto ridículas. Intervenía entonces Fernando Gorchs, que a pesar de ser director de escena también hacía las funciones de jefe de sastrería. A Fernando le gustaba dibujar y una de sus obsesiones había sido ser un buen pintor. Su talento flaqueaba en aquella empresa, aunque últimamente los diseños de sus vestidos eran hermosos y deslumbraban, y él dejaba libertad para que las sastras pudieran interpretarlos e innovar con telas y colores. A veces ocurría todo lo contrario y las mujeres se rebelaban ante tanta efusividad artística y exigían ideas claras; incluso un día Pepita llegó a decir que quería patrones como Dios manda.

Requesens se presentó a sí mismo a pesar de haberlo hecho ya Carcasona. Sabía que de entrada su aspecto no invitaba a una excesiva confianza. Era alto y sus rasgos severos. Pero sabía modular la voz y esta, aunque fuera grave, estaba dotaba de cierta calidez. Estuvo a punto de pedirles a las mujeres que dejaran de coser, pero se lo pensó mejor y dejó que siguieran con ello. Cosían porque eso era lo que mejor sabían hacer y las puntadas, el roce de las telas entre sus manos, era algo que controlaban y entendían, y no aquel mundo en el que se subía un telón y aparecía una condesa muerta. Además, con las manos ocupadas la mente quedaba libre.

—Me gustaría que me explicaran qué vieron ayer. Cualquier detalle nos puede ayudar en la investigación.

—La verdad es que la gente estaba muy contenta —dijo Pepita—. Todo por la señora condesa, que Dios la tenga en su Gloria. Yo es que no me acabo de creer lo que ha pasado.

—Durante la representación, ¿dónde estaban ustedes?

—Nosotras esperábamos entre bastidores, aunque teníamos prohibido asomarnos. Estábamos con Manolo Martínez, el jefe de Regidoría… Estuvo a punto de echarnos porque montábamos un poco de alboroto.

—Estábamos allí por si se desprendía un botón o se tenía que coser algo rápidamente —añadió Chus—. Nos preocupaba el vestido de Teresa.

—Estábamos allí más que nada para cotillear —replicó otra.

—No le haga caso.

—Tenemos que ser sinceras con el señor policía.

—Llevaba ese vestido de muselina preciosa —dijo Roser.

—A ella todo le sienta bien —añadió Montse.

—Nos encontramos también con Lo Jaumet.

—A Gorchs le dio por vestir a los esclavos con todo el joyerío que pudo —dijo Chus—. Y a Teresa con solo una túnica.

—De la mejor tela, eso sí.

—Gorchs tiene buen ojo para las telas.

Las sastras hablaban y hablaban y a Requesens le costaba seguir el hilo de la conversación. A veces, cuando había varios testigos resultaba mejor dejarles hablar, porque si había algo que deseaban ocultar se enredaban entre ellos, se contradecían y en medio de la verborrea uno podía descubrir indicios de verdad. Lo difícil era reconocerlos. Pero a veces, si se les dejaba hablar no se llegaba a ninguna parte. Así que tuvo que alzar la voz para pedir que hablaran de una en una.

—Lo Jaumet es el apuntador —dijo Cristina, la más joven, que permanecía con la cabeza baja, dando puntadas más enérgicas.

—Maestro apuntador del Liceo —corrigió Carcasona—. No era necesaria su presencia porque Teresa, al ser una especie de recital, solo cantaba un aria.

—Pero viene igualmente porque le gusta estar aquí.

—Sí, sí, le conozco —dijo Requesens.

—Todo el mundo le conoce.

—Vive con su madre, pared con pared con el Liceo, en la calle Unión. Su madre no está muy bien de la cabeza, pobrecita, trabajaba de dependienta en una cerería, pero de escuchar todas las noches las óperas a través de la pared se le metió en la cabeza la idea de ser cantante de ópera, aunque, claro, la pobre no tenía voz y toda la frustración la volcó en el niño, al que ya de pequeño le hacía aprenderse las obras de memoria.

—Es el alma del Liceo —añadió otra con un tono divertido.

—Yo temía que se rasgara la túnica de un momento a otro. Siempre tengo miedo de que se repita el escándalo de Nuria Prats.

—Oh, sí —dijeron todas al unísono.

—Se quedó desnuda en medio del escenario sin darse cuenta —añadió Montse.

—Yo creo que sí se dio cuenta —dijo Roser—. Y te diría más, fíjate, creo que lo hizo a posta. Desde ese día nunca le volvieron a faltar contratos. Todos los hombres iban a verla a ver si se producía otra vez.

—Eres muy mala, Roser —dijo Chus.

—Pues, chica, si ser mala es decir la verdad, lo seré —contestó Roser.

Requesens intentó reconducir la conversación preguntando amablemente:

—Cuando bajó el telón, ¿dónde estaban ustedes y qué hicieron en esa hora?

—Seguimos a las chicas —dijo Chus—. Esos vestidos a lo emperatriz francesa son muy complicados de llevar. Fuimos detrás de ellas hasta los camerinos del coro. Dejamos los vestidos allí. No había nada extraño.

—¿Las chicas salieron de los camerinos del coro ya vestidas?

—Sí, menos Teresa, que salió del de divos. A ella la vistió su madre.

—Fue idea de Gorchs. Se le ocurrió vestir a las servidoras como damas. Aprovechamos unos cuantos vestidos de *Sansón y Dalila*. Y también se le ocurrió poner todas las joyas que encontró en el almacén de atrezo, esmeraldas, brazaletes... y para el estreno quería que se las peinara como a grandes señoras...

—¿Vieron a alguien más?

—No nos encontramos con nadie más.

—Es una pena, la verdad, que no se estrene la ópera.

—¿Por qué no se va a estrenar? —preguntó Requesens.

—Da muy mal fario. Estoy requetesegura de que nadie querrá estrenarla. Sería una falta de respeto para la señora condesa.

—¿Conocían ustedes a la condesa? —preguntó Requesens.

—¡Claro que la conocíamos! Nosotras le cosimos el vestido que llevaba ayer. El señor Gorchs hizo los patrones.

—Con nosotras siempre fue muy buena. Muchas veces venía a visitarnos. Y eso no lo hace nadie.

—En Navidad nos daba un pequeño aguinaldo.

—No tan pequeño —dijo Roser—. La última vez fue mucho mejor que el que nos dio la casa —añadió mirando directamente a Carcasona.

—Ustedes están contratadas por la empresa del señor Bernis, no por el Liceo —replicó Carcasona—. El aguinaldo fue un detalle de la Junta de Propietarios a la que no se encontraban obligados.

—A veces nos pedía que cosiéramos para ella —intervino Roser de nuevo.

—Los vestidos se los compraba en París. Daba gusto verla, aunque a veces nos pedía cambios. Y nosotras se los hacíamos encantadas. Gorchs también le hacía patrones, un poco raros la verdad.

—No eran raros... eran...

—Un poco modernos.

—El vestido que llevaba ayer. Ese escote...

—Aquí estamos requetebién. Es verdad que pasamos muchos nervios hasta que lo tenemos todo a punto, pero conocemos gente, podemos dejar correr la imaginación, pensar qué puedo hacer yo para que este vestido tenga esta caída o esta otra. Por ejemplo, el vestido de Teresa en *Isolda*. Eso fue maravilloso. No nos importaba dejarnos la piel y los nervios aquí. Yo he trabajado en un telar de niña. Tenía diez años y los dedos desollados, trabajaba doce horas todos los días excepto domingos. Le puedo asegurar que esto es la gloria.

—De acuerdo, de acuerdo, volvamos al día de autos. Ustedes siguieron a las chicas.

—A las chicas les habría gustado asistir a lo que faltaba del baile, total ya iban disfrazadas, pero Albert, quiero decir el señor Bernis, lo prohibió.

—¿Lo prohibió por qué?

—Al señor Carcasona, aquí presente, no le gusta que las chicas se mezclen con la gente y así nos lo hizo saber.

—En eso le doy la razón —dijo Chus.

—Y yo también.

Hablaban con la confianza de quienes han trabajado mucho tiempo juntas, en el mismo sitio, intercambiando confidencias y penalidades.

La que hasta entonces había estado más callada dijo sin levantar la cabeza:

—Vi a la señora detrás del escenario. Las chicas del coro y Teresa ya se habían ido. Estaban todas en los camerinos.

—¿Cuándo fue eso?

—Cuando llegamos aquí, Pepita me mandó otra vez al escenario a ver si había quedado alguna prenda. Me acerqué por detrás, ella no me vio.

—La mandé porque Gorchs es muy quisquilloso con la ropa.

—Estaba cerca de la chácena, en el fondo del escenario.

—¿Qué hacía allí?

—No lo vi señor. Solo vi que parecía estar...

Le dio una puntada a una prenda. Requesens se fijó en sus manos. Tenía señales de antiguas quemaduras y cortes que no parecían fruto de su labor de costurera.

—No se lo sabría decir, parecía esperar. Luego me marché otra vez para el camerino.

—¿Llevaba en ese momento los dos guantes puestos?

—No le faltaba de nada, iba vestida como una reina.

—¿Qué hora era?

—No lo sé exactamente, señor. El coro ya había subido al camerino, todos estaban aquí ya. Teresa seguía en el de divos.

—¿Dónde tienen los vestidos? ¿Notaron si faltaba algo? ¿O si encontraron algo? Como por ejemplo un guante de seda

—Está todo en unas jaulas en los camerinos del coro.

—¿Me puede alguna de ustedes acompañar? —preguntó el inspector Requesens.

En el acto se levantaron Pepita y Chus.

—Yo soy la que lleva más tiempo trabajando aquí —dijo Pepita.

—Yo soy la jefa de sastrería de mujeres —dijo Chus.

—Tú lo que quieres es enterarte de las investigaciones para *charrarlo* luego todo en la Boquería que te conozco yo.

—Yo soy muy discreta. Si no lo fuera a estas horas todo el mundo sabría que a ti y a tu marido os gusta hacer triqui traca escuchando un disco de cuplés que...

—¡Señoras! —intervino Carcasona—. Pueden venir las dos si guardan la compostura.

Salieron del taller dejando primero pasar a las sastras. Las dos salieron a la vez con la cabeza levantada, muy dignas.

—Los camerinos están en el lado Rambla.

Requesens empezaba a tener una nebulosa idea de la distribución del Liceo. Ahora estaban caminando en dirección contraria varios pisos por encima del mismo pasillo que antes habían utilizado para acceder al escenario desde las oficinas.

—¿Por qué el taller de sastrería no está cerca de los camerinos?

—Por superstición —dijo Carcasona—. El incendio de 1863 se inició en el taller de sastrería que estaba en el lado Rambla. Cuando lo reconstruyeron decidieron hacerlo en el lado jardín. Por eso ahora camerinos y sastrería están separados.

—¿Y han de ir ustedes de un lado al otro?

—Sí, pero la verdad es que yo lo prefiero así —afirmó Chus—. En el lado jardín se tiene mejor luz, y además nos pasamos muchas horas sentadas y así podemos estirar las piernas.

—Lo malo es cuando buscas una pieza diferente —dijo Pepita—. El almacén de sastrería, el grande, en el que se guardan vestidos de otras óperas, está arriba. Y luego hay otros, alquilados incluso en otras calles, porque allí ya no cabe nada.

—¿Cuándo fue el último ensayo?

Pepita estuvo a punto de hablar, pero Carcasona con un gesto le indicó que ya lo explicaba él mismo:

—El último fue hace dos días, con vestuario, coros y orquesta. Normalmente se ensaya en la sala de música. Se preparan las obras por actos, no se ensaya todo a la vez. Se van haciendo arreglos y los cantantes preparan su parte. La señora condesa vino a ver varios ensayos, pero no el último.

—¿Por qué no vino a ver el último?

Las dos mujeres se callaron por primera vez.

—El señor Bernis tuvo ciertas diferencias con la señora condesa —dijo Carcasona, a todas luces incómodo.

—Se puso nervioso. Es normal antes del estreno —dijo Pepita.

—Fueron aspavientos habituales en estos casos —añadió Francisco Carcasona.

—¿Qué tipo de aspavientos?

—El señor Bernis parecía que le pidiera algo... o quisiera algo.

—No era dinero, de eso estoy segura —dijo Chus—. La señora condesa corría con todos los...

Carcasona la miró y dijo:

—Chus...

—Lo que pasa es que aquí no se quiere que se sepa. Ella era la que en realidad ponía los cuartos. Si no fuera por ella el señor Bernis hubiera tenido que plegar hace mucho tiempo.

Había varias hileras de tocadores con luces y en cada una estaba escrito el nombre de los miembros del coro. Las ropas estaban guardadas en jaulas perfectamente indicadas, unos carros enrejados y con ruedas que se podían mover de un lado al otro. A pesar del gran número de personas que por ahí circulaban, todo parecía guardar un orden preciso para que no se perdiera un precioso tiempo cambiándose.

Había un vestido colgado de una percha. Carcasona se acercó hasta él y dijo:

—Esto no debería estar aquí.

Acarició el vestido y apreció el tacto de la seda con cierto estremecimiento.

—Ya lo guardo yo —dijo Pepita a medio enfadar—. Hay que ver cómo es usted, siempre está encima de todo.

Carcasona se acercó a Requesens y le susurró al oído para que las sastras no le oyesen:

—Encontrar un guante de seda va a ser tarea imposible si eso es lo que busca. Aquí hay ropa por todas partes. Y multitud de rincones.

—Ya veo —dijo Requesens mirando en derredor—. Por cierto, los camerinos de chicos, ¿dónde están?

—Los camerinos de los chicos están en el piso de arriba —dijo Pepita.

—Usted fue arriba entonces...

—La verdad es que no. Carmeta dijo que si yo quería ya atendía ella al negrito, que las ropas del chico eran *un tres i no res*...

—¿Carmeta no estaba con Teresa?

—No, ni siquiera vio el recital con nosotras. Se quedó esperando a Teresa en su camerino, pero en medio del recital vino a decirme que se iba al camerino de los chicos. No sé, yo la encontré ese día un poco tristona. Me quedé con las chicas, Teresa se quitó el vestido sola en el camerino de divos. Era muy sencillo y no le dio problemas. Carmeta tendría que haberla ayudado. Pero como ya le he dicho, andaba tristona estos días. Luego Teresa subió del coro para estar con nosotras.

—Pobre Carmeta, está muy afectada —dijo Carcasona.

—Es natural, se conocían desde hace mucho tiempo, antes de que la señora condesa se casara con el señor conde.

—¿A qué hora subió Teresa a los camerinos del coro?

—No lo recuerdo bien. Tal vez veinte minutos, media hora más tarde. Al rato de subir ella oímos que algo había pasado.

—Pronto vendrán los alumnos del Conservatorio —interrumpió Carcasona—. No se han anulado las clases. Llegarán también algunos de los músicos que tocaron ayer, aunque no creo que le aclaren gran cosa. Ningún músico se movió de su asiento. El coro vendrá mañana. Los mozos que trabajaron ayer están todavía descansando en sus habitaciones. Hoy lo tenían libre excepto Joaquín. Si quiere puede hablar con ellos más tarde.

Requesens se lo pensó mejor. Primero tenía que buscar otro tipo de información. Interrogar a los trabajadores había sido una tarea fácil, pero ¿qué hacer con toda la alta sociedad que se había congregado durante el baile? ¿Iban a dejarse interrogar tan fácilmente los Güell, los Maldà o los Fabra i Puig?

—Muchas gracias por su ayuda. Creo que están a punto de llegar mis hombres.

—Vuelvan a su trabajo —ordenó Carcasona a las mujeres.

Requesens acarició una de las telas. Desprendía todavía olor a maquillaje y a talco.

—Señor Carcasona, ya sé que se lo pregunté anoche, pero... ¿qué hizo usted concretamente entre que se bajó el telón y se descubrió el cadáver de la señora condesa?

—Cuando el acto acabó me dirigí de nuevo a platea, di varias vueltas vigilando que todo el mundo estuviera en su sitio.

—¿Con quién se encontró?

—Creo que con todos.

Y parecía cierto, porque todos los trabajadores del teatro recordaban haberle visto. Trasmitía una sensación de omnipresencia.

—¿No vio nada extraño?

—Era un baile de máscaras, no es lo que habitualmente me encuentro en mi trabajo. Me pareció que había ciertas libertades de costumbres. No encontré apropiada la forma en que algunas parejas bailaban la polka.

No se refería exactamente a eso, pero Requesens lo dejó pasar. Estaba seguro de que si hubiera visto algo «realmente» extraño se lo hubiera dicho.

—Usted estaba en el escenario cuando se descubrió el cadáver. ¿No se fijó en que había un cuerpo tendido?

—El señor Bernis vino a buscarme. Me dijo que los propietarios querían que se subiera el telón y me preguntó qué es lo que quería que hicieran. Le contesté que si ellos lo deseaban no teníamos otra opción, aunque a él no le gustaba la idea y a mí tampoco. El telón se sube de forma eléctrica pero los tramoyistas de guardia ya se habían ido. No estábamos en el escenario propiamente dicho, sino entre bastidores, al lado de la columna de proscenio, donde se encuentra uno de los cuadros eléctricos. Ni él ni yo recordábamos del todo cómo subir el telón. Tiene dos mecanismos, el eléctrico, que es el habitual, y otro manual que se usa cuando el primero falla. Estuvimos pensando en llamar a Manolo, el regidor, o incluso a Lo Jaumet. Ni siquiera miramos dentro del escenario. El telón estaba bajado. Solo estaban encendidas las bombillas de bastidores que se utilizan cuando hay una representación. Iluminan poco, lo justo para no molestar ni que el público las vea. Al final nos decidimos por apretar un botón bastante prominente. Al accionarlo se descorrió el telón. La verdad es que los dos estábamos mirando a la platea para ver las caras de los asistentes cuando contemplaran de nuevo el escenario, y entonces... entonces empezaron a mirar extrañados y pusieron aquellas caras de incredulidad. Ambos nos volvimos al escenario y fue cuando vimos a la señora condesa en el catafalco.

Carcasona bajó la cabeza. Un incómodo momento de duda y vergüenza.

—Debo reconocer que nos quedamos paralizados. El señor Bernis es el empresario y se encarga de la parte artística, pero yo... yo soy el encargado de que esta casa funcione correctamente y no reaccioné de inmediato tal como se esperaba de mí. Que el doctor Feliu, a su edad, fuera el primero en llegar en vez de haber sido yo... Luego vimos que usted subía de un salto y fuimos corriendo hasta donde estaban ustedes.

—Una última cosa más... No se lo pregunté el otro día, pero usted vive aquí, ¿no?

—Sí, en el quinto piso, el último. A un lado del corredor por el que se llega hasta allí.

—¿Al otro lado del corredor?

—Unas habitaciones entre el espacio que deja el corredor y la fachada que da a la calle. Lo suficiente para una sola persona.

—Los mozos también viven aquí.

—Sí, también en el último piso, pero al otro lado de la herradura del teatro.

Requesens pudo percibir la incomodidad de Carcasona.

Los mozos, que el investigador calculaba que debían de ser una veintena, fueron avisados de que no tocaran nada del escenario ni de los lugares adyacentes. Todos ellos colaboraron en un primer registro, a pesar de las reticencias de Requesens, puesto que todos los presentes en aquel momento en el Liceo eran sospechosos. Pero era imposible moverse por aquel laberinto de talleres, escaleras, almacenes, pasillos y salones, patios y traspatios sin la ayuda de quienes les pudieran guiar.

Llamaron disimuladamente a la puerta. Carcasona, aliviado, se acercó y la abrió.

Eran los dos policías que la noche anterior estaban de guardia en la comisaría de Conde del Asalto acompañados por un mozo que les había enseñado el camino. Uno se llamaba Fernández y el otro Rosales. Casi siempre les tocaba turno juntos, con lo que casi siempre que se hacía referencia a uno se pensaba en el otro.

—Si no me necesita, me gustaría atender mis obligaciones —dijo Carcasona.

—Sí, por favor.

—Si necesitan algo más no dude en avisarme.

Cuando Carcasona se marchó Requesens preguntó a los hombres:

—¿Han podido dormir?

—Apenas nada —contestó Fernández.

—Cuando llegué a casa tenía el traje lleno de polvo —dijo Rosales—. Este sitio es muy bonito, pero solo por donde pasean los ricos. El resto está lleno de telarañas.

—Y de huecos y recovecos, madre mía. Saloncitos de descanso, pasillos y más pasillos, cuarto del pirotécnico... No sé cómo no se vuelven locos.

—¿Qué quiere que hagamos, jefe?

A Requesens le gustó que le llamaran jefe. Trabajaba en la delegación de la policía de la calle Balmes, que formaba parte del distrito de la Universidad, una delegación considerada bastante tranquila. Daban servicio a la parte nueva de la ciudad, al Ensanche, y tenían fama de blanditos entre el resto de las comisarías. La ciudad había sido dividida en diez distritos judiciales y la policía seguía la misma división. El Licco pertenecía al distrito de Atarazanas, el distrito V municipal, considerado el más conflictivo, y el que se encargaba del puerto, los teatros del Paralelo y el Raval, las zonas más difíciles de la ciudad. Aquellos hombres estaban acostumbrados a bregar en sus húmedas y retorcidas calles, en los bares que no cerraban nunca, en los prostíbulos de Santa Madrona, *music-halls* y teatros del Paralelo, con sus chulos, *souteneurs*, *croupiers* y ganchos. Fernández y Rosales no habían trabajado nunca a las órdenes de Requesens, eran policías que estaban de guardia en Conde del Asalto, la comisaría más cercana. Técnicamente debería haberse hecho cargo de la investigación otro inspector, pero Francisco Muñoz, el inspector general, se personó al enterarse de la noticia y decidió que Requesens siguiera las investigaciones.

—Vayan entrevistando a fregatrices, mozos, porteros... Los que ayer trabajaron hoy libran, pero igualmente nos pueden dar alguna información. Acérquense luego a la calle Sant Pau y pregunten en tiendas y cafés. Sean discretos. Entérense de todos los líos como quien no quiere la cosa. Un lugar como este está lleno de amistades y enemistades —les ordenó Requesens.

Al abrir la puerta para salir se encontraron con Lo Jaumet.

—Inspector, quería decirle que estoy a su disposición para ayudarle en la investigación si es necesario —dijo con una especie de ansiedad—. Soy un ferviente admirador de Sherlock Holmes y su método deductivo.

Requesens tuvo la sensación de que había estado escuchando detrás de la puerta. Pero en aquel hombre pequeñito no le molestaba, incluso le parecía divertido, no sabía por qué, era algo que casi se esperaba de él. Llevaba dos gafas puestas a la vez, unas de lectura casi tocando la nariz y otras para ver de lejos. Era miope y sus ojos parecían nadar en una especie de humor vítreo tras aquellas dobles gafas.

—De acuerdo, muchas gracias. ¿Podría guiarme entonces hasta el despacho del señor Bernis?

—El señor ha salido con el conde de Cardona y todavía no ha vuelto.

—Bien, entonces, puede acompañar a mis hombres y enseñarles de nuevo el Liceo. Le tomaré declaración más tarde.

—¿Y por qué no ahora? Lo sé todo sobre este lugar. Puedo ser de mucha ayuda.

—Naturalmente, no me cabe duda.

—¿Qué va a hacer usted ahora? —dijo el hombre, de una peculiar forma entre susurrante y acelerada.

—¿Cómo logra hablar así? —preguntó Fernández sorprendido.

—Soy el apuntador. He de hablar con rapidez, cantar a media voz, proyectar la voz de modo que los cantantes me oigan pero el público no.

—Siga, siga... —dijo Fernández, y disimuladamente se empezó a alejar con él para dejar a Requesens tranquilo.

El investigador necesitaba ayuda. Necesitaba saber quién era Victoria en realidad.

CAPÍTULO 3

Requesens salió del Liceo por la entrada de los trabajadores, ubicada en la calle Sant Pau, y descubrió que había todavía más gente congregada que por la mañana. Esa calle era el centro de las tertulias musicales del barrio y en aquel momento la actividad era frenética.. Había academias de baile, peluquerías, librerías como la Millà, especializada en teatro y en donde se reunían actores en busca de trabajo, y un estanco que permanecía abierto toda la noche y que era un punto de reunión de los aficionados a la salida de la ópera. Allí se analizaba, se criticaba y se juzgaba, aunque la mayoría de los que censuraban o alababan óperas no habían estado nunca en el Liceo; pero eso no importaba en absoluto.

Requesens se acercó hasta el Ateneo. Hacía poco que aquella institución se había trasladado desde un piso sobre el Teatro Principal al palacio Savassona, en la calle Canuda, cerca de la fuente de Canaletas. A esa hora, su amigo Miquel de Coromines solía encontrarse en una de las tertulias por las que era famoso el Ateneo, aunque había otras, como las que tenían lugar en diversos círculos y casinos de la ciudad, como la de los solteros en el Círculo del Liceo o la de los solterones en el Ecuestre.

Miquel era de origen mallorquín. Había llegado a Barcelona unos años antes e intentado ser escritor, aunque con poca fortuna. Tras haber comprendido, quizá dolorosamente, que carecía de talento, se había guardado sus sueños y había seguido ejerciendo la misma actividad, pero en peldaños diferentes a la gran literatura.

Al llegar a la portería del Ateneo, Requesens preguntó si el señor Corominas se hallaba dentro. El portero dijo que sí y mandó recado para que fueran a buscarle. El palacio tenía una gran entrada para los carruajes y desde el patio subía una escalinata ancha y noble hasta la planta principal. Un ascensor, de los primeros instalados en la ciudad, comunicaba la entrada con los pisos superiores y era como un saloncito en miniatura: cuidados asientos de terciopelo y maderas nobles, un precioso espejo y paneles de madera. Desde donde Requesens se encontraba también se podía entrever la biblioteca, con sus magníficos frescos en el techo, sus artesonados y sus anaqueles llenos de libros.

Todo ello estaba vedado a Requesens. No le importaba para nada no formar parte de ningún club de caballeros. Sin embargo, aquí sentía una dolorosa sensación de exclusión, porque aquel era el centro intelectual de la ciudad. Allí podría hablar de ópera y teatro, escaparse de las conversaciones a veces mezquinas de la comisaría y del humor grueso de quienes estaban en contacto diario con el sufrimiento humano. Pero un policía no sería bien recibido allí. Requesens sabía que su lugar en la escala social no era muy apreciado. A veces había gente que le trataba como si su profesión estuviera más cercana a los pistoleros y al somatén que a la justicia y al honor; incluso había gente que le hacía sentir como si fuera una especie de verdugo. Y sabía que la culpa era en buena medida de la policía. ¿Qué socio firmaría a favor de su entrada? Tal vez el bueno de Corominas lo hiciera, pero estaba seguro de que no sería aprobado por la junta de dirección, y el solo hecho de imaginar la vergüenza de recibir un no por respuesta le hacía sentir algo cercano a la náusea.

Aquel pensamiento se esfumó al ver a Miquel bajar aquella escalinata junto a otro hombre. Requesens era aficionado al teatro y enseguida reconoció la corpulenta figura de Santiago Rusiñol, su cabello aleonado y el bigote crespo que le crecía tumultuosamente sobre una poblada barba que empezaba a blanquear. Vestía un traje un poco ochocientos, con un gran lazo al cuello, y un chaleco no demasiado limpio. Iba echando humaradas de su pipa y llevaba entre las manos un sombrero de ala ancha, al que tan proclives eran los artistas, y que iba agitando al hablar. Cuando bajaron hasta donde Requesens se encontraba Miquel no realizó ningún movimiento que indicara que iba a presentarle a Rusiñol. El policía no se adelantó ni hizo ademán de saludarle y esperó alguna indicación educadamente. Sabía que ambos hombres se conocían porque escribían para *La Vanguardia*.

—Una mujer así solo se repite cada cien años —dijo el artista con una voz que parecía un zarpazo al aire.

Rusiñol se despidió con un movimiento de sombrero y tan solo cuando ya había cruzado la puerta Miquel saludó a Requesens. Este intentó comprenderle, tal vez Corominas no quería que supieran que tenía un amigo policía, pues algunos periodistas estaban a sueldo de la policía y de gobernación y publicaban noticias interesadas, aunque en el fondo sabía que Corominas, perteneciente a una acomodada familia mallorquina, guardaba un reverencial respeto a la diferencia de las clases sociales.

—Vayamos a tomar un café al Colón —propuso Miquel.

En silencio, apuraron el paso y se dirigieron al Colón. Hacía frío y Requesens, que no llevaba abrigo, se levantó las solapas de la chaqueta. Cruzaron la recientemente urbanizada plaza de Cataluña, que a pesar de todos los intentos no se podía quitar de encima un aire de provisionalidad, como si fuera una especie de parche entre la ciudad vieja y el nuevo ensanche que se iba extendiendo como una marea de piedra.

El Gran Hotel Colón había sido un restaurante café de enorme popularidad y ahora se había convertido en uno de los hoteles más lujosos de Europa. Se habían erigido dos pisos más y levantado un torreón coronado por una cúpula que parecía dar la bienvenida a quien subiera por el paseo de Gracia, pero la planta baja, sobre todo en invierno, aún conservaba el aire de café de tertulias y encuentros. Entraron en él y agradecieron el cálido interior, la visión de las mesas del restaurante, el humo de los puros, el sonido del entrechocar de unas bolas de billar que provenían de algún lugar apartado, y se sentaron en unos de los cómodos sillones, cerca de los ventanales que se ofrecían a la plaza. Estos parecían recoger la escasa luz y dispersarla con mano amable sobre manteles, mesas y sillones. Había espejos por doquier y Requesens vio su imagen reflejada entre una suntuosidad exquisita de paredes forradas de seda de color oro viejo, pinturas policromadas y plafones con escenas de caza. Apenas había dormido y de repente sintió un cansancio enorme, como si todas las horas pasadas en pie decidieran cobrarse su peaje.

Les sirvieron unos cafés. Tenían el acuerdo tácito de que Miquel invitaba siempre. Era un hotel de lujo y la escasa paga de un policía no podía permitírselo.

—*Dido y Eneas*. ¿Has escuchado alguna vez esa ópera? —preguntó Requesens.

—No la he escuchado nunca, y si te he de ser sincero no creo que los ingleses estén dotados para componer ópera.

—Si hubieras estado ayer en el Liceo cambiarías de opinión.

—¿Por la ópera o por lo que pasó más tarde?

Requesens no dijo nada y tomó un sorbo de café. Miquel de Corominas no podía evitar mostrar su excitación periodística ante la noticia.

—Toda Barcelona está conmocionada. El Ateneo hervía. Esta tarde las discusiones de la peña *gran* serán muy interesantes. Van a venir varios corresponsales de prensa extranjera. Todos hablan de ello. Unos dicen que ha sido un anarquista, otros que un asesino a sueldo contratado por la burguesía, otros... otros dicen que incluso ha sido su propia familia.

Incluso su propia familia. Requesens detestaba aquel tipo de insinuaciones, aunque reconocía que no podía dejar de hacerles caso.

—Amenizaron el baile con el último acto de la ópera, ni siquiera todo el acto, apenas veinte minutos —dijo Requesens—. Pero creo que antes de que acabara, mientras cantaba el coro, Victoria bajó al escenario directamente desde el palco. Una hora más tarde estaba muerta.

Miquel sacó la pitillera y ofreció un cigarrillo a Requesens antes de preguntarle:

—¿Qué me puedes contar de la herida en la cabeza?

—La golpearon con un rubí.

—¿Con un rubí?

Aquella noticia no había llegado aún a la prensa. El cigarrillo que se estaba encendiendo Miquel estuvo a punto de caérsele de los labios. Echó ligeramente el cuerpo hacia adelante.

—¿Me lo estás diciendo en serio? ¿Uno de los que llevaba ella? —preguntó en voz baja, casi confidencial.

—No, un gran rubí...

—No sería... ¿El rubí de los vizcondes de Cardona?

—¿Cómo lo sabes?

Miquel silbó.

—Es una de las joyas más apreciadas de la historia de Cataluña. Lo habían dado por desaparecido. Hubo un oscuro incidente que nunca se aclaró. ¿Cómo es? Solo lo he visto en láminas.

—Bastante grande, de color granate, rodeado por una corona de diminutos diamantes, y las aristas son gruesas. ¿Qué sabes de él?

—Creo que fue el primer vizconde de Cardona, Ramón, el que se hizo con él. Fue un tributo de los moros, que a su vez lo consiguieron de un maharajá de la India. Dependiendo de las generaciones lo llamaban el Ojo del Dragón o el Corazón de los Cardona. Decían que cuando algo iba pasar en la familia brillaba. ¿Y dónde apareció?

—Aferrado a su mano.

Miquel parpadeó perplejo y se acomodó en el sillón como si necesitara un momento de reflexión.

—¿Por qué haría el asesino algo así? ¿Para evitar que lo descubrieran con el arma del crimen si le echabais el guante? —preguntó Miquel de una manera casi infantil.

—No tiene demasiado sentido matar a alguien con algo que vale millones, me parece curioso.

Requesens parecía pensar y como recriminándose a sí mismo siguió hablando:

—No hubo manera de retener a la gente.

—No puedes retener a mil sospechosos.

—El teatro está lleno de rincones, de trampillas, de lugares que ni siquiera los responsables del teatro saben que existen, y hubo mucha gente y además disfrazada. En realidad, pudo haber sido cualquiera. He empezado por los trabajadores, pero ayer estaba toda la alta sociedad de Barcelona, todo el que se preciara de ser alguien. E iban disfrazados, y la gente iba y venía.

—Comprendo.

—He de averiguar primero quién estaba interesado en matarla. Por eso quería hablar contigo. Sé que estás enterado de todo —dijo medio sonriendo.

—De todo de todo, no. Por ejemplo, hay muchas cosas de ti que no sé.

—Y que yo no quiero que sepas.

Ambos sonrieron.

—¿Sabes si tenía enemigos? —preguntó Requesens.

—Digamos que media Barcelona —contestó Miquel divertido.

—Sé que era la mujer más rica y poderosa de este país. A veces la veía en el Liceo. La última vez vi que había conseguido un palco de proscenio. Pero para mí no era más que alguien lejano, alguien de quien has oído hablar en los periódicos. ¿Qué sabes de ella?

—Sé algunas cosas interesantes... Se dice que fue abandonada cuando apenas era una niña. Imagínate la de enemigos que se ha tenido que crear para llegar hasta donde estaba.

—Ya me lo imagino, pero... por favor, no cuentes esto en tus artículos... No matas a un enemigo y doblas correctamente su falda y dejas el cadáver perfectamente acomodado.

—¿Qué quieres decir?

—La posición en la que apareció el cadáver... Si actúas así es por alguien por el que sientes aprecio o respeto.

—O fue alguien muy astuto que lo dejó así para que pensáramos eso...

—Tal vez. ¿Tú la conociste en persona?

—Nunca hablé con ella, pero ella sabía quién era yo. Creo que tenía intenciones de comprar el periódico. Al menos lo intentó una vez.

—¿Comprar *La Vanguardia*? ¿Para qué?

—Evidentemente no para ganar dinero, sino para conseguir poder e influencia... bueno, más poder e influencia de los que ya tenía. Desde que murió Salvador, su marido, ya no tenía que asumir el papel de esposa sumisa. En realidad nunca lo fue, pero debía aparentarlo. No obstante, hubiera necesitado un testaferro. La sociedad no está preparada para que una mujer tenga un periódico en propiedad. A Salvador sí que le conocí, incluso puedo decir que éramos amigos. Se casó con ella cuando ya tenía cuarenta años. A Salvador lo daban por un caso perdido. Su padre, Jaume, era un indiano. Se marchó a Cuba y volvió rico. Parece ser que allí hizo de todo, sin mirar por nadie más que por sí mismo. Sus maneras eran un tanto crueles incluso para los estándares de aquel lugar. Se había emperrado en recobrar la posición de los Cardona, porque en 1714 lo perdieron todo. Y a punto estuvieron de ser exiliados. Cardona fue la última plaza que resistió. Habían sido elevados a duques por Fernando el Católico y eran la familia más importante de la Corona de Aragón, solo por detrás de la Casa Real. Eran conocidos como los reyes sin corona.

—¡Vaya! Qué interesante. Sigue, por favor...

—Disponían de extensos dominios territoriales en Cataluña, Aragón y Valencia, y vínculos dinásticos con las casas reales de Castilla, Portugal, Sicilia y Nápoles. Tras la guerra fueron rebajados por Felipe V y de nuevo pasaron a ser vizcondes, como durante la Edad Media. Todo lo demás les fue arrebatado. Conservaron solo algunos trozos de terrenos, algunos libros y algunas joyas, entre ellas el rubí. Nunca fue vendido, a pesar de las penurias que padecieron. Como ya te he dicho, el padre de Salvador era una persona muy dura. Se había hecho a sí mismo. Había tenido que pelear y sacarse los ojos contra mucha gente. Estaba obsesionado con retornar el esplendor a la casa de Cardona. Tras dos años en un buque mercante decidió probar con la trata de esclavos. Tenía una plantación que se ve era un infierno, pero cuando volvió había amasado una pequeña fortuna. No muy grande, aunque lo suficiente para ganar respetabilidad. Con mucho esfuerzo consiguió comprar de nuevo la casa *pairal* de los condes en Barcelona, en la calle Montcada.

—Debía de ser un tipo singular —interrumpió Requesens.

—Sin duda, un carácter férreo. Sin embargo, Salvador, aunque estaba dotado intelectualmente, no era enérgico ni tenía aquella fuerza que tenía su padre. Estaba a punto de cumplir los cuarenta y aún seguía soltero. Su padre se desesperaba. Él tenía sesenta años y a su edad aún iba preñando a mujeres por ahí. Sus dos hijas tampoco se habían casado. Llevaba a Salvador a ver las ejecuciones por garrote vil y lo trataba de endeble por vomitar al verlas. Además, Salvador se sentía culpable por el origen de la riqueza de la familia. Un día, después de visitar la sala Parés, en la misma calle Petritxol, se acercó a una granja a tomar un chocolate. Allí trabajaba Victoria. Era una vaquería que servía la mejor nata y habían decidido ampliar el negocio. Ella era muy atractiva y desprendía una especie de fuerza innata. Nadie sabe a ciencia cierta de su adolescencia. Solo se sabe que nació en Sant Vicenç de Vallhonesta, un pueblo cercano a Manresa. Dicen que la trajeron aquí para que aprendiera un oficio con unas monjas, pero lo más seguro es que sencillamente fuera abandonada. Ella era una mujer que sabía lo que la gente quería, conocía sus deseos profundos, y sabía sacarles provecho. No juzgaba, solo comprendía y actuaba. Y tenías a Salvador, un hombre bondadoso, tímido, al que le gustaba la historia e irse a Ampurias en expediciones arqueológicas en vez de ayudar a su padre con la fábrica textil que había montado unos años atrás con el dinero de la trata de esclavos. Cuando Salvador se casó con Victoria todo el mundo se sorprendió. Algunos incluso aseguraron que ya estaba embarazada, a pesar de que luego no fue así, ya que el hijo, Eduardo, vino al mundo doce respetables meses más tarde.

—La gente habla y habla, para la alta sociedad no debió de ser fácil aceptar entre sus filas a una mujer salida del arroyo.

—Pues si querían un escándalo con ella lo tenían servido. Un día, cuando tenía veinte años, decidió acompañar a Salvador a la fábrica. Una mujer acompañando a su marido a la fábrica. A ella le gustaban las cuentas, ver el dinero crecer. Y lo peor de todo era que el padre de Salvador, Jaume, tenía sesenta años y ella dieciocho. Al principio creo que pensó que aquella lechera, como la llamaban las malas lenguas, era mejor que nada, que unas buenas caderas podían proporcionar un heredero que centraría a Salvador. Pero Victoria era muy hermosa y en realidad Jaume y ella estaban hechos el uno para el otro, al menos eso dicen.

—¡Vaya con el suegro!

—Pues sí. Jaume descubrió que además de hermosa Victoria era ambiciosa y dura, y los rumores dicen que en realidad el padre de Eduardo fue Jaume. Todo esto son habladurías, nadie te lo dirá como te lo estoy contando yo, pero es lo que he podido reunir de aquí y allá. Cuando Jaume murió, enviaron a Eduardo a vender todo el patrimonio que había en Cuba. Creo que fue idea de Salvador, una manera de desembarazarse de todo cuanto oliera a su padre. Lo hicieron muy bien, justo antes de la independencia. Y la historia es por todo el mundo sabida.

—Y si se dice que Eduardo es hijo de Jaume, la otra hija, Casandra...

—Dicen que Casandra sí que es hija de Salvador. Y también puede que todo sean calumnias. Pero sí que es verdad que Victoria y Jaume se comprendieron mutuamente, descubrieron que estaban hechos de la misma clase: ella había padecido, había sido abandonada, humillada, y él también había conocido el abandono y la humillación. Y era inteligente, muy inteligente. Le gustaba ir a la fábrica y observar cómo funcionaban los telares. Utilizaban un tinte especial para el rojo Cardona, uno que también utilizaban para el obispo de Barcelona y algunas ropas cardenalicias, el rojo de su escudo de armas, el rojo del rubí. Ella vio cómo algunas trabajadoras se lavaban las manos con las aguas sobrantes de después de haber teñido las prendas. Decían que les ayudaba a curarse las manos, las llagas. Incluso una de las mujeres llenó una botellita y se la llevó para casa. La mujer reconoció a Victoria, avergonzada, que era para curar las escaldaduras de su bebé. A Victoria le intrigó el asunto. En la fábrica trabajaba un químico que además daba clases en la universidad. Victoria le pidió investigar aquella substancia roja. Salvador le ofreció parte del dinero de las ganancias de la venta de las posesiones de Cuba para financiar el estudio y descubrieron que tenía una actividad antimicrobiana muy importante. Curaba las heridas, evitaba que se infectaran. Y entonces hubo un problema de patentes. Elías Bargalló fue el farmacéutico que demostró la actividad de la sustancia, la sintetizó y la purificó. Pero Victoria se quedó con la patente y le dio el nombre de victorina, uno de los antisépticos más potentes que existe. Y fundó los laboratorios Cardona. Salvador la dejó hacer y ella lo puso todo a su nombre. Y ahora ese polvo rojo está en todos los hospitales, en todas las casas y en todos los ejércitos. Pronto ella se hizo más rica que Salvador. Y a él no pareció importarle. Pero Elías Bargalló la denunció, porque aunque ella le había dado una fuerte cantidad de dinero él no estaba de acuerdo con el asunto de las patentes. No llegaron a juicio.

—¡Menuda historia y menudo personaje!

—Desde luego. Hay que decir que ella no jugó muy limpiamente. Se vio a Elías Bargalló arrastrándose por los peores antros. Me preguntas que quién pudo asesinarla. Es difícil responder a eso. Ella trataba bien a los trabajadores. En los Laboratorios Cardona hay incluso guarderías. Turnos razonables de trabajo. De algún modo se las apañaba para mantener a los anarquistas a raya. Incluso la prensa lerrouxista la trataba con simpatía. Todo el mundo quería trabajar para ella. Su empresa es la más moderna. Ha donado dinero para la cátedra de Estudios Químicos de la Universidad, para el Institut d'Estudis Catalans y para la Casa de Caritat de Manresa, pero su obsesión era el Liceo. Algo debió de pasar allí, más allá de su pretensión de meter mano en el lugar que simboliza a la clase social que al principio la rechazó, yo tengo esa convicción. Algo más concreto, no sé... Si quieres saber qué la mató debes averiguar quién era ella. Que muriera en el Liceo no creo que fuera una casualidad.

Hizo una pausa. Los dos la necesitaban para poder reflexionar. Al cabo de un rato Miquel dijo:

—Requesens, creo que es el caso más difícil con el que te has enfrentado hasta ahora. ¿No te han dado refuerzos?

—Tengo a Fernández y a Rosales, y mi jefe me ha dicho que puedo disponer de un agente joven, Cristóbal. Las órdenes vienen directamente del gobernador. Y han pedido que lleve personalmente el caso, quieren discreción, pocos agentes..., ahora mismo no debería estar aquí contigo.

—Quieren a alguien de honestidad inquebrantable, alguien que sepa de música, alguien que se emocione escuchando el *Idomeneo* —dijo Miquel medio en serio medio en broma.

El *Idomeneo* no traía buenos recuerdos a Requesens, pero intentó seguir hablando con Miquel sin darle importancia. Se quedaron callados hasta que este dijo:

—Al final no me has dicho qué tal cantó la Santpere.

—Tendrías que haberla escuchado cantar *El lamento de Dido*.

—¿Sabías que Teresa era la protegida de Victoria?

—Sí, lo sé. Lo leí en tu periódico. ¿Sabes algo más de ello?

—Solo lo que todo el mundo sabe: que Victoria la oyó un día cantar siendo niña y le pagó todos los estudios. Es curioso que esas dos mujeres hayan coincidido en el mismo tiempo. Y a decir de la gente eran amigas más que benefactora-protegida.

—Ayer hubo un momento en que su voz se mezcló con la música como si fuera... como una fuerza primitiva y abrumadora.

—Vaya, sí que te ha dado fuerte. Empezamos hablando de asesinatos y acabamos hablando de música.

—Tal vez no esté tan alejado lo uno de lo otro.

Requesens se despidió de Miquel y se acercó al Hospital Clínico. Allí se hallaba el Instituto Anatómico Forense. El hospital había sido inaugurado tres años atrás y atendía casi en exclusiva a las clases más desfavorecidas de la ciudad: ancianos, desheredados, pobres y viudas. Curiosamente se hallaba en la calle Rosellón, a la misma altura que el palacio de los Cardona, aunque separado por al menos diez calles. Aquel tramo del Ensanche mostraba una cara más popular que el resto y tenía un aire de barrio debido a la cercana presencia del mercado del Ninot, un mercado al aire libre. El Ensanche presentaba numerosos solares vacíos y huecos, y las casas aparecían aquí y allá, a veces sueltas, desperdigadas sin un continuo, recordando los dientes de un niño que aún están saliendo.

Mariona, la mujer de Requesens, trabajaba en el hospital como voluntaria, codo con codo con las monjas. Tras la muerte de su hijo era su forma de sosegar el dolor. Los médicos y las enfermeras no cobraban y ella tampoco. Él sabía que su mujer estaba allí, pero no quiso importunarla, pues seguramente estaría tan cansada como él. La noche anterior ella le había estado esperando despierta hasta más de las cuatro de la madrugada, insomne por el miedo característico de la mujer de un policía, y al verlo se aferró a él. Requesens le habló del crimen y le dijo que a primera hora debía volver al Liceo. Ella se quedó tranquila y ambos durmieron un par de horas.

Junto al hospital también se encontraba la Facultad de Medicina, alojada en un edificio clásico, con un pórtico de columnas dóricas que había resistido los embates del Modernismo. El Anatómico Forense se encontraba en un semisótano, protegido de las miradas curiosas y alejado de los enfermos, pues el ir y venir de cadáveres era un posible foco de infecciones. A pesar de encontrarse en el hospital, el instituto dependía directamente de la Jefatura Superior de Policía y pocos sabían de su presencia allí. Un portalón daba paso a una escalerilla metálica de caracol que se debía bajar con cuidado.

El doctor Odriozola parecía estar esperándole. De uno de sus dedos, manchados de nicotina, colgaba un cigarrillo con la ceniza a punto de caer. A pesar de que el Anatómico Forense era tan nuevo como el propio hospital, empezaba a verse decrépito, y el olor a disolvente no podía disimular el de los cuerpos en descomposición. Bajo los mármoles y los fregaderos había cubos metálicos llenos de líquidos densos cuya naturaleza Requesens prefería no saber.

—Llega tarde —dijo Odriozola—. Ya se la han llevado.

Requesens se mostró sorprendido.

—No puede ser. Ni siquiera han pasado veinticuatro horas.

—Ni doce si me apura usted. Se la han llevado hace un par de horas.

Hubiera deseado observar el cadáver. No es que le apasionara su visión, pero creía de una manera supersticiosa que ver el cadáver de una víctima despertaba un ancestral resorte interior que le ayudaba a encontrar a sus asesinos.

—Incluso para los muertos el tiempo es diferente si se es rico o pobre —dijo Odriozola.

Requesens vio cómo Odriozola sumergía un portaobjetos en una cubeta llena de un colorante lila. Luego le añadía otra substancia de un olor ocre. La ceniza colgaba con parsimonia de su cigarrillo.

—Aún tengo al ahogado de la semana pasada, no lo ha reclamado nadie.

Odriozola había realizado la autopsia de Victoria la noche anterior. Requesens no había podido acompañarle porque había permanecido en el Liceo encargándose de la investigación. Sus turnos de trabajo eran extraños y se lo había encontrado mañanas, tardes y noches de manera totalmente aleatoria. Odriozola tampoco debía de haber dormido mucho.

—¿Cómo es que se han llevado el cadáver tan rápido? Apenas se ha iniciado la investigación. No es legal.

—Órdenes por encima de Ossorio. La familia ha insistido en ello y ha apelado a lo más alto.

—¿Qué ha averiguado? —preguntó Requesens.

—La golpearon en el lado derecho del cráneo a la altura del hueso temporal. El rubí y la corona de diamantes encajaban perfectamente con la herida. Sin embargo, la herida no fue mortal.

—Y entonces, ¿qué le causó la muerte?

Odriozola fijó una muestra bajo la llama de un mechero bunsen y siguió hablando con calma:

—Murió por sofocación. Comprobé que había signos cianóticos en labios y uñas después de quitarle todo el maquillaje que llevaba. Realicé un barrido de boca y encontré la espuma característica de la sofocación en laringe y tráquea. No había marcas en el cuello, con lo cual no hubo estrangulación, así que le debieron de tapar la boca y la nariz mientras estaba inconsciente. No pude hacer la autopsia en pulmones y corazón para comprobar la fluidez de la sangre porque no me dieron tiempo. Estaba inconsciente, seguramente hipotensa, cuando le cubrieron nariz y boca.

—Muerta por sofocación... —murmuró Requesens—. Esto puede cambiar algunas cosas.

—Puede cambiar muchas. Y hay algo más. El cadáver no mostraba signos de lucha, pero alguien le sujetó las muñecas, evidentemente antes de que la golpearan. Hay una marca en la muñeca izquierda, con lo que indica que no llevaba ese guante cuando la sujetaron. Y en la otra, el brazalete de diamantes dejó una marca en la piel a través de la tela. Lo he comprobado y el brazalete le iba a medida, con lo que tuvieron que apretárselo. El guante que falta es de la izquierda, creo que se lo debió de retirar ella misma. No sabría decirle si primero la sujetaron y luego la golpearon o fue a la vez. Por la incisión de la fractura ella posiblemente estaba viendo al asesino.

—¿Hubo entonces dos personas?

—No se lo podría decir. No había señales de forcejeo en el resto de su cuerpo. Las ropas están intactas y las joyas en su sitio. La diadema estaba bien colocada y murió perfectamente peinada.

—¿Para qué se quitó un guante?

—No lo sé. El alma humana y sus motivaciones son cosa suya. Lo mío son los hechos científicos: un guante desaparecido que seguramente se quitó la propia víctima. Una joya que se creía perdida que aparece aferrada a su mano. La posibilidad de que fueran dos personas. La posibilidad de que la víctima estuviera viendo a su asesino. La certeza de que fue golpeada en la cabeza, aunque murió por sofocación.

—Hemos revisado el escenario y no hay rastro de sangre.

—No debió de sangrar mucho. A lo sumo se romperían algunos capilares. Además, tenía un cabello abundante, que actuaría de esponja y sería el motivo por el que no llegaría a caer una gota al suelo.

—Es un crimen extraño. Parece un asesinato premeditado, pero a la vez...

—Sé a lo que se refiere. Que el cadáver fuera depositado con toda suntuosidad teatral en un catafalco así lo indica, no obstante, a veces...

—Todo coincide en un lugar y en un momento.

—Exacto.

—¿Utilizaron el guante para asfixiar a la víctima?

—No. No había marcas en la boca ni en la piel de la cara. El guante era de rico brocado y hubiera dejado pequeñas ulceraciones de haberlo apretado contra las mucosas, y ese no fue el caso. He hecho una copia del brocado en papel.

—¿Se necesitaba mucha fuerza para sofocar a la víctima?

—No. La víctima estaba inconsciente, como ya le he dicho, con lo que no opuso resistencia. Lo que se necesita más bien es mucha determinación, la de alguien que sabía lo que estaba haciendo: apretando durante dos, tres o cuatro minutos, mirando a un ser humano morir hasta tener la certeza de que podía dejar de hacer presión.

La ceniza del cigarrillo cayó sobre un cenicero de color blanco. Requesens tardó un tiempo en darse cuenta de que era la calota de un cráneo puesta boca arriba.

•◆··◆·•

La Jefatura Superior de Policía Gubernativa se hallaba ubicada en el número 3 del paseo de Isabel II. Había sido inaugurada hacía un par de años. El convento de San Sebastián había sido demolido para dejar paso a la avenida de la Reforma, con lo que ahora el edificio de Jefatura mostraba toda una pared desnuda a la plaza Antonio López. En Jefatura estaban bajo el mando directo de Ángel Ossorio, gobernador civil de Barcelona, cuyo palacio estaba en el mismo paseo y distaba pocos metros.

A partir de ahora Requesens trabajaría en Jefatura, donde le habían habilitado un despacho. A media tarde se reunió con los agentes Fernández y Rosales, a los que se había unido Cristóbal, un agente joven que les serviría de apoyo.

Sobre un paño blanco habían depositado el rubí de los Cardona. Mientras durase la investigación seguiría en poder de la policía, hasta que el caso fuera instruido en el juzgado. Requesens se puso unos guantes, tomó la piedra, la enfocó hacia la ventana y dejó que la luz de la tarde incidiera en ella. La piedra parecía tener una pulsación interior, una llamarada de fuego, un corazón.

—En dactilografía han comprobado que no hay ninguna huella en el rubí —dijo Requesens.

—Parece un ojo que te esté observando —dijo Fernández.

—Sí, lo llaman el Ojo del Dragón.

—O el Corazón de los Cardona —añadió Cristóbal.

Los tres hombres se le quedaron mirando.

—Alguien me contó su historia hace un tiempo —dijo poniéndose ligeramente colorado.

Cristóbal pertenecía a la nueva hornada de agentes salidos de la Escuela de Policía auspiciada por el gobernador civil y que serviría de base para modernizarla. Tenía el cabello pelirrojo y era pecoso, y no toleraba estar muchas horas bajo el sol.

—Nos han dejado un plano —dijo Rosales—. Nos han dicho que probablemente no esté del todo correcto porque ha habido cambios posteriores. Es de 1901 pero es el más grande y detallado que tenían.

Lo desplegaron con cuidado sobre la mesa. En el plano, el Liceo mostraba la forma perfecta de una herradura. A un lado extendieron las fotografías tomadas aquella mañana mientras Requesens estaba en al Anatómico Forense, en las que aparecía el catafalco fotografiado desde todos los puntos de vista.

—Y aquí la lista de los trabajadores —dijo Rosales—. Hemos hablado con la mayoría. También con los camareros del Café del Liceo. Nadie vio nada extraño. Lo que pasa también es que tenían mucho trabajo y puede que se les pasara algo por alto. Los camareros dicen que no entraron en el escenario, lo tenían terminantemente prohibido y además no era necesario para su trabajo. También nos han entregado una lista con invitados, miembros de la junta que solicitaron invitaciones y amigos de los trabajadores. No parece que haya ningún nombre en especial.

—El portero principal, Xavier Soriano, tampoco vio nada extraño, a pesar de haber multitud de gente y que podría haber sido relativamente fácil acceder a las zonas públicas —prosiguió Fernández—. Los otros dos porteros que le ayudaban en la entrada tampoco vieron nada que les llamara particularmente la atención. También había porteros en las diferentes plantas. Ante el tumulto que se organizó, todos abandonaron su puesto y ayudaron a la gente a salir siguiendo órdenes de Carcasona.

—Trabajan con turnos meticulosamente preparados por el gerente. Están colgados en un cuarto que tienen los mozos para descansar en el quinto piso, al lado de sus habitaciones. Todo el mundo sabe qué tiene que hacer y dónde tiene que estar. La fiesta de Carnaval era un extra y lo pagaba directamente la condesa.

Requesens señaló diversas partes alrededor del escenario.

—Quien la asesinó debió de acceder al escenario. Para llegar allí se puede hacer desde diferentes lugares.

Fernández señaló el sitio donde acaba el corredor de platea por un lado y por el otro.

—Para pasar de aquí al escenario hay una puerta y aquí había dos porteros. Uno de ellos tuvo un pequeño altercado con el grupito del conde de Treviso, las Alocadas Comadrejas. Quisieron entrar, pero el portero se lo impidió.

—¿Alocadas? Creía que se llamaban Alegres.

—Bueno, yo ya me entiendo.

—¿Cuándo fue?

Fernández dijo:

—En plena representación. Después de eso accedió el doctor Feliu, justo antes de que se levantara de nuevo el telón, porque alguien se había cortado con una copa de cristal y el botiquín está junto al escenario y se va más rápido por aquí, si no habría tenido que dar toda la vuelta. Como es natural el portero le dejó pasar, incluso intercambiaron algunas palabras sobre un resfriado que llevaba días arrastrando.

Y Rosales añadió:

—Estaba justo entre bastidores cuando se subió el telón, por eso fue el primero a llegar. Lo sabemos porque uno de los mozos, Julián, ayudó con una servilleta limpia a comprimir la herida. Y fue cuando el doctor Feliu se dirigió hacia el botiquín.

—¿Quién más accedió?

—Lo Jaumet, el apuntador, y Manolo Martínez, que es el regidor.

—Es decir, desde el corredor de platea no pudo acceder nadie que no fuera de la casa.

—Sí, jefe, pero por detrás está la entrada para las escenografías. No estaba vigilada. Aquí están estas otras escaleras por donde se baja de las salas de ensayo. Si hubieran querido hacerlo, habrían tenido que bajar al vestíbulo e ir hacia la entrada de artistas. Allí había también porteros, pero había mucha gente que iba y venía. Si alguien quiso colarse por allí pudo hacerlo. Pudieron esconderse en cualquier parte. Hay un camerino secundario para que los cantantes se puedan cambiar rápido de ropa sin acudir al camerino principal. El vestidor donde se cambian los músicos está a un lado. El taller de atrezo también queda cercano. Aquí hay un saloncito de descanso. En este cuartito se guardan los enseres de maquinaria. Hay múltiples sitios donde esconderse, todo son largos pasillos y puertas.

—La condesa bajó desde su palco por la escalerilla. Desde los otros palcos de proscenio de los pisos primero, segundo y tercero también pudieron hacerlo. Debemos averiguar quiénes ocupaban esos palcos.

—Sí, jefe, pero...

—¿Pero...?

—Técnicamente lo pudo hacer cualquiera, así que tenemos multitud de sospechosos.

—¿Cree que han tenido algo que ver los anarquistas? —preguntó Fernández con un tono de voz que lo daba por hecho.

—¿Los anarquistas? ¿Para destruir un símbolo burgués y de poder? —preguntó retóricamente Requesens.

—Les encantan los regicidios —añadió Fernández—. Y la condesa de Cardona era lo más parecido a una reina que tenían cerca. Al Rey han intentado asesinarlo varias veces, y al monarca y al príncipe de Portugal se los cargaron el año pasado.

—Si hubieran sido ellos el cadáver no habría aparecido sobre el catafalco.

—¿Por qué no?

—Demasiado poético para Bakunin.

Solo Cristóbal pareció entenderle.

—También podrían haber sido los lerrouxistas —dijo Rosales.

—No me imagino al señor Lerroux dando órdenes de asesinarla.

—Lerroux quiso atentar contra el Rey. La condesa era catalanista. Monárquica y catalanista, las dos cosas que más odia Lerroux.

—Lerroux está exiliado en Argentina. Y además, ¿qué iba a conseguir con ello? —preguntó Requesens.

—Empezar una revolución, hacer creer a la gente que puede acabar con los poderosos.

—Sí, pero ella era de origen humilde y, además, parece que se llevaba bastante bien con lerrouxistas, socialistas y sindicalistas. Los Laboratorios Cardona tratan bien a los trabajadores.

—Tal vez fueran los catalanistas.

—No vamos a resolver el crimen del Liceo soltando teorías al tuntún.

—Lo de los catalanistas lo dice la prensa radical.

—Hace unos segundos estaba acusando a los radicales de haberla asesinado y ahora utiliza sus argumentos. Verán, aquí hay algo que no encaja. Móviles puede que haya muchos, pero lo más desconcertante es la forma. ¿Para qué iban a dejarla sobre el catafalco? Es algo demasiado sofisticado para un anarquista o un lerrouxista, y si hubiera sido alguuno de los suyos, un empresario rival, ¿para qué tomarse tantas molestias? Y lo más importante de todo, ¿cómo hubieran podido obtener el rubí de los Cardona?

—¿Y si lo obtuvieron y quisieron dar una lección a la burguesía catalana?

—Si hubiera sido así, sin duda alguna lo habrían vendido y habrían obtenido una fortuna.

—¿Por qué bajó la señora condesa en plena representación? —preguntó Cristóbal.

—Al menos alguien hace preguntas con cierto sentido —dijo Requesens empezando a repasar los nombres de quienes habían asistido a la fiesta.

—Son seiscientas y pico personas sin contar con los trabajadores. Aquí está todo el que se precia ser alguien en Barcelona...

—Estamos esperando las fotografías que realizó uno de los empleados del señor Puig —dijo Rosales—. Tal vez nos puedan aclarar algo.

Llamaron a la puerta y entró Francisco Muñoz Rodríguez, inspector general de Vigilancia, seguido de Antonio Tresols, alias *el Vinagret*, inspector jefe de Policía, un tipo chanchullero, extorsionador y procaz que a Requesens le daba náuseas.

—¿Cómo va la cosa? ¿Ha averiguado algo? —preguntó Muñoz Rodríguez dando unas palmadas en el hombro a Requesens.

—Estamos intentando averiguar quién tuvo acceso al lugar del crimen.

—Ossorio está presionando. Quiere encontrar al culpable cuanto antes. La prensa anda como loca.

Tresols se acercó a la mesa. El plano del Liceo llamó unos segundos su atención, pero el rubí aún la atrajo más. Tenía los dedos gruesos y toqueteó la joya desagradablemente con las manos todavía manchadas del chocolate que acababa de desayunar, ante la mirada asqueada de Requesens, que tenía que recordarse una y otra vez que la mujer de Tresols había muerto en un atentado anarquista en su casa, en la calle del Carmen, para sentir cierta empatía con aquel hombre. Pero por otro lado Tresols representaba todo cuanto él odiaba.

Requesens preguntó en voz baja a Muñoz Rodríguez:

—¿Tiene que estar él aquí?

—Le han subido de categoría, ya sabes.

Muñoz dijo en voz alta:

—A ver, Tresols, ¿qué le han dicho sus confidentes?

—Parece ser que los lerrouxistas no han tenido nada que ver. A no ser que sea alguno suelto que quiera joder una posible alianza entre lerrouxistas y socialistas. Pero ya le digo que no han tenido nada que ver —y misteriosamente añadió—: Además, parece que la condesa contaba con protección.

—¿Con protección de quién? —preguntó Requesens.

—Alguien de su propio entorno.

Era evidente que sabía más de lo que decía.

Durante los años anteriores el cuerpo de policía había sido reformado en profundidad. Ángel Ossorio había despedido a la mayoría de los agentes, ya que muchos de ellos eran analfabetos e indolentes, y Barcelona era una ciudad aterrorizada por las bombas anarquistas que necesitaba de gente competente en sus calles. Una explosión en el mercado de la Boquería y otra en la calle Fernando en la que varias chicas quedaron con los miembros amputados fue la excusa perfecta que buscaba Ossorio para poder reformar la policía. Las vacantes iban a ser ocupadas por aspirantes que provenían de la recién inaugurada Escuela de Policía. Se buscaban la meritocracia, el coraje y el deseo de servicio público. Tresols había sido confidente de la policía antes de su ingreso en el cuerpo armado; era astuto y eficaz en una época en que sus inquisitivos métodos para con los delincuentes no eran mal vistos por las autoridades. Junto con el inspector Antonio Ramírez, alias *Memento*, eran los dos máximos representantes de la vieja policía y hacían todo lo que podían para obstaculizar su modernización. Gracias a sus métodos, a las continuas corruptelas y sobornos habían amasado una considerable fortuna y granjeaban un mal nombre al cuerpo policial. Al entrar en vigor la nueva reglamentación de la policía, las decisiones tomadas por el Gobernador generaron un gran malestar. Tresols era uno de los elementos de los cuales Ossorio no había podido desembarazarse y una forma de neutralizarle era ascenderle a inspector jefe, un cargo jerárquicamente ambiguo y poco delimitado, sin haber pasado siquiera un examen previo. Pero eso no fue suficiente para calmar su malestar por la pérdida de control sobre su lucrativo modo de vida, incluso lo había incrementado.

Muñoz Rodríguez era otro cantar. Había ganado experiencia en la calle, en la lucha contra pistoleros, somatén y anarquistas. No se andaba con miramientos y era de los que pensaban que un par de tortas bien dadas servían para calmar a los detenidos y enseñarles quién manda. No obstante, a pesar de que su cuerpo parecía estar siempre preso de una violencia contenida, era honrado y cuestiones como el honor y la integridad seguían siendo importantes para él.

—A ver, recapitulemos —dijo Muñoz Rodríguez—. Los lerrouxistas y los anarquistas afirman que una mano negra la ha asesinado y apuntan a lo más alto. Los socialistas afirman que la burguesía la odiaba por las mejoras en las fábricas y las condiciones de los obreros y por su origen humilde. La Lliga Regionalista dice que ha sido obra de un anarquista por ser ella catalanista y haber financiado el Institut d'Estudis Catalans.

Fernández dijo:

—Aquí hay un lío de tres pares de cojones.

—Así que quieren que haga un trabajo fino... —dijo Tresols a Requesens.

Ignasi Requesens no contestó. Tresols sonrió, parecía no importarle la indiferencia de Requesens, pero era astuto y enseguida detectó el eslabón más débil. Su mirada recayó viscosamente sobre Cristóbal, a todas luces incómodo en su presencia.

—Vaya, Cristobalito, ¿ya te han asignado un caso? Eso es llegar y besar el santo. Eres muy callado, pelirrojito.

—A ver, Tresols —intervino Muñoz Rodríguez—. Deje de tocar los cojones y tengamos la fiesta en paz. Tengo a Ossorio y a Guijarro que se suben por las paredes pidiendo que esto se resuelva cuanto antes. Así que si no tiene otra cosa que decir lárguese.

Francisco Muñoz, además de ser el inspector general, era el director de la Escuela de Policía. Cristóbal destacaba entre todos los alumnos y Muñoz se mostraba orgulloso de él. Era cierto que lo había puesto allí para que aprendiera, pero Requesens intuía de una manera difusa que era también para informar a sus superiores.

Tresols era listo y sabía cuándo tenía que retirarse. No había sido buena idea importunar a Cristóbal delante de Muñoz Rodríguez y decidió marcharse no sin antes comentar:

—No creo que resuelvan nada mirando fotos y planos.

El alivio de Cristóbal fue casi palpable cuando cerró la puerta y se marchó.

—¿Tiene Tresols que estar al corriente de las investigaciones? —preguntó Requesens.

—No te conviene ponerte a mal con Tresols —dijo Muñoz Rodríguez encendiendo un cigarrillo—. Todavía es importante en esta ciudad. Le puedo mantener apartado, pero quiere estar en el meollo y es como un perro de presa. Además, es inspector jefe de Barcelona, técnicamente tu superior.

—Habría que poner el rubí a buen recaudo —dijo Requesens—. No me gusta que esté por aquí.

Muñoz y Requesens se quedaron mirando el uno al otro.

—Daré ordenes de que lo guarden en Gobernación —dijo Muñoz.

El rubí de los Cardona pareció brillar y mirarlos a los dos.

CAPÍTULO 4

E l entierro de Victoria reunió a un gran número de personas a pesar de los intentos de discreción por parte de la familia. No había habido capilla ardiente y los actos religiosos habían sido celebrados en la más estricta intimidad en la capilla del palacio de los Cardona. De allí había salido la carroza fúnebre camino del cementerio del Sudoeste, más conocido entre los barceloneses como cementerio de Montjuic por ocupar una de las laderas de esa montaña.

La trágica muerte de Victoria había impedido que el rito se desarrollara como era debido. De haber sido así, hubiera habido un cortejo a pie acompañando la carroza desde el palacio hasta la catedral, un cortejo en el que solo habría habido hombres, ya que era preceptivo que las mujeres acudieran únicamente al funeral.

La muerte de Victoria se convirtió en tema favorito en tertulias y murmuraciones, y todo el mundo especulaba con la posibilidad de averiguar quién había cometido semejante crimen. Además de *La Vanguardia* y el *Diari de Barcelona*, otros periódicos como el catalanista *La Veu de Catalunya*, el lerrouxista *La Publicidad* o el más sensacionalista *Las Noticias,* e incluso *Solidaritat Obrera,* hacían conjeturas sobre su muerte.

Se había congregado una muchedumbre en el trayecto que debía recorrer la carroza hasta el cementerio. Las fábricas y laboratorios de la familia Cardona, que daban trabajo a más de dos mil personas, habían cerrado en señal de duelo y muchos de los trabajadores habían ido a despedir a la condesa. Victoria era amada y respetada por el pueblo como ningún otro aristócrata lo había sido jamás. Ellos la consideraban como algo suyo, pues era *vox populi* su historia de una infancia pobre y de abandono. Al pueblo le gustaba verla bien vestida, amaba su afán por las joyas, las pieles, y sobre todo su deseo de mostrarlo, algo que no consideraban una señal de mal gusto, más bien al contrario, pues pensaban que a quién no le gustaría ir vestida todos los días como una reina si pudiera. Las mejoras sociales introducidas en los Laboratorios Cardona estaban en boca del todo el mundo y la habían hecho inmensamente popular. Disponían de médicos propios y de un incipiente seguro de enfermedad. La última de las mejoras había dejado con la boca abierta a toda la sociedad bien pensante: sus trabajadores tenían una semana de vacaciones pagadas al año. Eusebi Güell se había quejado en público de la inmoralidad intrínseca de pagar a alguien sin estar trabajando.

Numerosos guardias urbanos empenachados y vestidos de gala mantenían el orden a caballo entre la muchedumbre, que lo observaba todo con avidez nerviosa y gritos de exaltación. Los guardias se cuadraban y saludaban al féretro respetuosamente a su paso. La carroza, negra con ornamentos dorados, estaba coronada por una gran cruz e iba tirada por ocho acicalados caballos negros. El cortejo fúnebre avanzaba con lentitud. Requesens lo seguía desde uno de los nuevos vehículos policiales. Habría preferido realizarlo montado a caballo como hacían los municipales y como seguían haciendo los policías durante las guardias nocturnas, y no depender de las habilidades de otros agentes que parecían no haberse acostumbrado todavía a los automóviles y añoraban los antiguos carruajes policiales. A Requesens le acompañaba Cristóbal, que pertenecía a una nueva generación que se sentía mejor en un mundo mecanizado que animal. Le gustaba de él que entendiera el lenguaje no verbal a la primera y que con unos pocos datos de aquí y de allá se pudiera hacer una idea de la situación. Además, era respetuoso, hacía preguntas inteligentes, no decía palabrotas cada dos por tres y se le veía buen chico.

Cuando llegaron al cementerio descubrieron que una multitud se agolpaba en la entrada.

—Detente antes de llegar a la puerta. Espérame aquí.

Requesens notó que Cristóbal se sentía defraudado.

—Lo siento, chico. Otro día será. Te necesito aquí para que guardes el automóvil y no quede atrapado entre la marabunta.

Cristóbal asintió comprensivo, con educación y sin aspavientos. Requesens pensó que ojalá todos los nuevos policías fueran como él.

El panteón de los condes de Cardona había sido construido por el mismo arquitecto que su palacio: Puig i Cadafalch. El estilo era neogótico con reminiscencias nórdicas y en él descansaba Salvador de Cardona. Los anteriores condes de Cardona yacían en el antiguo panteón, en el Cementerio Viejo. Desde 1714 ninguno de ellos había vuelto a enterrarse en Cardona.

Era un tópico policíaco pensar que el asesino siempre acude al entierro de la víctima. Pero Requesens sabía por experiencia que en muchos casos era cierto y que sin duda quien hubiera asesinado a Victoria la conocía. Sin embargo, había pocos miembros de la gran sociedad que había visto en el Liceo: ni los Güell, ni los Castelldosrius, ni los Fabra i Puig, ni las señoritas Fonollar, ni los Baladía, ni todos aquellos que habían alabado las cenas en casa de Victoria, sus exquisitos bailes, como si morir de aquella forma fuera el culmen del mal gusto, una desfachatez de la anfitriona. También habían excusado su presencia el alcalde accidental de Barcelona, Albert Bastardes, y los obispos de Barcelona, Vic y Solsona. Sin embargo, sí que estaban Enric Prat de la Riba, presidente de la Diputación, representantes de los Estudis Universitaris Catalans, el Sindicato Musical de Cataluña, Puig i Cadafalch, Santiago Rusiñol, Ramón Casas, Albert Bernis, el antiguo alcalde de Barcelona, señor Sanllehy, numerosos miembros de la Asociación Wagneriana, representantes de los trabajadores de sus empresas y, como no, muchos trabajadores del Liceo, desde músicos hasta sastras y fregatrices.

Hubo un momento de espera en el que el féretro permaneció sobre un pequeño catafalco a la espera de ser introducido en el panteón, y Requesens aprovechó para observar a la familia al completo. Eduardo de Cardona se había convertido en el cabeza de familia. En teoría eso había sucedido desde la muerte de Salvador, su padre; sin embargo, era Victoria quien llevaba las riendas de la familia ante lo que se creía debilidad de carácter de Eduardo. Muchos decían que había sido ella la que había provocado esa debilidad de carácter en su hijo, impidiéndole respirar por sí mismo. Otros, por el contrario, afirmaban que el chico había heredado la blandura de su padre, y que era habitual en los Cardona que una generación de fiereza fuera seguida de dos de indolencia.

En todo caso, Eduardo se mostraba abatido y con una expresión de dolorosa perplejidad, como si aquello no fuera más que el acto final de una de las óperas a las que tan aficionada era su madre. El abotargamiento había dejado paso a un aspecto melancólico y pensativo. Parecía que, en el transcurso de cuarenta y ocho horas, hubiera adelgazado considerablemente. Era evidente que no deseaba observar el ataúd de su madre y dejó vagar la mirada aquí y allá. A su lado, Eulalia mostraba una regia sobriedad. Ser la nuera de Victoria no debía de haber sido tarea fácil. Tras la muerte del conde, ella había seguido siendo considerada la condesa de Cardona y en la mayoría de las ocasiones ni siquiera se añadía el viuda de cortesía. Eulalia había sido escogida personalmente por Victoria y según decían había sido sometida incluso a una enojosa prueba de fertilidad. En aquel tiempo era habitual que el matrimonio sirviera para formar alianzas o incrementar el patrimonio y las influencias, pero Victoria había sido mucho más pragmática y buscó una mujer que supiera bregar con el errático comportamiento de Eduardo, la hija de un terrateniente local. Además, tuvo la suerte de que Eulalia estuviera verdaderamente enamorada del joven, un enamoramiento fruto de la no posesión y del deseo de redimir a otro ser humano.

Tenían tres hijos. Joan, l'*hereu*,[1] y los gemelos, Enric y María. Los niños iban vestidos como hombrecitos en miniatura y la niña con un vestido que parecía haber sido adaptado para la ocasión. Los niños mostraban una extraña solemnidad y lo único que les diferenciaba de los adultos era que no llevaban sombrero y el aire despeinaba sus cabellos rubios. Casandra permanecía entre los niños; llevaba un velo largo que no dejaba ver su rostro, aunque el viento agitaba la tela y dejaba entrever su mirada.

Un sacerdote, que parecía ser amigo de la familia, dijo unas palabras intentando reconfortar a la familia, tras lo cual el féretro fue introducido en el panteón. Mientras tanto un grupo de mujeres se abrió paso de una forma un tanto brusca y Requesens pensó que convenía no perderlas de vista pues seguramente traerían problemas. Eso mismo debió de pensar la policía secreta que disimuladamente

---

1. N. de la Ed.: En el derecho de familia catalán, el *hereu* es el primogénito varón de la familia, que será quien heredará las tierras y la casa familiar para evitar así que la propiedad se divida. Es una institución parecida al mayorazgo de Castilla. En el caso de que el heredero no fuera un varón sino una mujer, la heredera era la *pubilla*.

iba tomando posiciones. Era extraño que pudiera coincidir todo aquel grupo de gente en el entierro de una persona.

De repente, Requesens levantó la vista y se fijó en un hombre que estaba apoyado en otro panteón situado a una altura superior al de los Cardona y desde el cual tenía una visión inmejorable de cuanto acontecía. Era un hombre de unos treinta años, fuerte, no muy alto. Un rictus de arrogancia y aires de suficiencia dotaban su rostro de cierta crueldad no carente de atractivo. Ni siquiera la elegancia de un traje perfectamente cortado podía ocultar el vigor de su cuerpo. Tenía los ojos grandes, castaños, y una barba cuidada acentuaba su aspecto varonil. Permanecía con el sombrero en la mano y lo apretaba con dureza. No lloraba, pero parecía tener los ojos nublados por un dolor sincero. Tal vez sintiéndose observado, desvió la vista hasta donde Requesens se encontraba y sus miradas se cruzaron un instante. El policía se dio cuenta de que aquel hombre parecía conocerle y saber quién era y a qué se dedicaba. Y el tipo, tal vez molesto por saberse observado, se colocó el sombrero, dirigió una última mirada al féretro y decidió marcharse. Por la forma de andar, con un balanceo retador hacia el lado izquierdo, Requesens supo que aquel hombre iba armado.

La familia se despidió del féretro. Las costureras lloraban de una manera sentida aunque un poco atolondrada. Detrás de ellas, Teresa abrazaba a su madre. Carmeta parecía una figura trágica, vestida sencillamente, con varias capas de telas superpuestas; recordaba a una viuda de guerra, a las infinitas mujeres que han visto traer un cadáver a casa. Su desolación se mostraba sin aspavientos de ningún tipo, en recogimiento religioso.

De pronto alguien gritó: ¡Justicia!

Era una de aquellas mujeres que se habían abierto paso a empellones: las Damas Rojas, las damas lerrouxistas. Parecían haberse vestido con sus mejores galas. Si alguien se extrañaba de verlas allí, en el entierro de una aristócrata, es que no conocía la vida de Victoria.

Sus gritos fueron una espoleta. Varios trabajadores secundaron las protestas:

—¡Justicia!

—¡La han asesinado ellos!

Las Damas Rojas señalaron a la comitiva de prohombres de la ciudad. La familia tuvo el movimiento instintivo de replegarse, como pétalos de una flor herida. Las mujeres protegieron instintivamente a los niños. Pero Eduardo de Cardona se separó de su mujer y dio un paso al frente a pesar de los ruegos de ella. Estaba dispuesto a enfrentarse a aquel desorden. El doctor Feliu intentó retenerlo, pero Eduardo se desembarazó de él con un vigor sorprendente. Requesens pudo escuchar algo parecido a «no tenéis vergüenza».

Los municipales, que habían estado discretamente apostados, intervinieron secundados por la secreta. Se oyeron silbatos. Entre los asistentes, Requesens también había identificado a varios policías del cuerpo de seguridad vestidos de paisano.

El policía decidió que era hora de marcharse. Si quería ayudar la mejor forma de hacerlo era resolviendo el crimen y emprendió el camino de vuelta saliendo con discreción del cementerio.

Un carruaje, un suntuoso landó, permanecía algo alejado de la entrada del cementerio. El chófer vestía una levita oscura y un sombrero de copa como era costumbre en la década anterior, y tanto él como el carruaje poseían un aire antiguo y solemne. Para sorpresa de Requesens, el chófer le hizo una inconfundible señal solicitando que se acercara. Requesens dirigió una rápida mirada a Cristóbal para llamar su atención y que se diera cuenta de lo que iba a hacer y se acercó al carruaje.

—Es usted el inspector Requesens, ¿verdad?

Él asintió.

—Mi señora desea hablar con usted. Por favor, suba.

Requesens obedeció. Dentro había una mujer cubierta con un velo negro. Llevaba un vestido oscuro, bordado, que hubiera estado de moda en la década de los ochenta y que ocupaba casi todo el asiento. A pesar de que iba cubierta, Requesens advirtió que se trataba de una mujer mayor y sin duda una dama aristocrática. Ninguno de los dos dijo nada, y solo hicieron una señal de reconocimiento mutuo con la cabeza, como si los dos se hubieran conocido desde siempre y hubiesen sabido que se encontrarían en ese lugar y a esa hora. El carruaje se puso en marcha. Los asientos eran de terciopelo verde y las molduras de caoba, y a Requesens le recordó al ascensor del Ateneo, al que le estaba vedado subir. El carruaje dio la vuelta al cementerio y empezó a bajar por la carretera que zigzagueaba por el lado de la montaña que daba al mar. Aquel día el mar no parecía el Mediterráneo sino más bien un recóndito mar nórdico, de naturaleza hosca, colores grises y oleaje enmarañado. En una de las curvas Requesens se percató de que Cristóbal había sido lo suficientemente inteligente como para seguir a aquel carruaje sin llamar la atención.

Cuando el cementerio se perdió de vista y el carruaje ya enfilaba hacia Colón, la mujer se levantó majestuosamente el velo y mostró un rostro arrugado y unos ojos grises, claros y acuosos, que parecían un reflejo de aquel mar que se extendía a un lado.

—Soy la baronesa de Albí. Perdone que le haya abordado de esta manera tan teatral pero no se me ocurría otro modo de hablar con usted.

Su recargado tocado de viuda dejaba entrever un cabello blanco como la nieve y en su rostro se podía observar la firme determinación de llevar el sufrimiento con la máxima dignidad.

—Creo entender que está usted a cargo de la investigación sobre la muerte de Victoria.

Requesens asintió. Aunque la mujer hablaba un perfecto castellano, se notaba la ligera aspiración de un acento extranjero.

—La baronesa de Maldà me dijo que estaba usted en el antepalco cuando mi hijo apareció delante de todo el mundo.

Requesens intentó disimularlo, pero la sorpresa se debió reflejar en su rostro.

—Sí, lo sé —siguió ella—. Ernestina parece que no esté por lo que tendría que estar. Se dio cuenta enseguida de quién era usted. No la culpe. A ella le tranquilizó su presencia. Es de esas personas que confían en los servidores públicos, en jueces y policías... Tiene todavía una idea anticuada de la justicia. Yo antes también lo creía así, pero ahora creo que la justicia protege despiadadamente las costumbres establecidas y las convenciones legales. Personalmente me causa mayor satisfacción comprender a los hombres que condenarlos... aunque en el caso de Victoria se me hace muy difícil entenderla.

Sus ojos se posaron en el inspector Requesens con una atención más profunda. Este distinguió una lucha interior tras aquella máscara de serenidad.

—Quería hablarle de mi hijo menor, de Ismael. Es un chico bueno y dulce, se parece demasiado a mí, aunque yo he desarrollado con el tiempo cierta habilidad para sobrevivir y que las miserias, mezquindades y humillaciones a las que tan proclives son últimamente los seres humanos no me afecten tanto o incluso no me afecten en absoluto. Hace unos meses se marchó de casa...

Bajó la mirada hasta la altura del pecho de Requesens. Tal vez así le era más fácil hablar. Fuera lo que fuese lo que quería contarle era para ella una fuente de dolor y congoja.

—Siempre lo protegí. Intenté librarle de todo mal. Era el más encantador, el más cariñoso, no había en él rastro de maldad, poseía una inocencia que siguió conservando incluso cuando creció. Era el hijo que me quedaba en casa. Me pidió que no lo enviara a un internado de los jesuitas y yo cedí. Mi marido había muerto, y mis otros hijos vivían fuera y no me necesitaban. De repente, un día vi que estaba contento como nunca antes y supe que estaba enamorado. Y yo me alegré tanto por él... Porque verá, a pesar de mostrarse como un muchacho alegre, desde que entró en la adolescencia siempre había habido en él un trasfondo de tristeza que yo no lograba entender. Durante un par de meses fue el chico más feliz del mundo. Y yo lo fui con él. Los dos meses más dichosos de mi vida. Y entonces, de golpe..., se quedó sumido en la desesperación. Su melancolía volvió, pero esta vez de una manera más oscura y cruel. Lo habían humillado, se habían burlado de él. Solo pude sonsacarle eso. ¿Quién podía haber sido? ¿Cómo alguien podía haber tenido tan mal corazón? Y al cabo de una semana lo entendí todo. Recibí un sobre con una serie de cartas. Eran de amor y habían sido escritas por mi hijo. Las leí una y otra vez. Mi hijo estaba apasionadamente enamorado. Sentí vergüenza y aversión... pero también me di cuenta de que sus sentimientos eran verdaderos y puros. La condición para que otras cartas como aquellas fueran destruidas era que vendiera el palco de proscenio a Victoria. Yo sabía que ella lo quería. A veces notaba su mirada clavada en mí como una garra de hielo. Era la mirada de alguien que calcula, que persevera. La notaba y a veces me estremecía.

—Su hijo se había enamorado de Victoria.

—No.

Y con una terrible suavidad añadió:

—Las cartas estaban dirigidas a un hombre.

Requesens parpadeó ligeramente. Recordaba la imagen de Ismael en el palco. El silencio que se hizo cuando se retiró la máscara.

—Me enfadé con él cuando justamente más me necesitaba. Le dije cosas horribles que en realidad no sentía. Le dije que lo vendería para proteger la reputación de la familia, no para protegerle a él. ¿Qué me importaba a mí ese maldito palco?

Su pecho empezó a subir y a bajar lleno de rabia.

—Ese hombre le había hecho creer que le amaba. Y cuando ya tenía lo que quería...

Sacó una fotografía de una de sus bocamangas. Las manos le temblaban. Se la quedó mirando un momento antes de mostrársela a Requesens y dijo:

—Aquí él era feliz y yo no supe entenderle.

Sí, se le veía feliz. A su lado había un hombre con ademán de no querer ser fotografiado; había interpuesto una mano delante de la cámara y se veía movido y borroso. Y a pesar de todo Requesens tuvo un *déjà vu*. Era un hombre fuerte, recio y no muy alto. Su rostro era masculino y agradable. Tenía los ojos grandes, castaños y una barba cuidada.

—¿Quién es ese hombre?

—Santiago Castejón.

Requesens negó con la cabeza.

—Es normal que no haya oído hablar de él —comentó la viuda—. Es muy astuto. Es el hombre de confianza de Victoria, el amante, no sé. Era un huérfano que conoció un día que fue a visitar la Casa de la Caritat de Manresa, de la cual era benefactora. Ella se encargó de su manutención. Creció y empezó a trabajar en los Laboratorios Cardona. Pero con el tiempo consiguió... trabajos para los que se necesitaba más mano izquierda y falta de escrúpulos. Al menos el detective que contraté me lo explicó antes de que lo agredieran brutalmente, le pusieran un gatillo en la nuca y le hicieran creer que iban a matarlo. No le gusta que le investiguen.

—¿Por qué me cuenta todo esto?

El rostro de la mujer se había vuelto sombrío. Se recostó un poco más en el asiento y apartó su mirada de Requesens para dirigirla a una remota oscuridad interior en la que parecía revivir un episodio pasado. Era una mujer a la que habían enseñado que las heridas se aguantaban sujetas con una sonrisa espartana, aunque en aquella ocasión se dejó llevar y por primera vez desde la muerte de su marido las lágrimas afloraron en su rostro. Requesens bajó la mirada porque el dolor ajeno le seguía conmoviendo; hubo incluso un momento en que deseó sujetarle las manos, pero temió que aquella mujer lo tomara por compasión y se sintiera ofendida, y rechazó la idea.

—Me dijeron que apareció en el palco. Que se mostró ante todo el mundo. No sé nada de él. No me quiere ver. Sé que él... que... ni sabría cómo hacerlo, pero... Él apareció allí y luego Victoria apareció muerta. Sé que es imposible porque Ismael es incapaz de todo mal. Pero ha sufrido mucho, y el sufrimiento a veces nos hace egoístas y... Por favor, encuéntrelo... ¿En qué tugurio debe de estar ahora? El otro día una criada de confianza y yo nos acercamos hasta Conde del Asalto, el Paralelo y todas esas calles cuyo nombre desconozco. Imagínese un par de viejas, andando, preguntando, enseñando una foto... a... a... siempre pensé que las prostitutas eran unas degeneradas, pero allí había chicas que apenas eran niñas, y hombres que por su aspecto podían ser contables o pasantes en un despacho de abogados y se las llevaban a... ¿qué había arrojado a esas niñas a aquellos brazos de escribientes que luego retornarían al despacho o la oficina? No era consciente de la pobreza y de la miseria... Dígale que le perdono, o mejor dicho... que no hay nada que perdonar, que le sigo queriendo como siempre le he querido, que soy su madre y siempre lo seré. Me han hablado de usted, de su integridad y de su valor, de que no cejó en la búsqueda del hijo del ingeniero de ferrocarriles cuando fue secuestrado y todo el mundo lo daba por perdido. Tenga otro par de fotografías de él. Por favor, ayúdeme. Prométame que me ayudará, se lo suplico... Nunca he rogado en mi vida, pero estoy haciendo muchas cosas que antes no me imaginaba que sería capaz de hacer.

Ella se le quedó mirando.

—Prometo solemnemente buscar a su hijo y decirle que usted quiere que vuelva a casa. Pero a cambio usted ha de ayudarme a mí. Verá, yo soy policía. Y mucha gente, especialmente quienes hoy no han acudido al entierro, me miran con la misma respetabilidad con la que se mira a los verdugos, un poco mejor quizá. Si usted me ayuda, podría ser recibido en los salones de una sociedad que me cerraría las puertas sin más.

—Haré todo cuanto esté en mi mano para ayudarle. Pero antes, una cosa... Debe tener cuidado. Castejón es un arribista, un hombre peligroso y sin escrúpulos.

•●·●·

En el Liceo había una inextricable maraña de talleres, almacenes, habitaciones y rincones, cocinas, corredores, pasadizos, escalerillas, azoteas, rincones olvidados dispersos por diferentes pisos que formaban un complicado laberinto. La construcción del Liceo se había realizado en 1841 a partir de los capitales de personas privadas, formando la Sociedad del Gran Teatro del Liceo. A cambio, los accionistas disfrutaban entonces de determinados palcos y butacas de su propiedad. No obstante, el capital aportado no fue suficiente y se creó una Sociedad Auxiliar, que comercializó la propiedad de los espacios del edificio que no resultaban imprescindibles para la actividad artística. De esta manera, parte del edifico del Liceo fue a parar a manos en absoluto interesadas en la lírica. Así, continuos cambios de paredes, nuevas aberturas, ventanas que aparecían o desaparecían y escaleras nuevas conseguían que la fisonomía del teatro cambiara con tanta frecuencia que no había nadie que supiera a ciencia cierta cuántas habitaciones, cuántos trasteros y talleres había. Y en uno de aquellos innumerables lugares olvidados, en el último piso, al final de un pasillo que parecía no conducir a ninguna parte, alejado de las habitaciones de los mozos y sobre todo de la del gerente, había una remota e invisible soledad de isla desierta en la que Pauleta, la antigua coreógrafa, jefa y maestra retirada de bailarines, tenía un pequeño espacio propio lleno de recuerdos. Una ventana de aquel santuario daba a Montjuic, y si la abría salía a una azotea desde la que le gustaba observar los tejados de la ciudad, las luces de las habitaciones que se iban encendiendo a medida que oscurecía, imaginando las posibles vidas, deseos y anhelos de quienes allí vivían. A veces, cuando ya era de noche, podía oír el rumor de sirena de algún barco que se alejaba. Ella había viajado mucho con sus chicas, las llamadas *pauletas,* había visitado y bailado en lugares tan lejanos como Nueva York y Buenos Aires. Su alma deseaba viajar, pero en cuanto se encontraba en otra ciudad una parte de ella le pedía volver a la calle de Sant Pau, donde tenía una academia de baile, a los cafés que abrían a todas horas, al murmullo de las conversaciones en las esquinas, a las risas amortiguadas, a aquel pequeño mundo trillado pero que en definitiva era el suyo.

Lejos de allí quedaba el reloj en el que Felipe, el sereno, tenía que fichar cada noche. Aquel era un lugar apartado. Pauleta intentó imaginarse cómo sería pasar la noche moviéndose en el Liceo con los fantasmas de antiguas representaciones paseando entre la oscuridad. ¿Quedaba algo retenido en el aire de la energía de una noche de ópera? Ella creía que sí.

Se asomó a la ventana y se quedó mirando la montaña de Montjuic. El día era turbio, con una luz anaranjada que parecía proceder del mundo de la locura y los embriagados, y que iba y venía, ora ahuyentado los colores grises ora atrayéndolos como si fueran amantes que no acabaran de comprenderse.

A esa hora debían de estar enterrando a Victoria. Reconocía que tendría que haber ido al entierro, porque nadie como la condesa había hecho tanto por el Liceo, mal que les pesara a algunos. Pero la idea de encontrarse con todas las costureras, que eran unas sentimentales, su cháchara nerviosa y su ávida expectación, y los miembros del coro, y los bailarines retirados que no se perdían una ocasión como esa para rememorar viejos tiempos y hacer un listado de quienes vivían todavía y de quienes no, y músicos con los cuales la mayoría de veces no se llevaba bien, acabaron por disuadirle. No había tenido mucho trato con Victoria, el baile no le interesaba en absoluto. La danza solo era una excusa puesta al servicio de la música y la ópera. Y para Pauleta bailar era una necesidad, como respirar o andar, la única manera de no fingir, de ser una misma. Cada baile era algo único, siempre distinto del anterior. Bailaba para soltar su rabia y ser libre. Muchas veces pensaba que sin bailar hacía tiempo que se hubiera vuelto loca. Sin embargo, ya no podía hacerlo tan a menudo como quisiera porque los movimientos repetitivos y la artrosis habían pasado factura a sus huesos, y a veces se sentía avergonzada por cómo algunos de ellos crujían cuando se movía. No le había sentado bien el cambio de siglo. Pensaba que algo se había perdido en ese cambio de fechas. Odiaba los automóviles y a los arquitectos modernos, con aquellas formas retorcidas que se repetían una y otra vez como una pesadilla. Le gustaban las columnas clásicas, los cuadros claros; creía que no había nada más hermoso que la pureza de una línea recta; adoraba las escenografías antiguas, aunque todo fuera falso y de cartón, porque había descubierto que en el cartón piedra había muchas veces más verdad que en el propio mármol. Recordaba cuando todavía se utilizaba el gas. La luz era diferente, el olor era diferente, en los pies quedaba pegado un polvillo negro, el aire era más espeso, casi parecía que te retuviera al ejecutar un salto. Por aquella época a Wagner no se le había ocurrido todavía la idea de apagar las luces y quienes bailaban podían ver la expresión del público, su perplejidad o sus enfados, o aquel éxtasis impío que raras veces se lograba ya en un baile. Y con la electricidad las sombras eran diferentes, la luz se propagaba de una manera obstinadamente cruel, el humo había desaparecido y tras él la magia de una representación.

Pauleta volvió a entrar a su santuario. La habitación era pequeña, en el lado jardín, tocando a las casas de la calle Unión. Tenía guardados cientos de programas de mano, figurines, carteles, abanicos, marionetas y trajes. De pronto se acordó de que por algún lugar había guardado un precioso abanico. Y al descorrer unos vestidos...

Al principio pensó que era un animalito herido, un cervatillo perdido en un bosque extraño, el cuerpo acurrucado, desprotegido, y tardó en darse cuenta de que era el chico mulato que hacía de esclavo en los ensayos de la ópera *Dido y Eneas*. Días antes, cuando lo vio por primera vez, sus ojos se posaron en él igual que lo habrían hecho sobre un bonito adorno o un mueble curioso del que no se saca provecho. Reconoció esas fibras especiales que tienen los bailarines, esos músculos largos y fuertes que se adhieren a los huesos y les permiten brincar sin aparente esfuerzo. Se movía con naturalidad y gracia innata, pero no era asunto suyo el que quisiera dedicarse a la danza o no. Ya había pasado el tiempo en el que se esforzaba por conseguir sacar a la luz las dotes naturales de alguien.

Pauleta llevaba un bolsito siempre consigo. Dentro había una pequeña pistola. Había viajado muchas veces por el mundo y la habían intentado asaltar varias veces. Sacó la pistola, aunque la disimuló bajo la bocamanga. A tan corta distancia podía llegar incluso a ser mortal. Sintió una oleada de rabia y su primera intención fue la de salir de allí, gritar y pedir ayuda a los mozos, pero tras pasar aquel primer oleaje, y por algún motivo oculto, la visión de aquel chico dormido pareció retenerla.

Resopló ruidosamente. El chico se despertó. Los ojos, grandes, oscuros, la miraron asustados. Tenía las pestañas largas, los labios delicadamente gruesos. Debía de haber tenido frío y se había un puesto un traje de paje. Había algo tiernamente ridículo en ello y Pauleta, a pesar del enojo de haber visto profanado su lugar más íntimo, no consiguió mostrarse todo lo enfurecida que deseaba.

—¿Qué haces aquí? —preguntó con voz enfadada, la misma que utilizaba con sus bailarinas cuando no se esforzaban todo lo que se necesitaba.

El muchacho parpadeó y se encogió un poco más. ¿Qué edad debía de tener? ¿Doce?¿Tal vez catorce? Hacía tiempo que Pauleta había dejado de identificar correctamente las edades de los chicos. Ahora todo el mundo le parecía inadecuada e insultantemente joven.

—¡Sal de ahí! —ordenó.

El chico se movió, o mejor dicho realizó un movimiento de las piernas que recordaba el de un potrillo intentando ponerse en pie.

—Hay un policía en la casa. Voy a buscarlo.

—¡No! —dijo él con voz ronca a punto del sollozo.

Ágil y aterrorizado como un ciervo en una cacería, se acercó hasta ella y se agarró a su mano.

—¡Por favor, se lo suplico!

El joven tenía las manos cálidas. Y aquel contacto súbito despertó en Pauleta algo que creía cauterizado en su interior desde hacía mucho, cierta propensión por la aflicción ajena que solo le había traído penalidades en la vida. Y para contrarrestar aquella sensación peligrosa dijo con voz dura y entre dientes:

—Suéltame.

El chico dejó su mano y volvió a encogerse sobre sí mismo.

—¿Qué haces aquí? —le preguntó con voz firme.

El chico bajó la cabeza.

—¿Se te ha comido la lengua el gato?

Aquella pregunta hizo que se replegara como si algo le doliese dentro y dijo:

—No tengo adónde ir.

—Claro, y piensas que qué mejor sitio que una habitación llena de programas de mano y revistas de arte, mi habitación, ¿no? Y supongo que incluso pensarás que te puedes quedar aquí, ¿me equivoco?

Se quedó mirando al chico. Mostraba la resignación de quien lo da todo por perdido y necesita congraciarse con la derrota, las últimas esperanzas desvanecidas. Pauleta no quería dejarse llevar por esas sensaciones. Siempre le habían complicado la vida y por experiencia sabía que conducía al desastre, pero el absoluto abatimiento del muchacho empezaba a torpedear los muros de contención de su ser.

—¿Cómo has llegado hasta aquí?

—No lo sé. Eché a correr...

Ella se quedó dolorosamente perpleja. Cincuenta años antes ella había hecho eso mismo. Se recompuso y dijo:

—A ver, ¿dónde vives?

—No, no puedo volver.

Pauleta se acercó un poco más. Le llegó la vaharada del aroma de las hojas de espliego y tomillo que utilizaba para ahuyentar las chinches y las polillas de la ropa, y bajo él otro aroma más suave, más dulce, el del propio chico.

—¿Por qué no quieres volver a casa?

—No tengo. Ya no hay ópera. No puedo pagar —gimió él.

—Y piensas que te puedes quedar aquí, ¿no?

—Por favor...

Aquella voz implorante y llena de miedo lanzó un certero dardo en algún lugar tras sus costillas que ella pensaba que había muerto para siempre. Se mostró desconcertada al descubrir que seguía vivo, y que siempre había estado allí, aunque lo hubiera intentado ocultar con capas y más capas de indiferencia y lejanía.

—¿Cómo te llamas? —le preguntó al chico.

—Yusep.

—¿Josep?

—No. ¡Yusep!

A Pauleta le sorprendió aquel orgullo. Era buena señal. Si había orgullo había fuerza. Y eso le ayudaría a salvarse de fuera lo que fuese lo que le había conducido hasta allí.

CAPÍTULO 5

El palacio de los condes de Cardona se hallaba en el paseo de Gracia, a la altura de la calle Rosellón. Su construcción había sido encargada al arquitecto Puig i Cadafalch cuando todavía vivía Salvador de Cardona, pero la idea de trasladarse a vivir allí había sido de Victoria. Hasta hacía unos años, el paseo de Gracia tan solo era el camino que comunicaba Barcelona con la cercana villa de Gracia, pero tras la caída de las murallas que ahogaban la ciudad competía con las Ramblas por ser el lugar preferido de paseo de los barceloneses. Si las Ramblas seguían siendo populares, ruidosas, un tanto canallas, proletarias y mercantiles a un tiempo, el paseo de Gracia se había convertido en una imitación de los bulevares parisinos y en destino preferido de la alta burguesía, cuyos miembros paseaban arriba y abajo, mirando y siendo observados, en carruaje o en automóvil, un lugar donde se iba a ver y ser visto, a exhibirse, a lucirse con las mejores galas.

Victoria habría preferido que la casa fuera construida por Domènech i Montaner. Sin embargo, este se negó aludiendo veladamente al concepto tan personal de la moralidad que Victoria poseía. Aquel hiriente rechazo corrió por los meandros de la alta sociedad, para regocijo de quienes consideraban que no todo se podía comprar con dinero, que también se necesitaba la vieja sangre, el espesor del tiempo. Si Victoria se sintió avergonzada o mortificada nadie la vio bajar la cabeza, todo lo contrario: más brazaletes de diamantes cubrieron sus brazos, más dinero donó para obras de caridad, y más champán se derramó en sus fiestas.

Puig i Cadafalch, sin embargo, no rechazó trabajar para ella. Muy al contrario, decidió aprovechar aquella oportunidad y accedió a construir aquella casa a cambio de una libertad artística total y absoluta. Era discípulo de Domènech i Montaner, y creyó ver en ese encargo cierto desquite hacia su maestro. Victoria estuvo de acuerdo, pero con la única condición de que el palacio tenía que ser excepcional y singular, y distinguirles como la familia más poderosa de Cataluña. Para conseguirlo le dio un cheque en blanco. Los planos dejaron boquiabiertos tanto a Salvador como a Victoria la primera vez que se los mostraron. Ella se mostró entusiasmada. Y cuando Salvador enseñó a Victoria a cuánto ascendería la astronómica suma de los gastos de la construcción del palacio la condesa exclamó: «¡Todavía me gusta más!».

La casa ocupaba toda la manzana. Puig i Cadafalch había decidido honrar al pasado de los vizcondes de Cardona. El castillo de la villa se había perdido, junto a todo lo demás, durante la Guerra de Secesión. La villa de Cardona fue la última en rendirse y los condes se vieron duramente castigados. Perdieron todos los bienes materiales a excepción de dos o tres posesiones, tan pobres que no merecían ser expurgadas.

Aquel castillo construido en medio de la ciudad era una reminiscencia de aquel otro perdido y serviría para demostrar al mundo que los Cardona se habían recuperado y alzado de entre las cenizas. Mezclaba un estilo medieval con el neogótico y ciertas influencias nórdicas y wagnerianas. Torreones y almenas se mezclaban con ventanas conopiales, belvederes y galerías artesonadas. Una decoración llena de voluptuosas flores, hojas preñadas de zarcillos como si una naturaleza caótica y enloquecida hubiera deseado liberar la piedra de la inmovilidad de su destino, adornaba sus muros. La casa además contaba con un jardín que no se veía desde el exterior, una capilla, caballerizas, y diversas dependencias para el servicio. Y coronando todo el conjunto había un magnífico Sant Jordi venciendo a un dragón con una inscripción que no se veía desde la calle y que rezaba así: «¡Libertad!». Entre aquellas torres puntiagudas, la oscura escultura, esculpida por Eusebi Arnau, tenía algo de maléfico cuento de hadas con final no del todo feliz. Eusebi Arnau también había decidido innovar y el dragón poseía una cabeza magnífica y poderosa, y una cola enrabiada, vencido por un Sant Jordi de formas lánguidas, desnudo a pesar de su casco protector y su lanza. Tal era la fuerza de aquella escultura que la casa había pasado a ser conocida como la Casa del Dragón, a pesar de que la figura central era Sant Jordi.

Pero a la Casa del Dragón le había salido un competidor. En la manzana de abajo, los Milà se estaban construyendo una casa. Gaudí había sido el encargado y se esperaba que el diseño fuera tan espectacular como lo era el de la de los Cardona.

Requesens llamó a la puerta de servicio. Ni por un momento se le hubiera ocurrido llamar a la puerta principal, aquel doble portalón de cuya aldaba colgaba un crespón negro. Al poco le abrió un criado que iba vestido de riguroso luto. El policía se identificó y el criado le hizo pasar y le condujo a la cocina, donde le hizo esperar. Era un lugar espacioso. Innumerables cacerolas de color bronce junto a utensilios de cocina que Requesens jamás había visto se alineaban con una impecable precisión. No estaba solo en la cocina. Había una cocinera, dos ayudantas, un mayordomo, dos camareras y una gobernanta. Todos llevaban uniformes, cofias y delantales negros. Le saludaron cortésmente y lo observaron con cauto disimulo, pero no le ofrecieron sentarse ni un café, como ocurría cuando visitaba hogares más humildes. Al poco entró el chófer, un hombre joven que le hizo una señal con la gorra y que fue el único que se mostró amable con él. Parecía en todo diferente a los demás. Tenía el cabello oscuro y lustroso, y los ojos, castaños y cálidos, invitaban a la confianza; y a pesar de las circunstancias sus labios parecían prestos a una pronta sonrisa.

El criado que le había pedido que aguardara en la cocina volvió para indicarle que le siguiera, y ambos subieron por una escalera hasta el vestíbulo, al cual se accedía por una puerta astutamente disimulada tras un biombo chino.

También en el interior Puig i Cadafalch había dado rienda suelta a su imaginación y la decoración era reflejo de un tiempo lejano, medieval, en el que vivían doncellas y caballeros. La escalera no era recta, sino que se retorcía sinuosamente, y el pomo de la baranda era un dragón sujetando el escudo de los Cardona. Pero aquella casa estaba de luto, las cortinas estaban corridas, los espejos cubiertos de paños negros y todo había adquirido el tono mate de una bandeja de plata sin pulir. Varias coronas y ramos de flores reposaban aún en la entrada, jazmines, nardos, claveles blancos que empezaban a mustiarse desprendiendo un olor penetrante que empezaba a ser nauseabundo, y que no se retirarían hasta pasados unos días, tal como mandaba el protocolo. Las únicas notas de color eran los escudos de armas de los vizcondes de Cardona, rojos con tres cardos dorados, como corazones punteados en oro.

Subieron dos plantas y llegaron hasta un corredor, que recorrieron vigilados por cuadros de antepasados ilustres hasta que llegaron a una habitación.

—La señora le está esperando —dijo el mayordomo.

Y cuando iba a llamar a la puerta, esta se abrió y apareció el doctor Feliu. Ambos hombres se sorprendieron al encontrarse el uno frente al otro. El doctor llevaba ya puesto el sombrero, con lo que era evidente que se iba a marchar de la casa. Cerró la puerta tras de sí y con cierta reserva miró al mayordomo indicándole que su presencia no era necesaria. Era evidente que el doctor Feliu era habitual en la casa. Se estrecharon la mano. En la otra llevaba su maletín de médico.

—¿Está la señora indispuesta? —preguntó Requesens educadamente señalando el maletín.

—No, no, la verdad es que se encuentra bastante bien dadas las circunstancias. Aunque pueda parecer lo contrario es una mujer fuerte y resistente. Está conmocionada como es natural, creo que en realidad todos lo estamos.

—¿Cree que está en condiciones para tomarle declaración?

—Sí, creo que incluso le hará bien hablar con usted. Ha estado todo el día rodeada de tías abuelas que trasegaban frascos de agua de melisa, esencias de azahar, sales, y que la obligaban a tomar infusiones, mezclado todo con rezos. Y esto no es nada más que el principio. Seis meses sin poder recibir visitas. Un año de luto. Creo que una charla seria le hará bien. Voy ahora hacia el Liceo. Me han dado recado de que Carmeta, la madre de Teresa, ha sufrido un desvanecimiento.

—Espero que se encuentre bien.

—Sí. Es una mujer muy sentida, aunque igualmente fuerte.

El doctor Feliu llamó a la puerta y la abrió sin esperar respuesta, tal como hacía Carcasona en el Liceo.

Casandra le estaba esperando. La luz al atravesar una vidriera de colores le prestaba un aire insólito. Su frente florecía en verde y oro. El rojo de unas rosas y el lila de unas uvas teñían la placidez de cuello, mentón y boca. Su cabello, sorprendentemente suelto, estaba encendido en fuegos de color cobre.

Ella corrió una cortina y aquel cerco de colores se apagó y, como una ilusión que acaba, dejó ver a una mujer de piel pálida, esbelta pero desmadejada, envuelta en ropas de luto que parecían una talla mayor que la suya.

—Inspector...

Casandra de Cardona se había convertido en la dueña de aquella casa. Era costumbre que las hijas heredaran la casa mientras *l'hereu*, el varón, heredaba todo lo demás: dinero, negocios, fábricas y tierras.

La noche de la muerte de su madre estaba conmocionada y el doctor Feliu ordenó que se la llevaran a un lugar tranquilo. Requesens sintió una gran compasión por ella por haberse visto obligada a presenciar la muerte de su madre en un lugar público. Ahora, sin embargo, parecía haber recobrado la serenidad y la entereza de espíritu. Tenía los ojos claros que denotaban inteligencia. Requesens pensó que se la veía demasiado retraída y reservada como para agradar a un hombre.

—Lamento importunarla.

—No se preocupe.

Requesens echó una rápida ojeada a su alrededor. Los muebles eran de maderas nobles, aunque sencillos, y había un globo terráqueo, mapas antiguos, pequeñas esculturas y un astrolabio. El mirador no daba al paseo de Gracia, sino a un jardín interior.

No estaban solos. Había una mujer muy anciana, sentada en un sillón y cubierta de mantas, con las manos cruzadas con rosarios; parecía impedida o sufrir algún tipo de parálisis.

—Siéntese, por favor —le ofreció la hija de Victoria.

Se sentó frente a Casandra, que había tomado asiento en una silla un poco más baja de lo habitual y se rodeó las rodillas con los brazos, como si estuviera vigilando un fuego fatuo que hubiera prendido en medio de la habitación y que solo ella veía, algo que sorprendió a Requesens, pues no era así como se esperaba que se sentara una mujer de su posición social.

—Quería hacerle unas preguntas sobre lo que pasó el día de la muerte de su madre.

Ella asintió gravemente con la cabeza.

—¿Cuándo salió su madre del palco?

—Cuando cantaba el coro. Se quedó mirando fijamente el escenario. Y de repente se levantó.

—¿No le resultó extraño?

—Sí, pero a veces tenía esos momentos de... de no sé cómo explicarlo, de ímpetu por hacer algo. Pensé que mi madre iría a hablar con el señor Bernis porque algo no le gustaba de la representación. Era un recital en una fiesta de Carnaval, tampoco le di mayor importancia

—¿Vio algo extraño? ¿Alguien que trajera una nota?

—No.

—¿Por dónde bajó?

—Por la escalerilla que llega hasta el escenario. No habían acabado de cantar cuando lo hizo.

—¿Alguien más salió del palco?

—No. Solo estábamos los barones de Maldà y yo. Había mucha gente en el antepalco durante el baile, pero después, durante la ópera, se marcharon. A mi madre no le gustaba estar rodeada de gente. Ella amaba la música.

—¿Había invitado a los barones de Maldà?

—Sí, porque, aunque le gustara la música también le gustaba verse... que la vieran rodeada de la vieja sangre, de las viejas costumbres, como ella les llamaba. Además...

—Además... —dijo con suavidad Requesens.

—Bueno, hubo un pequeño... un pequeño problema con el palco. Se lo vendió la baronesa de Albí y la gente no acabó de comprenderlo. Si a la baronesa de Maldà no le importaba y se avenía a presentarse en el palco con mi madre, eso quería decir que, fuera como fuese que se hubiere hecho, la transacción estaba bien.

—Cuando bajaron el telón y su madre no estaba, ¿qué hicieron?

—Intenté entablar conversación con la baronesa. No se me da muy bien, pero comprendí que mientras mi madre no estuviera tenía que ejercer de anfitriona. La suerte es que Ernestina, la baronesa, es muy cordial y agradable. Esperamos un tiempo prudencial y luego salimos al antepalco. No había nadie allí. Todo el mundo había bajado a platea para escuchar a Teresa, así que volvimos de nuevo al palco.

—¿No se extrañó de que su madre tardara?

—No. Pensé que estaría hablando con el señor Bernis o con alguien. Ella financiaba la ópera. Había habido bastantes reticencias, ¿sabe? Es una ópera corta y del Barroco. Mi madre decidió que se representara el último acto, sobre todo quería que la gente escuchara cantar a Teresa el lamento de Dido, eso desbarataría cualquier objeción.

De pronto se llevó una mano a la sien como si estuviera a punto de sufrir una fuerte migraña.

—¿Se encuentra bien? Lo podemos dejar si así lo desea.

—Sí, solo que... no consigo quitarme esa canción de la cabeza. Ese lamento. *Recuérdame, recuérdame, pero no recuerdes mi destino...* Era como una especie de premonición. Cuando me he levantado esta mañana me he tenido que convencer a mí misma de que mi madre estaba muerta y que lo había visto todo el mundo. Es como si... si de repente otro plano de la existencia se hubiera mezclado con la realidad. No sé cómo explicarlo. Es como si ahora la propia realidad fuese el teatro. Y me encuentro como si estuviera esperando que de repente, en alguna parte, se levantara el telón y volviéramos a la vida anterior.

—Es normal que se encuentre desconcertada.

—Es la extrañeza de todo esto. La forma en que murió y... Lo siento, no sé si le soy de mucha ayuda.

—¿Sabía usted de la existencia del rubí de los Cardona?

—El rubí... Eso hace que parezca todo más irreal si cabe. Era una historia familiar de esas que cuando salen en la conversación alguien te mira de forma reprobatoria y tose para que cambies de tema. Nunca acabé de entenderla. Desapareció de casa. Yo solo lo vi una vez, cuando era niña. Eduardo se rio de mí y me dijo que era el corazón de los Cardona. Era lo único que quedó después de la derrota, como llamaba mi padre a la debacle de 1714. No se lo comunicó a la policía. Mi madre se encargó de hacer la investigación.

—¿Y a qué conclusión llegó?

—Nunca me lo dijo, pero creo que ella pensaba que era alguien de la familia.

—Y ahora ha aparecido...

—Sí, sí, y es terrible porque no estoy segura de si me gusta la línea de pensamiento a la que esto conduce.

—Su hermano se ha marchado al campo.

—Mi hermano se ha ido con el resto de su familia a la finca que tienen en Sant Vicenç de Vallhonesta para que los niños no sufran los comentarios de la gente. No tienen por qué escuchar todas las repugnantes murmuraciones y rumores sin fundamento.

—¿A qué rumores se refiere?

Ella se mostró altiva por primera vez:

—No sabía que la policía hiciera caso de las murmuraciones.

—Comprendo lo que usted quiere decir y comprendo su estado de ánimo. Pero a veces no nos queda más remedio que escuchar el murmullo, el rumor, porque, aunque no sea cierto, a veces aporta datos que de otra manera no hubiéramos conocido. Lo difícil es averiguar qué hay de cierto en ello.

—Murmuraciones sobre sus costumbres disipadas, sus antecedentes misteriosos... ¿Pero cree que habrían dicho lo mismo de ella si no hubiera destacado en el mundo de los negocios? ¿Si hubiera sido un hombre? ¿Sabe usted que hay días en el Liceo en que debe llevarse a la querida? ¿Qué es obligado, de buen tono? Y son ellos quienes arrojan piedras sobre su memoria. Mi madre liquidó todos los negocios de Cuba fruto de la esclavitud. Sus obreros estaban mucho mejor que los trabajadores del resto de las fábricas. Y sin embargo ella no podía acceder a ningún cargo político por ser mujer. Otros serán muy religiosos, pero no son más que sepulcros blanqueados. Viven en un mundo donde lo verdadero jamás se dice ni se hace, ni siquiera se piensa, sino que simplemente se representa por un conjunto de normas y signos arbitrarios que no tienen nada que ver con quien es cada uno. Mi madre y yo no nos llevábamos muy bien, es cierto, todo el mundo se lo dirá. Yo sé que la ponía un poco de los nervios, siempre decía que no era bueno que una señorita tuviera cara de estar siempre pensando. Yo no heredé nada de lo que a ella le hacía famosa, ni su perspicacia, ni su ambición, ni sus ganas de...

Bajó la cabeza de pronto como si hubiera recordado que su madre acababa de fallecer.

—Lo siento. No sé cómo puedo decirle todo esto.

Le miró con ojos meditativos y siguió hablando:

—Mi madre era una persona muy contradictoria. He recibido la mejor educación y le gustaba que cuando venían científicos y escritores a casa a cenar expresara mi punto de vista. Nunca me dijo que no a nada que tuviera que ver con el conocimiento. Le parecía bien que fuera a Europa a hacer el *gran tour* como hacen los americanos. Pero por otro lado quiso que me casara con Juan Antonio, el hijo de Güell, o con Claudio, o con cualquier otro de sus hijos. Quería firmar las paces con un matrimonio como si todavía viviéramos en la época medieval. A Güell también le gustaba la idea de unir a las dos familias y dejar de pelear. Pero Juan Antonio se ha cansado de esperarme. Seguramente podría haber llevado una buena vida junto a él, pues le gustan el arte y la arqueología, tenemos muchas cosas en común. Mi madre se enfadó mucho, con esa cólera tan suya, como si un manto rojo le cubriera los ojos. Quería cederme su título de baronesa de Ribes, que le concedieron por el descubrimiento de la victorina. Quería que yo fuera marquesa de Comillas... Y además Juan Antonio es de la Lliga Regionalista y tiene conexiones en Madrid, pero no... no pudo ser... no quiero contarle por qué, pero no surgió. Fue la primera y última vez que mi madre me habló de la vida que había llevado antes de casarse con mi padre. Me dijo palabras duras y crueles. «Te he dado todo lo que has querido, todo y más. Pero veo que me he equivocado, que en vez de dejarte seguir con tus viajes y tu cabeza llena de pájaros te tenía que haber sujetado con firmeza y no lo he hecho, en el fondo es culpa mía. Y solo te pido una cosa, y es por mi bien y por el tuyo, ¿qué piensas ser en la vida? Porque conozco a la gente como tú, viven de ensoñaciones, y viven de las fantasías que precisamente no les convienen. Yo he trabajado en una porquería, sí, en una porquería porque estaba llena de puercos, quitando mierda, viendo como las cerdas se cagaban justo cuando acababa de limpiar, y no te creas que lo hacía con guantes o con botas sino descalza y con las manos desnudas. Por eso llevo siempre las uñas tan largas, porque entonces no podía llevarlas, porque se me quedaba la mierda bajo ellas, y siempre las tenía llenas de roña, y el cabello con olor a col, tú que arrugas la nariz por el más nimio olor, y te ofendes porque te proponga, oh, Dios mío, ser la futura marquesa de Comillas, casarte con un hombre agradable que te daría una buena vida y unir las dos familias, y de una vez por todas acabar con esta guerra soterrada. Y no, te quedas mirándome como si te debiera algo, con esa mirada dolorida, como si no te pudiese entender... Yo te diré lo que es el dolor, el dolor es levantarte a las cuatro y media de la madrugada sin saber si es de día o es de noche para ir a ordeñar vacas y sentir el asa de los cubos clavándose en las manos, el dolor de ir vestida con harapos, el que las señoras que han nacido con tus privilegios cambien de lado en la acera porque hueles mal, sí, eso no lo conoces, y yo sé por qué no te quieres casar con él. Pero yo sé que estás enamorada, porque esa cara de lela solo se tiene cuando se está, y te juro que le arrancaré las costillas cuando sepa quién es él, porque esa melancolía tuya, tan de los Cardona, tan intensa, es sencillamente depravada. ¿Por qué pones las cosas tan difíciles?». Eso me decía mi madre... ¿Y sabe? Creo que tenía razón. Podría escribir o pintar, aunque no me tomarían en serio porque no tengo talento para nada de ello. Y ahora me veo aquí, atrapada. No sé por qué le estoy contando todo esto... Se me queda usted mirando como si fuera un sacerdote y...

Guardó silencio un rato como si necesitara ese tiempo para ordenar su pensamiento. Al final Requesens respetuosamente dijo:

—Perdóneme... quería preguntarle algo.

Ella asintió.

—Conoce usted a Ismael de Albí, ¿verdad?

—Es el hijo menor de la baronesa de Albí —contestó Casandra recobrando la seguridad en sí misma.

—Estaba en el antepalco y vi su reacción cuando él se retiró la máscara.

—¿Pensó que estaba enamorada? —preguntó ella con una sonrisa triste.

—No pensé nada en aquel momento. Pero pareció como si hubieran arrojado un cubo de agua helada a todos los presentes.

—¿No creerá que él...? —preguntó ella con preocupación—. Él no es de esa clase de personas. Nunca haría daño a nadie, al menos conscientemente...

—Su madre, la baronesa de Albí, me ha dicho que está preocupada por él.

—Sí, lo sé. Y le seré sincera: si no hubiera sido porque la baronesa me pidió que hablara con usted, no habría entrado en esta casa. Es una mujer muy agradable e inteligente. Ella siempre se ha mostrado comprensiva conmigo. Es inglesa, pero su madre era de origen danés y alemán, y supongo que ve las cosas de otra manera.

—¿Sabe algo de Ismael? Algo que no quisiera contarle directamente a la baronesa.

—Sé que se ha marchado de casa sin dar explicaciones y que no quiere ver a nadie. Él nunca me quiso decir por qué. Somos casi como hermanos, pasábamos muchas tardes juntos cuando éramos pequeños. Nunca quise decirle que siempre había intuido sus circunstancias y que a mí no me importaba en absoluto, que casi lo prefería así.

—Una última pregunta. ¿Cuándo fue la última vez que vio a Santiago Castejón?

Ella se mostró extrañada.

—¿Santiago?

—Sí.

—¿Para qué quiere saber dónde está Santiago? Es imposible que esté implicado en el crimen. Él adoraba a mi madre, él, él... —Pestañeó, bajó la mirada como si estuviera buscando las palabras adecuadas—. Él era el hombre de confianza de mi madre, pero no me acuerdo de cuándo fue la última vez que lo vi.

—¿Le conocía usted bien?

Ella titubeó antes de decir:

—Nunca vino a esta casa. Mi madre visitaba a menudo la Casa de la Caritat de Manresa. Se había convertido en un mecenas importante, donó dinero para un pabellón después de un disgusto que tuvo en el Liceo... en una de esas visitas... Él era uno de los niños abandonados y mi madre decidió encargarse de su educación. No sabría decirle por qué. A veces venía a la casa de la calle Montcada. Pero sobre todo venía en verano a la casa que mi madre hizo construir en Sant Vicenç de Vallhonesta. Pasaba con nosotros unas semanas. Mi madre decía que no era bueno para él que se criara con nosotros. No me sentía muy cómoda con él, siempre me miraba con un respetuoso desdén. Luego, cuando creció, formaba parte de la vida de mi madre, una vida de la cual nosotros estábamos excluidos, apenas la veíamos.

—¿Qué disgusto tuvo su madre en el Liceo?

—No lo sé exactamente. Parece ser que al principio no fue muy bien recibida allí.

Casandra estiró ligeramente las piernas. Requesens supo que daba la conversación por acabada y que ya no merecía la pena seguir tomando declaración. Todo serían palabras vagas e incómodas que no llegarían a ninguna parte.

—Muchas gracias por haberme atendido. Tal vez a lo mejor tenga que hacerle alguna pregunta más.

—Puede venir siempre que lo desee. Aquí estaré.

Le acompañó a la puerta. Y siguiendo el aire de confesión de la entrevista añadió:

—Ya tengo veinticinco años. Tendría que estar casada o comprometida. Tengo una casa llena de criados y de tías ancianas. Y no tengo escapatoria. No tengo la habilidad de mi madre. Ni siquiera tengo el consuelo de la música. Ella decía que yo era como mi padre y que no valía para vivir en este mundo. Antes de que se marche me gustaría darle algo.

Casandra abrió un cajón de una mesa auxiliar y le dio un paquete delicadamente envuelto que parecía un libro.

—He encontrado esto entre las pertenencias de mi madre. Yo no puedo salir de casa y las visitas no pueden venir hasta pasados seis meses. Creo que tendría que tenerlo Albert Bernis. Es suyo. No sé por qué lo tenía mi madre. Por favor, hágaselo llegar de la manera más discreta posible.

Salieron de la habitación y en el corredor añadió:

—Podría venir otro día y así le enseñaría la casa.

Cuando estaban a punto de bajar por la escalinata, un criado abrió de par en par las puertas de entrada del vestíbulo, que se abrieron majestuosamente, y apareció Teresa sin ser anunciada. Victoria había dado órdenes de que tanto Teresa como su madre fueran tratadas como miembros de la familia y los criados, que no habían recibido ninguna orden contraria procedente de Casandra, así lo seguían haciendo.

Teresa llevaba una capa de terciopelo negro con capucha ancha y al retirarla se vio una delicada mantilla de seda que cubría sus cabellos. Se detuvo un instante al ver a Requesens, pero toda renuncia desapareció al ver a Casandra abrir los brazos en un gesto que parecía el de una divinidad amable y protectora. Entonces Teresa subió la escalinata con la misteriosa autoridad que otorga la belleza. Al encontrarse ambas mujeres, esta sujetó con ternura las mejillas de Casandra y le dio un beso suave y conmovedor en los labios. Se abrazaron y Requesens pudo ver las manos de Teresa, finas y delgadas, blanquísimas; no era de extrañar que hubiera interpretado a Isolda.

—He podido escaparme —dijo Teresa—. He dejado a mi madre con el doctor Feliu. Has sido muy amable al enviarle.

—También es el médico del Liceo —recordó Casandra.

—Ya lo sé, pero estaba aquí contigo.

—¿Cómo está tu madre?

—Está muy afectada. Ya sabes lo sentida que es. En realidad, lo estamos todos. Yo no acabo de creérmelo todavía.

Ella la volvió a abrazar con ternura, como se abrazaría a una hermana.

—Ya sé que no está bien que recibas visitas, pero necesitaba verte y hablar contigo. Aunque si estás ocupada puedo volver en otro momento —dijo mirando a Requesens.

Casandra los presentó.

—Es el inspector Requesens. Está investigando la muerte de mamá.

Teresa hizo una reverencia. Requesens nunca la había visto tan de cerca y le devolvió el saludo con una inclinación de cabeza; se quitó el sombrero y se lo volvió a poner en señal de respeto. Le habría gustado conocerla en otro tipo de circunstancias y explicarle lo mucho que su música significaba para él, pues era su consuelo, y por primera vez en mucho tiempo sintió cierta timidez al tratar con alguien.

—Nos vimos el día de la muerte de la señora condesa —dijo Requesens.

—Sí, fue usted el que mandó que nos recluyéramos en el camerino.

—Lo siento, había que tomar esa decisión. No sabíamos si el asesino podía atacar de nuevo. Cuando le venga bien quisiera hablar con usted.

—Oh, claro, cuando desee. Estoy casi siempre en el Liceo, en el Conservatorio. Ahora mismo volveré de nuevo para allí. Si quiere podría ser esta misma tarde.

Requesens se despidió de las mujeres y esta vez salió por la puerta principal. Decidió bajar andando hasta el Liceo mientras repasaba lo sucedido. Lo había anotado mentalmente ya que no le gustaba utilizar lápiz ni libreta porque la gente actuaba de forma diferente al saber que sus palabras eran registradas.

Intentó repasar mentalmente todas las posibilidades. El rubí hacía pensar en que había algún miembro de la familia implicado. Había una cerrazón respecto a hablar de ello. Era evidente que Casandra se había visto beneficiada con la muerte de su madre. Su instinto le decía que no estaba implicada en ello, pero su raciocinio le decía que no descartara ninguna posibilidad por oscura que pareciese. ¿Ismael? No lo creía, aunque conocía la audacia de los tímidos, de la gente en apariencia apocada pero que, sometida a duras humillaciones, planea terribles venganzas. No había podido entrevistar a Eduardo de Cardona, estaba más allá de su alcance. Había recibido órdenes estrictas de que no fuera molestado. Habría ese vacío en su informe policial.

En un gesto de deferencia, Carcasona le había indicado a Requesens que podía entrar por la entrada principal. Xavier Soriano era el portero principal del Liceo y el que llevaba más tiempo trabajando en la casa. A fuerza de escuchar música y conocer gente, sus gustos musicales eran sofisticados y podía citar de memoria cientos de repertorios de óperas pasadas y recientes. Los días de función había otros dos porteros más en el vestíbulo, varios más que cerraban y abrían puertas en cada planta, y otros dos que trabajaban en la sala baja los días de Junta de Gobierno.

Los uniformes de porteros, acomodadores, mozos, serenos y barrenderos eran parecidos, y recordaban vagamente a los de un ejercito de algún país centroeuropeo. Únicamente se diferenciaban entre ellos en que la levita de unos era más larga que la de los otros, o unos llevaban delantales y otros sombrero. Sucedía también que incluso se parecían físicamente, con lo que formaban un continuo de rostros similares, atentos, serios, aunque no amenazadores, que no destacaban individualmente por nada. Era un grupo cohesionado, endogámico, nadie empezaba a trabajar allí si no tenía un familiar, un conocido dentro, o importantes referencias. Y todos trabajaban bajo las órdenes de Francisco Carcasona.

—Buenos días —dijo Requesens.

—Buenos días —contestó Xavier Soriano

El día del asesinato de Victoria, Soriano había evitado con su sentido común que hubiera habido más muertes debido a la estampida. Abrió las puertas de par en par y logró evacuar a la gente sin permitir que se entretuvieran en el guardarropa. Había estado presente en el atentado anarquista de 1893, cuando era portero del segundo piso, y había visto los cuerpos amontonados de las víctimas, y siempre se había lamentado de no haber podido hacer más. Esas imágenes golpearon su mente y ayudó en todo lo que pudo. A la una de la madrugada, cuando todo el Liceo parecía desalojado, cerró las puertas a cal y canto y apostó a sus dos ayudantes en ellas. Subió y bajó, calmó a algunas fregatrices que, nerviosas, no querían permanecer solas ante la posible presencia del asesino. Fueron horas extrañas pues no sabían a lo que estaban enfrentándose, no sabían si había un asesino acechando en algún lugar, si habían puesto bombas o si el asesino volvería atacar.

—Hoy tienen ensayo las chicas del coro. El señor Carcasona les ha dicho que desea hablar usted con ellas. Están ensayando en la sala del coro.

Periodistas y reporteros gráficos seguían apostados en la entrada y un cúmulo de curiosos observaba el trasiego. Soriano les espantaba sin contemplaciones como a moscardones en verano, ayudado por la presencia de varios municipales.

—Eso es casi peor que el atentado del 93. Antes los periodistas tenían un respeto y un saber hacer, pero ahora, ¿adónde iremos a parar? Antes he tenido que echar a uno que se hacía pasar por carpintero. Seguro que era un lerrouxista que trabajaba para *La Publicidad*.

Requesens se había percatado de que todos los trabajadores del Liceo tenían convicciones profundamente conservadoras y encontraban de lo más natural que hubiera diferencias de clases. Como había oído exclamar a Fanny, una de las fregatrices, siempre había habido ricos y pobres y siempre los habría, en qué cabeza cabía enfrentarse a ello.

—Mañana habrá junta extraordinaria —dijo preocupado el portero—. Seguramente anularán la ópera, puede que el resto de la temporada. Y ahora mismo están los miembros del coro y la orquesta ensayando. En el 93 fue un loco, pero ahora...

Requesens asintió con suavidad para incitarle a que se explicara mejor.

—Ahora... verá, creo que es alguien normal y corriente, como usted o como yo.

Requesens guardó unos segundos de silencio como si estuviera pensando en las palabras de Soriano. Luego, con calma, intentando que no sonara a interrogatorio preguntó:

—¿Por qué dice usted eso?

—Porque los anarquistas y todos esos que están mal de la chaveta actúan de forma diferente. Ponen una bomba, se van y dejan que explote, como la del año pasado en las Ramblas o la del otro en la calle Fernando. Pero lo de la señora condesa...

—¿Conocía usted a Victoria?

—La conocía desde el primer día que vino al Liceo. Estaba muy emocionada. Se lo quedaba mirando todo. Iba con su difunto marido y su suegra. A su suegra hace años que no la veo, pero me han dicho que aún vive, aunque se ve que está impedida... Debe de tener más años que Matusalén. Con su suegra no se llevaba nada bien. Pero era natural, vamos, yo tampoco me llevaría bien con ella, era más seca que una cepa del Priorato, y ver a su nuera tan lozana y tan radiante. Todo el mundo la miraba. Tenía diecinueve años y Salvador cuarenta. ¿Quién hubiera dicho que moriría en este mismo lugar? Parece mentira que esto haya podido pasar aquí. Y además a la condesa de Cardona. Puede que oiga muchas cosas sobre ella, pero si algo tenía es que era generosa y la riqueza no se le había subido a la cabeza. Sabía tratar bien a la gente. A nosotros, a los trabajadores del Liceo, nos daba siempre un pequeño aguinaldo. Aquí somos muchos así que multiplique, y eso solo lo hacen unos cuantos, el marqués de Alella y pocos más. Era muy buena con Teresa y Carmeta. A la niña le pagó los estudios y corrió con todos los gastos. Carmeta trabajaba de costurera aquí. Fue la propia Victoria la que le consiguió el trabajo. Ellas dos se conocían desde hace mucho tiempo, desde antes de que ella se casara con Salvador, pero Carmeta no hablaba nunca de eso. Si alguien sabe guardar un secreto esa es Carmeta, se lo aseguro yo. Empezó a trabajar aquí cuando la niña tenía apenas unos meses. No tenía con quién dejarla así que se la traía aquí. Era tan buena. Era callada y tímida. Incluso al señor Carcasona le cae bien, imagínese, con lo recto y tieso que es él. Quien la adoraba era Carcasona padre, el señor Bartolomé, que también fue gerente. Era también exigente como el hijo, pero el padre era, como le diría yo..., sabía cuando aflojar las riendas un poco, y no estaba tan obsesionado con complacer a la propiedad. Además, era escritor de teatro y zarzuelas, y aún me acuerdo yo de una que se estrenó aquí. —Requesens iba asintiendo, sin querer interrumpir la incontenible locuacidad del conserje—. Y Teresa era tan bonita... Vagaba por los pasillos, siempre dispuesta a hacer un favor a alguien, a traerte o llevarte cosas... quería que la quisieran, en el fondo buscaba un padre. Ella se ha criado aquí. Este lugar era su patio de juegos y su escuela. Se conoce todos los rincones y los lugares, sitios que yo desconozco y que inclusive el señor Carcasona, con lo que le gusta controlarlo todo, desconoce. Sabía que no debía acercarse a los camerinos, porque su madre no quería que molestara, aunque las cantantes la adoraban. Sin embargo, los tenores le daban miedo. Le sorprendía el maquillaje tan espeso que llevaban. Un día vino llorando porque había descubierto que en la posticería a un cantante le estaban haciendo una peluca para una ópera de Verdi. Pobrecita. Pensaba que le estaban quitando el cabello de verdad y se puso a llorar sin consuelo. Era muy sentida. Ahora se le ha ido pasando un poco, o tal vez es que ahora lo expresa por medio del canto. Un día, uno de los acomodadores, un chico de pueblo se había traído una perra sin saber que estaba embarazada. Carcasona padre lo sabía y hacía la vista gorda porque él también era de pueblo y le gustaban los animales. La perra tuvo cinco cachorros. Los teníamos aquí todos, detrás de la garita que tenía la taquillera. Cuatro de ellos salieron sanísimos, chupaban la teta de su madre que daba gusto verlos, pero hubo una cachorra que era débil. Cuando Teresa los descubrió saltó de alegría. Naturalmente la cría se encaprichó de la cachorra más pequeña, no mamaba apenas. Al poco dejó de alimentarse y empezó a gemir, todos sabíamos que era el jadeo de la muerte. Había desistido de luchar. Hicimos todo cuanto pudimos por salvarla, pero no fue suficiente y murió en los brazos de Teresa. Y entonces, con el cadáver del cachorro en los brazos, la niña empezó a cantar, y no se lo va usted a creer, cantó el *Liebestod*. Dios mío... ¿Quién le había enseñado? Apenas tenía ocho años. Y cantó el *Liebestod* como nunca yo lo había escuchado. Ella la mecía en los brazos con un canto que te removía las profundidades del alma. Dejamos de hacer lo que estábamos haciendo. Algunos de nosotros empezamos a llorar. Carcasona padre y el señor Bernis se acercaron. Era su primer mandato como empresario. No podía creer lo que estaba oyendo. Carcasona padre lloraba también. Dentro estaban ensayando y hubo un momento de pausa, y entonces la voz de Teresa llegó hasta ellos. Dejaron de hacer lo que estaban haciendo también ellos y se acercaron hasta nosotros. Todo el mundo, desde cantantes hasta carpinteros. Carlotta Bellini, que era la cantante que ensayaba, enmudeció. Como si hubiera visto una aparición. No quiso seguir cantando aquel día. Tiene el don, dijo alguien. La voz era tan pura que hacía daño. De repente llegó Carmeta. Estaba muy enfadada con ella, como si le recriminara haberse visto expuesta así ante la gente. Tironeó de ella. Le pidió que soltara la cachorra. Ella no la soltó. La aferró aún más contra ella, obstinada. Como si le fuera la vida en ello. Se quedó callada. Carcasona padre le dijo que podía quedarse con cualquier cachorro, que incluso se lo dejarían tener allí en el Liceo. Ella negó con la cabeza, con el ceño fruncido. Carmeta le rogó que soltara a la cachorra muerta. Le recriminó su comportamiento. ¡Qué iba a pensar la gente si se portaba tan mal! Pero ella sabía que no se estaba portando mal y que nada ni nadie hubiera podido arrancarle aquel ser de entre los brazos. No nos dimos cuenta de que los señores condes de Cardona estaban entre nosotros y lo habían visto todo. Salvador era muy buen hombre. Aquel día la señora condesa había ido junto a su marido al Círculo del Liceo. Victoria se acercó a la niña.

»Cariño...

Le acarició la mejilla con dulzura. La rodeó con un brazo.

»Tú ya sabes que en mi casa hay un jardín. ¿Quieres enterrar a la cachorra allí? Podrás ir a verla siempre que quieras. Tú y tu madre ya sabéis que podéis ir siempre que queráis, que nuestra casa es vuestra casa. Anda, ven conmigo. Le pondremos una cruz. Y si quieres... puedes cantar allí siempre que quieras. Pero tienes que explicarme cómo sabes cantar tan bien.

»Escucho...

»¿Dónde? ¿Tras las puertas del Conservatorio? ¿En los ensayos?

»A veces, pero no es necesario. Normalmente, mientras ayudo a mamá a coser, las voces suben y de repente entran aquí —dijo apretando a la cachorra contra su pecho.

—Perdón, creo que le estoy amodorrando. Siento haberle contado todo esto.

—No, no, me ha gustado mucho escucharle.

—En fin, pobre Carmeta. Esa mujer es más buena que el pan. Hoy ha venido incluso a coser, cuando todo el mundo le ha dicho que se tome el tiempo que necesite para recuperarse, y claro se ha desvanecido.

—¿Cómo se encuentra? Creo que el doctor Feliu la está visitando.

—Sí, pobre mujer. La quería mucho.

—¿Cómo llego a la sala de ensayos? Todavía no acabo de comprender la distribución del teatro.

—No se preocupe, yo llevo treinta años aquí y todavía hay cosas que no sé dónde están. Suba esta escalera hasta el primer piso, pero el primer piso para nosotros, que lo llamamos así porque está uno por encima del escenario, aunque en realidad es el segundo físicamente. No se confunda. Suba dos tramos de escalera y vaya hacia el lado jardín, está por detrás del escenario. ¿Me ha comprendido?

—Creo que sí.

—Seguramente están ensayando solo con el piano. Pobres, no sé para qué, si mañana los de la Junta suspenderán la ópera.

Cuando Requesens llegó al primer piso no fue difícil encontrar la sala porque solo tuvo que seguir la música. Lamentaba la idea de aparecer de pronto en la sala de ensayos y que todo el mundo dejara de cantar o de tocar al verle aparecer, pero justamente fue eso lo que sucedió. Ensayaban el coro final, *With drooping King*, de la ópera *Dido y Eneas* con el director del coro, al que Requesens no conocía.

—Un descanso de media hora —dijo.

—No sé por qué ensayamos más... —dijo una de las mujeres del coro.

—Lo más seguro es que la suspendan... —añadió otra.

—Vamos, vamos, no aventuren acontecimientos —dijo el director.

Y luego añadió dirigiéndose a Requesens:

—Así que es usted el inspector Requesens. Me llamo Joan Lewinsky. Soy el director musical.

Era un hombre afable de aspecto culto, gafas redondas y cuello de camisa limpio.

—Les dejaré a solas. Los ánimos no están muy calmados. Las voces ni siquiera reverberan como deberían hacerlo.

Requesens se quedó con las mujeres. Intentó romper el hielo diciendo:

—Quiero decirles que el otro día las escuché cantar y me parecieron magníficas. Siento tener que decírselo en una situación tan desafortunada.

En el último acto, en el cuadro segundo solo cantaban mujeres. Las diez cantantes del coro y Belinda, interpretada por Aurora, se sentaron en algunas sillas desperdigadas y bebieron agua. Requesens se quedó de pie y sintió que de alguna manera ocupaba el puesto del director.

—Me gustaría que me contaran qué hicieron después de cantar. Entre que se bajó el telón y se descubrió el cadáver hay una hora que tenemos que dilucidar.

Aurora decidió hablar por todas ellas.

—Saludamos y nos fuimos —dijo un tanto cortante—. El señor Bernis nos prohibió mezclarnos con los asistentes al baile. Incluso dijo que teníamos que esperar a que se marcharan todos antes de salir. Teresa se marchó al camerino de divos y al rato vino con nosotras. Incluso nos trajeron comida del Café del Liceo para que no tuviéramos que salir.

Una chica del coro le dijo a Aurora:

—Pero ya sabes que en realidad la idea de todo eso no era de Bernis, él nos lo dijo. Estoy segura de que la idea era del otro.

—De Carcasona —dijeron varias a la vez.

—Es un estirado.

—Le convendría relajarse un rato —añadió otra riendo.

—Chicas, chicas, estáis hablando delante de un policía —recriminó Aurora.

—Así que la señorita Santpere se fue a su camerino —dijo Requesens.

—Sí. Y luego vino con nosotras. Es habitual en ella. Siempre hay gente que va a verla a su camerino, y prefiere estar con nosotras mientras nos quitamos el maquillaje y los vestidos. La hemos visto crecer aquí. Prácticamente somos sus hermanas. Nos reímos mucho y hacemos bromas, y la ponemos colorada con nuestros chistes un poco subidos de tono.

Por fin se escucharon risas y el ambiente se distendió un poco.

—¿Cuánto tiempo estuvo en su camerino? —preguntó Requesens con un tono suave.

—Pues... tardó un poco más de lo habitual, una media hora quizá.

—¿Y el chico? —preguntó Requesens.

—¿El negrito?

—Sí.

—¿Dónde se fue Yusep? —preguntó al resto Aurora.

—Pues supongo que a los camerinos de chicos —dijo una cantante de mediana edad—. Era el único chico. No había hombres porque Gorchs decidió que Dido solo podía confiar en las mujeres, que ellas eran las únicas que la entenderían.

—Pues yo no la entiendo. Eneas le ha abandonado en el acto anterior y luego se arrepiente y decide volver, pero la muy tonta le rechaza y decide suicidarse. Si ha vuelto, pues, hija, aprovéchalo.

—Si se marchó una vez puede volver a hacerlo, así que hizo muy bien en no volver con él.

—Sí, muy bien, pero de eso a dejarte morir de hambre por él... Anda que me iba yo a matar por un hombre.

—Y sobre todo de hambre, con lo que a ti te gusta comer.

—En eso tiene razón —dijo otra—. Yo siempre he dicho: el estómago es mi segundo órgano favorito.

Más risas.

—Yusep hacía de eunuco.

—Pues según Pilar de eunuco no tenía nada. Dice que es como un trípode.

Todos ellas rieron a la vez de nuevo.

—Yu no sabía lo que significaba la palabra eunuco. Casi se encogió cuando se lo explicó Gorchs.

—¿Yu? —dijo Requesens.

—Sí. Le llamamos Yu. Al principio pensábamos que se llamaba Josep, pero como se enfadaba porque su nombre era Yusep le llamamos Yu. Es cubano.

—¿Sabe dónde se encuentra ahora?

Se encogieron de hombros.

—¿Para qué lo quiere?

—Oh, pura rutina —mintió Requesens—. Tenemos que hablar con todo el que se hallara en la escena del crimen. ¿Dónde está su familia?

—No lo sabemos.

—¿Vieron a la señora condesa en algún momento tras la representación?

—No. Subimos todas al camerino con las sastras.

—Pilar mandó a que Cristina, la jovencita, fuera para el escenario por si quedaba algo —dijo una de ellas.

—¿Pilar no tendría que haber ayudado a Yu? —preguntó Requesens aún sabiendo la respuesta.

—Pero si iba medio desnudo... y además Carmeta le dijo a Pilar que tenía que hacer no sé qué en el camerino de hombres y quería aprovechar que no había ninguno.

—¿Por qué no acompañó a Teresa al camerino de divos?

Se callaron. Requesens también. En un grupo pequeño siempre era cuestión de tiempo que alguien rompiese a hablar.

—Teresa quiere desligarse un poco de ella. No es que no la quiera, pobre, es muy buena, pero su madre está siempre muy encima de ella. Y Teresa quiere hacer las cosas por sí sola. Y se ve que Carmeta se puso murria y se fue al camerino del coro de chicos.

—Yo comprendo a Teresa, se crio aquí, casi vive aquí, se pasa aquí todo el día, y ahora pues... quiere salir de aquí, ver mundo. Pero nosotras la vigilamos, la protegemos para que no haga nada que no debe. Somos sus hermanas.

—¿A qué se refiere?

—Hombres —dijo una de ellas.

—Hija, tienes una forma de hablar que a ver si se va a pensar el señor policía que ella está de picos pardos todo el día. Lo que pasa es que tiene novio. Un buen chico, muy guapo, que está muy enamorado.

—Es el chófer de la condesa viuda de Cardona —dijo una.

—Se supone que era un secreto —dijo Aurora contrariada.

—Un chico majísimo de los que se encuentran pocos.

—¿Manolo Martínez y Lo Jaumet también estaban con ustedes?

—Sí. Se supone que era una especie de recital, así que no era necesario que viniera, pero igualmente lo hizo, por nosotras, y para desearnos suerte. Aquí son un poco tiquis miquis con que si tú has hecho o si has dejado de hacer. Se quedó durante la mayor parte del acto, pero luego se marchó.

—Antes de acabar el acto. Cuando el coro estaba cantando.

—Sí.

—Muy bien, muchas gracias. Será mejor que deje que prosigan con el ensayo.

Pero al retirarse se encontró con que Carcasona le estaba esperando en la puerta. Al verle, las cantantes del coro le rodearon ansiosamente.

—Hemos oído que mañana se reúne la Junta. ¿Piensa usted que anularán la ópera? —preguntó una de las mujeres con el tono educado que oculta la preocupación.

—La Junta ni siquiera se ha reunido —dijo Carcasona—. No avancen acontecimientos que todavía no se saben. Y las noticias se las dará el señor Albert Bernis.

—Queremos saber si cobraremos —dijo Aurora sin tantos miramientos—. Tenemos familias que alimentar.

—Yo las comprendo. Pero ni yo decido nada ni soy quien para decírselo. Están ustedes contratadas por la empresa, no por el Liceo.

—No es justo. Siempre igual, para lo que les interesa unas veces somos del teatro y otras de la empresa.

—Usted no tiene familia. —Se echó a llorar una de ellas—. A usted todas nosotras le damos igual, mientras esté la casa en orden ni sufre ni padece. No es capaz de ponerse en la piel de otro, es incapaz de comprender el dolor ajeno.

—Por favor, señoras.

Requesens vio que Carcasona se mostraba dolido y a la vez molesto por todo aquel sentimentalismo, pero aquello no impidió que ordenara que entrasen de nuevo en la sala.

—No acabo de entender —dijo Requesens con sinceridad.

—Es muy sencillo. Si no cantamos no cobramos. Y hemos estado un mes y pico de ensayos...

—¿Y Teresa? ¿Dónde está? Ella nos podría ayudar...

—Ha ido a ver a Casandra.

—Ahora ella es la baronesa de Ribes y señora de Fluxà.

.•●•.•●•.

—Diré a Álvaro que te acompañe —le dijo Casandra a Teresa al despedirse mientras bajaban la gran escalinata juntas, del brazo.

—Oh, no, gracias —dijo Teresa negando con la cabeza con demasiada rapidez como para que resultara natural.

—Preparen el landó —ordenó Casandra a uno de los criados—. Es cerrado y así nadie te molestará. La prensa es odiosa. El gobernador nos quería ofrecer protección policial, pero eso no hubiera hecho más que empeorar las cosas.

A pesar de ser una casa que se había construido hacía poco, el vestíbulo estaba preparado para que los carruajes llegaran hasta el interior, tal como solía ocurrir en las casas señoriales de décadas anteriores; así nadie podía saber desde la calle quién entraba y salía de la casa si se hacía en un carruaje cerrado.

—Espero que tu madre se recupere —dijo Casandra—. A ver qué le dice el doctor Feliu.

—Eres muy buena por preocuparte del bienestar de los demás antes que del tuyo propio.

—Mi madre decía que eso no era ser buena sino tonta —dijo Casandra medio en broma.

—Tu madre no lo decía con mala intención.

—Era difícil saber sus intenciones reales en todo cuanto decía.

Al entrar el landó, proveniente de donde estaban los carruajes, ambas se separaron con suavidad. Álvaro iba montado en el pescante; bajó y abrió la puerta del carruaje y le ofreció la mano a Teresa para que subiera. El joven llevaba chistera y una levita negra nueva que acentuaba su masculinidad. Tenía la mirada noble y tierna a la vez. Tenía los ojos oscuros, negros, aunque inmensamente cálidos, y cuando algo llamaba su atención los fijaba sin que resultaran molestos para el observado. A Casandra le recordaban a los de un cachorro.

Teresa se recogió el vestido y Álvaro le ofreció la mano para ayudarla a subir al carruaje; a continuación, sin más preámbulos, se subió de nuevo al pescante. Las puertas de la Casa del Dragón se cerraron de nuevo y el carruaje enfiló hacia el Liceo dejando a Casandra de nuevo sola.

El dolor de la exclusión le llegó como una oleada. Lo peor de todo era que ella misma lo había provocado ofreciéndole el carruaje. Si algo tenía de bueno la muerte de su madre era que al menos podía mostrarse triste y sola, sin temor a ser interrogada por el motivo. Subió a su dormitorio. Una habitación pequeña, porque en aquella casa tan grande se sentía perdida después del traslado desde la casa *pairal*,[2] algo que vivió de forma traumática porque adoraba aquel viejo caserón en medio de calles estrechas del que su conciencia no había querido desprenderse del todo. Se echó en la cama, hundió la cabeza en la almohada y se abandonó a una autocompasión que, aún sabiendo que no era saludable, era lo único que la reconfortaba en aquel momento cruel. Y se recriminó ser tonta. Porque le rompían el corazón. Porque no sabía decir qué le atraía de él, tan alejado de ella y de sus veleidades intelectuales. Porque era resuelto y a la vez era educado, con ese tipo de educación que no se adquiere en las escuelas, sino que es innata. A todo el mundo caía simpático. Nadie tenía queja de él. Cuando sonreía le acompañaban siempre los ojos, y bajaba la vista con humildad y adorable timidez. Acariciaba a los niños en la cabeza, sonreía a las *nannies*, a las señoras mayores, Casandra se sabía de memoria sus gestos, los atesoraba como un usurero sus monedas de oro, lo veía desde el mirador de su habitación, que tenía vistas al patio interior donde se guardaban los carruajes y donde Álvaro disfrutaba cuidándolos, engrasándolos, dando de comer a los animales, hablándoles y acariciándoles con una mezcla de candor y virilidad que la dejaba muerta de deseo. A veces Casandra quería pasear en el carruaje con el único propósito de sentir el contacto de su mano por un momento. Sabía que aquel comportamiento no era correcto, que podía parecer una mujer tonta y caprichosa, y todos los días aseguraba que definitivamente hoy no saldría. Pero a media tarde el anhelo se hacía tan presente como

---

2. N. de la Ed.: La casa *pairal* equivale al caserío de una gran finca. Se trata de una unidad autosuficiente que se mantiene unida generación tras generación gracias a la institución del *hereu*.

el síndrome de abstinencia de una droga y luchaba contra ella misma hasta que, tras mucho dudar, tiraba del cordón para llamar al servicio, sintiéndose culpable y liberada a la vez. Victoria empezó a mostrarse intrigada de que deseara pasear todos los días como lo hacían las otras chicas de su posición, una costumbre que Casandra había claramente criticado, pero era mejor dejarla pasear, a ver si así se olvidaba de hacer una de las muchas cosas extrañas que tanto le gustaba hacer, como ir con la Asociación Excursionista a buscar fósiles, una actividad que Victoria encontraba del todo ridícula.

Casandra pensaba que era imposible que Álvaro no se diera cuenta de cómo atesoraba ese contacto, como una flor atesora el contacto del sol en invierno. Solicitar pasear en el automóvil era todavía peor, ya que aunque no fuera necesario ayudarla a subir en él los asientos de conductor y pasajeros estaban mucho más cercanos, y Casandra no podía abstraerse de fijar la mirada obstinadamente en su cuello y ver la línea perfecta de su corte de cabello hecho a navaja, y tenía miedo de que su madre se diera cuenta.

Casandra abrió un cajón de la mesita de noche y sacó su posesión más preciada, un guante de cuero, desparejo, que era de Álvaro y que se le había caído. Lo olió, lo apretó contra su mejilla, se lo puso. Le quedaba grande pero no importaba. Echada en la cama, empezó a palpar su cuerpo con el guante puesto, entregándose a un placer elemental, oscuro, que la dejaría más anhelante si cabe.

•◆•◆•

Carcasona había ido a buscar a Requesens porque Albert Bernis se encontraba en su despacho y le había expresado su deseo de hablar con él. El policía todavía llevaba en la mano el libro que debía entregarle.

—Siento que haya usted tenido que ver todo esto —dijo Carcasona—. Los ánimos están muy irritados. La gente del teatro es un tanto especial. Egos, miedos, inseguridades. Llevar esta casa es una tarea difícil y requiere mucho esfuerzo. Alguien tiene que encargarse de que las cosas estén en orden, si no esto sería el caos. Todos los días hay que resolver dificultades, a veces son tan solo trivialidades, pero en esta casa las trivialidades tienden a enredarse y generar un problema cada vez mayor. El contador del gas no se sabe qué gasto indica, la calefacción de la sala no funciona mientras en los talleres se mueren de calor, uno de los mozos no quiere trabajar con el otro. Hay que tener los pies en la tierra.

Cuando bajaban las escaleras que les conducían a la planta baja, los hechos parecieron dar la razón a Carcasona. Lo Jaumet bajó detrás de ellos con una botella de agua de hierbas.

—Son Aguas de Montserrat. Las ha pedido Carmeta. Están todas las sastras y las fregatrices intentando animarla.

Carcasona suspiró.

—Si me permite voy a echar una ojeada. Lo Jaumet, acompañe usted al inspector...

—Ah, no, yo he sido el encargado de traer las aguas y yo se las voy a llevar.

—Ya le acompaño yo si quieren —dijo Requesens.

Las sastras y algunas fregatrices, Fanny y Luisa, se encontraban frente a la puerta de un despacho, arremolinadas, hablando entre ellas cuando les vieron llegar.

—¿No irá a interrogarla ahora? —preguntó Pilar a Requesens a la defensiva al verle llegar.

—¿A interrogar...? No, claro, que no.

Requesens sabía que ni loco se enfrentaría a un grupo de mujeres como aquellas.

—Nos hemos encontrado a Lo Jaumet, venía a por unas hierbas. Siempre le encuentro metido a usted en todo —dijo Carcasona a Lo Jaumet sin aspereza, como si en el fondo encontrara divertido que él estuviese allí.

—Déjelo estar —dijo una de ellas—. Al menos él nos alegra el día contando sus historias.

—Quizá podría usted tranquilizarla —dijo Roser dirigiéndose a Requesens.

—No creo que en estos momentos sea buena idea.

Pero Carcasona, tal vez dolido por las palabras recibidas por el coro, recogió el testigo de Roser:

—Todos conocemos a Carmeta y estoy seguro de que decirle que están haciendo todo lo posible para resolver el caso supondría un consuelo.

Las mujeres se miraron las unas a las otras y asintieron, ya que Requesens, aquel hombre de rostro severo pero maneras nobles, parecía el depositario de alguna remota autoridad ancestral.

—Hágalo, sí.

—Creo que mi presencia podría perturbarla más... —dijo Requesens, pero sus objeciones cayeron en saco roto.

Sin más preámbulos, Carcasona llamó a la puerta y como era costumbre en él entró sin esperar respuesta.

El doctor Feliu se hallaba junto a Carmeta. Tenía el maletín abierto y al verlo le saludó con una inclinación de cabeza. La mujer iba completamente de luto. Llevaba un rosario en las manos al que no paraba de dar vueltas. A Requesens le recordó de nuevo a alguna imagen religiosa que no lograba identificar. La noche de autos Carmeta y Requesens apenas se vieron, ya que este ordenó que las mujeres permanecieran juntas en un lugar seguro como era el camerino.

—Carmeta... —dijo Carcasona con una voz amable que Requesens no le había oído hasta entonces—. Ya le he dicho que no tenía que venir, que se esté en su casa el tiempo que necesite.

Requesens dio muestras de su comprensivo asentimiento. Ella se le quedó mirando un momento y un rubor oscuro cubrió sus mejillas.

—Todas se lo hemos dicho —dijo una voz desde el quicio de la puerta. Allí estaban todas las sastras.

—Por el amor de Dios —dijo Carcasona volviendo su voz al tono habitual—. Hagan el favor.

Fue hacia la puerta y la cerró de golpe.

—Ella era una buena mujer a pesar de lo que diga la gente —dijo Carmeta con sorprendente vitalidad.

—Claro que sí —coincidió Carcasona—. Nadie le está diciendo lo contrario.

Carcasona había dejado a un lado aquella especie de rigidez virreinal que le otorgaba ser el gerente y parecía verdaderamente preocupado por aquella mujer.

—Ya que está aquí hable con el inspector, tal vez eso la tranquilice un poco.

Requesens hizo una señal con la mano indicando que no quería hablar con ella ahora. En semejante estado nervioso la información que obtuviera no sería de ningún modo objetiva. Pero Carcasona hizo caso omiso.

—Haga usted memoria, estaba en el camerino —dijo.

A Carmeta le brillaban los ojos, sus dedos contaban las cuentas del rosario mientras miraba a Carcasona.

—No... Ella se está haciendo mayor. Ya no me necesita tanto como antes. Ahora las chicas del coro... Ahora ellas son sus mejores amigas. Antes lo confiaba todo en mí y ahora...

Se calló un momento y volvió a hablar de nuevo, pero de una manera un tanto retórica.

—Me quedé en el camerino del coro de los chicos y al ver que no venía Yusep quise bajar... al camerino de Teresa —afirmó mirando a Carcasona.

De pronto bajó la mirada como si le incomodara lo que iba a decir. Se echó a llorar de nuevo.

—A mitad de las escaleras oí un tumulto. Alguien comunicó la noticia a viva voz como si todo se hubiera convertido en una obra de teatro.

—Comprendo por lo que dice que Yusep no llegó nunca a los camerinos, ¿no? —dijo Requesens.

Ella levantó la mirada y dijo con firmeza:

—No. Nunca llegó. Él solo es un niño, ¿sabe? Tal vez se marchó para su casa. Es muy buen chico, muy educado, nadie diría que es... negrito.

—Comprendo. ¿Sabe dónde vive?

Ella negó con la cabeza.

—¿Cuándo fue la última vez que vio a la señora condesa?

—Le arreglé el vestido antes de entrar en el teatro. Tenía muchos pliegues y brocados. Verse expuesta así, ante las miradas de todo el mundo. No pude despedirme de ella como es debido... Ella me dio trabajo y cobijo, y se encargó de que Teresa y yo...

La congoja impidió que pudiera seguir hablando.

—Oh, Dios mío...

Aunque tenía el rostro pálido y desvanecido, seguía teniendo cara de hada bondadosa, y el cabello ya gris, pero de un blanco suave como de madeja de lana.

Carcasona dijo:

—Carmeta, usted hizo lo que tenía que hacer.

—Carmeta... —dijo el doctor Feliu, que también la trataba con delicada amabilidad.

La mujer no respondía, sus labios temblorosos esbozaban algunas palabras, pero los ojos permanecían distantes, casi severos, como inclinados sobre una visión inefable.

Teresa permaneció a solas en el camerino de divos, el más cercano al escenario, y estuvo allí cuándo se cometió el asesinato. Vio en su mente el vestido blanco, colgado del perchero, perfecto, inmaculado, tal vez demasiado perfecto... como si no hubiera sido usado nunca. Tardó entre veinte minutos y media hora en subir al camerino de las chicas del coro. ¿Tuvo la posibilidad de asesinar a Victoria? Los veinte o treinta minutos se reducían drásticamente por la presencia de Cristina. A no ser que esta estuviera mintiendo. Entonces probablemente serían cómplices. Pero si Teresa hubiera necesitado una coartada podría haber pedido a su madre que dijera que estaba con ella. A todas luces ella era el centro de la vida de Carmeta. Todo el mundo lo hubiera creído. Incluso él mismo.

Y Requesens tuvo la desagradable sensación de que aquello había sido una encerrona, un interrogatorio dirigido, y que había algo que no acababa de encajar.

◆◆◆

El carruaje se detuvo en el apeadero de paseo de Gracia con Aragón. A algunos les recordaba un chalé suizo, y en verdad tenía algo de pintoresco, con una fachada troquelada que daba al paseo de Gracia un aire romántico. Álvaro maniobró el landó de modo que quedara cerca de los coches de punto pero a una discreta distancia. Era uno de los lugares más céntricos de la ciudad, cientos y cientos de personas entraban y salían de allí. Se había construido para evitar la molestia de desplazarse hasta la estación de Francia, la estación principal, y con el tiempo se había convertido en el punto de recepción de todas aquellas personalidades que llegaban a la ciudad: cantantes, escritores, políticos o deportistas eran recibidos solemnemente a los pies del edificio. Una de las primeras recepciones tuvo lugar en 1904 con la llegada de Alfonso XII. Era un lugar concurrido y por lo tanto anónimo.

Álvaro bajó del pescante, abrió la portezuela del carruaje y ayudó a que Teresa descendiera. Ella se había bajado el velo y, vestida de luto, nadie podía asegurar, a pesar de su figura esbelta, si se trataba de una mujer joven o mayor.

Había una hilera de carruajes de punto que se ofrecían a los viajeros y era normal que se detuvieran entre aquel ir y venir. El frío era intenso y los carruajes tenían un aspecto espectral; los caballos permanecían quietos de una manera antinatural, con la cabeza gacha, y los cocheros, con capote y sombrero de copa, esperaban encaramados en completa inmovilidad a que los alquilara un viajero. No había nada de extraño en que una dama bajara del carruaje y decidiera estirar las piernas mientras esperaba a alguien en la estación. Naturalmente, era posible que otros cocheros reconocieran a Álvaro porque era muy popular. Los miembros de la casa Cardona acudían a innumerables actos sociales y él, que tenía que esperarles, había tejido con su natural bonhomía una red de complicidades entre cocheros de diferentes edades: entre los mayores porque no hacía ascos a los antiguos carruajes, entre los jóvenes porque sabía de mecánica y de motores.

Álvaro echó un vistazo y comprobó que podían pasar desapercibidos.

—¿Cómo está tu madre? —preguntó él de forma educada conteniendo las ganas de abrazarla.

Era doloroso estar a su lado sin poder tocarla, tan cerca y tan lejos a la vez, y tener que hablar de medio lado porque, aunque hubiera un velo por en medio, no sería correcto hacerlo cara a cara.

Teresa, para sorpresa de Álvaro, se subió el velo. El cabello estaba disimulado por la mantilla y solo se le veía un haz de pelo rubio a cada lado, como un rayo dorado entre nubes de tormenta.

—Está conmocionada —dijo ella—. ¿Y en la casa cómo va todo? Estoy preocupada por Casandra.

—Todo está pasando muy rápido desde el entierro. Abogados, médicos…, ya han puesto en orden las cosas de la señora. La casa parece estar vacía sin ella y sin el señor Eduardo, Eulalia y los niños. Venían solo los domingos y algunas tardes, pero ahora…

—Casandra no ha querido marcharse con Eduardo.

Álvaro puso cara de circunstancias.

—Tienes que ser bueno con Casandra —dijo Teresa con ternura, como si estuviera hablando con un niño al que le costara esfuerzo portarse bien.

—Siempre lo he sido.

—Ya sabes a lo que me refiero.

—Ya lo sé. Pero no es agradable estar atendiendo a los caballos y levantar la vista y verla mirándome desde su habitación, como si me absorbiera. Y luego están esos absurdos viajes... Me gustaría que supiera un día lo que es trabajar. Tener que estar constantemente preparado esperando su llamada. Y ahora se ha convertido en la dueña de todo. La señora condesa era más práctica. No te hacía llevarla y traerla en paseos absurdos. Cuando quería que la viesen lo hacía de verdad, se ponía un millón de pesetas en joyas encima y para el Liceo, y no paseándose tontamente paseo de Gracia arriba y abajo. Todos la criticaban, pero era la única que tenía los cojones como un toro y hacía lo que se tenía que hacer. ¿Por qué Casandra se ha enamorado de un hombre normal y corriente teniendo a tantos caballeros a su alrededor?

A veces la inocencia de Álvaro la conmovía. No era consciente de su atractivo físico, de ser uno de los hombres más guapos de la ciudad, y de que, a pesar de ser un chófer, casi todas las mujeres y más hombres de lo esperado se le quedaban mirando.

Álvaro había empezado a trabajar hacía dos años para los Cardona de forma totalmente fortuita. Victoria, Casandra y Carmeta paseaban en el landó descubierto. Hacía buen día ese principio de abril y decidieron subir a la avenida del Tibidabo; multitud de personas habían pensado hacer lo mismo. En una plazoleta coincidieron el tranvía, multitud de carruajes y varios automóviles. Se había formado un atasco monumental porque entre otras cosas no se había aclarado exactamente la prioridad de unos vehículos sobre los otros. El cochero había bajado para averiguar qué había pasado. El motor de uno de los automóviles tenía problemas y había empezado a echar un humo negro como hollín. El motor, de pronto, explotó con un sonido que parecía una ráfaga de tiros. El cochero no estaba en el pescante y los caballos no sintieron las tranquilizadoras órdenes de las riendas. Se asustaron. No podían escapar debido a la tirantez del carruaje y eso parecía enfurecerles todavía más. Uno de ellos se encabritó y coceó al cochero, que cayó al suelo inconsciente. El caballo estaba fuera de sí. El calor y el ruido, la sensación de que había fuego a su alrededor y de que no había escapatoria se impusieron a sus años de doma y el animal empezó a dar vueltas hacia un lado, chocando con el otro caballo, ya que el tráfico les impedía avanzar. El carruaje empezó a dar vueltas, y era evidente que de un momento a otro volcaría atrapando a sus pasajeros. Algunos carruajes lograron apartarse. El cochero seguía inconsciente en el suelo. Nadie se atrevía a acercarse hasta que Álvaro se abrió paso entre automóviles y carruajes y sujetó al caballo encabritado. Lo tranquilizó acariciándolo, hablándole en un idioma que parecía castellano, pero era mucho más antiguo y remoto, la lengua que se utilizaba para hablar con los animales, gallego, asturleonés, las palabras sabias que utilizaban los jinetes astures para calmar a las bestias. Los caballos se tranquilizaron. Álvaro aseguró el carruaje, abrió la portezuela y a la vez que les ofrecía la mano ordenó a las mujeres:

—Bajen, por favor.

Una mujer mayor, de cara bondadosa, cubierta con una toquilla, tal vez demasiado abrigada para aquel día, lo miraba asustada. Álvaro la ayudó a bajar, le dijo que no pasaba nada, que todo estaba bien, y le sonrió. La mujer se le quedó mirando y de repente lo abrazó. Aquella mujer era Carmeta.

Las otras dos estaban recomponiéndose. Una mujer con el cabello pelirrojo lo miraba absorta. La otra llevaba un vestido como él nunca había visto, parecía una reina.

—¿Se encuentra bien, señora? —le preguntó Álvaro respetuosamente.

—Nos ha salvado la vida —le dijo ella incrédula y sobrecogida.

La mujer abrió un bolso y no encontró nada. Entonces se palpó la muñeca, se quitó una de las pulseras de brillantes que llevaba y se la puso en la mano.

—Tenga, es para usted.

Él se quedó mirando la pulsera y acto seguido se la devolvió, sin superioridad moral ni benevolencia; simplemente aquello no era suyo y lo devolvía. Se quitó la gorra con humildad y dijo:

—Señora, yo no quiero joyas. Yo solo quiero un trabajo.

Era de un pueblo de León, del Bierzo, y había sido llamado a quintas. Lo enviaron a Marruecos. Era alto y fuerte, de natural educado, y en la Comandancia de Melilla alguien pensó que sería una pena que tan buen mozo muriese a las primeras de cambio. Apenas sabía de letras, pero tenía una mano especial con los caballos, a los que parecía calmar con su sola presencia, y lo destinaron a las caballerizas. El frente y las luchas quedaban lejos de allí, y cuando recibió la noticia de que sus padres habían muerto todo el mundo se apiadó de él. Era huérfano y podía dejar el ejército. Le pidieron que se reenganchara, que allí tenía un futuro, pero aquello iba en contra de su naturaleza. Un comandante de las caballerizas, que empezaba sentir un afecto más que paternal hacía él le dio dinero para que pudiera sobrevivir un par de meses. Álvaro se decidió por Barcelona porque en Melilla había conocido el mar y ahora quería vivir cerca de él. Y a punto estaban de acabársele los ahorros cuando decidió subir al Tibidabo, ver desde allí el mar, todo lo que le abarcara la vista.

Ahora dormía tranquilo, tenía un trabajo, una casa a la que servir.

—¿Por que yo? ¿Por qué no se casó con uno de los Güell? ¿O con el chico de los Albí?

—Porque es algo que no se puede remediar.

—Por eso tengo paciencia. Por eso y por ti —dijo bajando la vista—. Quisiera marcharme lejos contigo.

—Sabes que no podemos —dijo ella como si empezara a molestarle que él sacara ese asunto a colación.

—Me consumo en esa casa.

—Vaya. Eso mismo me ha dicho Casandra.

—Ahora la señora ha muerto y somos libres.

—No hables así. Antes la defendías y ahora te alegras de que esté muerta.

—No me alegro de su muerte.

Era sencillo en el trato y no tenía dobleces.

—Lo siento, no debería haberte dicho eso.

—Pero es la verdad. Ya nada te retiene aquí. Nada. Ya no le debes nada. Podríamos irnos fuera. Hacer una *tournée*. A tu madre le vendría bien alejarse de todo esto un poco.

El tren circulaba por la calle Aragón a través de una trinchera abierta y les llegó una vaharada de humo mezclado con vapor y carbonilla.

—Imagínate, viajar en tren, pasar una frontera, otra, ver montañas, ríos, desfiladeros, desdeñarlos porque más allá hay otros, conocer una ciudad que ayer ignorábamos, un país, y otro, hay tantos y tantos lugares que ver... —imaginaba él en voz alta.

—Compartiendo la vida de los cómicos, ¿no es eso?

Él se mostró dolido. Ella le pasó la mano por la cara porque había sido dura con él y sabía que no se lo merecía. Álvaro miró de reojo a su alrededor, vio que nadie los miraba y apretó su mano contra su mejilla recién afeitada. Ella retiró la mano con infinita suavidad.

—Mi madre está muy afectada. No sé qué voy a hacer con ella.

—Oh, lo siento, lo siento... Yo hablando de esto y aquello y se me olvida lo duro que debe de ser para vosotras dos.

—La policía nos recluyó y cuando estuvimos juntas parecía sosegada, pero creo que era incredulidad. Es como un golpe. No te das cuenta de lo que realmente ha pasado y es al día siguiente cuando sientes el dolor. Solo es una buena mujer que está asustada.

—Quise entrar en el Liceo cuando vi a toda la gente salir corriendo y cuando oí que la señora había muerto pensé en ti y no sabía qué había pasado y casi me volví loco hasta que el bueno del portero me juró y perjuró que estabais a salvo.

—Oh, por favor, no hables así.

—Pero es cierto.

—No creo que vuelva a repetirse. Fue obra de un loco.

—No es cierto. Lee lo que dice la prensa. La asesinaron por sus ideas liberales.

—Eso es una vileza. Todo es una estupidez, injusta, no es más que estrechez de miras...

—Era, a pesar de todo, una de los nuestros.

—En eso te equivocas. Ella...

Se calló. Miró hacia otro lado.

—No trataba con mezquindad a nadie —dijo Álvaro—. A mí me trató muy bien desde un primer momento. Ella me dio una oportunidad cuando nadie me la daba. Soy el chófer mejor pagado de Barcelona.

—Tú le salvaste la vida. Era lo mínimo que podía hacer.

—Yo solo quiero protegerte. Pensar que alguien pudiera hacerte daño me pone enfermo.

—No me puede pasar nada. Estoy rodeada todo el día de gente. ¡Si apenas salimos del Liceo! Además, el señor Carcasona ha dispuesto que un mozo nos acompañe hasta casa por la noche y por la mañana nos pasa a buscar otro.

—La señora estaba rodeada de gente cuando fue asesinada.

Teresa se bajó entonces el velo con un gesto que unía la gracia y la urgencia.

—Me estoy muriendo de frío. Llévame de nuevo al Liceo, anda.

Un automóvil se había detenido cerca de ellos.

Ramón Casas había percibido algo, un pequeño fogonazo de oro en aquel día apagado. Reconoció al chófer de los condes de Cardona y el landó. Vio subirse al carruaje a aquella mujer y pensó en un primer momento que era Casandra, por extraño que pareciera, ¿había ido a despedir a alguien al apeadero, tal vez a una tía lejana, rompiendo todos los protocolos de una hija de luto? Le fascinaba su cabellera rojiza, cierto ángulo de su cara cuando observaba a la gente pensando que ella no era observada. Pero luego se fijó mejor y supo que no era ella, porque la mano que dio al chófer al subir se deslizó como una gacela y fue la de Álvaro quien la retuvo unos instantes de más, al contrario de lo que sucedía cuando era Casandra quien paseaba.

•◆·◆·

—No creas que te puedes quedar aquí el tiempo que quieras —dijo Pauleta.

—Lo sé...

Dicho esto, el chico se replegó en sí mismo, se abrazó las rodillas y se sumergió en un silencio impenetrable. Ella habría preferido que se quejara o que rogase, como hacían sus alumnas cuando les exigía, *devant, derrière,* los brazos más alto, porque aquel callado ensimismamiento la desconcertaba.

—Te he traído esto.

Esto eran unos merengues que le habían traído un par de alumnas. Ella vio que a pesar de estar muerto de hambre guardaba las formas y no empezó a comer hasta que ella desempaquetó por completo los pastelitos.

Sí, lo reconocía, se contradecía a ella misma. Ella, que desde hacía unos años empezaba a no soportar las torpezas y debilidades en los demás y a la que molestaban las lágrimas de las alumnas a las que les había dicho bien clarito que no servían para la danza, porque era mejor decírselo antes de que se hicieran ilusiones y perdieran la oportunidad de hacerse maestras, modistas, o fuera lo que fuese a lo que se dedicaban las chicas de hoy en día antes de casarse, se veía intentando agradar a un chico pobre y mulato.

—¿Tienes sed?

—Bebo de un grifo que hay fuera.

Efectivamente había un grifo en el traspatio. Pauleta a veces se había preguntado qué demonios hacía allí un grifo, en aquel lugar rodeado de muros altos y una verja que no daba a la calle y que había sido tapiada hacía muchos años. Desde allí, si se subía un escalón, se tenía una visión inmejorable de la ciudad; en verano, las vistas nocturnas de Montjuic resultaban maravillosas.

—Siento estar aquí —dijo él—. Sé que este es su sitio y que yo estoy aquí de repente, perturbándolo.

—Hablas como una persona adulta. ¿Qué edad tienes?

—Trece años...

—Trece años...

Ella levantó soñadoramente la mirada, que recayó sobre un tutú romántico, de la vieja escuela, que llegaba hasta los tobillos, delicado y vaporoso.

—Mis primeros *fouettés*. Llegué a conseguir hacer treinta *fouettés* seguidos, uno tras otro.

—¿Qué es un *fouetté*?

Ella se extrañó de que lo pronunciara correctamente, y no como sus alumnas, que parecía que se refirieran a una especie de salchichón.

—Los *fouettés* son esas piruetas enlazadas con que las bailarinas terminan sus más espectaculares variaciones, giras y giras con un pie en la otra rodilla, los brazos alzados. Son la sal de las galas. Hay grandes bailarinas que tienen que luchar con ellos. Esa Anna Pàvlova de la que todo el mundo habla ahora no consigue hacer más de tres o cuatro, y sin embargo yo...

Se puso bien recta. Estiró el cuerpo. Llevaba la ropa con la que daba clase y que le permitía moverse. Lo miró y realizó uno de ellos, y luego otro y otro, hasta que se detuvo en aquel giro.

—Los puristas se quejan de ellos, afirman que no son necesarios ni aportan nada esencial a la danza. Muchas primeras bailarinas procuran evitar el compromiso de los *fouettés*. Una pirueta siempre es finita, pero el *fouetté* puede hacerse durar más allá de lo verosímil. Tampoco hay posibilidad de trampear, como puede hacerse con casi todo lo demás. Si en un *fouetté* has perdido la vertical, lo has perdido todo y solo cabe salir corriendo por la derecha o por la izquierda, a ser posible sin perder el ritmo.

Ella hablaba con un misticismo que a él pronto le dejó embelesado. Ella se dio cuenta y le sonrió, le acarició el cabello, agradablemente rasposo al tacto.

—Come, anda.

—Gracias.

Se quedó mirando cómo lo hacía. Comer con hambre, ya ni se acordaba de ello. Había varias revistas de *ballet* que habían sido cuidadosamente guardadas y el chico las iba leyendo una a una y las trataba con sumo respeto.

A Yusep se le quedó un poco de nata sobre el labio superior. Ella se fijó en que era delicadamente grueso y tuvo una pulsión extraña, retirársela y no con una servilleta.

—Ni se te ocurra usar mis vestidos como servilleta —dijo ella intentando expurgar sus pensamientos.

—No, claro que no.

Sus sinceros por favor y sus agradecimientos mostraban un gran apego por los buenos modales y ella se preguntó dónde los había adquirido. Le resultaba desconcertante que fueran mucho mejores que la mayoría de las niñas de buena familia a las que ella daba clase. ¿Cuánto tiempo querría quedarse allí? Su sanctasanctórum era un cuarto pequeño, pero cálido y atiborrado de todo tipo de cosas que resultaban reconfortantes a la vista y al tacto. Y en caso necesario el traspatio daba cierta sensación de libertad. Y fuera era invierno y hacía un frío terrible. Fuera como fuese, ese muchacho era un ser tan herido y frágil como ella, y era evidente que se escondía de algo, pero no le importaba: ella no pensaba dejarlo a su suerte.

•●·●·

El despacho de Bernis estaba en la planta baja, cerca de la puerta de trabajadores de la calle Sant Pau, de esa manera quien acudía a visitarle no tenía siquiera que entrar en el teatro. Era habitual que recibiera visitas, gente que acudía a solicitarle trabajo o a proponerle alguna actividad artística. Tenía también una pequeña sala de espera. Estaba justo debajo del corredor de platea y las paredes ligeramente curvas seguían el trazado del teatro.

—Este es el despacho del señor Bernis —dijo Carcasona—. Yo le dejo aquí. Tengo que seguir con mis obligaciones. Si necesita cualquier cosa solo se ha de poner en contacto conmigo.

—Muchas gracias por acompañarme —se despidió Requesens.

El despacho no era muy grande, el techo era bajo y había cierta sensación de encajonamiento; un escritorio parecía ocupar todo el espacio, atiborrado de facturas, carpetas y libros, mezclados con programas de ópera. Una taza de café con leche amenazaba peligrosamente con volcarse y manchar varios legajos de papeles. Olía a libro viejo, a tinta emborronada, a polvo acumulado en libretos que ya no iban a ser utilizados. Había litografías, recortes de periódicos enmarcados, fotografías de grandes éxitos teatrales, fotografías dedicadas de cantantes... Se respiraba teatro.

—Pase, pase, por favor...

—He visitado a Casandra de Cardona y me ha entregado esto para usted. Me ha dicho que estaba entre las pertenencias de su madre pero que era algo suyo. No sé de qué se trata.

Bernis lo miró por encima. Se podía adivinar que era un libro, pero nada más. Tal vez fuera algo relacionado con sus actividades musicales.

—Me preguntaba si disponía usted de tiempo para atenderme.

—Oh, sí, claro. Tiene que interrogarme.

—Prefiero decir que le tomo declaración.

Albert Bernis se pasó la mano por detrás de la cabeza como si ahora de pronto quisiera ponerse en orden los cabellos. Mostraba una irritabilidad nerviosa, como la de los fumadores en sus primeros días sin tabaco.

—Me han comentado varios testigos que dos días antes del baile se mostró usted molesto con la condesa.

—Vaya... eso no es andarse por las ramas.

—No.

—Discutíamos sobre la puesta en escena. Es una ópera difícil. Solo dura una hora. El señor Lewinsky, el director musical, no las tenía todas consigo. La obra, a pesar de lo antigua que es, tiene una factura moderna... No sabíamos si al público le interesaría. Victoria propuso que se interpretara el último acto durante el baile de máscaras y yo no estaba de acuerdo. Le va a parecer una estupidez, pero aún hoy en día todavía hay gente que acude a la ópera como si se tratara de una obra de teatro para saber si el protagonista muere al final o no. Eso es todo.

Encendió un cigarrillo. Las manos le temblaban. Pero de pronto, como si considerara que su comportamiento necesitase más explicaciones, dijo:

—Y luego estaba el idioma. Parece estúpido tener que convencer a la gente de que Wagner se canta en alemán y Purcell en inglés. Todo lo desean en italiano. Pero que el empresario vaya por un lado y el público por el otro es impensable.

—¿No le molestaba que se supiera que ella le ayudaba financieramente?

—Hace mucho que dejó de molestarle lo que la gente dijera o dejase de decir. Sí, es cierto que a la Junta le molestaba. Mire, en el mundo de la ópera, si dirige usted un teatro por dinero y nada más que por dinero, no se llega a ninguna parte, pero el dinero es importante. Yo fui el empresario artístico de esta casa desde 1882 hasta el 98. Estrené la primera tetralogía, todo lo que se puede estrenar de Wagner, excepto *Parsifal,* naturalmente. Y es difícil y es complicado y hay que pagar las nóminas y a veces se pierde dinero.

—¿Por qué lo dejó?

—El Liceo es una institución extraña. Debes satisfacer los gustos de los propietarios, opinan de escenografía, de si esto le gustaría más, si esto menos, debes satisfacer las expectativas del público y debes lidiar con los críticos. Acabé muy cansado de tantas presiones y en el 98 lo dejé. El señor Vehils, el empresario que me sucedió, no pudo con todo, y acabó querellándose contra la Sociedad de Propietarios. Y volvieron a convencerme y estrené *Tristán*. Después lo dejé de nuevo, pues había hecho un pacto, y me convencieron una vez más en 1906. Hasta ahora. Todo requiere mil equilibrios. Tengo que hacer cosas que agraden al público, la rentabilidad se consigue llenando las salas. La parte económica y artística forma un todo. Tenemos una lucha constante con el Real de Madrid. Yo he sido el primero en traer a Wagner. Y para el año que viene, tendremos cuatro ciclos completos de la tetralogía de *El Anillo del Nibelungo*, hasta ahora reservada a Bayreut y Múnich.

Requesens lo cortó, para centrarse en lo que más le interesaba.

—¿Cuándo conoció a Victoria?

—Hace mucho tiempo, de mis anteriores etapas de empresario. Salvador y Victoria me invitaban a menudo a sus fiestas, pero ha sido en esta última etapa mía como empresario en la que se mostró más... más... deseosa de participar en la marcha de las diferentes óperas. Ella tenía como protegida a Teresa. La tenía como su joya más preciada, aunque hablar de joyas no sea de buen gusto. Le dejaba tomar alguna clase en el conservatorio. Tenía profesores particulares. Me convenció para que le diera el papel en *Tristán e Isolda*. Mi mujer acababa de fallecer, y de repente un día vino Victoria y... y... dijo que correría con todos los gastos para la presentación de Teresa. Quería la mejor escenografía, a Francesc Viñas de tenor, lo mejor. Si era un fracaso ella correría con todos los gastos. Teresa siempre correteaba por aquí, Carcasona padre la adoraba. Aquella chica con deseos de agradar que se ponía colorada a la primera. Y fue un gran éxito. Toda esa gente que no siente respeto por la música ni por nada se enamoró de ella cuando la escucharon cantar.

—Usted también fue el director del Teatro Principal.

—¡Y del Novedades! Del que me despedí dando una oportunidad a un joven dramaturgo, Àngel Guimerà.

Los dos hombres se quedaron callados. Los dedos de Bernis jugueteaban con la goma de una carpeta. Al cabo de poco dijo:

—No me ha preguntado qué hice desde que se bajó el telón hasta que apareció el cadáver.

Requesens afirmó con la cabeza.

—No, no se lo he preguntado.

—Estuve aquí.

—¿Nadie le vio entrar y salir?

—No. No tengo coartada.

CAPÍTULO 6

¿Quién? Descartado el atentado político, tenía que ser alguien del entorno de Victoria.

Alguien, sin embargo, que la respetase y no quisiera ultrajar el cadáver.

Alguien que tuviera en su poder el rubí de los Cardona.

Alguien que formara parte del pasado de Victoria.

Requesens pensaba en todo ello, mirando el puerto a través de la ventana de Jefatura. Los barcos de vela empezaban a disminuir e incluso algunos de ellos eran exclusivamente a vapor. Aún recordaba cómo era Barcelona cuando no habían derribado la muralla del mar. Bajaba hasta allí junto a su abuela, desde las calles, viejas y retorcidas, la calle del Infierno, la plaza de l'Oli, la calle de las Doncellas, todas ahora a punto de caer bajo la piqueta de la abertura de la vía de la Reforma. Se podía pasear por encima de la muralla pero había que esquivar toneles y aparejos. Podían pasarse horas viendo trajinar en el puerto, los gritos, el runrún de las grúas, el movimiento oscilante de las barcazas, todas prietas a un lado como peces asustados, la simétrica exquisitez con la que se iban acumulando los fardos hasta que los carromatos los trasladaban a algún tinglado. Su abuela sacaba un panecillo y lo partía en dos, y se preguntaba por qué su nieto, aunque cariñoso, se mostraba siempre tan serio.

Aparcó cautelosamente sus pensamientos cuando Fernández y Rosales entraron en su despacho.

—Jefe, tiene que ver esto —dijo Fernández dejándole una carpeta amarilla sobre la mesa del despacho. A su lado estaba Rosales.

Un expediente. La carpeta amarilla procedía de la comisaría de Atarazanas. Mecanografiado se leía el nombre de Manolo Martínez Daudell.

Con la reorganización de la policía se había intentado poner un poco de orden en los caóticos archivos de documentos desperdigados entre la Jefatura Superior, las comisarías de distrito y los diferentes juzgados, y se había creado un Registro General de Sospechosos. Estaba pensado principalmente para la lucha contra el anarquismo. Barcelona era en aquellos años la Rosa de Fuego y había muchas presiones para conseguir que se acabara definitivamente con el estallido de bombas, muertes y terror. Naturalmente, aquel registro también era utilizado para obtener información de delitos que nada tenían que ver con el anarquismo, como era el caso de robos, pequeñas tropelías y escándalos públicos.

—Se enfrentó a un juicio en 1903. Proxenetismo y tráfico de productos farmacéuticos.

Requesens abrió el expediente.

Manolo Martínez había sido acusado junto a dos cómplices más de proxenetismo. Trabajaba en diferentes teatros del Paralelo y estos necesitaban constantemente chicas que hicieran de coristas. Esas mismas chicas, y algunos chicos, eran derivados hacia el mundo de la prostitución. El producto farmacéutico era cocaína. Las dobles funciones y los extras eran habituales en el mundo del espectáculo teatral y mantener un ritmo diario era difícil. En el sumario aparecía citado un nombre: Elías Bargalló. Era el proveedor. Manolo revendía la cocaína entre las gentes del teatro.

—Vamos, un prenda... —dijo Rosales.

—El nombre de Elías Bargalló me sonaba de haberlo leído en alguna parte —dijo Fernández—. Ese hombre figuraba en el listado de amigos de los trabajadores a los que se les había facilitado una entrada.

—Acudió al baile invitado precisamente por Manolo Martínez —añadió Rosales.

—Elías Bargalló llevó a Victoria a juicio —afirmo Requesens—. Y consideraba que no se había hecho justicia con la patente del producto que la había hecho millonaria. Tiene un motivo. Pero Manolo Martínez... El tráfico de cocaína no está penado. Apenas una multa. El proxenetismo es otro cantar...

No sabía por qué, pero aquel hombre le caía bien y se encontró a sí mismo exculpándole de una manera poco profesional.

—La gente se vuelve adicta a esa substancia —dijo Rosales con dureza—. Tendría que verlos renquear por Santa Madrona. Es una vergüenza.

—El juicio no fue a más —añadió Fernández—. No se instruyó el caso por falta de pruebas.

—Parece ser que el fiscal de la Audiencia lo paró —añadió Rosales en voz baja.

Los tres se mostraron silenciosos. El fiscal de la Audiencia en aquel tiempo era Díaz Guijarro. Había sido nombrado Jefe Superior de la Policía con la idea de que un jurista de prestigio haría que la policía contara con un mayor respeto.

—¿Va a interrogar a Martínez? —preguntó Fernández.

—Sí. He de interrogarle a él y también al apuntador, Lo Jaumet. Falta tomar declaración a Teresa Santpere y necesitaría encontrar al chico mulato. Hoy habrá junta extraordinaria y Carcasona me ha dicho que querrán hablar conmigo. Después he de ir a visitar a la baronesa de Maldà.

—Un día movidito —dijo Rosales.

—Jefe, no es por nada pero están metiendo presión y el caso parece que no avanza.

Los dos se le quedaron mirando.

—¿Qué han descubierto del rubí?

—No hay nada en los archivos policiales. Despareció sin más. No se abrió ninguna investigación por expreso deseo de la familia. Hay órdenes de Ossorio de no molestar a Eduardo de Cardona. No podemos acceder a él. Tampoco podemos interrogar a los criados que había entonces en el palacio de la calle Montcada. Casi todos siguen trabajando para la familia y no van a hablar. Son los criados mejor pagados de Barcelona.

—Parece ser que la señora condesa quiso echar tierra sobre el asunto y no van a hablar por respeto a ella. Tendríamos que pedir un mandato judicial a Díaz de la Lastra, pero...

—Sí, lo sé. No nos lo va a conceder.

—Quiero que alguno de ustedes se encargue de encontrar a Elías Bargalló.

—De acuerdo, jefe.

—Necesito también las fotografías del baile de máscaras.

Los agentes callaron.

—¿Qué pasa?

—Lo siento, jefe. Otra mala noticia. Parece que un aprendiz se lió con los productos para revelar las fotos y se quemaron todas.

Requesens se levantó, se puso el sombrero y se los quedó mirando.

—¿Desde cuándo saben eso?

—Desde esta mañana.

—Infórmenme en cuando sepan algo de Bargalló.

•◆•◆•

Requesens aprovechó la visita al Liceo para acercarse de nuevo al taller de sastrería. El encuentro con Carmeta le había dejado un sabor de boca extraño y había un detalle que quería confirmar. Llamó a la puerta y una voz cantarina le dijo que pasara. Las sastras no le esperaban y cuando lo vieron entrar se quedaron calladas.

—¿Ha pasado algo? —preguntó una de ellas con recelo.

—No, no, solo quería pasar a saludarlas y preguntarles un pequeño detalle. Pepita, es usted la encargada del vestuario de chicos, ¿verdad? Las ropas que llevaba el chico cubano, Yusep, ¿están en su sitio?

—Pues ahora que lo dice no lo sé. Con todo el jaleo de estos días no he pensado en ello, la verdad. Además, era Carmeta la que se encargaba del chico.

—¿Le importaría comprobarlo?

—No, claro que no.

—Por favor, les rogaría que no informaran a nadie, ni siquiera al señor Carcasona.

—¿Pero ese chico ha hecho algo? —preguntó una de ellas.

—No, no, pero es la única persona con la que no he conseguido hablar y no sé dónde está. Tal vez vio algo y se asustó. Me gustaría encontrarle y hablar con él.

Pepita salió gustosa del taller con la idea de ayudarle. Una vez en el camerino de chicos, la mujer se dirigió al lugar donde debían de estar guardadas las prendas.

—No están —dijo—. Solo había dos piezas de hombre. En realidad, el traje del chico lo podían haber hecho con cualquier indumentaria de las chicas, porque llevaba unos pantalones que eran como unas babuchas y unas zapatillas de Aladino, como las llamamos aquí, pero, claro, no podía cambiarse allí.

—Lo que sí he encontrado es su ropa.

—¿Me deja verla?

—Aquí está.

Un blusón de obrero, una chaqueta de lana, una gorra, unos pantalones de pana y ropa interior también de lana. Iba abrigado. La ropa estaba limpia. Alguien cuidaba de él.

Registró la ropa. Los bolsillos tenían algunas monedas. No había billetes de tranvía. Ninguna identificación.

—¿Puede que se marchara a casa con la ropa puesta?

—Puede. Pero aunque fuera carnaval llamaría mucho la atención. Además, le dejaba una parte del torso al aire. Se pelaría de frío.

—¿Sabe dónde vive?

—No. Pregunte a Fernando Gorchs. Él lo trajo. Al parecer, alguien le pidió un favor. Es un chico tímido y se hace querer como si buscara cariño.

Requesens se quedó pensativo:

—¿Sabe si ha venido hoy el señor Gorchs?

—No, hoy no, ni ayer tampoco. La verdad es que no trabaja aquí mucho, solo cuando hay ensayos. Él dice que se le ocurren mejores ideas en su casa o haciendo otras cosas.

—Ya veo...

—Siempre ha desaparecido ropa en el Liceo, pero últimamente más a menudo. Gorchs se puso muy serio y por eso envié a Cristina a buscar si había quedado alguna prenda.

—¿Quién lleva el control del vestuario?

—Oh, aquí es todo un poco liado. El señor Vinyals es el encargado de guardarropía y también del vestuario. Del atrezo se encarga la viuda del señor Tarascó, que en paz descanse. Nosotras trabajamos para el señor Bernis, que es quien nos ha contratado. Pero a veces también trabajamos para Fernando Gorchs, encargándonos de algunos de los vestidos de los divos y de los arreglos, aunque la empresa que se encarga del vestuario en general es de los señores Vasallo y los hijos de Malatesta, que a veces contratan a terceros para las grandes producciones.

—¿Y hoy el señor Vinyals no está?

—Hoy no le toca. Creo que hoy está en el Teatro Principal. Trabajamos en varios sitios a la vez. Además, el señor Vinyals no estuvo el día del baile de máscaras.

Ella se quedó en silencio un momento tras el cual dijo:

—Verá, aquí nadie se lo dirá, pero a veces desaparecen vestidos. El último incendio que hubo ocurrió precisamente por eso, porque iban a hacer inventario de las ropas ya que desaparecían piezas y se ve que había algún tipo de chanchullo y el jefe de vestuario, para evitar ser descubierto, prendió fuego al taller, pero se le fue de las manos.

—¿Qué tipo de vestidos desaparecen?

—Vestidos de seda, elegantes, bonitos. Los traen para ciertas funciones, pero casi se diría que no tienen nada que ver con las óperas que se representan. Los traen de fuera, de no se sabe dónde. Nos tiene intrigadas. A veces Gorchs trae bocetos de vestidos que son... como se lo diría yo... como obras de arte y nosotras los vamos haciendo, él trae y lleva muestras de tejidos, no los elige aquí, es en algún otro lugar. No cuente a nadie todo esto por favor. El vestido que llevaba Teresa en el estreno de *Tristan* desapareció y Fernando Gorchs se enfadó muchísimo. Aunque nos ve de cháchara y seamos muy del jijijí y del jajajá estamos con la mosca detrás de la oreja. Carmeta sobre todo. Es muy buena mujer, estaba un poco murria porque Teresa está subiendo, y, bueno, es normal, así que todo se le ha venido encima.

—¿Cree que hay un fantasma en el Liceo?

Requesens lo preguntó sin sorna, sabedor de que bajo ciertas supersticiones se escondían verdades, aunque resultaran difíciles de discernir.

—No lo sé, aunque que en esta santa casa pasan cosas que no son normales también es cierto. Lo de los vestidos es muy raro. Pero yo no quiero perder este trabajo. Nosotras somos unas privilegiadas. Cuando se prepara una ópera con cientos de figurantes como *Aida,* los Vasallo y Malatesta contratan a familias enteras. Tendría usted que ver las condiciones en las que viven. Cose toda la familia a destajo. Gente mayor, pisos subterráneos inmundos, casi todos son inmigrantes andaluces, y para ellos esto es gloria comparado con donde vivían antes en sus pueblos. Da tanta pena. La gente, deslumbrada por las candilejas, no se puede llegar a imaginar que los vestidos dorados los ha cosido una mujer mayor, medio ciega, bajo una luz de bombilla. O tal vez sí se lo imaginan, pero les da igual.

Requesens se acarició el bigote. Era un movimiento instintivo que realizaba cada vez que reflexionaba y cuando se dio cuenta dejó de hacerlo. No le gustaba que la gente supiera cuando estaba pensando y cuando no.

—Si me disculpa, me están esperando y deberíamos marcharnos —dijo el policía con amabilidad—. ¿Sabría indicarme el despacho de reguiduría?

—Le acompaño. Bajaremos hasta el primer piso. Yo tiraré para un lado y usted para el otro.

Requesens conocía el despacho de reguiduría por ser el lugar en el que el doctor Feliu había tratado a Carmeta por su desvanecimiento, pero no habría sabido llegar hasta él sin ninguna indicación. Cuando llegó hasta allí descubrió que la puerta estaba abierta y Manolo Martínez y Lo Jaumet miraban juntos un libreto con las cabezas casi pegadas, parecían una pareja cómica de un vodevil. Lo Jaumet hablaba vivazmente:

—...marcó el tiempo en la partitura original con la palabra *schnell* y esta es la que se encuentra en todas las ediciones alemanas. Pero al traducirlo al italiano se ha calificado de *presto* y es un error. El tiempo que en alemán se denomina *schnell* no es ni será nunca el *presto* de los italianos; la palabra que le corresponde es *vivace* y me parece a mí que entre *vivace* y *presto* hay alguna diferencia.

—¿Pero esto por qué no se lo dices a Lewinsky en vez de a mí? —preguntó Manolo entre molesto y aburrido.

—Porque a mí no me hace caso.

—¿Y qué quieres que haga yo?

—A ti te hará caso. Te tiene miedo.

—¿A mí? ¿Miedo? Ya me gustaría que me lo tuviera. Otro gallo me cantaría.

—Dice que pareces saberlo todo de las personas nada más mirarlas.

—Anda que lo que tiene uno que aguantar.

—Disculpen —dijo Requesens—. La puerta estaba abierta.

Los dos hombres levantaron la cabeza al unísono con un movimiento de marionetas sorprendidas haciendo algo que no debían.

—Supongo que querrá hablar con nosotros del desastre... —dijo Manolo.

—No, lo hace con cada uno por separado —dijo Lo Jaumet—. Y luego coteja las respuestas para ver si hay algún fallo. Yo estoy esperando todavía.

—Discúlpele, lee demasiadas novelas de detectives.

—Yo he hecho mis propias investigaciones —dijo Lo Jaumet en tono confesional.

—Me gustaría mucho que las compartiera conmigo —dijo Requesens.

—Si empieza a tomarle en serio está usted perdido —replicó Manolo.

Se volvió y le dijo a Lo Jaumet:

—Anda, vete, que me parece que se va a estar un buen rato conmigo. Y cierra la puerta y dile a la gente que no me interrumpa por lo menos en una hora. Aunque ya sé que eso va a ser imposible.

Lo Jaumet salió y cerró la puerta. Manolo gritó:

—¡Deja de escuchar con la oreja pegada que pareces una vieja!

A través de la puerta se oyó un mascullar contrariado.

—Es una de las personas que más sabe de música. Se conoce de memoria óperas de las que ya nadie se acuerda que se representaron aquí una sola vez.

El libreto tenía multitud de anotaciones a mano.

—Parece que se conocen ustedes desde hace mucho tiempo.

—La verdad es que no. Pero llegué aquí y congenié con él enseguida. A veces incluso parecemos un matrimonio, no sé si se habrá dado cuenta.

Requesens sonrió. Le resultaba difícil creer que aquel hombre se hubiera visto involucrado en asuntos de prostitución o de cocaína. Había cierta resignación elegante en él que resultaba atractiva.

—¿Es verdad lo que se cuenta de que la madre de Lo Jaumet se puso de parto aquí en el Liceo y que él nació en los lavabos?

—¿Eso dónde lo ha oído? ¿En una de las tertulias de la calle Sant Pau?

Requesens tuvo que reconocer un tanto avergonzado que sí. Manolo rio. Su risa hizo pensar a Requesens que al baile de máscaras había acudido vestido de bruja perversa. Técnicamente en los bailes de máscaras estaba prohibido vestirse del sexo contrario, pero el disfraz era lo suficientemente ambiguo como para saber si se trataba de una bruja o un mago. Les ayudó a registrar el Liceo en una primera inspección. No había soltado el báculo del disfraz y parecía que una figura alegórica les guiara por las entrañas del teatro. Tenía los ojos muy azules y el cabello muy corto y canoso.

—¿Desde cuando trabaja aquí?

—Hace relativamente poco. Me trajo Albert Bernis.

—¿Se conocían de algún otro teatro? ¿El Principal o en el Novedades?

—No, no, esos eran teatros demasiado elegantes para mí. Yo trabajaba en el Paralelo. Hacía de actor, algunos papeles en el teatro de variedades, pero sobre todo era bailarín.

Retiró la silla y levantó la pierna recta hasta quedar esta paralela a su cuerpo.

—Aún tengo cierta flexibilidad. Pero la vida del bailarín es corta, así que me dedico a la reguduría.

—Pasar de bailarín de un teatro del Paralelo a regidor de un gran teatro de ópera es un salto extraño.

—Usted me conoció vestido de bruja, a veces tienes que serlo para que las cosas funcionen. Eso lo sabe perfectamente el señor Bernis. Él me conocía del Paralelo. El mundo del teatro es un mundo pequeño y al final todos acabamos por conocernos. Un músico que toca el trombón aquí en una ópera toca luego la corneta en un sainete.

—Es decir, que Albert Bernis le ofreció este puesto sin haber sido regidor en ningún otro teatro.

—Había hecho muchas cosas en otros sitios. Un regidor aúna los esfuerzos para conseguir que todo el mundo trabaje en la misma dirección. Eso lo había hecho en otros trabajos. Se me da bien organizar a la gente. Comprendo cuándo se les puede pedir más o cuándo están cansados y necesitan apoyo o cuándo estirarles de las orejas. Imagínese los quebraderos de cabeza que tengo. Plasmar sobre el escenario las ideas realizables del loco visionario de turno, encontrar soluciones técnicas, equipos de maquinaria, utilería, cambios de vestuario, coordinar y controlar que todos estén en su sitio en el momento adecuado. Cuando la función está ya en marcha, hay que indicar los movimientos de decorados, las entradas de cantantes, coristas, actores, marcar las pautas y hacerlo como el director escena quiere que se haga. Si todo el mundo hiciera lo que tiene que hacer yo no tendría trabajo. En una ópera van muchas cosas en tiempo con la música. Un regidor de ópera tiene dos jefes, no uno, y esa es la mayor diferencia con los de teatro; en teatro tienes al director y punto. Y en la ópera tienes al director musical y al director de escena, y mandan al cincuenta por ciento. Así que tengo dos jefes, Gorchs y Lewinsky. Y al menos ellos se llevan bien. Pero a veces he trabajado con algunos que se llevaban fatal.

—Cuando se descubrió el cadáver de Victoria parecía usted más enfadado que atribulado.

—Sabía todas las consecuencias que traería. Cancelación de la ópera, si no de la temporada entera. Yo tengo dinero ahorrado, pero aquí hay mucha gente que si no hay función no cobra.

Requesens se quedó dudando, pues no sabía si decirle que estaba al corriente de sus antecedentes o era preferible mantener aquel as en la manga.

—¿De qué conocía a Victoria?

Manolo siguió hablando un tanto nervioso.

—Ella venía muy a menudo al Liceo. Al principio no me gustaba en absoluto. No había oído hablar bien de ella. Pero luego descubrí que es de las personas que ganan mucho con el contacto directo. Sabía ganarse a la gente. Tenía dinero y se lo quería gastar aquí, yo no veía nada malo en ello. Pero a la Junta de propietarios eso no le gustaba. Ella quería que Wagner se interpretara en toda su gloria, cosa que a mí me parece perfecta. Sin embargo, quería hacerlo todo a su manera, por eso no se llevaba bien con la Asociación Wagneriana. Aunque espero que no me oigan los de la Asociación Wagneriana, creo que Wagner tendría que haberse relajado un poco, darle más sentido del humor.

—Creo que en realidad a usted le importa muy poco Wagner.

Manolo sonrió.

—Por favor, no se lo diga nadie.

Ambos rieron.

—Así que Bernis le rescató. ¿De dónde?

—Vivía en Tánger. La compañía teatral en la que yo trabajaba quebró. Había invertido dinero en ella. A veces las cosas no salen como uno espera. Tenía deudas y quería alejarme, empezar una nueva vida en algún otro lugar. Tuve un problema con la justicia, como me imagino que usted ya debe de saber. Tánger parecía la mejor solución. Tenía un conocido allí. Es una ciudad abierta, ¿sabe? Y el cielo de África es maravilloso, ¿ha estado alguna vez?

Requesens asintió.

—Y sí, puedes vivir bajo un cielo maravilloso pero tu vida ser una completa mierda, sentirte basura..., por qué, para qué, todo lo que has amado, todo lo que has querido está en otro lugar, y te sientes solo y extranjero bajo un precioso cielo anaranjado, ¿se ha sentido alguna vez así?

Requesens volvió a asentir.

—Bernis me rescató cuando yo era una piltrafa humana. Es un hombre de una caballerosidad, generosidad y sensibilidad exquisitas. Saldé mis deudas, aunque ahora tengo una enorme con él. Él me dijo: «Toma el libreto con el canto y piano, es perfecto porque aquí están todas las anotaciones, aquí entra este personaje, aquí sale este otro, todo pautado y controlado el tiempo. Por ejemplo, en la página cinco, en el cuarto sistema, cuarto compás, sube el telón de boca. Haz anotaciones de sastrería, utilería, todas las prevenciones para llamar a camerino. Es básico estudiar. No tienes que ser concertista, pero hay que leer bien la música, así que aprende». Y yo no sabía, y Lo Jaumet me ayudó con eso y con todo lo demás. ¡Si hace unos años me hubieran dicho que estaría aquí! Cuando trabajaba en el Paralelo nos reíamos tanto del Liceo. A veces, cuando voy por los cafés, y mire que no me conviene porque me pone tontamente melancólico, me encuentro con alguna vieja gloria, arrastrándose, viviendo de la caridad de los compañeros, y me digo «Manolo, has tenido suerte». Aquí he llegado a tener hasta quinientas personas a mis órdenes. Cien figurantes, imagínese. Y yo soy el núcleo, si yo me voy abajo, la ópera se viene abajo conmigo, y entonces me digo: «Manolo, qué necesidad tienes», pero me acuerdo de todos los compañeros que pasan hambre, literalmente, del dinero que voy ahorrando, de que se lo debo a Bernis porque creyó en mí cuando era una ruina humana.

—Parece ser que a un amigo suyo también le pasó algo parecido, Elías Bargalló.

Manolo Martínez se mostró incómodo por primera vez.

—Usted le invitó al baile.

—Quería que se lo pasara bien. Música, compañía... La verdad es que no sé si al final vino o no vino. No le llegué a ver. Tampoco sé de qué iba disfrazado.

—Él fue quién le habló de Victoria de Cardona antes de que usted la conociera.

Manolo asintió.

—Comprendo lo que usted quiere dar a entender, pero Elías... Elías no es así.

Manolo apartó la mirada de Requesens y se replegó en sí mismo. La confianza que había mostrado hasta el momento dejó paso a cierto desaliento.

Así que Requesens hizo la pregunta de rigor:

—Una última pregunta. ¿Qué hizo usted entre que se bajó el telón y se descubrió el cadáver? Sé que antes hizo de regidor, aunque no le tocara.

—Estuve con Lo Jaumet, dando vueltas, mirando, criticando, riéndome, intentando pasar un buen rato.

Alguien llamó a la puerta:

—Ya sabía yo que no podrían estar sin molestarme —dijo mostrándose de nuevo confiado—. Adelante.

Era Joaquín, uno de los mozos:

—Señor inspector, el señor Carcasona desea hablar con usted.

Tenía intención de tomar declaración primero a Teresa Santpere, pero algo en el muchacho le indicó que hoy no sería posible.

—Muy bien, dígale que ahora voy.

—Está esperándole en el corredor de platea —dijo sin retirarse, con la intención evidente de darle a entender que no se marcharía de allí sin él.

—De acuerdo entonces, indíqueme dónde.

Requesens se puso el sombrero. Al despedirse, Manolo Martínez le dijo en voz baja:

—Si Carcasona se enterara de mis pasados problemas con la justicia obligaría a Albert Bernis a despedirme. Por favor, mi vida está en sus manos. Si me echaran de aquí... creo que no sería capaz de volver a recuperarme. Parece usted una persona justa y buena.

Requesens no las tenía todas consigo de que Manolo Martínez no hubiera tenido nada que ver en el crimen y no le acababa de gustar que aquel hombre apelara a su sentido de la justicia. Al final dijo un tanto ambiguamente:

—No será necesario que aparezca en el informe.

·●·●·

—La Junta Extraordinaria ha acabado —dijo Carcasona en cuanto le vio—. Quieren hablar con usted. Algunos propietarios le están esperando en el Círculo. Están preocupados por la investigación policial.

—¿Por qué en el Círculo?

—Por discreción.

En el Salón de los Espejos, los mozos estaban recogiendo ya las sillas en las que los miembros de la Junta se habían sentado durante la reunión. Quedaban aún bastantes grupos de hombres que hablaban con caras serias y taciturnas y que le miraron detenidamente cuando entró.

Francisco Carcasona le acompañó hasta la puerta que comunicaba el Salón de los Espejos con el Círculo del Liceo. La puerta permanecía abierta durante las juntas extraordinarias porque muchos miembros de la Sociedad de Propietarios eran también miembros del Círculo. La puerta tenía dos llaves, una por cada lado, con lo que su apertura tenía que hacerse de común acuerdo.

El Círculo era un club selecto, privado, al estilo inglés, conservador y restrictivo. Estaba dentro del edificio del teatro, pero no formaba parte de él, era una entidad jurídica separada. La Sociedad Auxiliar de Construcción, que había vendido los espacios no necesarios para la actividad diaria, había formado con el tiempo aquel club privado donde se reunían los caballeros para hablar, tomar café, dormitar en los amplios sillones y hacer negocios. Las mujeres podían entrar si iban acompañadas de un hombre, fuera este su marido o no. Había un acuerdo tácito por el que había días en que lo correcto era traer la esposa y otros en los que se debía traer la querida.

Requesens entró en el Círculo. Unos cuantos hombres le estaban esperando en uno de los salones, decorado con revestimientos de maderas nobles, lámparas de cristal esgrafiado, sillones de cuero y cuadros algo pretenciosos. Los cinco hombres resultaban parecidos entre sí: eran de cierta edad, llevaban traje oscuro, levita, lucían patillas y barbas canosas, y respiraban honorabilidad, severidad y espíritu de empresa. Pero había uno que destacaba por encima de los demás: Eusebi Güell, el hombre más poderoso de la ciudad.

—Pase, por favor.

Bajo el techo artesonado aquellos hombres le miraban como profesores a un alumno dotado que no acaba de hacer lo que se espera de él. Uno de ellos, que no se presentó, le dijo:

—Estamos muy preocupados y nos gustaría que nos explicara cómo va la investigación sobre la muerte de la señora condesa.

No le pidieron que se sentara, ni mucho menos le ofrecieron un café. Parecía un juicio castrense. Eran hombres acostumbrados a que les rindieran cuentas y a tomar decisiones. Requesens decidió hablar de la manera más clara y tajante posible.

—Victoria de Cardona fue asesinada en este lugar, en un baile de máscaras. He interrogado a quienes tuvieron acceso al escenario momentos antes del asesinato. Ustedes estaban presentes y cualquiera pudo haberla asesinado. No creo que el asesino viniera de la calle. Todos los indicios apuntan a que no era un anarquista. Es alguien que se hallaba desde un principio aquí. Estoy interrogando a los trabajadores del Liceo y a quienes la vieron por último lugar. Y cuando finalice con ellos, me gustaría tomar declaración a varios de ustedes.

Si pensaban que iban a encontrar a un policía amable y servicial estaban equivocados. Aquellos hombres, acostumbrados a que sus obreros bajaran la mirada, al trato deferencial de sastres, camareros, contables, dependientes, no habían contado con la fuerza de carácter de Requesens.

Se desató un murmullo de indignación.

—¿Cómo puede pretender que alguien de nosotros...?

Había algo en la independencia de aquel hombre, en esa valentía de lobo, que les impresionaba y a la vez les distanciaba, porque aquella ferocidad latente, que no se veía en un primer momento, no ofrecía confianza. Un hombre que había visto el desperdicio y el derroche de vidas de la guerra y había sobrevivido y lo podía contar no era de fiar.

Sin embargo, Eusebi Güell, tal vez mejor conocedor de la naturaleza humana, dijo:

—Me gustaría enseñarle una cosa. En privado, por favor. Si me acompaña.

Atravesaron una sala ricamente amueblada cuyo suelo de madera de caoba crujía bajo sus pies. De allí pasaron a otra sala más pequeña e íntima que tenía forma de rotonda octogonal. Era la antigua sala de juego. Las paredes estaban cubiertas por grandes cuadros de Ramón Casas. Se encontraban a media luz. Era difícil saber si en la calle, cuyo ir y venir se percibía amortiguado, era de día o de noche.

Era indiscutible la adoración que sentía Ramón Casas por la mujer. Damas atendiendo al teatro, trabajadoras tomando café, mujeres bailando agarradas entre ellas o simplemente descansando.

Eusebi Güell se sentó en uno de los sillones con la displicencia de un soberano reinante. La barba blanca que lucía le confería el aspecto de un patriarca bíblico. Sus ojos eran reflexivos, pero velados por la ensoñación y por unas arrugas que mostraban cierta contrariedad por el hecho de que el mundo no fuera el lugar pacífico y ordenado que él desearía. Apoyaba las manos en un bastón de mango de carey con el que señaló uno de los cuadros. Una mujer conducía un automóvil, de noche y sola. Era Victoria.

—Siempre le gustó conducir. Yo prefiero que lo haga el chófer. A cada uno su lugar, unos al volante, otros detrás. Pero es indudable que a ella le encantaba.

Todo el mundo sabía que Eusebi Güell y Victoria de Cardona eran enemigos declarados. Eusebi y Salvador habían sido buenos amigos desde temprana edad, ambos compartían los mismos gustos e intereses por el arte y la historia, y si alguien los veía desde lejos, el uno al lado del otro, parecían dos sabios taciturnos que pasearan por la Academia. Eusebi se había mostrado al principio comprensivo con el matrimonio de Salvador con Victoria y lo achacaba a los deseos de dar un heredero a la casa Cardona, aunque evidentemente su elección no había sido la más apropiada a su parecer. Encontró a Victoria desde un principio vulgar, su risa demasiado estridente, una mirada en exceso viva y que parecía absorber todo lo que hasta entonces le había sido vedado. Aquella fuerza de la naturaleza encerrada en el cuerpo de una mujer le desconcertaba. En realidad, las mujeres le desconcertaban todas. Sin embargo, Ramón Casas cayó prendado de ella. La convenció para que posara para él. Y ella sí lo hizo. El cuadro del que Casas nunca se quiso desprender la mostraba echada en una cama, el cabello revuelto, la mirada brillante, la huella de un reciente rubor en las mejillas, una media sonrisa en los labios, su cuerpo cubierto por una sábana roja, como de *meublé*. Fue un escándalo, era evidente que debajo de aquella sábana roja ella estaba desnuda y parecía que acabara de darse un revolcón.

Por el contrario, Eusebi Güell se había casado con Isabel, la hija del Marqués de Comillas, un título que podían heredar las mujeres, y con ello aumentado considerablemente su fortuna. Había hecho lo correcto, lo que se esperaba de él, casarse con un buen partido. Isabel de Comillas era hija de Antonio López y López, un hombre que se había hecho inmensamente rico con la trata de esclavos.

Mientras vivió Salvador, ambos habían mantenido cierta deferencia distante el uno respecto al otro, pero a su muerte se había declarado una guerra soterrada que Victoria no estaba dispuesta a perder. La mayor parte de la sociedad barcelonesa tomó partido por Eusebi y tan solo una pequeña parte, la más intelectual y cosmopolita, estaba de parte de Victoria. Ante la idea de Eugeni d'Ors de hacer un compendio de las mujeres catalanas, Victoria se había reído y en el fondo lo había encontrado denigrante. Sus amistades femeninas dejaban con la boca abierta a más de uno: desde la republicana, feminista y francmasona Ángeles López de Ayala o la espiritista Amalia Domingo Soler, pasando por la más aceptable Francisca Bonnemaison, hasta incluso, decían las malas lenguas, la anarcosindicalista Teresa Claramunt. Cualquiera de esas mujeres aterrorizaría a un salón que se creyera respetable.

—Todo el mundo considera que la odiaba. Sin embargo era todo lo contrario. La admiraba, pero con la admiración que se puede tener hacia un animal salvaje en la jungla, no por ello se desea convivir con él. Tener un leopardo en el jardín de tu casa, sí, sería delicioso, pero yo en mis jardines paseo, leo y me echo la siesta, y no estaría tranquilo sabiendo que semejante criatura ronda por ahí. A nosotros nos gustan el rigor, la repetición, el temor a la improvisación, cultivamos el amor a lo cotidiano, y ello implica carencia de sorpresa y de novedad. La excentricidad no está muy bien aceptada. Esta es una sociedad que observa si se es como ellos. Y ella no lo era. Esa actitud tan arrojadamente heterodoxa podía atraer a artistas y a esas gentes que escriben, pero no a nosotros. Todos los que nos sentamos aquí no lo hacemos para escuchar ni ver ópera. A la mayoría de nosotros no nos interesa, se lo puedo asegurar, yo preferiría cualquier zarzuela o, si me apura, un espectáculo del Paralelo. A mí *Madama Butterfly* no me conmueve y encuentro mucho más lógico que el padre se lleve a su hijo y reciba una buena educación que dejarlo en manos de una mujer que a todas luces es una desequilibrada. Nos sentamos y nos miramos los unos a los otros y no hay lugar para puntos de vista personales. El que se sale de la fila está perdido. El que discrepa no solo se pierde a sí mismo, sino que debilita sus amigos. Si se levanta de una de las butacas deja un vacío. Mis extravagancias son consentidas, porque saben que sé dónde está el límite, la frontera. Es agradable bordearla, asomarse a ver lo que hay más allá, pero no caer dentro. La muerte de Victoria nos ha parecido terrible, verse así crudamente expuesta, esa monstruosa exhibición de su persona ha debido de ser un horror para la familia. No obstante, no le voy a mentir, alguno de los nuestros considera que ha muerto como se merecía: vestida de emperatriz, llena de joyas, sobre un catafalco en el Liceo, delante de todo el mundo.

—Eso es muy cruel.

—Sí, y muy poco cristiano. Ya le he dicho que no comparto esa opinión. Sin embargo, el descubrimiento de la victorina le dio un gran poder económico y ese polvo rojo en sus manos era más peligroso que la pólvora en las de un anarquista. Ella quería eliminar las fronteras, pero es precisamente gracias a ellas y a las guerras que provocaban como Victoria se hizo cada vez más y más rica. El libre comercio... este país no está preparado para ello.

—Pero usted tiene el negocio de la Compañía del Rif —declaró Requesens, para añadir con audacia—: La guerra en Marruecos es en parte para proteger sus negocios. Van a empezar a llamar a reservistas, a hombres casados y con niños que dejarán a sus familias abandonadas, y eso no va a traer nada bueno.

Güell no dijo nada. Si le había molestado no lo hizo evidente. Era lo suficientemente inteligente como para no enfadarse con un servidor público que decía la verdad.

Pero Requesens se arrepintió de sus palabras. No era conveniente ganarse un enemigo como Güell. Todavía permanecía candente en la memoria el asunto de Joan Rull. Le dijeron a Güell que este podía acabar con los atentados anarquistas y Güell se lo presentó al gobernador de entonces, el duque de Bivona. Pero en realidad Rull era el verdadero causante de los atentados. Ossorio le estuvo financiando hasta que empezó a sospechar de él y logró denunciarlo. Rull montaba los atentados y luego hacía ver que detenía a los autores gracias a sus confidencias. Cuando todo salió a la luz quedó la incógnita en el aire de hasta qué punto Güell no lo sabía todo desde un principio y era el causante de los atentados para desprestigiar el anarquismo y que no atrajera a los obreros de sus propias fábricas.

¿Podía un hombre como él, tan atento a las formas y al rigor, contratar a alguien y matar a personas inocentes para servir a sus intereses? Requesens se dijo a sí mismo que sí.

Güell parecía estar leyendo sus pensamientos. La mirada vieja y dura. Se mesó la barba y preguntó algo que Requesens no se esperaba:

—Luchó usted en Cuba, ¿no es así?

Requesens asintió.

—Su padre era profesor de música según tengo entendido.

Esta vez el policía no dijo nada.

—¿Qué llevó a un joven como usted a ingresar en el ejército? ¿Deseos de aventura, quizá? Porque permítame preguntarle ¿qué edad tiene usted?

—Treinta y ocho años.

—Es una edad mala para un hombre. Uno empieza a preguntarse cosas y las respuestas muchas veces no son de nuestro agrado.

Se quedaron mirando en silencio el uno al otro. Al final Güell, dando con el bastón en el suelo, dijo:

—No es necesario que salgamos al salón. Ya sé que esos hombres de alguna manera le disgustan. No tenga cuidado, en mi fuero interno he de reconocer que tampoco es que a mí me plazcan. Bajemos al vestíbulo. Saldrá directamente a la calle por la puerta de entrada del Círculo. En realidad, somos nosotros quienes damos permiso de paso al Liceo. Este sitio está lleno de servidumbres mal hechas.

Bajaron al vestíbulo. Güell le mostró con desinterés los cuatro ventanales que daban a la calle Sant Pau y que Requesens tan solo había intuido cuando hacía cola para entrar en el Liceo. Las escenas principales de la tetralogía de Wagner, el Oro del Rhin, con la escena de las hijas de Rhin y Alberich, la Walkiria, Brünnhilde mientras Wotan la envuelve por el fuego del dios Loger; Sigfrid en la escena de los murmullos de la selva, y, sobre todo, el Crepúsculo de los Dioses con el entierro de Sigfrid.

—¿Le gustan?

—Sí.

—Personalmente, he de reconocer que Wagner me conmueve, aunque me altera las emociones de una forma desordenada y atropellada. Me provoca una cierta borrachera de sentimientos, a veces incluso contradictorios. Para mi gusto tiene un exceso de romanticismo primario, apela a unos sentidos incluso vulgares, si se me permite. Y al poco tiempo ya me cansa.

Requesens salió del Círculo con la vaga sensación de que le habían tendido una emboscada. Y de repente, sin esperárselo, estaba en la calle. La prensa seguía en la puerta. Gracias a Dios, nadie parecía fijarse en él. ¿Qué iba a hacer ahora? No le apetecía volver dentro, pues eso sería como reconocer que le habían echado a la calle. Tenía que tomar declaración a Teresa Santpere en el Conservatorio y a Lo Jaumet, que por excéntrico que pareciera estaba al tanto del todo. Cuando cruzó por delante de las puertas del teatro alguien que acababa de salir le saludó. Era el doctor Feliu.

—¿Cómo es que ha salido por la puerta del Círculo? —preguntó con jovialidad.

—Me estaban interrogando —bromeó Requesens.

—Oh, claro, no me acordaba de que hoy había junta extraordinaria. Y supongo que habrán decidido mostrarle el verdadero poder, quién manda aquí.

—Exactamente. Me han puesto de patitas en la calle como si fuera un contable al que hubiesen descubierto metiendo mano en la caja de caudales.

—No les haga mucho caso. Le invito a comer para quitarle el mal sabor de boca.

Requesens accedió agradecido. Aquel no estaba siendo un buen día. El ambiente opresivo del Círculo le había dejado mal cuerpo. En cambio, el doctor Feliu parecía una persona muy afable.

Echaron a caminar Ramblas arriba. Requesens sintió de pronto un estremecimiento en la nuca, la sensación de que estaba siendo observado, una mirada helada posada en sus hombros que no perdía detalle y a la que desde un primer momento le había disgustado su presencia allí. Se volvió y creyó ver, en el último piso del Liceo, cómo en una pequeña ventana acababa de correrse un visillo. Tal vez tan solo eran imaginaciones suyas. Pero la última vez que había sentido un estremecimiento así se agachó instintivamente y una ráfaga de balas le cruzó por encima de la cabeza.

Miró en derredor, intentando olvidar esa sensación y dejándose llevar por cuanto le rodeaba. Los buhoneros vendían a gritos desde cacerolas a cabezas de ajos y pipas de agua. Una anciana cuyo rostro curtido parecía tan viejo como el mundo cuidaba amorosamente de su burro, cargado con cestos, plantada delante del Hotel Internacional, donde bajaba una pareja exquisita vestida de blanco de un coche de punto que le hizo preguntarse a Requesens qué estarían celebrando. El policía vio las casetas de escribientes a un lado del Palacio de la Virreina, que eran como confesionarios donde la mitad de la población barcelonesa que no sabía escribir alquilaba un amanuense para que les escribiera a los suyos noticias, pesares y alegrías; vio también los carros de los puestos de alimentos, las mujeres, los cestos a un lado, y sus peinados recogidos con aquellos moños gruesos que parecían siempre a punto de deshacerse, regateando, mirando con ojo experto unos víveres que se ofrecían a mejor precio que en la propia Boquería. Mientras, mujeres con delantales limpísimos se arremolinaban frente a la fuente de Portaferrisa, donde a lo largo de los siglos muchas barcelonesas habían llenado cántaros antes que ellas, ya desde los tiempos de los romanos, pues la fuente llevaba el nombre de una las puertas de la ciudad romana. Vio también un grupo de gente señalando un globo publicitario en forma de elefante, y se fijó bien porque donde había un grupo de gente había *tomadores del dos*, y descubrió a dos o tres que le eran conocidos, los cuales le hicieron una señal de reconocimiento con la gorra e incluso uno de ellos le sonrió, porque era sabido entre los ladronzuelos que Requesens no se quedaba con lo robado. Alguien se quejaba de haber pisado unas cagarrutas de oveja, porque por ahí pasaba un rebaño, impertérrito ante los automóviles, los carruajes y los tranvías, incluso ante un grupo de músicos que tocaban frente a la cervecería restaurante *Petit Pelayo*. Y al principio de la Rambla, naturalmente, estaba la fuente de Canaletas, en ese momento envuelta por mujeres que llenaban cubos y cántaros y que parecían un grupo de tórtolas con sus faldas y sus delantales.

Eran las Ramblas, las Ramblas en un día cualquiera.

Llegaron a la plaza de Cataluña. Parecía que los dos habían disfrutado del paseo. Entonces el doctor Feliu se detuvo frente a la Maison Dorée, el restaurante más lujoso de la ciudad.

—Me temo que no puedo permitírmelo —dijo Requesens, de pronto muy serio.

—Sé que está haciendo lo posible por resolver este caso y sé que no es un asunto fácil.

—No puedo, lo siento.

—Vamos hombre, déjese cuidar —le replicó con suma cordialidad.

•◆•◆•

Pauleta tomaba ciertas precauciones cuando subía a su rincón secreto. Era natural verla por cualquier parte del Liceo y nadie se extrañaría si la veían aparecer en el taller de carpintería, en la parte alta del teatro, o en los sótanos, donde se guardaban las partes más voluminosas de los atrezos. Ella se había encargado hasta hacía poco de la Compañía de Danza del Liceo y durante muchos años había sido la coreógrafa oficial. Ahora para ese menester habían contratado al que había sido hasta hacía poco primer bailarín y él había querido darle una impronta más moderna, influido por Vassilev y Nijinski. Pauleta aún seguía dando clases a jóvenes alumnas que habían logrado ser admitidas el primer año, pero su posición se veía relegada cada vez más.

Aparte de la academia del Liceo, Pauleta poseía una escuela de baile propia en un piso de la calle Sant Pau, un piso no muy grande, pero con una terraza enorme que daba a un interior de casas, donde los vecinos de los edificios de enfrente a veces se entretenían viendo a las niñas con sus tutús. Allí se dedicaba a enseñar *ballet* a alumnas de buenas familias. Más a menudo de lo que a ella le gustaría reconocer, hacía excepciones cuando su ojo crítico detectaba a alguna niña con talento pero sin posibles, y la dejaba tomar clases diciéndole que ya se lo pagaría más adelante. Dirigía a las alumnas todas las tardes, amenazándolas con una caña de escoba y marcando el compás en el suelo de una manera enérgica.

Una parte de ella, la más vieja y cínica, hubiera deseado que Yusep no se encontrara allí, pero la otra parte, la que había sido rebelde y la había obligado a huir de casa con trece años para unirse a una compañía itinerante de teatro antes de volver de nuevo al redil del Liceo, se alegraba de ello, aunque eso implicara ciertas molestias en su vida diaria.

Le encontró leyendo la revista *Mir iskusstva*. Él se alegró al verla entrar, tal como haría un cachorro cariñoso.

En pocos días habían establecido un ritual. Pauleta traía algunas de las viandas que las alumnas le regalaban y las desenvolvía, para dejarlas entre los dos sentados en el suelo. Él preparaba té arrojando varias hojas en una cazoleta calentada en el hornillo que ella había traído. El olor de las pastas y el del té espeso, el de la tinta de las revistas pasadas y los libros viejos, la cálida llama del quinqué, la luz invernal que se filtraba desde el traspatio..., constituía un mundo en miniatura, ideal y delicioso, al que poder huir y donde buscar refugio ante la brutalidad gris del exterior.

—¿Cómo descubrió este lugar? —preguntó él mordisqueando una pasta.

Ella había temido de forma instintiva que él le preguntara eso. Dejó la taza en el platillo y se dio cuenta de cuán fácilmente se podía romper esa forma de jugar en una casita de muñecas.

—Alguien me dijo que había unos vestidos fantásticos en algún altillo. Fui buscando, hallé la lámpara y encontré este lugar. Fue curioso, pero luego no encontraba la forma de hallarlo de nuevo. Ha habido tantas reformas y contrarreformas que se hace difícil saber quién, cómo y cuándo almacenó estos vestidos en este rincón. Seguramente ocupaban demasiado sitio en algún almacén y los guardaron aquí sin más.

Él se la quedó mirando. Sabía que le estaba mintiendo. Pero comprendía, como sucedía con él mismo, que había cosas que era mejor no decir, no remover, tal vez inventar.

A ella le hubiera gustado explicárselo. Imaginó lo que podría decirle, las palabras que saldrían suaves de su boca. Cerró los ojos.

—Hice mi debut en... en... oh, Dios mío, tanto tiempo ya... Yo era una niña, un poco más joven que tú. Nos dirigía la señora Cordiani. A veces nos pedía un favor. Si sonreíamos desde el escenario a un viejo abonado nos daba un regalo. Con el tiempo aquello fue a más y llegó un momento en que el empresario apenas nos pagaba, con la excusa de que con los regalos que nos daban los señores podíamos vivir. Se ahorraba nuestro sueldo y tenía chicas vistosas y deseosas de agradar. Todas sonreíamos muertas de hambre. Las bailarinas a veces subíamos a los palcos tras las representaciones y nos rodeaban hombres que fumaban. El olor a puro se nos pegaba a los vestiditos y así cada una de nosotras en los camerinos sabíamos quién había subido y quién no, y quién cenaría algo y quién no. Varias veces nos hacían sentarnos encima de sus pantalones y nos daban besitos, y yo notaba que algo en sus entrepiernas crecía, pero no pasaba de ahí..., se refregaban, nos tocaban los muslos aduciendo que debían de estar muy fuertes y que si no nos dolían de tanto bailar. Era algo conocido y sabido y aceptado. Un día la Cordiani me hizo subir a un palco precioso. Estaba tapizado en terciopelo dorado y parecía que estuviéramos en una cajita de oro, de esas en las que sale una bailarina y suena una música. Sin embargo había algo extraño. Solo había un hombre y era más joven de lo habitual. No era de aquí. Le habían dejado el palco. Recuerdo que me dijo que yo era una chica muy maja con una jota muy marcada. Tenía un bigote rubio, los ojos claros. Los botones eran dorados, pero no me acuerdo de su traje. Podían ser los de un uniforme. Tenía buena planta, o al menos así me lo parecía a mí. Llevaba un monóculo. El cabello peinado partido por la mitad. No era feo. El bigote me hizo cosquillas primero en las mejillas, luego en los labios y luego un poco más abajo. No recuerdo lo que pasó entre eso y verme tumbada en un sofá. Dejó caer todo su peso sobre mí. No fue el dolor, ni fue el desgarro, fue el peso, la sensación de que iba a morir aplastada. Cuando todo acabó, silbaba, Schubert, *La muerte y la doncella*. Cuando la oigo suelo estremecerme al recordar el alivio infinito de poder respirar al fin. La señora Cordiani vino a buscarme. Se pelearon. Aquello no era lo acordado. Aquello valía mucho más. Me zafé de ella y eché a correr. Como sé que tú también debiste de hacer. Y llegué hasta aquí. Esta parte del teatro me daba miedo. Pero ahora otro miedo peor me corroía por dentro. Abrí puertas y puertas sin saber. Alguien antes de mí había guardado algunas cosas, fruslerías. Un mundo pequeño, propio. Me di cuenta de que era la primera vez en mi vida que estaba a solas conmigo misma. En casa éramos muchos y yo dormía con dos hermanas en la misma cama. Así que este parece ser el sino de esta habitación, la de los niños que corren enloquecidos. Debe de tener un imán. Algo aquí dentro. Al día siguiente la señora Cordiani llevaba un precioso collar nuevo. Era toda zalamería. Me había estado buscando. Yo había estado toda la noche aquí metida, mirando las luces del puerto y Montjuic. Cuando me encontró, me obligué a mí misma a bailar, aunque me dolieran las entrañas. Porque bailar era como dar de beber a un sediento.

Abrió los ojos.

Él había permanecido callado en un silencio oscuro que Pauleta comprendió que debía ser respetado como lo había sido el suyo.

—Creo que debería marcharme. Mañana te traeré comida de verdad.

—¿Va a venir mañana a la misma hora?

—Sí, claro que sí.

Él sonrió por primera vez.

·◆·◆·

La Maison Dorée estaba ubicada en la plaza de Cataluña tocando a la Rambla. Había sido inaugurada en 1903 por los hermanos franceses Pompidor, que llegaron a Barcelona con motivo de la Exposición de 1888 y decidieron quedarse para montar uno de los restaurantes más lujosos de la ciudad. En un cartel, en la entrada, escrito con primorosas letras, se anunciaba: *Five o'clock tea a las siete de la tarde*. La misma puerta de entrada sorprendió a Requesens. Era una puerta giratoria y él nunca había atravesado ninguna. En el interior la decoración era algo confusa, aunque elegante: una mezcla de molduras doradas, damascos rojos y algo que rememoraba a algún rey Luis de Francia. Unas columnas de hierro fundido sostenían grandes bóvedas decoradas con temas florales. Manteles blancos de un algodón muy fino cubrían las mesas. El menú estaba en francés y Requesens dejó que el doctor Feliu eligiera por él. El cubierto costaba cinco pesetas y Requesens sintió una punzada de remordimiento al verlo.

—Los macarrones a la italiana con trufas son deliciosos —dijo el doctor.

Requesens se fijó en que los camareros iban pulcramente afeitados, no había rastro de bigotes ni barbas, y que no hacían ruido al andar, aunque el suelo fuera de parqué, porque las suelas de sus zapatos eran de goma. Levantó la vista y vio que la iluminación era eléctrica, proveniente de numerosos plafones con vidrios de colores.

—He venido aquí varias veces y ¿sabe en qué me entretengo? —dijo el doctor Feliu—. ¿Ve ese panel?

Requesens miró donde le indicaban. Las paredes estaban decoradas con paneles pintados. El que señalaba el doctor mostraba una terraza que se ofrecía a un paisaje campestre bañado por una luz anaranjada, acaso un crepúsculo. En medio de la escena se veía una silla de mano con las cortinillas echadas y detrás de ella un caballo blanco con una preciosa montura.

—Es un lugar de encuentro, seguro, pero ¿dónde están los amantes? Siempre pienso que algún día se abrirán las cortinas de esa silla y lo sabré.

Requesens sonrió. A pesar de su edad, el doctor Feliu mostraba una actitud agradablemente jovial.

—¿Qué tal está Carmeta? —preguntó el policía.

—Es una mujer fuerte. Se recuperará.

—Según tengo entendido es la única persona que conocía a la señora condesa antes de que se casara con Salvador de Cardona.

—Sí, así es.

—Parecía tener mucha confianza con usted.

El doctor Feliu miró a los lados. Los comensales de las mesas contiguas seguían disfrutando de la comida y de la charla sin que pareciera importarles lo que ellos dos estuvieran hablando. No había rastro de la Cuaresma, en aquel lugar el mundo seguía riendo, comiendo y charlando.

—La conocí en circunstancias bastante difíciles. Mi padre ya era el médico de familia de los condes de Cardona antes de que yo ejerciera. Victoria tenía una salud de hierro, pero Salvador era propenso a las úlceras de estómago. Los niños crecían sanos. Tal vez Casandra era propensa a los resfriados, aunque nada que hubiera que tomar en consideración. Era también sonámbula aunque nada del otro mundo. Pasaban las enfermedades que tenían que pasar y no había más problemas. Un día, sin embargo, me llamaron de madrugada para que acudiera rápido a la casa. Por aquel entonces vivían en la calle Montcada y todavía vivía Salvador. El chico que vino a buscarme dijo que era una urgencia y que se trataba de una mujer. Llegué allí temiendo por Victoria, pero fue ella misma quien me recibió en la puerta y me hizo pasar a un dormitorio. Había allí una mujer postrada. Su posición era extraña, la forma en que se recogía las manos sobre el pecho, tapándose con las sábanas, como si una especie de vergüenza íntima le obligara a ello. Victoria la trataba con amabilidad y eso es mucho decir en ella. Aquella mujer rechazaba la presencia de los hombres. Salvador permanecía en otra habitación preocupado por ella. Victoria, de una manera abierta y sin tapujos, me dijo que creía que la habían asaltado sexualmente. Efectivamente así había sido. Tras sedarla con un poco de láudano, las criadas lograron retirarle las ropas. Su ropa interior estaba desgarrada y manchada. A pesar de estar sedada por el láudano, sus ojos seguían con temor los movimientos de mis manos. Parecía una paloma que hubiera caído en una trampa. Esa mujer era Carmeta. Le hice las curas necesarias, le suministramos un poco más de láudano y la dejamos descansar. Aquellas horas de la madrugada eran proclives a las confidencias y Victoria y yo hablamos largo y tendido mientras esperábamos que Carmeta por fin se adormeciera. No sé si le ayudará a esclarecer este caso. Creo que ahora que está muerta no le importará, pero en aquella ocasión me habló con gran sinceridad, casi como una confesión, con las manos bajas.

—•◦•◦•—

—Cuando era una niña me escapé de la casa en la que me habían dejado mis padres. Bueno, lo cierto es que me abandonaron. Hui hasta Barcelona. Muerta de rabia, pensé que podría abrirme paso en el mundo yo sola. Pero eso también lo debieron de pensar otras muchas niñas. No tenía dinero. No me aceptaron en ninguna fábrica. Veían en mí algo que no les acaba de gustar, no tenía la flexibilidad que esperaban de una criatura. Dormí en la calle, en la Ciudadela, antes de la Exposición. Aquel lugar era terrible por las noches. Ocurría lo inimaginable. Sobreviví haciendo pequeños recados, rebuscando entre la basura y comiendo pan duro. Un día enfermé. Me dolía todo el cuerpo como si me lo hubieran partido. Me subió la fiebre y me quedé sin fuerzas. Mi rabia por lo que me habían hecho desapareció, ya no me espoleaba para seguir adelante. Me quedé tendida en la calle y me dejé morir. Carmeta me encontró. Podía haber torcido en otra esquina para volver a casa, pero torció por donde yo estaba. Si lo hubiera hecho una esquina antes o después yo no estaría aquí hablando con usted a estas horas de la madrugada. Y yo habría sido una de tantas niñas que morían en la calle. Ella venía de hacer canastos. Tenía las manos llenas de heridas. Yo estaba tirada en un portal, enferma, tenía fiebre. Solo quería morirme. Ella me vio y me preguntó si estaba bien. Yo no contesté. No tenía fuerzas. Entonces me recogió y me llevó a su casa. Era un piso muy humilde. Durmió conmigo sin importarle que pudiera pasarle la fiebre y pudiera morir. Me cuidó y me enseñó que había otro mundo. Otra forma de ser. Cuando estuve recuperada me consiguió trabajo en una vaquería. Era una buena mujer, apreciada en todas partes. Crecí con ella. Pasaron varios años. La veía coser, dejándose los ojos bajo un quinqué, intentando gastar lo mínimo.

»Pero yo soy de otra naturaleza, y un escorpión no puede dejar de ser un escorpión, aunque quiera ser una paloma. Notaba que me faltaba el aire, me sentía asfixiada. Necesita salir. Sabía que había un lugar para mí en alguna otra parte. Un día vino un hombre a la vaquería. Al dueño se le había ocurrido que, además de vender leche, sería buena idea que la gente pudiera quedarse a tomar un chocolate y melindros, así que yo a veces ayudaba a servir. Reconocí sus maneras bondadosas, el tipo de persona que es buena por naturaleza. Yo he convivido con gente mala, yo soy mala cuando es necesario, pero el mundo es peor, y vi bondad, vi timidez, vi a un buen hombre. Él empezó a venir todos los días. Me fijé en sus ropas. Eran descuidadas, pero del estilo de la gente que tiene dinero y no le importa mostrarlo o no. Le juro que no supe quién era hasta meses más tarde.

»Y me casé con él, le quise, le quiero, como yo puedo querer, lo máximo que puedo. Carmeta vino a mi boda y le dije que se viniera a vivir con nosotros, pero no quiso, y le enseñé esta casa y le dije que viniese siempre que quisiera, que si necesitaba algo algún día, me lo pidiera. Y hacía mucho tiempo que no la veía, pero ha venido esta noche, se ha presentado en casa, su mente desordenada la ha conducido hasta aquí, no entiende lo que ha sucedido..., no creo ni que sepa que los niños se hacen así, ella que adora a los niños. Casandra, entre las muchas tonterías que tiene, es sonámbula, y a veces tengo que recogerla de noche porque se ha quedado de pie en algún cuarto desangelado, asustando a las criadas con sus murmullos en sueños, y pensé que era ella cuando oí un gemido, un sollozo como de niño que procedía de la calle. Así que me dirigí a la puerta, no era la primera vez que Casandra salía a la calle a pesar de los cerrojos. Abrí y allí estaba, en la puerta. Era Carmeta, acurrucada como un animalillo, y la hice pasar. Tenía los ojos llenos de miedo y se tapaba el cuerpo. Entonces le hice llamar a usted.

•◆•◆•

El doctor continuó contándole a Requesens los hechos acaecidos aquella noche en casa de los Cardona:

—Y sí, cuando con ayuda de unas criadas y de Victoria me dejó reconocerla, ella negando constantemente con la cabeza, llevándose la mano al vientre, descubrimos que la habían violado. Era virgen. Volvía a casa confiada, con la confianza que tienen las buenas personas de que nada malo les va a suceder. Y le sucedió, pobre criatura. Victoria estuvo cuidándola semanas. Pero había un daño moral, Carmeta no parecía la misma, como si algo se hubiera roto en su interior. Semanas más tarde Victoria me volvió a llamar confidencialmente. Carmeta se había quedado embarazada y en el taller de cestería donde trabajaba lo habían descubierto. Se rieron de ella, se burlaron, la gente en el fondo odia el bien y se alegra de su caída. La despidieron, pero a ella parecía como si no le importara.

»Victoria era una mujer muy expeditiva. Había un problema y tenía que ser resuelto. Me pidió que me deshiciera del niño. No lo haría personalmente, pero sabía dónde y quién lo podía hacer con ciertas condiciones. El embarazo estaba avanzado, Carmeta lo había ocultado entre sus ropajes. Victoria no tenía ningún reparo moral. Hablé con Carmeta, se mostraba de nuevo confiada y amable, hasta que intuitivamente empezó a comprender las intenciones de Victoria. Una tarde le dije que me acompañara a dar una vuelta. Íbamos a realizarle un reconocimiento médico. Una pequeña luz se encendió en su mirada. Se negó en redondo. Asustada, se llevó las manos al vientre y dijo no. Es por tu bien, dijo Victoria. No. Y entonces Victoria desistió. La primera vez que lo hacía de algo que se había propuesto hacer. Hicimos indagaciones. La había violado un marinero ruso, piel muy blanca y cabello muy rubio. Y nació Teresa. De otras personas hubiera nacido el odio, pero de ella nació Teresa. Dios mío... su llanto no era un llanto normal... Era como si alguien te consolara a ti, te estuviera reconfortando a ti... Nunca había visto nada igual. Victoria le dijo que a la niña no le faltaría nada. Pero Carmeta no quiso nada. Tan solo aceptó el nuevo trabajo que Victoria le consiguió. Trabajaría de costurera en el Liceo. Se fue a vivir a una pensión. Como no tenía a nadie a quien dejar la niña se la llevaba consigo. No se fiaba de Victoria porque ella le había querido quitar a su hija antes de que naciera. Desde aquel día estaba a la expectativa. Le estaba agradecida a Victoria, pero Teresa era suya y no dejaría que nadie se la quitara. Se inventó un padre, un soldado muerto. El apellido salió de una tienda de zapatos.

Requesens acabó de escuchar la historia de Carmeta conmovido. Luego se despidió del doctor Feliu, que se quedaría un rato más de sobremesa antes de atender a sus pacientes. Salió y encontró el frío revitalizante. Tenía tabaco de picar y mientras se liaba un cigarrillo fue consciente de que era observado y sintió el mismo escalofrío que había sentido una hora antes al salir del Liceo. Levantó la mirada. En una de las paradas de carruajes de punto había una figura oscura, atenta a sus gestos. Una mujer con un traje negro, cuyo rostro estaba oculto por un velo. Había algo en ella que le resultaba ligeramente familiar, pero que no podía de ninguna manera concretar. Era difícil adivinar su edad. A pesar de que su velo era espeso y le ocultaba todo el rostro percibió su reprobación moral al encontrarle en la puerta de un famoso restaurante de lujo, algo que hizo que se sintiera incómodo. A pesar de ello, Requesens se llevó una mano al sombrero en señal de saludo. La mujer pareció ser consciente entonces de que había hecho mal quedándose así, mirándolo, y subió a uno de los carruajes. Si el encuentro era casual o no sería difícil de averiguar.

CAPÍTULO 7

Ernestina Rodríguez de Castro, baronesa de Maldà, vivía en la calle del Pi, en un palacio del siglo XVII en plena ciudad vieja, una zona que apenas unos años más tarde se reinventaría como barrio gótico. Era una construcción sólida, hecha en piedra, de dos plantas. La fachada exterior era más bien sombría y resultaba sorprendente descubrir que allí dentro había un jardín e incluso un pequeño huerto. Su casa se había hecho famosa por acoger una variopinta tertulia literaria por la que pasaban todos aquellos que se consideraban intelectuales en Barcelona. Era una mujer generosa por naturaleza y sus ágapes eran conocidos en toda la ciudad. Trataba a artistas e intelectuales como si fueran niños tísicos que no estuvieran bien alimentados y gustaba de atiborrarles con comida.

Requesens fue recibido en un soleado salón que daba a la parte interna de la finca. El interior de la casa era de un estilo rococó que ya en su época debía de estar pasado de moda. Sin embargo, aquel salón era una especie de leonera, un salón íntimo y agradable en el que se mezclaban mesitas que exponían la plata familiar, bandejas con anagramas y escudos, numerosos libros y pinturas, y gramófonos, y abanicos, y sillones de mimbre.

Un cuadro mostraba a Ernestina de niña. Llevaba un vestidito blanco, los brazos cruzados en una posición no natural y parecía a medio enfadar hasta que uno se fijaba una segunda vez en su rostro. Tenía las negras cejas marcadas y unos ojos oscuros y muy grandes que asomaban al mundo intrépidos, aunque con algo de natural reserva. A un lado y a otro había cuadros, muy variados y de diferentes estilos. Uno de ellos llamó la atención de Requesens, un cuadro de tonos azulados que mostraba a un hombre muy enfermo o amortajado. Se acercó un poco más. Distinguió la firma de un pintor que no conocía: Picasso. Coleccionar cuadros de aquella clase de pintores era una de las conocidas excentricidades de la baronesa de Maldà, excentricidades toleradas como algo aristocrático y que todo el mundo consideraba inane. Pero la última de ellas había dejado desconcertado a más de uno: se había entregado con verdadera pasión al higienismo. Ernestina había contratado a un higienista, *monsieur* Jules. Monsieur Jules procedía de Normandía, pero tras haber estado viviendo durante mucho tiempo en París había perdido cualquier atisbo de acento normando, y como les ocurría a los franceses de provincias cuando vivían en la capital, caía en un exceso de vocales nasales.

La baronesa de Maldà llevaba puesto una especie de traje de baño de cuerpo entero y una redecilla en el pelo para que no se le estropeara mientras realizaba una serie de ejercicios bajo la atenta mirada de *monsieur* Jules, elegantemente vestido y al que presentó fervorosamente como su higienista. Monsieur Jules tenía un cabello oscuro en el que empezaban a clarear algunas canas y un rostro alargado que recordaba a un hidalgo cervantino. No miró con buenos ojos a Requesens porque era evidente que iba a dejar de ser el centro de atención de Ernestina.

—Pregúnteme todo lo que tenga que preguntarme —dijo la baronesa con un anhelo casi infantil—. La verdad es que estoy muy emocionada. Es la primera vez que me interroga la policía.

—¿Quiere que le tome declaración mientras hace ejercicio? —preguntó Requesens entre divertido y estupefacto.

—Sí, sí, es como mejor estoy porque tengo las manos y el cuerpo ocupados y la mente funciona sola.

Requesens dirigió la mirada a *monsieur* Jules, a lo que Ernestina contestó:

—Oh, no se preocupe por Jules. Le cuento toda mi vida. Lo sabe todo de mí.

Uno y dos, uno y dos, subir y bajar del taburete.

—Estaba usted con la señora condesa en el palco el día en que murió. ¿No le pareció un poco extraño que se levantara y saliese en medio del recital?

—La verdad es que sí. Ella era muy protocolaria. Pensé que se encontraría mal y la miré interrogativamente, pero ella dijo que no con la cabeza. Tenía cara de... como si no acabara de entender algo, parecía reprimir un desconcierto interior.

—¿Qué ocurrió después?

—Acabó el acto y nos quedamos hablando en el palco con Casandra. Es tan parecida a Salvador. Se notaba que intentaba darnos conversación pero que no sabía muy bien qué hacer con nosotros, un par de carcamales. Así que intenté hablar de asuntos triviales y que se sintiera cómoda. No nos movimos de allí. Lo curioso es que nadie vino a visitarnos, como si al desaparecer Victoria hubiéramos dejado de existir por arte de magia. Cuando se levantó el telón estábamos en el palco y lo vimos todo. Tuve una sensación extraña. Era como si asistiéramos a una obra de teatro. Mi marido y yo lo hemos estado hablando con otras personas y todas pensábamos en un primer instante que se trataba de algún tipo de presentación, algo estrafalario que se le había ocurrido a Victoria, aunque sabíamos que no podía ser porque, como ya le he dicho, de todos era sabido que ella era muy protocolaria. Entonces vimos al doctor Feliu correr hacia el escenario y acto seguido le vimos a usted subir de un salto tirando bebidas al suelo y nos levantamos los tres del asiento y supimos de inmediato lo que había pasado. Sujeté a Casandra por los brazos. Ella estaba como en otro mundo, no creo que fuera consciente de lo que estaba pasando. Yo creo que no lo podía... integrar en su raciocinio, como si el sol de repente saliera por la noche. Y luego vino la estampida, la gente corriendo, gritando que si era un atentado, tirándose los unos encima de los otros. ¡Qué vergüenza! Francisco tironeó de mí para que nos marcháramos también. Pero yo me dije a mí misma: pase lo que pase siempre seguirás siendo la baronesa de Maldà. Y nobleza obliga. Es curioso, pero los barones del señorío de Maldà y los vizcondes de Cardona se pelearon en tiempos antiguos y el castillo de Maldà acabó siendo posesión de los Cardona. Ya sé que me verá como una vieja ridícula, con mi gorro subiendo y bajando de un taburete con una pelota en la mano, pero en aquel instante mil años de historia corrían por mi sangre y por la de aquella chica, y ante el absurdo de todo aquello lo único que nos queda son las certezas. Y nos estaban atacando. Todos huyeron, todos, fueron unos cobardes, dejar a aquella pobre chica allí sola. Incluso salió al palco de luto. Nosotros nos quedamos en el palco y vimos cómo usted se desesperaba. Todos esos industriales a los que el Rey ha ennoblecido huyeron como ratas. Había más nobleza en los delantales de las chicas de los lavabos que se quedaron a ayudar que en aquel puñado de cobardes. ¡Qué vergüenza!

Aquella noche esa mujer se había ganado el respeto de Requesens. Estuvo hasta bien entrada la madrugada. Se hizo cargo de Casandra y se la llevó con ella a su casa cuando el cadáver de Victoria fue retirado por el juez de guardia.

—La baronesa de Albí es muy amiga suya, ¿verdad?

—Sí, es mi mejor amiga. Ella me pidió que le recibiera. Sé que usted la está ayudando. Yo le habría recibido de todos modos, no tengo nada que ocultar y además me gusta hablar, como ya se está usted dando cuenta. Ella es medio inglesa medio danesa, conoció al barón en Londres y se enamoró de él. Provenía de una de las pocas familias aristocráticas anglosajonas que sobrevivieron a los normandos, los Aberconway, así que ella por ese lado cuenta con una nobleza más antigua que nosotros. Su madre era danesa, de ese trocito de tierra que hay entre Alemania y Dinamarca que no me pida usted decirle como se llama. Se convirtió al catolicismo. La desheredaron, naturalmente. Y se vino a vivir aquí. Ismael es el que más se parece a ella, ¿sabe? Ya me dijo que habló con usted y que se comprometió a ayudar a encontrar a Ismael. Pobre, cuando le vi aparecer en el palco casi se me cayó el alma a los pies. Quería levantarme, abrazarle y decirle lo mucho que deseaba su madre que volviera a casa, pero tuve que contenerme delante de Victoria, no quería semejante escándalo. La baronesa de Albí y yo, las dos somos unas supervivientes, junto con los barones de Omelades y la condesa de Ampurias. Somos la vieja aristocracia catalana, los supervivientes de los viejos condes. La condesa de Ampurias puede retroceder en sus ancestros hasta Ermenguer I en el 813, durante el imperio de Carlomagno; los Omelades ya se remontan a 881. La baronía de Albí y la de Maldá son del año 900. Somos los arcontes, los viejos guardianes del reino. No nos hacen mucho caso, pero aún tenemos poder y podemos condenar al ostracismo social rechazando una invitación a cenar. Luego están quienes fueron ennoblecidos por Felipe V, y luego los alfonsinos, como les llamamos nosotros..., los industriales, los Güell, los Fabra i Puig, toda esa gente que se dedica al comprar y al vender.

—¿Y los Cardona?

—Ay, los Cardona, tan antiguos como nosotros mismos. Otras antiguas familias también tuvieron desgracias y su comportamiento fue igualmente errático y se perdieron. Pero los condes de Cardona fueron derrotados y despojados, y vivieron en esos páramos emocionales que provocan la pérdida y el destierro. Había romanticismo en ellos en el 1700, ese malditismo, una familia en el exilio que lo ha perdido todo, pero luego en el 1800 apareció en algunos miembros de la familia ese afán de revancha, de deseo por recuperarlo todo sin importarles cómo y se echaron a perder. Apareció Jaume de Cardona, su mezquindad, sus turbios y crueles métodos, esa ansia de revancha de una sociedad que él creía que le debía algo. ¿Por qué le estoy contando todo esto? Ah, sí, por la baronesa de Albí.

—Ni la baronesa de Albí ni los condes de Ampurias y Omelades estaban en el baile.

—Sí, los demás declinaron la asistencia al baile y yo fui la encargada de vigilar, de aparecer junto con Victoria en el palco arrebatado. Nos íbamos turnando entre nosotros, teníamos que vigilarla.

—¿Vigilarla?

—Porque quería acabar con nuestro mundo.

—¿A qué se refiere?

Pero cuando estaba punto de contestar, Requesens se llevó una sorpresa al anunciar un criado a Santiago Rusiñol y acto seguido verle entrar. El escritor se quitó el sombrero, lo lanzó a un lado y con gestos leoninos dio un abrazo a Ernestina.

Ernestina no era tan remilgada como Miquel de Coromines y presentó a ambos hombres sin problemas. Rusiñol le tendió la mano efusivamente a Requesens:

—Así que usted es el investigador del que todo el mundo está hablando.

Requesens se sintió un poco violento.

—Toda la ciudad está intrigadísima con el asesinato.

Hablaba de ello con una ligereza sorprendente.

—Me han dicho que usted es el único capaz de resolverlo. Todo el mundo sabe lo del ingeniero inglés. Pobres chiquillos si no hubiera sido por usted. Algún día me lo tiene que contar.

Admiraba a Rusiñol y verse de pronto alabado por él resultaba extraordinario. Tras intercambiar un par más de amables frases, el criado entró de nuevo y anunció a Ramón Casas y Enrique Granados.

—Oh, oh, qué bien, qué bien...

Ernestina empezó a dar saltitos como una niña emocionada.

—Mmm... —dijo Rusiñol—. Se me está ocurriendo un personaje para una obra de teatro, una marquesa que repite siempre dos veces lo mismo

—No sea malo, no sea malo —dijo Ernestina con complicidad.

—El otro día no me decía lo mismo cuando quería que le contara con todo lujo de detalles la vida sentimental de Emilia Pardo Bazán.

—Sí, pero al final resultó ser muy aburrida.

—Claro que si en una obra de teatro saliera usted vestida de esta guisa hablando con un dramaturgo y un policía nadie la creería.

Entraron los dos hombres. Ramón Casas llevaba un abrigo grueso de aspecto militar y cuando se lo quitó Requesens se quedó sorprendido al descubrir que poseía una figura atlética. Enrique Granados mostraba la fragilidad de un petirrojo comparado con los otros dos hombres, tan sólidos y que olían a habano y a ropas no muy limpias. En la sala había un piano y Granados se sentó en la banqueta como si ese fuera su sitio natural y lo que todo el mundo esperara que hiciera. Llevaba el cabello peinado con un flequillo tal vez demasiado juvenil para su edad que contrastaba con un bigote crespo e inusitadamente largo. Sus ojos eran grandes y vivaces, y se posaban aquí y allá con ternura. Era el mejor vestido de los tres y el que no se lanzó glotonamente sobre la comida cuando esta apareció.

Ramón Casas se quitó los zapatos con evidente placer y no le importó mostrar que uno de sus calcetines se hallaba agujereado en la punta.

Monsieur Jules se estaba empezando a poner frenético con tantas interrupciones y falta de consideración a su trabajo, algo que Requesens comprendía porque su propio trabajo se había visto interrumpido y era a todas luces impracticable seguir realizando una investigación junto a un higienista, un escritor, un pianista y un pintor. El peor momento de todos fue cuando Santiago Rusiñol decidió encender un puro. Entonces *monsieur* Jules dio por finalizada la clase, se llevó a Ernestina a un lado y empezó a advertirle señalándola con el dedo. Dio la clase por terminada y se marchó dejando en el salón una estela de ofendida dignidad. Ernestina se había comprometido a sufragar los gastos de un Instituto Higiénico Sanitario, un lugar donde tanto hombres como mujeres podrían tomar las aguas y relajarse, además de hacer ejercicios de lo más variado.

Trajeron varias bandejas con café, té, zumos, sándwiches y la más increíble variedad de dulces y pasteles que Requesens hubiera visto jamás.

—Jules me lo tiene prohibido —dijo Ernestina falsamente compungida.

—Jules, Jules, Jules, ¿por qué últimamente en esta casa solo se pronuncia este nombre? —dijo con sorna Ramón Casas.

—Pues sabe qué... he pedido a Jules que me acompañe uno de estos días al Liceo —dijo ella risueña.

—Ernestina, van a creer que es su amante —dijo Rusiñol divertido—. Más que baronesa de Maldà va a ser usted la maldad de la baronesa.

—Ya me gustaría a mí.

—¿Lo sabe su marido?

—Ojalá lo supiera. Francisco siempre está con sus cosas. ¿Por qué las mujeres no podemos tener la misma libertad que los hombres? La querida de mi marido, sin ir más lejos..., por cierto, que le hemos puesto un piso monísimo en la calle Aribau..., tiene más libertad que yo misma.

—¡Válgame Dios, Ernestina! —exclamó Rusiñol, que a pesar de divertirse empezaba a escandalizarse ligeramente.

—Y una tienda de ropa interior que trae lo mejor de París.

—¡Dios mío! —exclamaron al unísono Casas y Rusiñol.

—Se escandalizan ustedes muy burguesamente para ser artistas. Le hemos puesto el piso en la calle Aribau porque mi Francisco es muy propenso a los resfriados y no quiero que tenga que ir en invierno de un lado para el otro con el frío que hace en la calle.

—¿Es verdad que la viste su mismo sastre? —preguntó Casas.

—Sí, pero a ella... oh, me he acordado ahora de algo terrible, inspector. Yo es que intento ser feliz y no acordarme de lo malo.

Victoria no fue recibida con entusiasmo que digamos en el Liceo. La reina María Cristina venía muchas veces a Barcelona para confeccionarse la ropa. Al fin y al cabo es una Habsburgo y en Madrid les gustan mucho los tafetanes y los brillos, y aquí vestimos más sobrios y tenemos mejor corte. El mismo sastre vestía a la marquesa de Torroella de Montgrí..., en aquella época todavía no habían sido ennoblecidos, así que no sé por qué se daba tantos aires. También nos vestía a la baronesa de Albí y mí misma. Aunque por aquel entonces Victoria aún se mostraba tímida con nosotras, yo la hubiera aceptado de buena gana desde un primer momento, pero ya sabe cómo son las convenciones, teníamos que esperar con la suficiente reserva durante un tiempo.

—Como un noviazgo —interrumpió Casas con un tono de voz que parecía estar burlándose a costa de Ernestina, la cual o no le hacía caso o no le importaba en absoluto.

—Usted calle. A lo que íbamos. El sastre se negaba en redondo a vestir a Victoria por sus orígenes plebeyos y el qué dirán, una bobada, pero, en fin, se negó, hasta que un día de repente dijo sí. Es muy peligrosa esa gente que es más papista que el papa, nosotros sabemos cuando magnánimamente ceder, pero ellos no, se aferran a las normas y tradiciones y a todo el blablabla. No me acuerdo qué opera era, probablemente Verdi, en aquella época todo era probablemente Verdi, y Victoria se presentó en el Liceo con el vestido que le había hecho el sastre. Resultó ser el mismo que le había hecho a la querida del marqués de Torroella de Montgrí, una mujer considerada vulgar y chabacana, y eso decía muy poco de la marquesa, porque la mujer que no sepa elegir la querida adecuada para su marido deja mucho que desear como esposa. Victoria siguió la ópera con gran dignidad, imperturbable, aunque por supuesto no tuvo la suficiente fuerza de ánimo para pasear por el Salón de los Espejos. La marquesa de Torroella de Montgrí y unas cuantas de su cuerda, toda esa gente que se dedica al comercio, a comprar y vender, se rieron muy a gusto de ella, por aquel entonces todavía una pobre chica.

—No acabo de entender —dijo Casas—. ¿Se negaba a vestir a Victoria pero no le importaba hacerlo con una querida del marqués?

—Claro, si mi modista se negara a vestir a la querida de mi marido me lo tomaría muy mal. La modista sabe qué vestidos debe hacerle y cuáles no. Mi Francisco es muy pálido de cara y ya sabe que entrar en el Círculo del Liceo al lado de un vestido color amarillo no le quedaría nada bien.

Casas y Rusiñol echaron a reír con voces roncas acompañadas de toses. Ambos fumaban puros y la atmósfera se iba cargando, pero no de una forma pesada sino agradable, fruto de una sobremesa interesante. Granados, aún siguiendo la conversación, se mostraba abstraído y apoyaba un codo sobre el piano mientras de tanto en tanto tocaba alguna tecla.

—Creo que ese día Victoria juró vengarse de nosotros. Una afrenta tan grande... La habían rebajado delante de toda la sociedad. Al cabo de unos días anunció que donaba a la Casa de la Caritat de Manresa una gran cantidad de dinero para construir un nuevo pabellón que llevaría el nombre de Victoria de Cardona y fue entonces cuando empezó su labor filantrópica. Yo estoy segura de que quería hacer que todos nos sintiéramos mal. Al final lo que consiguió es que nos sintiéramos obligados y que fuera de buen tono donar dinero a causas caritativas. Y a sus fiestas empezó a invitar a artistas, literatos, actores dramáticos, gente a la que antes no se hubiera invitado. Le dio la vuelta a todo.

—Os lo merecíais —dijo Casas.

—Tal vez sí. Muchas veces me pregunto que si en ese momento nos hubiéramos acercado y la hubiéramos tomado de las manos, la hubiésemos arropado y le hubiéramos dicho que no pasaba nada, todo esto no hubiera sucedido. No habría acabado muerta en un escenario.

—Se enfadó muchísimo conmigo por una de mis obras de teatro —intervino Rusiñol—. No me lo dijo nunca, pero desde aquel día dejó de invitarme a su casa.

—¿Cuál? —preguntó Casas.

—¡*Libertad!* —exclamó Rusiñol.

—Oh, la del negrito —dijo Ernestina—. Se estrenó hace unos años.

—Exacto, la del negrito, como usted dice. La del indiano que regresa a su pueblo natal y con él llega Jaumet, un niño negro. Mientras Jaumet es un niño inofensivo, el pueblo se llena de palabras como fraternidad, progreso y libertad, pero cuando Jaumet se hace mayor y le surgen inquietudes y sentimientos propios de la edad...

—¡Zasca! —exclamó la baronesa.

—Lo que antes era un divertimento empieza a ser visto como una amenaza —dijo Granados.

—Ah, pero está usted ahí. ¿Qué le pasa? Últimamente está muy raro. Incluso ha dejado de venir al Orfeó.

—Me niego a volver al Orfeó. Se le quiere dar un color político catalanista y en eso no estoy conforme. A mí me parece que el arte no tiene nada que ver con la política...

—Pues yo creo que sí que tiene que ver y mucho —dijo Rusiñol.

—Yo creo que no. Y esto me ha causado algunos disgustos. El otro día recibí un anónimo en que se me acusaba de, imagínense, escribir danzas andaluzas. ¡Como si eso fuera un pecado! Yo me considero tan catalán como el que más, pero en mi música quiero expresar lo que siento, lo que admiro y lo que me parezca bien, sea andaluz o chino.

—Eso mismo pienso yo —dijo Ernestina.

—Nobles y artistas —dijo Rusiñol dándole una profunda calada a su puro—. Unos descastados.

Requesens se levantó y volvió a mirar los cuadros, aquellas disquisiciones políticas no le interesaban. Volvió a mirar con interés aquel cuadro de tonos azulados de un hombre enfermo. Un repentino silencio se hizo a sus espaldas.

—No pude dejar de comprarlo— dijo la baronesa con la voz cambiada, más solemne—. Tuve que pelearme con un marchante y con un americano que triplicaba el precio que yo podía ofrecer. Pero Picasso quiso que me lo quedara yo. Ese chico que ve allí se llamaba Carles, Carles Casagemas. Se pegó un tiro en un bar de París. Vivir le dolía. Tengo muchos de sus cuadros. El propio Pablito me pidió ayuda, pero ya era demasiado tarde, estaba perdido para nosotros. Ellos venían mucho por aquí. Yo les adoraba. Era maravilloso verlos juntos. De todo hacían una fiesta. Eran de esas amistades varoniles, fraternales, de las cuales las mujeres estamos excluidas. Sin embargo, Carles acudió un día a mí, desasosegado, incómodo consigo mismo. Después de mucho llorar me confesó que era impotente. Y que le gustaban mucho las mujeres. Y él a ellas. Y no poder consumar era algo que no soportaba. Y Picasso estaba tan lleno de vida que era como un dios Pan, y ahora estaba con una, ahora con otra, y Carles lo miraba y las deseaba también, pero no podía hacer nada, ni siquiera odiarle porque era su amigo. Lloró en mi regazo. Yo le acariciaba el cabello, ¿qué decirle? Otros artistas hubieran podido sublimarlo, habrían canalizado hacia el arte toda esa energía y hubieran creado grandes obras de arte. Pero él tenía aquella amistad tan íntimamente varonil con Picasso. Pobre familia.

»Tenía una hermana, Luisa, con un enorme talento. Era maravillosa. Escribía óperas magníficas. Con veintitrés años se fue a Chicago y allí le concedieron un premio. Cuando iban a estrenar su ópera aquí estalló aquella maldita bomba y se suspendió toda la temporada. La primera mujer que hubiera estrenado una ópera en el Liceo, ya ven ustedes, para que digan que no sabemos escribir música. Pero después del atentado ella ya no volvió tampoco a ser la misma. Se casó con un empresario bilbaíno. Quería arrojar la maldición fuera de su familia, prefirió una vida normal, segura, preparar la cena para su marido y cuidar de los niños. Así que ya ve, al final todo tiene que ver con el Liceo. Pero no nos pongamos tristes. Si le acusan de componer canciones andaluzas seamos andaluces. Toque algo para mí. Toque *El Vito*. Es una canción muy animada. No quiero seguir hablando de animadversiones, asesinatos y toda esa miseria del alma.

—Oh, Dios mío —respondió Granados—, hace tanto tiempo que no lo toco. Creo que desde que tenía que tocar en los cafés de mala muerte para ganarme la vida.

La baronesa se puso al lado del piano. El maestro empezó a tocar la animada canción y Ernestina Rodríguez de Castro, descendiente directa de los nobles carolingios, se puso a cantar una canción popular andaluza, vestida con una especie de bañador y una redecilla en el pelo.

No me mires a la cara
que me pongo colorá.
Las solteras son de oro,
las casadas son de plata,
las viudas son de cobre

Y LAS VIEJAS DE HOJALATA.
YO NO QUIERO QUE ME MIRES
QUE ME PONGO COLORÁ.
UNA VIEJA VALE UN REAL
Y UNA MUCHACHA DOS CUARTOS,
Y YO COMO SOY TAN POBRE
ME VOY A LO MÁS BARATO.
CON EL VITO VITO VIENE
CON EL VITO VITO VA.
CON EL VITO VITO VIENE
CON EL VITO VITO VA.

Cuando acabó de cantar, Ramón Casas y Santiago Rusiñol se levantaron al unísono y empezaron a aplaudir con rabia y ganas, el puro en la boca, los dedos manchados por los pastelitos. Requesens no sabía si se estaban burlando de ella o le estaban haciendo un verdadero homenaje con sus aplausos. Pero lo cierto es que a ella le daba lo mismo porque se lo estaba pasando rematadamente bien.

Requesens pensó entonces que era hora de marcharse. Se levantó y fue a despedirse a de la baronesa.

Granados, que estaba a su lado, le dijo:

—Su padre daba clase en la Escuela Municipal. Emilio Requesens, ¿verdad?

—Sí. ¿Le conoce?

—Era un buen hombre y un buen profesor. ¿Cómo está?

—Bueno... Ha perdido buena parte del oído. Apenas puede escuchar música. Ahora se dedica a pintar soldados de plomo. Dice que la sordera le ha agudizado la vista.

—Dele muchos recuerdos de mi parte.

—Se los daré. Se alegrará mucho.

Se despidió también de Rusiñol y de Casas, pero antes de marcharse este último le hizo una propuesta que le sorprendió.

—Me gustaría dibujarle. Tiene usted un rostro esculpido en fuertes relieves. Un dibujo a carboncillo. ¿No le importaría posar para mí? No tendría que ser ahora. Otro día que nos veamos. Siempre llevo mi bloc encima.

—También sé que dibuja criminales.

—Arte y anarquismo están más ligados de lo que la gente cree. La sociedad no es una pirámide como habitualmente se describe, abajo los pobres de solemnidad y arriba los ricos. Es más bien un círculo en el que la aristocracia y el lumpen se tocan. Putas y condesas, maricones y gánsteres, les gusta mezclarse entre ellos porque en ese círculo cerrado se solapan. Tienen muchas cosas en común, son transgresores y divertidos porque no tienen nada que perder.

•◆•◆•

A la salida del palacio Maldà le esperaba Fernández, junto con dos caballos, y eso no auguraba nada bueno.

—¿Hay noticias nuevas? —preguntó Requesens al verle.

—El gobernador civil quiere verte. Tienes que ir a despachar con él.

Cabalgaron en silencio. A Requesens le gustaban los caballos. A pesar de los avances tecnológicos de los últimos años, el caballo seguía siendo el mejor medio de transporte en aquellas viejas calles de la ciudad, estrechas, sinuosas y sombrías, y en las que un automóvil se encontraría atascado y le resultaría difícil maniobrar. No era recomendable pasear por ellas a partir de ciertas horas de la tarde, cuando aguadores, puestos de ventas y carromatos se habían retirado. Eran las tripas de la ciudad en comparación con las arterias del Ensanche.

El Gobierno Civil estaba muy cerca de la Jefatura de Policía, en el Pla de Palau, a apenas dos manzanas más allá, y era habitual que Díaz Guijarro despachara todos los días con Ángel Ossorio. Antes de que se derribaran las murallas, el Pla de Palau había sido el centro de Barcelona. Por aquí entraban todas las mercancías y personas que llegaban al puerto a través del Portal del Mar, el único acceso que se tenía a la ciudad. Años antes se había levantado una muralla entre Barcelona y el mar para proteger a la ciudad del turco y de los ataques berberiscos. Las nuevas defensas se habían convertido en un amplio paseo elevado sobre un terraplén por donde circulaban las tropas y la artillería, y un espacio público de paseo y diversión. De hecho, el Pla de Palau era la plaza que daba al puerto, a través del Portal de Mar. Aquí se hallaba el palacio de los Virreyes, un edificio gótico que luego se convirtió en palacio Real y que se incendió un día de Navidad treinta años antes. Con el derribo de las murallas, el Portal del Mar también fue derribado y comenzó el declive. Todo aquel mundo había desaparecido y ahora el Pla de Palau parecía una plaza provinciana, animada únicamente por el ir y venir de quienes se acercaban al palacio de la Gobernación, instalado en el que hacía unos años había sido la Aduana.

Al cruzar los portalones se encontraron en un patio neoclásico, severo y noble, rodeado de pinturas mitológicas y esculturas dedicadas al comercio con las Américas. En la planta baja se hallaban varios negociados, secretarías y registros. También había celdas en las que detenidos pasaban algunos días antes de ser trasladados a la cárcel o los juzgados. Allí también se hallaba la Sección de Higiene de la Prostitución, que contaba con su propio gabinete antropológico con todo lo necesario para reconocimientos urgentes. Para ser reconocidas oficialmente, las prostitutas tenían que registrarse y había un funcionario dedicado a la identificación fotográfica y antropométrica. Las fotografías se realizaban en un estado de semidesnudez y el funcionario escogido para tal función era elegido discretamente entre los que preferían nadar en los baños de la Mar Bella o entrenar en los clubes de halterofilia.

Así que en aquel patio había un batiburrillo de personas que entraban y que salían, funcionarios, policías del cuerpo de seguridad, un furgón de policía que trasladaba presos, alguien que quería un permiso de caza o las prostitutas que tenían que pasar su revisión semanal.

—¿Le espero, jefe? —preguntó Fernández.

—No es necesario. Lleve los caballos a los establos.

—Prefiero esperarle.

Requesens sonrió:

—Ya sé que este patio es muy entretenido.

No era la primera vez que hablaba con Ossorio, al gobernador le gustaba conocer la opinión de sus subordinados, aunque sí que era la primera vez que acudía a su despacho. Ossorio le estaba esperando y le hizo pasar sin muchos formalismos. Requesens pensaba que también se encontraría con Díaz Guijarro, pero descubrió que se encontraban solos.

—Quería hablar con usted en privado.

Ossorio era relativamente joven, corpulento y enérgico. Era un abogado prestigioso y Requesens le respetaba profundamente. Era conservador. Actuaba de forma profesional y se había propuesto reformar la policía de Barcelona. Era cierto que resolver el crimen sería una gran carta de presentación frente al gobierno conservador de Maura, pero Ossorio también parecía seguir aquel propósito desde sus propias convicciones éticas.

Una de las paredes estaba forrada de libros desde el suelo hasta el techo. Se fijó en que los libros estaban ordenados de forma racional, temática, alfabética y que estaban libres de polvo, lo que seguramente quería decir que eran consultados a menudo. El ventanal daba a la plaza y desde allí se veía la escultura del Geni Català, un efebo desnudo que sujetaba una estrella de cinco puntas.

Ossorio no se andaba con rodeos:

—¿Y bien? ¿Cómo van las investigaciones?

—Estoy interrogando a los sospechosos e intentándome hacer una idea clara de los motivos por los que alguien desearía la muerte de Victoria de Cardona.

Ossorio asintió indicando a Requesens que prosiguiera.

—Había multitud de personas a las que beneficiaba su muerte. Creo firmemente que podemos descartar la idea de un atentado de un anarquista, señor.

—Dios sabe que he intentado acabar con esa plaga. Me enviaron aquí con la idea de acabar con todo esto.

—Sí, lo sé, señor.

—La Lliga considera que el gobierno de Madrid es un gobierno indiferente, incluso hostil, al que no le importa esa lacra, esas muertes, un gobierno que no se ocupa ni de las escuelas ni de los ferrocarriles, que lo único de lo que se preocupa es de tener una pareja de guardia civiles en cada pueblo de Cataluña.

—Tal vez la Lliga tenga algo de razón, señor —se atrevió a decir Requesens.

—Reconozco que tal vez fuera cierto en algunos momentos. Pero el gobierno de Madrid sabe que su estabilidad depende de lo que pase aquí. Si fuera a estallar una revolución, aquí es donde prendería primero. Y luego le seguirían Andalucía y las Vascongadas. Así que tiene que hacer todo lo posible por esclarecer este asunto, ¿comprende? Sea quien sea, caiga quien caiga. Sé que ha hablado con Güell.

No era necesario preguntar cómo lo sabía. Ossorio tenía una red de confidentes que le pasaban información. Requesens sabía que era observado y que sus movimientos eran perfectamente conocidos. Él mismo se encargaba de explicarlo, ya que no tenía nada que ocultar. Policías que seguían a policías, anarquistas que vigilaban a policías pero que estaban a sueldo de otros comisarios, era el pan de cada día en la ciudad.

—Sí, he tenido una charla con el señor Güell. Realmente ha sido bastante sincero. Victoria era una persona incómoda. Había acumulado demasiado poder. Y parecía tener conocimiento de muchas circunstancias. Ella no lo tuvo fácil. Le volvieron la cabeza desde el primer día, y ella parecía tener deseo de querer mostrar quién era, lo que podía lograr, hacerse valer. Victoria había empezado a acumular enemigos y se había hecho arrogante, su influencia en el Liceo interfiriendo en la Junta se había hecho demasiado descarada y mucha gente se mostraba celosa de su prestigio y poder.

—Esta ciudad es tan complicada...

Lo dijo sin amargura, sin rencor, como un artista ante un encargo difícil y absorbente.

—Cuando me nombraron gobernador y llegué aquí, las cosas tampoco fueron fáciles para mí. Me pidieron que hiciera todo lo posible por acabar con el terrorismo anarquista. Me mostré colaborador. Confié en ellos. Güell me presentó a Rull. A Güell se lo había presentado Tresols. Resultaba extraño ver a un policía de la vieja escuela, chanchullero y marrullero, junto al hombre más poderoso de esta ciudad. Me insistieron en que Rull podía acabar con las bombas en esta ciudad, que tenía información de buena mano. Cuando le dábamos dinero dejaban de explotar bombas. Cuando empecé a desconfiar de él... las bombas siguieron matando gente. Al final resultó que Rull era el principal responsable de las bombas. Se aprovechó de todo el dinero del fondo que le dábamos para comprar confidentes e información. ¿Cómo se puede ser tan cínico? Pero ahora él está muerto, y esta ciudad es una ciudad más segura, gracias a Dios. De todo eso aprendí que aquí no te puedes fiar de nada ni de nadie. En esta ciudad todo el mundo esconde dagas bajo sus sonrisas. Aún ahora no estoy seguro de si todo aquello no fue una encerrona del propio Güell.

Los dos permanecieron en silencio. Ambos sintieron que al hablar de Güell en aquellos términos estaban tocando algo que no debían, la palabra tabú de una tribu dicha en voz alta.

—¿Cree que ellos están... de alguna manera... involucrados en su muerte? —preguntó Ossorio en voz baja como si temiera ser escuchado.

—No lo sé, señor.

Ellos.

Ellos era un concepto difícil de definir.

—Creo que se mostraban reticentes a que una sola persona acumulara demasiada influencia.

—¿Fue planificado entonces?

—No lo sé, señor. Algo me dice que no es así del todo, pero ese algo no puedo aprehenderlo, se me escapa de las manos —aseguró Requesens con humildad.

—Comprendo. Victoria me invitó varias veces a su casa. Fue ella la primera que ofreció una cena en mi honor. Siempre que voy a una cena en otras casas o a Fomento he de comerme un bocadillo antes. Soy de vida, qué le voy a hacer. Platos elegantes y comida insípida nadando en salsas. Sin embargo, sus cenas eran proverbiales. En fin, ¿necesita ayuda?

No parecía ser una pregunta.

—No.

—Creo que sí necesita ayuda. Y se la voy a dar. Le ayudará la Oficina de Investigación Criminal.

Requesens no era de los que se quejaba, pero en este caso protestó:

—Señor, no creo que sea necesario.

Requesens sabía que detrás de aquel ofrecimiento se escondían motivos políticos. Una de las tareas que el gobierno conservador había encomendado a Ossorio, además de luchar contra el anarquismo, era la de atraer a la extinta Solidaritat Catalana y a su principal partido, la Lliga Regionalista. En realidad, sin el marchamo catalanista ambas fuerzas serían idénticas. Eran conservadoras, ensalzaban la familia y la tradición. Lo único que cambiaban eran los referentes. Requesens estaba seguro de que si Prat de la Riba hubiera nacido en

Madrid sería un destacado dirigente del gobierno conservador y si Maura hubiese nacido en Barcelona sería un ferviente defensor de la Lliga Regionalista. Ossorio desempeñaba el papel de puente entre las dos fuerzas. La Oficina de Investigación Criminal había sido ideada por Prat de la Riba, el presidente de la Diputación.

—Usted es catalán y su padre era músico, y cuando supe que estaba usted en el Liceo cuando la señora condesa fue asesinada pensé que era una suerte dentro de lo que cabe. Guijarro quería que fuera Bravo Portillo quien se encargara de la investigación. El Liceo está bajo su jurisdicción. Y yo le impuse a usted. Bravo Portillo no se lo ha tomado muy bien. No le estoy contando esto para que se ponga de mi lado y no de Guijarro. Él también está contento con usted. Pero quiero serle franco. Hay muchas presiones para que todo este asunto se resuelva. ¿Ve todas las portadas de los periódicos? Los corresponsales están dejando de hablar de las bombas para hablar de asesinatos de condesas. La Lliga siempre nos ha acusado de no hacer nada. Tendrá que entrevistarse con el inspector Arrow, de la OIC. Quiere que vean que no ponemos impedimentos, que nos preocupa el caso y que hacemos todo lo posible por resolverlo. ¿Necesita más agentes? De los nuestros me refiero.

—No creo que sean necesarios. En este caso es preferible que haya poca gente.

—Yo también lo creo. Tengo a uno de mis hombres infiltrado en su policía.

—Eso significa que si usted tiene uno allí es probable que ellos tengan uno aquí y que esté al tanto de lo que usted se propone hacer. ¿Cuándo debo ir a entrevistarme con el inspector Arrow?

—Ahora. Le están esperando. Tiene un vehículo a su disposición.

—Un agente me está esperando con dos caballos, señor. Preferiría ir con él.

—El vehículo es de la Diputación.

Ossorio le acompañó a la puerta.

—Bravo Portillo quiere hablar conmigo y me está esperando. Supongo que vendrá a quejarse de haber sido apartado de la investigación. He preferido ver a uno detrás del otro para que no perciba predilección alguna —dijo cuando se despedían.

—Cosa que no es cierta —se atrevió a decir Requesens.

—Lo que le he dicho sobre él es confidencial.

Cuando bajó las escaleras del palacio de gobernación vio a Bravo Portillo apostado en la puerta fumando y bromeando junto a Fernández.

Manuel Bravo Portillo. Un hombre pequeño, calvo, que se pasaba una parte del cabello de un lado para el otro para disimularlo, un cabello teñido de un negro color betún, poco natural, las puntas del bigote engominadas hacia arriba, unos ostentosos gemelos de oro, unos zapatos de charol. Desprendía un olor alcanforado y perfumado a la vez.

Ambos hombres se dieron la mano cuando se encontraron en el patio.

—Requesens...

—Señor Bravo.

Algo en él lograba que Requesens tuviera la impresión de que podía ser peligroso de una manera inconcreta y le hacía ponerse en guardia. En teoría debían llevarse bien. Uno había luchado en Cuba, el otro en Filipinas. Ambos habían ingresado en la reformada policía hacía un par de años provenientes de otros ministerios: Requesens, Defensa; Bravo Portillo, Hacienda. Ambos habían sido tenientes. Bravo Portillo había mostrado una astucia y sagacidad fuera de lo común. Hacía tan solo dos meses que estaba destinado en Barcelona y ya había ascendido a inspector jefe en la comisaría de Atarazanas, la que controlaba el puerto, y era *vox populi* que contaba con una red propia de confidentes. Requesens sabía que Fernández era leal a Bravo Portillo y que este último estaba al tanto de todos sus movimientos y seguramente deseaba verle fracasar en su labor. Sin embargo, no desconfiaba de Fernández; a pesar de su manera seca de hablar, había algo en él que le incitaba a creer que, aunque fuera leal a Portillo, no le traicionaría.

Requesens le echó un poco de teatro al asunto. Odiaba hacerlo. No se le daba bien. Se mostró contrariado por lo que tenía que decir.

—Siento haberle hecho esperar en balde, Fernández, pero Ossorio me manda hablar con la OIC.

Señaló el vehículo que la Diputación había puesto a su disposición. Era grande, negro, lustroso y lleno de cromados. La Diputación, como cualquier entidad que sintiera sus derechos menoscabados, tendía a compensarlo con un exceso de protocolo y apariencias.

Fernández lanzó una belicosa ojeada al vehículo. El antagonismo entre las dos policías era proverbial. La policía consideraba a la OIC unos intrusos, la policía burguesa, la policía de los ricos. La OIC consideraba a la policía gubernativa una banda de matarifes.

Requesens volvió a dar la mano a Bravo Portillo y seguidamente entró en el automóvil. El chófer le había saludado protocolariamente y le había abierto la puerta con solemnidad, y Requesens creyó identificar un brillo aceitoso en la mirada de Bravo Porillo que apuntaló su idea de que había que tener cuidado con él.

El automóvil subió por las Ramblas y se dirigió a la plaza Constitución por la populosa calle Fernando, que a esa hora estaba llena de gente, los comercios abarrotados, los modernos escaparates mostrando las últimas novedades en trajes y joyas, los colmados exponiendo sus *delicatessen* pulcramente ordenados, las casas de fotografía enseñando sus retratos de familias, mujeres y hombres. Mientras Requesens miraba el distraído ir y venir de la gente recordó que hacía cuatro años hubo una explosión en las Ramblas, y otra en aquella misma calle Fernando, en la que hubo dos muertos, y que aquello fue la espoleta para que dirigentes de la Lliga, con la desconfianza hacia el gobierno de Madrid por no hacer lo suficiente para defender a aquellos mismos transeúntes que un día como hoy compraban sin resquemor, decidieron crear una policía secreta, independiente, dedicada exclusivamente a la erradicación del terrorismo. Afirmaron que no podían confiar en el gobierno, ni recurrir a él, ni buscar ayuda para mantener la seguridad de Barcelona. Fundaron la Junta de Defensa de Barcelona. Decidieron crear una nueva fuerza policial que solo respondería ante las autoridades locales. Prat de la Riba se dedicó de inmediato a la organización de esa nueva fuerza policial. Y se fijó en la que tenía más prestigio, Scotland Yard.

El automóvil se detuvo en la calle San Honorato. El chófer abrió solícitamente la puerta. A la entrada había dos *mossos d'esquadra* que se cuadraron al verle. A diferencia de Jefatura, que ocupaba tres pisos estrechos, las oficinas de la OIC contaban con docenas de despachos luminosos, material de oficina a rebosar y varios balcones desde los cuales se veía la plaza de la Constitución. Le hicieron pasar a un despacho desde el cual se veía una esquina del palacio de la Diputación Provincial y la fachada del Ayuntamiento al completo.

Charles J. Arrow no se parecía en nada a Sherlock Holmes. Era alto, fornido, calvo, con unos pómulos salientes y unos ojos azules que no podían ocultar el origen celta de sus antepasados. Estaba sentado detrás de su escritorio y se levantó al verle entrar; le alargó la mano y le saludó con amabilidad.

—Encantado.

No estaban solos. Había otro hombre, frente al ventanal, a contraluz, mirando de espaldas a la plaza, que se volvió con lentitud al oírle hablar. Requesens se sorprendió al reconocer a Puig i Cadafalch. Su presencia le pilló descolocado. Era uno de los prohombres intelectuales más importantes del país. Requesens le ofreció la mano.

—Es un honor para mí conocerle —dijo Requesens dirigiéndose a él—. He estado en el palacio de los condes de Cardona. Me gustaría decirle que me quedé muy impresionado de lo poco que vi. La señorita Casandra me dijo que me enseñaría el palacio con más detalle en mejor ocasión.

Le habló en catalán, a pesar de la presencia del inspector Arrow, para demostrarle que él no era un *xanxa* cualquiera, el nombre despectivo con el que llamaban a los guardias municipales por ser su origen en la mayoría del interior de España. Llamarles *xanxa* era una forma de burlarse de ellos, porque muchos de ellos se llamaban Sánchez y no sabían hablar catalán. Nadie quería ser destinado a Barcelona. La ciudad era dura, a menudo cruel, cara, y el sueldo miserable, y había pocos catalanes que quisieran hacer el trabajo de policía. Los guardias lo pagaban con un desprecio a todo lo que fuera catalán y no permitían que nadie se les dirigiera en la lengua del país. Y así la desconfianza mutua entraba en un bucle de estupidez perpetua.

Puig i Cadafalch no dijo nada. Solo se ajustó sus gafas, redondas e intelectuales. Llevaba levita, y el cuello de su camisa era rígido y con un lazo como el que llevarían los pintores. Requesens sentía un gran respeto por él. Su cabello mostraba un delicado juego entre nieve y ceniza. Además de arquitecto era poeta, medievalista y político. Era diputado a las Cortes e íntimo amigo de

Prat de la Riba. Este último le había encomendado la misión de contratar a un inspector, y Puig i Cadafalch viajó a Londres. Querían que la nueva policía fuera una imitación de Scotland Yard. Y él decidió contratar a un inspector jefe con treinta años de experiencia, Charles J. Arrow.

Requesens no hablaba inglés y cuando se dirigió al señor Arrow le habló despacio, con un castellano claro.

—Me ha enviado el gobernador para informarles de las investigaciones del caso.

Puig i Cadafalch se lo quedó mirando con especulativa cautela. Requesens sabía que le estaba calibrando, sopesando si era de fiar o hasta qué punto estaba dispuesto a compartir información, sorprendido tal vez por sus modales educados y agradables y la franqueza de su mirada.

Sin más preámbulos, Requesens explicó los detalles de la investigación. Había llegado a la conclusión de que como no tenía nada que perder era mejor explicar cuanto sabía. Solo se guardó un dato para sí mismo. No explicó que la muerte había sido por asfixia en vez de por el golpe en la cabeza.

—¿No había sangre? ¿No había huellas en la joya? —preguntó el inspector Arrow.

A pesar de llevar ya dos años en la ciudad hablaba castellano con un fuerte acento británico.

Requesens negó con la cabeza.

—La joya estaba limpia de huellas. No había rastro de sangre.

—Una vez tuve un caso, el robo de las joyas del almirante Nelson. Tres años después localicé al ladrón. Era uno de los cuidadores. Siempre, siempre hay una conexión, por extraña que parezca.

—Se nos ha comunicado que hace poco que es usted policía —intervino Puig i Cadafalch con una voz fría y protocolaria.

Comprendió que solo era una excusa para interrogarle, para saber si se estaba haciendo todo lo posible.

—Tres años, señor. Entré con la reforma del Cuerpo propuesta por el señor gobernador. Creo que ustedes solicitaron varias veces que la policía fuera reformada.

—Y antes de eso fue usted militar.

—Fui teniente.

—Y su padre era profesor de música de la Escuela Municipal. Puig i Cadafalch lo dijo como si hablara de una anomalía orgánica. Requesens sonrió con paciente amabilidad. Era la tercera vez en el día que alguien hacía referencia a sus orígenes.

—No entiendo a qué viene este interrogatorio.

—No se trata de un interrogatorio. Solo deseamos saber si la investigación se encuentra en las mejores manos posibles.

—Solo soy un hombre que perdió una guerra. Volví más muerto que vivo a Barcelona, me recuperé, fui a Marruecos. Me hice policía. Me enamoré. Fui correspondido. Me casé. Tuve un hijo. Y lo perdí hace poco. La historia de un hombre cualquiera, varias pérdidas y alguna alegría.

No entendía por qué había hablado de aquella manera. Tal vez fuera por la luz de la tarde iluminando el ayuntamiento, porque aquel hombre representaba un mundo inteligente y culto para el que él apenas era un don nadie, un policía, y aquello le hizo sentirse melancólico, y tal vez Güell tuviera razón y los treinta y ocho años fuera una edad muy mala que le hacía replantarse a uno todo lo que había hecho en la vida y si había merecido la pena vivirla hasta ahora. Requesens permanecía sentado. Puig i Cadafalch de pie. Requesens se fijó en que tenía las manos manchadas de tinta y que seguramente debía de haber estado trabajando hasta hacía poco.

Decidió serenar su ánimo, recordar que estaba trabajando, intentando resolver un caso de asesinato.

—Usted conocía a la señora condesa —dijo Requesens.

—Lamento comunicarle que no estaba en el baile de máscaras.

Su tono era frío y represivo.

—Sí, lo sé. He repasado varias veces el listado de quienes compraron una invitación o accedieron y usted no estaba entre ellos.

Y entonces se volvió hacia Mr. Arrow y en castellano dijo:

—La persona que asesinó a la condesa la conocía. No había indicios de forcejeo. Solo unas señales en la muñeca. Estoy intentando encontrar quién podría beneficiarse de su muerte, delimitar los sospechosos.

—¿Qué posibilidades cree que existen de que hayan sido los lerrouxistas? —preguntó Puig i Cadafalch haciendo caso omiso a las elucubraciones de Requesens.

Era conocida la aversión que sentía Puig i Cadafalch contra Lerroux. Los regionalistas y los lerrouxistas se habían acusado mutuamente de alentar y proteger a los que ponían bombas, y era normal que ahora hicieran lo mismo con la muerte de Victoria.

—No entiendo qué lograrían los lerrouxistas asesinando a la señora condesa. Además, según nuestros informes, ellos están tan sorprendidos de su muerte como lo puedan estar los demás. Los anarquistas también han quedado descartados.

—La señora condesa era una de nuestras principales benefactoras. Donó una gran cantidad de dinero para el Institut d'Estudis Catalans.

Requesens intuía que Victoria estaba tan interesada en aquel Instituto como lo pudiera estar en la Casa de la Caritat. Lo hacía para ganar prestigio, no por un convencimiento profundo y personal de sus acciones. Pero todo eso se abstuvo de decirlo.

—Los lerrouxistas atentaron contra el señor Cambó en Hostafrancs —prosiguió Puig i Cadafalch.

Y los lerrouxistas habían afirmado que el atentado contra Cambó fue premeditado y simulado para empujar a la gente a votar a Solidaritat y que esta ganara las elecciones.

—También atentaron contra Nicolás Salmerón.

Puig i Cadafalch se lo quedó mirando y algo parecido a la sombra de una sonrisa apareció en sus labios. Era evidente que por la vehemencia con que había nombrado al antiguo presidente de la República sentía algo más que simpatía por él.

—¿Es usted republicano?

—Siento gran simpatía por alguien que afirmó que policías, fiscales y jueces debemos actuar conforme a la ley y buscando el bien común.

—Eso podría afirmarlo cualquiera.

—Tiene usted razón. Pero fue él quien dimitió por negarse a firmar condenas de muerte ya que iban en contra de su conciencia.

Requesens reconoció en su fuero interno que empezaba a sentir cierta irritación ante la mirada desconfiada de Puig i Cadafalch.

Puig i Cadafalch y Prat de la Riba provenían de un mundo de pequeños propietarios. Gente religiosa, gente trabajadora, gente que había prosperado con el comercio y la industria, que poco a poco se iban haciendo una posición, que heredaban los muebles de sus padres, la cama de sus abuelos y sus bisabuelos, sus salitas burguesas que guardaban olores de cenas en las que se cenaba lo mismo todos los días, casas *pairals* y *masovers*, un mundo muy atento a las formas, esclavos del decoro y las costumbres, las mesas indestructibles de caoba maciza, cerrar la puerta por la noche con tres vueltas de llave, los visillos, el qué dirán... Amaban la serenidad, la constancia, la entereza, y al mismo tiempo consideraban que eran un pueblo dominado, colonizado, subyugado, pero luego no tenían reparo en enviar a un hijo a Cuba para conseguir el máximo dinero posible en el menor tiempo y que este se convirtiera en un indiano y volviese rico. Pero ¿acaso el pueblo cubano no era un pueblo dominado, colonizado, subyugado por ellos mismos? Requesens creía que nadie estaba moralmente capacitado para hablar del expolio al que les sometía Madrid cuando su riqueza era producto del expolio de Cuba. Él hablaba con conocimiento de causa, pues había sido un peón sacrificable en sus manos.

Requesens tenía la intuición de que Victoria de Cardona detestaba todo ese mundo y que en el fondo se mofaba de él, y ahora sus máximos representantes salían a defenderla como si ella fuera una defensora sin cuartel de ese mundo pequeño y estrecho. ¿Pero y Puig i Cadafalch? ¿Cómo podía ser que un hombre de su capacidad intelectual, de su imaginación, alguien que había construido el palacio de los Cardona, que tuviera ese impulso creativo, esa capacidad de recrear formas retorcidas, esos anhelos, pudiese formar parte de él o simplemente rendirle pleitesía?

Requesens fue consciente de que Puig i Cadafalch seguramente se habría sentido más cómodo con alguien como Bravo Portillo porque era el típico representante del gobierno de Madrid, un gobierno despótico, representante de unos forasteros establecidos aquí como una colonia, que despreciaban la lengua catalana, gente sinuosa, de poco fiar, retorcida, así hablaban en la Lliga, sí. Y se hubiera sentido más cómodo porque habría sabido a qué atenerse, jugando al gato y al ratón institucional, *a la puta i la ramoneta*, algo a lo que no estaba dispuesto Requesens.

Para este era difícil nadar entre aquellos dos mundos, ya que estaba su amor por Cataluña, por su ciudad, pero también por aquella gente desposeída. También había otros mundos en los que nadar. Su amor por hacer las cosas como es debido, y por la justicia, y por la elocuencia del arte.

—Ya les he puesto en conocimiento de todo lo que hasta ahora hemos investigado. Ahora, si pudieran ustedes colaborar y explicarme lo que saben les estaría muy agradecido. Disponen de una veintena de agentes y de sus propios confidentes.

Arrow observaba con cuidado. Requesens no las tenía todas consigo de que no supieran nada de nada.

—En cuanto sepamos algo relevante sin duda le informaremos —dijo Puig i Cadafalch de forma abrupta, realizando después gestos inequívocos de que la entrevista había finalizado.

Requesens se levantó. Le acompañaron hasta la puerta y le despidieron de una manera en exceso formal. Puig i Cadafalch se colocó las gafas de nuevo en su sitio y dijo:

—Un agente le acompañará a la salida.

—Puedo hacerlo yo mismo —dijo Arrow—. Me conviene estirar las piernas.

Mientras bajaban las escaleras, Arrow se detuvo en uno de los rellanos y agarrando a Requesens por un brazo dijo:

—Llevo en esto treinta años. He perseguido anarquistas en Londres, *dynamiters,* nacionalistas irlandeses, así que no me asusté cuando me pidieron que me hicieran cargo de la OIC. Dios sabe que he intentado imponer el orden, la disciplina y los métodos de Scotland Yard en esta ciudad. Pero es imposible. Aquí los políticos no paran de inmiscuirse. Aquí cada servicio tiene confidentes y delatores que son a la vez confidentes de diferentes comisarios que se pelean entre sí. Cuando detienes a un anarquista te dice que son los propios agitadores de la policía quienes ponen las bombas. Por eso el señor Puig i Cadafalch se ha mostrado distante con usted.

—Si me cuenta todo esto es por alguna razón.

—Porque me han dicho que tiene usted un método de investigación parecido al nuestro, que intenta conocer a la víctima y utiliza el razonamiento, la observación, para así conocer al asesino. Y porque la baronesa de Albí me ha dicho que le ha pedido que encuentre a su hijo.

Requesens asintió.

—Ella me lo encargó a mí hace un par de meses. Es una buena amiga. Hay muchos ingleses en esta ciudad, pero fue ella quien nos acogió a mí y a mi mujer. Así que quise ayudarla con gusto. Seguí la pista de ese Castejón. Él se dio cuenta de que yo iba detrás de él.

Mirando a ambos lados con prevención, se abrió la camisa y Requesens vio una gran mancha violácea y amarilla que empezaba a curarse.

—Me secuestraron, me golpearon, me vendaron los ojos, me apuntaron con un revolver en la nuca y me hicieron creer que me iban a matar. Antes de oír el clic del gatillo dijeron el nombre completo de mis dos hijos. Muy poca gente conoce el segundo nombre de mis hijos. Luego dispararon. Me quitaron la venda de los ojos y cuando lo hicieron Santiago Castejón estaba plantado delante de mí sonriendo con el arma en la mano. Me mostró el revólver. Había tres balas. Me dijo que había tenido suerte y que no la desaprovechara.

Arrow le puso una mano en el hombro.

—Nunca he visto a nadie así. Tenga cuidado.

—Lo tendré, gracias.

—Otra cosa más. No tenemos ninguna pista ni la más remota idea de quién pudo asesinar a la condesa.

Requesens cruzó la plaza de la Constitución y se detuvo un instante justo en medio. A un lado el edificio del Ayuntamiento, al otro el palacio de la Diputación y bajo sus pies dos mil años de historia. Aquí estaba el fórum, el templo de Augusto, el Mont Taber, el punto más alto de la antigua colonia romana, y pensó que si se dieran la mano veinte ancianos de diferentes generaciones de hombres que habían defendido la ciudad contra el crimen llegaría hasta el primer tribuno que evitó que alguien abusara de otro ciudadano más débil. Se volvió de nuevo para ver los ocho balcones de la OIC y vio a contraluz que estaba siendo observado por un hombre. Requesens se quitó el sombrero ligeramente a modo de saludo y empezó a andar de nuevo, dirigiéndose hacia las calles que pronto iban a desaparecer. A la calle de la Avellana, donde su madre había crecido y había vivido su abuela, y donde en breve solo estaría la avenida de la Reforma, una zanja abierta como un tajo que se abría paso entre aquel barrio porque el Ayuntamiento había decidido abrir una nueva avenida que uniera el Ensanche con el puerto. Las callejuelas dejaron paso de pronto a una zona en que la mayoría de los edificios ya habían sucumbido como si hubiera habido un terremoto. Carcasas, inmensos solares separados por fosas y tablones de madera, trincheras y zanjas, montículos de tierra desplazada y cascotes, escombros. Ya prácticamente había caído la noche y no había trabajadores. Tan solo se veían algunas fogatas de los vigilantes. En algunos lugares habían instalado focos para iluminar las obras, pero la mayor parte estaba a oscuras. Pero eso no le impidió distinguir entre las ruinas un movimiento furtivo. Alguien que no deseaba ser visto y que se escondía. Requesens tenía la sensación casi desde que se inició la investigación de que le seguían y no se arredró.

—Eh, tú —gritó.

Alguien echaba a correr. Solo distinguió un manojo de ropas superpuestas. Requesens echó a correr también y llegó a un edificio a medio derribar. Desenfundó el arma. Subió unas escaleras con cuidado. Llevaba una pequeña linterna de mano. Algo bueno que había dado la electricidad. En una esquina vio una sombra que se movía y que entraba en un piso.

—¡Alto ahí!

Habían cerrado la puerta. De una patada la tiró abajo sin muchos miramientos.

La luz de la linterna enfocó algo que no se esperaba.

Una familia. La sombra que había seguido no era más que un hombre con un abrigo. A su alrededor había una mujer, dos ancianos y varios niños, algunos de ellos enfermos. Siete u ocho personas. Había seguido a un padre de familia.

—No nos descubra, por favor —suplicó el hombre—. No tenemos adónde ir. Nosotros vivíamos aquí.

Requesens miró aquel lugar y a aquella gente. Llevaban puestos papeles de periódicos para evitar el frío. La mujer intentaba amamantar a un niño.

—El Ayuntamiento debería haberles proporcionado un lugar —dijo Requesens.

La mujer negó con la cabeza. Su mirada era de resignación.

—No teníamos derecho. Vivíamos realquilados. Fuimos a vivir a unas barracas cerca de la playa, pero el niño no soportaba el salitre del mar. Y estaban las ratas.

Una de las mujeres, una anciana desdentada, se le empezó a acercar. Estaba como hipnotizada por la luz de la linterna. Con voz resquebrajada dijo:

—La electricidad ha tenido la culpa de todo.

Requesens le dijo al hombre ofreciéndole la linterna:

—¡Quédesela! A ustedes les hará más falta que a mí.

Dio varios pasos atrás sin importarle estar en un edificio a medio derribar y que pudiera perder pie. Bajó las escaleras a oscuras, palpando las paredes. Se apoyó en uno de los pilares que aún se mantenían en pie. Le vino una arcada y vomitó. Había estado comiendo en la Maison Dorée y tomando café en el salón de un aristócrata, y ahora aquello... Los restos quedaron desperdigados en una tierra llena del polvo de innumerables casas de gente humilde echadas abajo. La acidez del vómito en la boca le hizo recordar cuando cayó enfermo de fiebre amarilla en Cuba. Y aquello, junto a la visión de familias durmiendo en cualquier lugar, niños y ancianos enfermos, le removió demasiados recuerdos en los que él había sido el culpable. Su secreto, su más íntimo secreto. Se había abierto aquella avenida en nombre del progreso del pueblo de Cataluña. Pero los pobres también eran Cataluña. Los enfermos también eran Cataluña. Y los dementes, y los niños sin escolarizar que jugaban sucios con las barrigas llenas de parásitos, y los expósitos, y las viudas, y los ancianos. Todos ellos también eran Cataluña.

Sin embargo, se dijo a sí mismo que no tenía ninguna autoridad moral para juzgar.

Él había colaborado en cosas peores.

Ya era de noche cuando Requesens llegó a Jefatura. Se suponía que ya no debía volver, pero Mariona tenía aquel día el turno de tarde-noche y no acabaría hasta bien entrada la madrugada. Su padre acostumbraba a acostarse pronto, con lo cual encontraría a este dormido y la casa sola. Y además tenía que escribir el informe ya de una vez y poner las cosas negro sobre blanco, intentar darles forma, y repasar lo que había escrito.

Cuando entró en Jefatura apenas había dos o tres personas haciendo cola tras el mostrador de la entrada para ser atendidos. Saludó al sargento de guardia y subió los escalones que conducían al tercer piso, donde se encontraba su despacho. Al entrar en las oficinas varios hombres se le quedaron mirando y cuando Requesens les devolvió la mirada la esquivaron con una mezcla de vergüenza y «no es asunto mío». Las voces bajaron y los sonidos se hicieron más lentos. El trajinar de la comisaría, voces, risas, maldiciones, abrir y cerrar de archivos, ordenanzas que se quejaban, improperios..., todo ello se amortiguó de golpe. Cristóbal aún se hallaba en Jefatura porque tenía que saber cómo funcionaban los diferentes turnos. Él también bajó la mirada. Requesens se acercó a él. A los otros policías apenas les conocía, pero a Cristóbal sí. Él, sin apenas mirarle, le susurró:

—Inspector... en el sótano. Elías Bargalló.

Bajó todo lo rápido que pudo hasta el sótano. Allí había varias celdas. Un par de maleantes, un borracho. Eran celdas para altercados menores, los calabozos de verdad todavía seguían en el Gobierno Civil. El oficial de guardia no le dijo nada, pero miró hacia el fondo, hacia una puerta cerrada. Una luz bajo el quicio oscilaba de un lado a otro.

Requesens la echó abajo de una patada.

Elías Bargalló estaba atado a una silla, desnudo de cintura para arriba. Tenía la cabeza colgando, el cabello mojado, la cara magullada. Una bombilla, un barreño de agua, cuerdas, algunos cables. Y allí estaba Tresols, a un lado. Sentado a horcajadas en una silla.

Fernández y Rosales estaban ligeramente apartados de la escena, uno de ellos apoyado en la pared, el otro fumando, como si no les gustara inmiscuirse en ciertos asuntos.

—Si hubiera llamado a la puerta le habríamos abierto —dijo Tresols—. ¿Qué es eso de estropear el material de las dependencias policiales?

Requesens hizo caso omiso de Tresols. Levantó la cabeza de Elías. La mirada húmeda, confusa y desconcertada de todas las víctimas. Y tuvo la terrible conciencia de que aquel hombre nada había tenido que ver con el crimen.

—Necesita que lo vea un médico.

—Solo le ha dado un par de ostias, jefe.

Requesens no supo si había sido Fernández o Rosales el que lo había dicho.

—Ayúdenme a desatarlo.

Fernández y Rosales no se movieron. Requesens no les dijo nada más, pero los miró de una manera que lo decía todo.

—Él es nuestro superior —dijo Fernández señalando con la barbilla a Tresols—. Órdenes recibidas.

—Su superior es Ossorio y saben perfectamente que ha prohibido todo tipo de torturas.

Requesens empezó a desatar a Elías intentando que el cuerpo no se le viniera para adelante. Tresols seguía sentado en la silla, aunque ahora se había repantingado un poco más y se había llevado las manos detrás de la cabeza. Requesens descubrió con asco que Tresols tenía una erección.

Apareció Cristóbal. Previsoramente llevaba una caja metálica con gasas y vendas, y una manta.

—Hombre, si está aquí la florecita de pitiminí —dijo Tresols—. ¿Ahora quieres ser enfermera?

—Prepara el automóvil, nos lo llevamos al dispensario de la calle Sepúlveda.

Fernández y Rosales se pusieron en guardia

—No puede llevarse a un detenido.

—¿Está detenido? ¿De qué se le acusa? ¿Lo sabe el juez de instrucción? ¿Cuándo me lo pensaban decir a mí, que resulto ser el inspector encargado de la investigación?

Requesens logró desatar a Elías. Le masajeó los brazos.

—Estoy seguro de que le gustaría pegarme un puñetazo —masculló Tresols entre dientes—. ¿Por qué no lo hace? Yo lo sé. Porque es un cobarde.

—Usted no ha estado en una guerra. Y las guerras tienen su arte. Se necesita temple. No se ataca al enemigo cuando este te provoca. En una guerra tienes que atacar cuando sabes que vas a ganar. Aunque me muera de ganas, si yo ahora le partiera la boca no ganaría nada, le daría a usted ventaja, y solo haría que algún dentista se ganara la vida. Sé que son conceptos abstractos que están más allá de sus entendederas.

Entre Requesens y Cristóbal sacaron a Elías Bargalló de aquel cubículo. El oficial de guardia les preguntó:

—¿Adónde se lo llevan?

—A que le arreglen la cara antes de que sea demasiado tarde. No quiero que se entere de esto el gobernador.

El oficial pareció comprender.

—Está bien. Pero yo no sé nada.

Subieron por las escaleras hasta la puerta. Pusieron una toalla sobre el torso de Elías. Uno de los vehículos de la policía estaba aparcado delante.

—Conduce tú. Vamos al Clínico. Les he dicho que iba a Sepúlveda para que tarden un poco en encontrarnos.

Elías Bargalló gimió durante el trayecto y Requesens intentó tranquilizarle.

—Tranquilo, tranquilo.

Llegaron rápidamente. Cristóbal tenía buena mano con los artilugios modernos.

—Aparca aquí delante. Pregunta por Mariona. Di que necesito discreción.

Elías gimió.

—Calma, chico, calma.

Enseguida aparecieron sor Francisca y Mariona. No hicieron ninguna pregunta. Sacaron a Elías del automóvil y entraron en el hospital. La monja dio varias órdenes y al rato Elías estaba tumbado en una habitación discreta. Mariona dio un beso a Requesens. Sor Francisca empezó a realizar las curas de la cara y el cuerpo.

El inspector conocía a sor Francisca desde hacía mucho tiempo. Podría decirse que ella le había salvado la vida. Fue la monja que se encargó de atenderle cuando desembarcó en Barcelona procedente de Cuba y fue trasladado a un lazareto, más muerto que vivo, donde pudo recuperarse del horrible viaje de vuelta y de las enfermedades que arrastraba.

Salió al pasillo y les dejó hacer. Sentía un fuerte dolor a un lado de la cabeza. Su cuerpo le pedía descansar. El hospital estaba tranquilo. Se oía el ronroneo de las primeras horas del turno de noche y de buena gana se hubiera dejado llevar por él y dormir. Los enfermos se entregaban al primer sueño de la noche. Vio a Odriozóbal caminar por el pasillo, fumando, con los zapatos resonando sobre el ajedrezado suelo. Llevaba la bata desabotonada, no muy limpia, manchada de productos químicos, dejando ver un curiosamente elegante traje de *tweed*.

—¿Qué ha pasado? —preguntó al llegar a su lado.

—Tresols le ha interrogado. Quería ponerse la medalla de su detención y descubrimiento. Se la quería jugar a Ossorio y probablemente a Díaz Guijarro. No les ha perdonado que lo sacaran de las calles.

Salió entonces sor Francisca de la habitación. Odriozóbal y ella se miraron de reojo. Se respetaban, pero no se comprendían. Religión y Medicina no se llevaban bien.

—El chico está bien —dijo sor Francisca—. Unas cuantas magulladuras y quemaduras. Lo peor es la sensación de haber sido victima de un abuso.

—Esto le va a traer problemas y los problemas se están acercando precisamente por ahí —dijo una voz que se iba acercando.

Francisco Muñoz caminaba por el pasillo. Sombrero ladeado, cigarrillo en boca, abrigo largo y estrecho, paso seguro. Se plantó delante de él y sin importarle ni sor Francisca ni Odriozóbal dijo:

—Ha cometido una infracción muy grave.

—Han torturado a un hombre.

—No me venga con mariconadas. Le pueden empapelar por esto.

Sor Francisca dijo con firmeza:

—Yo testificaré ante nuestro Señor que este hombre necesitaba ayuda médica urgente.

—Yo juraré como médico forense ante Darwin o Newton que si no lo hubiera sido atendido habría muerto en las dependencias policiales.

Muñoz puso cara de pocos amigos, estaba de mal humor; se notaba a través del abrigo que iba armado, su figura se veía imponente. Una enfermera, una chica joven y guapa, también voluntaria, pasó por su lado. Muñoz se quitó el sombrero en señal de respeto. La chica se ruborizó y bajó la mirada, y a punto estuvo de trastabillar y volcar la bandeja de instrumental. Muñoz se volvió sin disimulo para mirarla de arriba abajo, y cuando su figura desapareció entrecerró los ojos soñadoramente.

—Creo que voy a tener que ponerme enfermo.

Sor Francisca dijo:

—Es una chica de clase alta. Está aquí porque su padre quiere que aprenda un poco de humildad. Está fuera de su alcance. Y ya me encargaré yo de que siga así.

Requesens vio cómo Muñoz sonreía para sí mismo.

—Está bien. No me voy a enfrentar a la medicina y a la religión a la vez. Intentaré convencer a Díaz Guijarro de que el hombre estaba en tan mal estado que usted pensó que se iba a quedar allí y lo trajo aquí para evitar el escándalo.

—En realidad así es.

—Ahora, si me disculpa, he de volver para calmar un poco los ánimos.

Odriozóbal dijo:

—Sor Francisca, si piensa que le ha quitado la idea de entablar conversación con esa jovencita no ha hecho más que azuzarle.

—Ya lo sé. ¿Se cree que soy tonta? Lo he hecho precisamente para eso. Si ahora está entretenido mentalmente con ella, y recalco mentalmente, dejara de estarlo con este asunto.

—Por cierto, ¿cómo se llama esa chica? —preguntó Requesens.

—Isabel Fabra. Es la hija de Fernando Fabra i Puig.

—¿El marqués de Alella? ¿El del observatorio?

—Exactamente.

Al día siguiente tenía que levantarse temprano para interrogar a Lo Jaumet y también a Teresa Santpere. Pero decidió esperar a su mujer y volver los dos juntos a casa, aunque fueran las tantas de la madrugada.

CAPÍTULO 8

Cuando Requesens despertó al día siguiente supo que aquel no iba a ser un buen día. No había dormido bien. Ya de por sí dormía poco, apenas cinco o seis horas, pero normalmente eran de un sueño profundo y continuo. Aquella noche, sin embargo, había dormido a jirones sumido en una especie de duermevela molestamente lúcida en que las sensaciones de los últimos días se mezclaban con sus recuerdos de la guerra. Había tenido un sueño en el que la luz intensa del Caribe se diluía en sombras de aguafuerte mientras él permanecía tumbado en algún lugar entre la vegetación selvática y escuchaba el rumor de alimañas removiendo la tierra. De repente aparecía Victoria tal como iba vestida la noche que fue asesinada. Había en su rostro una extraña expresión de perplejidad y curiosidad, como si él mismo fuera una especie de animal con sus barbas hirsutas y los ojos hundidos en el rostro. Luego, como si fuera a confesarle, algo alargó la mano y sus labios empezaron a formar una palabra. Pero el sueño se desvaneció antes de que pudiera entenderlo, dejándole vacío, empapado en un sudor frío como de muerte.

Se levantó de la cama, intentando no despertar a su mujer y acusando el punzante contraste ente el calor del lecho y el ambiente helado de la casa, y se acercó a la habitación de su padre. Esta era pequeña, apenas un cuarto trastero, y daba a un patio interior. Se fijó en las mantas y vio con alivio que subían y bajaban acompasadas. A veces tenía miedo de no verle respirar y los segundos que mediaban entre respiraciones se le hacían eternos.

Todavía quedaban unas brasas con rescoldo de la noche en la cocina. Afuera, en el cielo, la oscuridad de la noche no parecía tener intención de desaparecer. Preparó el desayuno para él, su mujer y su padre.

Se quedó observando la cocina, viendo cómo se calentaban las brasas y el carbón, esperando que hirviera la leche. La madre de Requesens había muerto cuando él era un adolescente y se acordaba a menudo de ella cuando preparaba el desayuno. Le gustaba verla calentar la leche, cortar algo de queso, mirar los restos de la panera. Eran los buenos tiempos, antes de que ella enfermara, perdiese la razón y tuviera que ser ingresada en Nueva Belén llevándose por delante todos los ahorros familiares.

Todavía no se oían las voces de los vecinos, el llanto de los niños, el perezoso arrastrar de sillas o el entrechocar de pucheros, aquel el rumor doméstico que consideraba tranquilizador y que arrullaba sus pensamientos. Sentía cierta inquietud en algún lugar tras sus costillas. No era por los pensamientos sobre su madre, ni por el mal cuerpo que le habían dejado las torturas a Elías Bargalló. Era otra cosa, una aciaga premonición, el fehaciente conocimiento de que aquel día iba a ir mal.

Tomó un vaso de leche y dos rebanadas de pan con un poco de tocino que había sobrado del día anterior. Todavía quedaban un par de buñuelos que había traído su padre por la tarde y se comió uno de ellos, aunque estuviera blando y ya algo pastoso. Dejó el cazo con la leche entre las brasas. Su mujer se levantaría dentro de un rato.

Requesens vivía en la plaza del Peso de la Paja, una plaza limítrofe entre la ciudad vieja y el Ensanche, relativamente cercana al Liceo. Díaz Guijarro le había encargado la vigilancia de la fiesta por su afición a la música, porque vivía cerca y porque solo serían unas cuantas horas, pagadas en forma de extra. Realmente le apreciaba y quería que se ganara un poco mejor la vida. En junio cumpliría treinta y nueve. No tenía apenas bienes materiales, lo poco que tenía lo había vendido para intentar salvar a su hijo.

La sensación de dejar en casa a los dos seres a los que más amaba, y la pérdida de aquel otro, no ayudaba tampoco a comenzar bien el día. Antes de salir daba un beso en la cabeza a su hijo. Aquella suavidad, aquella ternura que ascendía hasta él cálida y redonda que le hacía creer que el mundo era un lugar hermoso en el que merecía la pena vivir se había esfumado. Una punzada de dolor le lanceó de nuevo.

Salió de casa y enfiló por Riera Alta y después por la calle del Carmen. Bandas de estorninos cruzaban un cielo despejado. Había ropa colgada en los tendederos de las ventanas y su rigidez parecía retener la frialdad de la noche. Aquí y allá se empezaban a ver trabajadores que echaban a andar camino de las fábricas del Poble Nou, arrastrando todavía la oscuridad de la noche en sus rostros. Requesens amaba la ciudad, a pesar de sus crímenes, sus contradicciones, la diferencia de clases, cierta sensación opresiva que a veces le embargaba. Aquellas calles de las cuales salía un tufo a escabeche de las tiendas, donde los niños jugaban a perseguir perros, donde mujeres desdentadas mendigaban con niños colgados de bolsas, donde las prostitutas dormían en los portales, el rumor a veces taimado y cruel, otras alegre y festivo de aquellas calles que eran las suyas, por donde él también había corrido, jugado y peleado siendo niño, por donde su padre, que no acababa de entenderle, le había despedido para irse al ejército. Amaba esa ciudad que a primera hora se despertaba como una vieja dama dormida en el banco de un parque, ajena a los peligros que la rodeaban. Y él deseaba protegerla, cuidarla, evitarle todo mal.

Había muy poca gente en las Ramblas, los tranvías acababan de empezar el servicio, apenas había carros de abastos descargando frente al mercado de la Boquería, los cafés estaban cerrados y al mirar su reloj constató que era todavía muy pronto. Sin embargo, frente al Liceo, el Café de la Ópera permanecía abierto porque no había cerrado en toda la noche y Requesens decidió esperar a que hubiera más movimiento.

A esa hora aún había un arrastrar de noctámbulos, de gente que se acostaba con el día, de trabajadores nocturnos, mezclada con gente del espectáculo y del mal vivir. Los músicos a veces se apalabraban en aquellos cafés: el de la Ópera, el Gambrinus, el Glacier y el Oriente, locales que eran un mercado laboral donde músicos, cantantes y bailarines buscaban la oportunidad de trabajar y ganarse la vida, y no necesariamente en la orquesta del Liceo, sino también en otros teatros como el Principal y el Borrás. Mientras se tomaba un café vio movimiento en la entrada del Liceo. Salió un hombre corpulento, de espalda fuerte y cara de pocos amigos, y Requesens reconoció a Felipe, el sereno. Le había ayudado el día del crimen. Tenía un rostro duro y era famélicamente leal a Carcasona, el cual apenas tenía que hacer una señal para que Felipe identificara sus deseos y los cumpliera. Requesens sabía que, por alguna norma extraña de la casa, una de tantas, los serenos, que eran tres, no tenían habitación en el Liceo, tal vez para evitar la tentación de acudir allí por la noche, aunque aquello fuera del todo imposible porque estaban obligados a dar vueltas constantemente, obligados a fichar en relojes marcados en varios lugares distantes entre sí del teatro, marcajes que eran revisados escrupulosamente por Carcasona durante la mañana siguiente. Felipe se encontró en la puerta con otro hombre que parecía su contario, un hombre pequeño y frágil, de cierta edad. Vio también aparecer a Xavier Soriano, el portero principal, que se pasaba horas y horas en el Liceo, y que también dormía allí, un hombre amable que, como él mismo, había servido en el ejército.

Pagó su café, cruzó las Ramblas y entró en el Liceo.

—Empieza usted pronto hoy —dijo afable el señor Soriano—. El señor Carcasona todavía no ha aparecido por aquí y a él le gusta madrugar.

El inspector Requesens se quitó el sombrero y el señor Soriano se ofreció a guardárselo.

—Acaba de entrar el señor Vilomara, el escenógrafo. Y hoy ha entrado a una hora razonable. Hay veces que puede entrar a las cinco de la mañana.

—Estaba tomando un café aquí delante y los he visto.

—Vigilando como un buen policía. Así que...

Pero no acabó la frase porque un murmullo ronco llegó hasta ellos, al principio apenas audible, aunque se fue incrementando a medida que alguien bajaba unas escaleras a trompicones. Requesens, de forma instintiva, sacó su revolver. Aquel murmullo procedía de unas escaleras secundarias.

—¿Adónde conducen esas escaleras? —preguntó.

—A los pisos superiores. Al taller de escenografía. Acaba de subir el señor Vilomara.

Requesens empezó a subirlas. A mitad de las escaleras se topó con el hombre pequeño y frágil que había visto entrar hacía unos minutos; unas cejas puntiagudas y un bigote largo de puntas crespas le conferían un aire de sabio atribulado.

—Dios mío... en el taller —dijo con voz incrédula.

El hombre se quedó ante Requesens sin saber qué hacer. En sus ojos brillaba el horror. En ese momento llegó Xavier Soriano, que decidió seguir a Requesens a costa de dejar la entrada.

—¿Qué ha pasado? —preguntó Soriano.

—En el taller —repitió el hombrecillo.

—El taller de escenografía —comprendió el portero—. Arriba del todo.

El taller de escenografía era un enorme espacio diáfano que ocupaba todo el techo de platea. Las puertas eran de considerables proporciones para que pudieran entrar y salir las grandes piezas desmontadas que formarían parte del escenario. Y una de las puertas estaba en aquel momento abierta. Ignasi Requesens no se la quiso jugar, mandó esperar afuera a Soriano y antes de entrar miró hacia adentro empuñando el arma. Apenas fue un instante el que necesitó para comprender dolorosamente el motivo del horror de Vilomara.

Requesens bajó el arma.

El cuerpo de Albert Bernis colgaba ahorcado de una cuerda gruesa de las que se utilizaban en el teatro para subir y bajar las escenografías y diferentes aparejos. La cabeza colgaba inerte a un lado. El nudo se había desplazado. Tenía la piel del rostro pálida y la boca ligeramente entreabierta

La luz era muy necesaria para trabajar en el taller y una gran claraboya en el tejado dejaba pasar la luz del día recién amanecido. Había un entramado de gruesas vigas metálicas que servían de guías y de las cuales colgaban multitud de pinturas correspondientes a diversas escenografías en proyecto: caballos desbocados, tórridos paisajes, árboles en plena tormenta. Y por doquier, apoyados y colgados sobre las paredes, había numerosos escobones, brochas, escaleras, pinturas y aparejos de diferentes tamaños y grosores. Un olor a pintura y disolvente que a Requesens no le resultaba desagradable se hacía presente desde un primer momento.

—Requesens... ¿está usted bien?

—Sí, entre.

Xavier Soriano no pudo contener las lágrimas. El dolor y la incredulidad se alternaban en su rostro. Al poco se les unió el otro hombre, que apareció ratonilmente con pasos lentos, azuzado por el miedo a quedarse solo y buscando refugio frente a un teatrillo que había a un lado, un pequeño teatro hecho a escala del Liceo.

—No deje que suba nadie aquí arriba a excepción de Carcasona —dijo Requesens al portero—. Llame a Jefatura, que den aviso a los agentes Fernández, Rosales y Cristóbal y que den aviso al juez de guardia. Que vengan con alguien del gabinete antropométrico y el forense.

El otro hombre se le quedó mirando como si también esperara órdenes.

—¿Cómo se llama usted? —preguntó Requesens con tono tranquilizador.

—Maurici Vilomara i Virgili. Soy el escenógrafo. He venido pronto porque tenía que acabar la pintura.

A un lado había volcada una escalera manchada de pintura. Sin duda había sido utilizada por Bernis para subirse y ahorcarse. Requesens la acercó al cadáver con sumo cuidado, subió por ella y tocó la mano de Albert. Estaba fría y los dedos rígidos. Hacía varias horas que estaba muerto.

Requesens vio que de uno de los bolsillos sobresalía un sobre y que era evidente que había sido dejado así para que lo encontrasen. Tuvo ganas de abrirlo y leer lo que suponía era la nota de suicidio, pero sabía que no era correcto, que correspondía al juez de guardia hacerlo.

Vilomara se quedó mirando el teatrillo como si en él tuviera la solución a todos los problemas, moviendo las figuritas de cartón de un lado a otro como si fuera una representación, y sus manos el destino.

—Parece que Dios juega con nosotros como las figuras de este teatrillo. Aquí tiene usted la boca del escenario, que parece de juguete; aquí estos bastidores, bambalinas, rompimientos, practicables, envarillados, apliques, varales, panoramas... todo a escala exacta... Hasta los personajes, recortados en cartulina: este es Tristán... y... y...

Y de repente Maurici se echó a llorar desconsoladamente, como lo haría un niño en la oscuridad de la noche.

—Dios mío, ¿qué está pasando? Era uno de los mejores hombres que conocía...

El agente Fernández, Cristóbal y Francisco Carcasona llegaron al mismo tiempo. Los tres se quedaron mirando el cadáver de Albert desde la puerta. Fernández, más resuelto, o tal vez más acostumbrado a la muerte, se acercó hasta Requesens. Carcasona se santiguó y acto seguido preguntó:

—¿Qué ha pasado?

—Parece un suicidio —contestó Requesens.

—¿Está usted seguro?

—Sí, creo que sí.

El juez Valentín Díaz de la Lastra y el médico forense Manuel Saforcada llegaron junto con el secretario judicial señor Aracil y dos agentes del juzgado. También llegó el fotógrafo. El doctor Manuel Saforcada era el médico forense del juzgado del Distrito Norte. Había ganado las oposiciones cuando aún no había cumplido los treinta y estaba considerado una eminencia. Era más joven que el propio Requesens. Daba clases de Medicina Legal en la Universidad, estaba interesado en la psiquiatría forense y publicaba artículos sobre la relación entre la enfermedad mental y el crimen. Requesens no lo conocía personalmente porque Saforcada se encargaba del distrito Norte, pero la mujer del inspector, Mariona, le había hablado maravillosamente bien de él y deseaba que ambos hombres se conocieran. El doctor Saforcada trabajaba en el Hospital Clínico, donde también daba clases.

—Doctor... señor juez...

—Inspector...

Díaz de la Lastra era juez del distrito de Atarazanas y el que estaba de guardia en ese momento. Era el juez de instrucción especial para la causa de los explosivos, terrorismo, así que lo más probable era que tan solo realizara el acta judicial del levantamiento del cadáver y se inhibiera en la investigación a favor del juez responsable del caso.

Los agentes fueron los encargados de romper el nudo de la cuerda y bajar el cadáver. Habían traído consigo una especie de camilla y Albert Bernis quedó extendido inerte sobre ella. El doctor Saforcada se acercó, observó el cadáver, palpó con cuidado la cabeza y se detuvo en el cuello.

—No hay signos de violencia. Ha muerto esta madrugada. El cadáver está frío y empieza a mostrar el primer rigor mortis.

—Hay una carta en uno de los bolsillos —dijo Requesens.

El juez se acercó y la sacó con sumo cuidado. Acto seguido, se cubrió pudorosamente el cadáver con una sábana. El juez abrió el sobre y leyó la carta en voz alta.

Perdonadme. La vida se me ha vuelto insufrible. Ni siquiera puedo escribir esto adecuadamente. Lo que yo creía una certeza solo eran fuegos fatuos. Si hay algo que no soporto es la crueldad. No culpo a Victoria, sino a mí mismo.

—¿Qué cree usted? —preguntó el juez al doctor.

—La nota parece auténtica. La letra es clara y no parece haber sido forzado a escribirla —dijo Saforcada.

El juez preguntó:

—¿Quién de aquí conoce la letra del señor Bernis?

Requesens dirigió una mirada a Carcasona, que parpadeó un poco y afirmó con la cabeza. Cuando leyó la nota le temblaban las manos.

—Sí, es la de él.

Alumnos y profesores del Conservatorio, músicos de la orquesta, tramoyistas, pintores, fregatrices, cantantes del coro, carpinteros, electricistas, pintores de brocha gorda, tapiceros, mozos que subían y bajaban, el ir y venir de un día normal en el Liceo se vio alterado por algo terrible sucedido en el taller de escenografía. Era difícil ocultar la naturaleza de lo ocurrido. En la calle había un furgón y más policías y se empezó a congregar gente en la entrada, al principio pocas personas, pero luego fueron multitud. Tuvo que establecerse un cordón policial, lo que atrajo todavía más a la prensa, y el tráfico se vio interrumpido. Los rumores se propagaron por cafés, tertulias, colmados y barberías, y fueron depositados en las puertas de cada casa. La calle de Sant Pau hervía en un tumulto de comerciantes, aficionados a la ópera y al teatro. El nombre de Albert Bernis se invocaba una y otra vez como un mantra que se extendió por doquier: Albert Bernis había asesinado a Victoria de Cardona, Albert Bernis se había suicidado.

No culpo a Victoria, sino a mí mismo.

La frase fue repetida una y otra vez a lo largo de esa mañana.

Se procedió al levantamiento del cadáver mientras los agentes Fernández y Rosales realizaban indagaciones sobre quién y a qué hora había entrado en el edificio y Cristóbal, que parecía tener más mano con la gente, consolaba a Maurici, el cual a todas luces estaba sufriendo un *shock* mientras Carcasona ponía orden en la casa.

Y entre aquel ir y venir, Requesens buscó un momento de reflexión. Era vagamente consciente de los rumores que se propagaban por la calle como se es consciente de que afuera llueve cuando se está en el interior de un hogar. Había algo que se le escapaba, algo que no sabía lo que era y que no podía dilucidar. Y decidió retirarse unos instantes. Sabía que le esperaba una gran cantidad de papeleo en Jefatura. Redactar el informe, aportar pruebas y atestados, poner negro sobre blanco lo que había pasado. Albert. Victoria. Como sus imperiales tocayos. Todo parecía encajar. Albert había tenido la oportunidad y el móvil. Una nota de despedida que sonaba a confesión. Sin embargo, algo disperso y trémulo aleteaba en el interior de Requesens.

Pensativo, bajó las escaleras esperando que ninguno de los agentes le interrumpiera y a la altura del tercer piso decidió salir al pasillo que rodeaba los palcos. Al poco notó que lo estaban siguiendo, pero por la suavidad de los pasos, su indecisión y su timidez comprendió que no corría peligro y decidió detenerse; quien caminaba detrás hizo lo mismo. Requesens volvió a caminar y los pasos le siguieron, se detuvo de nuevo y los pasos hicieron lo mismo, dudosos, cautos, como si esperaran que el policía se decidiera. Uno, dos, tres segundos más tarde Requesens se volvió con lentitud, con la mano en el revólver a pesar de todo, y vio que una de las costureras, la más joven, llamada Cristina, se hallaba a unos pasos de él, cerca de la pared, con la mirada baja y los hombros quietos.

—Hola, Cristina —dijo Requesens con amabilidad.

—No busque más —dijo ella con voz apagada—. He sido yo.

Requesens no acababa de entender a qué se refería. Pero prefirió quedarse en silencio con una expresión comprensiva esperando que aquella chica se explicara.

—Yo le he matado.

—El señor Bernis se ha suicidado.

La aflicción se abrió paso en el rostro de la chica como la sangre en un pañuelo. Tal vez fuera porque él le habló como un padre o porque sus maneras invitaban a la confianza, pero ella se derrumbó mental y físicamente. Entonces Requesens se acercó, se agachó a su lado, la sujetó con amabilidad de los codos y la ayudó a levantarse con la vaga sensación flotando en algún lugar de su mente de que no estaba bien que les encontraran a solas.

Los palcos del tercer piso no tenían antepalcos y abrió una puerta y salieron a uno de ellos. Con suavidad y calma obligó a Cristina a que se sentara en una de las butacas, con el teatro en todo su esplendor abriéndose ante ellos como una rosa madura a punto de estallar en oro y grana. Ella juntó las manos en su regazo como una chica buena y dulce, y Requesens se preguntó de qué pequeño pueblo del interior debía de proceder.

—No sé cómo lo supo, pero se enteró. Yo soy reservada, no hablo con las otras, cumplo con mi trabajo, aunque no me gusta la cháchara y que todas se metan en la vida de las demás.

—¿El señor Bernis se enteró de algo que tú no querías que se supiera?

Ella negó lentamente con la cabeza.

—La señora condesa. No me quedó más remedio que pedirle ayuda.

—¿Victoria? —repitió Requesens sorprendido

—Sí.

—Si se enteraban me echarían. Y a mí me gusta este trabajo. Quiero aprender. Se me ocurren bocetos, ¿sabe? Volver a trabajar en la fábrica de vidrio sería horrible. Empezaba a las tres de la madrugada, quince, dieciséis horas diarias, en las secciones de molde, tenía quemaduras por todo el cuerpo, cortes en las manos, siempre vendadas para soportar los moldes ardiendo, las alpargatas reventadas, trabajando agachada en el suelo, la fábrica llena de humo que nos roía las entrañas. No podía volver, no, no podía. Carcasona se había enterado de lo de Mateu, se lo habían chivado. ¿A quién podía pedir ayuda si no era a ella? Así que acepté. Ella sabía cómo enredarte, cómo hacer ver lo más cruel como lo más natural del mundo. No es nada malo, cariño. Verás, eso le dará una esperanza para vivir. Me traían y me llevaban en un carruaje precioso, negro, a un piso que ni siquiera sé dónde está.

—¿Quién es Mateu?

—Era un mozo, trabajaba aquí. Nadie sabe que él y yo somos novios. Siempre lo tuvimos que llevar en secreto porque Carcasona no consiente que tengamos relaciones con nuestros compañeros de trabajo, algo que es casi imposible, pues si no vamos a ninguna parte y nos pasamos el día aquí es normal que te enamores de alguien de aquí, es normal, normal. Le denunciaron por haber ido al Ateneo Enciclopédico. Quería ser maestro y mejorar. Carcasona le acusó de ser un anarquista y no hay nada más terrible aquí que te acusen de serlo. Le interrogaron y le torturaron y dijo que sí a todo. Fue a parar a una cárcel, pero él no es muy fuerte, y allí pasan cosas horribles, ya sabe, pero él no era culpable de nada, él es bueno, aunque tonto, rematadamente tonto, y confió en alguien, y ese alguien se lo dijo a Carcasona. Pero él nunca cometería un atentado, nunca, no dejaría ninguna bomba en el portal de una calle, ni en el mercado de la Boquería, ¿por qué?, ¿para qué hacerlo si el resultado sería que nos mataríamos entre nosotros, los pobres? Si se enteraran aquí de que yo era su novia me echarían sin duda a la calle. El señor Carcasona es muy rígido, para él lo primero es el Liceo, la Casa. Si hay algo que odie es el anarquismo, él lo quiere tener todo en orden y complacer a la propiedad.

—Pero ¿qué tiene todo esto que ver con Victoria?

—Yo le pedí ayuda, ella tiene amistades y arregló lo de Mateu. Le pusieron en la Modelo en una celda aparte y dejaron de molestarle, y me prometió que saldría pronto pero que yo tendría que ayudarla a ella y que las dos saldríamos bien paradas. En realidad, me puse en manos de ella, tonta de mí. Victoria me tenía atrapada. Sabía que no podía hablar. Me iría a la calle.

—¿Y qué es lo que te pidió Victoria a cambio?

—Tenía que fingir que era una médium. Me ponían un velo negro encima. Un velo grande y largo, negro muy bonito, de una seda muy fina.

—¿Médium? ¿Para qué?

—Porque yo conocía al señor Bernis. Él pasaba muchas horas aquí. Y si le veía triste se lo decía, si aquel día llevaba un hibisco en el ojal o si había tropezado subiendo las escaleras, se lo decía en las sesiones. La mujer de Albert murió hace tres años. Él estaba muy enamorado de ella. Lo que no sabía él era que ella había escrito una serie de diarios en los que explicaba todo lo que pensaba, todo cuanto sentía, los pensamientos que tenía cuando estaba muy enferma, lo mucho que le amaba y lo muy feliz que le había hecho... recordaba anécdotas, viajes, cuando estuvieron viviendo en Nueva York... Lo escribió como homenaje a él, dirigido a él, para que no se sintiera tan solo cuando ella muriese. Cuando ya estaba muy enferma le dijo a una de las criadas de confianza dónde lo guardaba. Pero aquella criada le debía un favor muy grande a Victoria y se lo dio a ella. Porque, ¿sabe qué?, Victoria sabía todo lo que pasaba en esta ciudad. Tenía un ojo avizor para detectar las necesidades de la gente, para ayudarles, para que las chicas descarriadas le estuvieran agradecidas, ella se hacía cargo de todo, no te preocupes, reina, yo sé de un sitio seguro y limpio, y lo que te preocupa dejará de ser un problema. Ella y un hombre muy guapo, aunque cruel y perverso... No sé su nombre, solo sé que cuando te sonreía parecía que le debieras algo. Él se encargaba de todo. Me ponían unos guantes negros para que no se me vieran las marcas de la fábrica. Madama Olenska, un nombre precioso. Me aprendí de memoria los diarios. Eran tan íntimos y decían cosas tan bonitas. Y empecé a conocer a Albert a través de los ojos de su mujer. Y a veces cuando... cuando... hacíamos ese papel... me gustaba reconfortarle, hacerle creer que sí, que ella estaba con él... Lo único que hacía seguir viviendo al señor Bernis eran las sesiones con madama Olenska. Y cuando ya no podía vivir sin ellas, Victoria empezó a restringírselas. Decía que la médium estaba agotada. Yo comprendía su desespero y el porqué parecía a veces ausente. Albert hacía cualquier cosa por una sesión, tal era su amor por su mujer. A cambio de las sesiones conmigo Victoria decidía qué ópera se iba a cantar y quién y cómo. Lo curioso es que ella no era mala directora artística. La verdad es que el señor Bernis odiaba a Wagner y consideraba su música petulante. Sin embargo, Victoria está obsesionada con él... Como si hubiera algo en su música, como si la voz de Teresa fuera lo único que pudiera calmarla... Victoria tenía algo salvaje en su interior y Teresa era la única que podía aplacarla.

—¿Cómo era el diario?

—Era un cuaderno grande de tapas verdes.

Requesens se levantó y sujetó a Cristina por el brazo.

—Acompáñame.

Ella lo malentendió.

—No, por favor... no puedo perder este empleo. Estaría en la calle. En ningún lugar me querrían. Solo podría dedicarme a una cosa.

—¡Levántate! No diremos nada. Pero me has de ayudar a localizar el diario. El despacho del señor Bernis. Guíame. Yo daría una vuelta enorme para llegar hasta allí

Salieron del palco. Requesens la sujetaba por un brazo. Era consciente de que una oleada de cólera se había levantado desde las zonas más profundas de su ser y que tenía que ser capaz de mantenerla bajo control, aunque le costara un esfuerzo considerable.

—Si nos encontramos con alguien le diremos que me estás ayudando, que yo me desoriento. No hace falta que disimules la congoja. Estás conmocionada por su muerte. Todo el mundo lo está.

Nada más decirlo se encontraron con una mujer mayor pero que se movía de una manera ágil y erguida, cara arrugada y moño tirante, una rebeca de lana, unos pies bellamente arqueados. Subía por las escaleras hacia los pisos más altos. Las dos mujeres dieron un respingo al encontrarse y ambas intentaron recomponerse de inmediato.

—Señorita Pauleta...

—Hola, pequeña. ¡Qué terrible desgracia ha ocurrido!

—Sí, sí... Estoy acompañando al inspector... Señor inspector a...

—Sí, claro, claro. Yo voy un momento arriba, a la escuela de danza, a ver si está todo en orden...

—Claro, claro.

Ambas mujeres sonrieron de la misma manera, fugaces, mortificadas.

•◆•◆•

Pauleta había creído que sería mejor evitar subir por las escaleras secundarias que llegaban a los pisos más altos, las mismas que llegaban hasta el taller de escenografía, y que partían del vestíbulo, porque había varios policías y Carcasona y los porteros o el dichoso Lo

Jaumet, que decía estar enamorado de ella, podían preguntarse qué hacía ella allí. Así que decidió cruzar el corredor de platea y dirigirse a las escaleras de jardín cuando se encontró con el inspector de rostro serio y aquella chica menuda que no sabía cómo se llamaba, y fue un alivio cuando comprobó que tomaban direcciones opuestas y los vio alejarse, aunque al girarse su mirada se topó con la del inspector, que había hecho lo mismo, y su mirada parecía comprender, como si por un momento hubiera sabido, pero era imposible, se dijo a sí misma, estaba segura de que nadie podía sospechar de ella. Llegó hasta un largo pasillo, una puerta, un extraño distribuidor octogonal, otro pasillo y alcanzó el cuarto donde se almacenaba la vieja lámpara central. Una vez allí la rodeó por completo y en el otro extremo abrió una portezuela, unas escaleritas y llegó a una azotea, al otro lado otra puerta, un pasillo olvidado y alcanzó su cuarto secreto.

Allí estaba Yusep, durmiendo, ajeno a todo, hecho un ovillo. El muchacho pareció intuirla y se desperezó. Ligeramente avergonzada, Pauleta se dio cuenta de la virilidad enhiesta del muchacho a través de la tela de unos calzones estilo Luis XVI que ella le había traído y que habían sido utilizados en una ópera de la cual ya nadie se acordaba. Ella sonrió para sus adentros. De pronto fue dolorosamente consciente de que hacía mucho tiempo que no había abrazado un cuerpo con pasión. ¿Cuándo fue? El siglo pasado... ¿Con quién fue? No pudo recordarlo... Ya nada tenía importancia. Ya había vivido todo cuanto tenía que vivir. Y sin embargo...

Yusep acabó de despertarse y al verla a su lado sonrió y se le abrazó cariñosamente. Ella se ruborizó a pesar de sus arrugas y se dijo a sí misma que ya estaba muy mayor para una última pasión.

De entre sus ropas de vieja matrona sacó unos buñuelos recién hechos, calientes.

—¿Tienes comida todavía?

—Medio queso y un jamón.

Ella echó a reír.

—¿De qué se ríe? —preguntó él mientras mordisqueaba uno de los buñuelos.

—Me estaba acordando de la excusa tonta que he tenido que dar cuando el portero me ha visto subir con el jamón.

Acabó de reír y se lo quedó mirando.

—No salgas hoy de aquí —le susurró.

Los ojos medio adormecidos de él parpadearon de pronto, en alerta.

—¿Por qué?

—Ha pasado algo terrible. Hay policías en la casa.

El asesinato de Victoria era ya una nebulosa en su mente. Yusep estaba allí con ella y aquello era lo que más le importaba. Solo quería protegerlo, lo sentía tan frágil como ella misma. Daban igual los motivos que lo habían llevado hasta allí. No quería seguir viviendo en medio de esa soledad que le helaba el alma.

Yusep se agarrotó.

—El señor Bernis, el empresario, se ha suicidado.

—¿Por qué? —preguntó con inocencia y horror.

—¿Le llegaste a conocer?

Él asintió con la cabeza.

Si el crimen quedaba aclarado con la muerte de Bernis, como así se rumoreaba en la calle... Si Yusep no había tenido nada que ver... Si no tenía nada que temer... entonces, él se marcharía, y ella volvería a estar sola y sería una vez más una vieja solterona, una profesora a la cual las alumnas admiraban, pero por la que a la vez sentían compasión.

—Quédate aquí quietecito. No te asomes a la terraza.

Y entonces, diciendo lo que ella creía que era una mentira, dijo una verdad:

—No se había recuperado de la muerte de su mujer. La echaba mucho de menos. Fue un duro golpe para él.

•◆•◆•

Requesens rezó para que nadie hubiera decidido todavía entrar en el despacho. Nadie parecía haber entrado desde el suicidio de Albert Bernis, aunque tardarían poco en aparecer Fernández, Rosales o tal vez Cristóbal. La mirada de Requesens recayó en una fotografía de Bernis y su mujer juntos que no estaba el día que se entrevistó con él. La fotografía tenía tonos sepia y era un poco almibarada, como si hubiera sido tomada en una feria. Inmediatamente después vio el libro abierto en la última página. El papel en el que había estado envuelto estaba a un lado. Y Requesens reconoció aquel papel. Rodeó el escritorio y tocó el libro con reverencia. Un cuaderno verde, largo y grueso, semejante a un libro de cuentas, con delicadas guardas plateadas. Parecía expuesto, como si le estuviera esperando, aquí estoy, mírame, soy el culpable y tú eres el cómplice.

—¿Es este el diario?

Ella dijo que sí con la cabeza y acto seguido se volvió. Por los movimientos de su espalda supo que estaba llorando en silencio.

Requesens hojeó por encima el diario. Estaba escrito con una letra nerviosa pero bonita, a oleadas. Paseos, cuadros, reseñas de libros, los pequeños quehaceres de una vida placentera se fueron transformando en miedo y dolor, vómitos y enfermedad. No pudo dejar de leer la última frase del libro.

Siempre estaré junto a ti, aunque tú no me veas.

Requesens apartó la mirada.

Los sentimientos más íntimos de un matrimonio se verían expuestos, manoseados ante policía, juez, fiscal y abogados. Requesens comprendió la desesperación que había llevado a Bernis a suicidarse al descubrir que todo había sido una farsa. Debió de haber atado cabos. El libro había estado en poder de Victoria. Se imaginó lo que hubiera hecho él al comprobar que su intimidad con Mariona, el amor que se profesaban el uno al otro y la muerte de su hijo hubiesen sido manoseados por ojos que solo buscaban el beneficio que pudieran obtener de ello. Albert Bernis no había matado a Victoria, pues matarla implicaba dejar de estar en contacto con su mujer. Su aspecto atribulado de los últimos días era sin duda porque ahora que ella estaba muerta se había cortado su conexión con madama Olenska y con ello sus sesiones de espiritismo.

Requesens cerró el libro.

Juez, abogados, fiscales, leyendo, usmeando, buscando, escarbando, hurgando...

Requesens se guardó el libro.

—No vas a decir nada. No vas a decir que me he guardado el libro. No vas a decir que tú mataste a Bernis.

—Pero como voy a vivir con esto.

Estaba desesperada. Él la sujetó por los brazos.

—¡Escúchame! ¡No vas a hacer ninguna tontería! ¿Me has comprendido? Ya ha habido bastante sufrimiento. No te arrojarás a las vías del tranvía. No dejarás de trabajar aquí y te prostituirás en la calle. Tu castigo será venir aquí todos los días, sabiendo lo que hiciste, llevando esa carga contigo, intentarás ser la mejor persona que puedas, la mejor sastra que puedas. Pegarse un tiro es la salida fácil. Cargar con las culpas es lo difícil. Y ese será tu castigo.

—Habla como si le hubiera pasado a usted —dijo Cristina con voz trémula.

Requesens no contestó.

•◆•◆•

Aquella misma tarde, el jefe de la Policía, Díaz Guijarro, el inspector general del Cuerpo de Vigilancia de Barcelona, Francisco Muñoz, el secretario general señor de Juana y el mismo Requesens se reunieron en la Jefatura Superior de Policía. Ninguno de ellos, a excepción de Requesens, sabía de la existencia del diario.

—Albert Bernis no tenía coartada —dijo Díaz Guijarro—. Tenía un motivo de disputa con la señora condesa. Y su nota de suicidio es prácticamente una confesión.

Díaz Guijarro era entre todos los funcionarios el más ponderado y el de más amplia educación. La ausencia total de bravuconería y el hecho de que no perdiera la calma ni tratase a nadie groseramente le habían valido la fama de blando. Hasta el año anterior había sido fiscal de la Audiencia e intervenido en multitud de causas contra el terrorismo, y era considerado un prestigioso jurista. Había sido nombrado Jefe Superior de la Policía por el gobernador Ossorio en un intento de mejorar y modernizar la policía.

Por el contrario, De Juana impregnaba sus pensamientos y sus palabras con una amarga dosis de aceptación de la vida tal como era.

—Toda Barcelona asegura ya que él mató a Victoria y que por remordimiento se suicidó y dejó una nota que así lo confirmaba. Dactilografía nos ha dicho que solo había huellas de él en la nota. Estaba escrita de su puño y letra —dijo.

Requesens no los miraba. Estaba sentado frente al escritorio, frente a Díaz Guijarro, pero su mirada se movía distraída desde la calle al puerto, del trajinar de barcos y veleros, y de ahí al perfil de la montaña de Montjuic y su castillo, desde el cual había sido bombardeada varias veces la ciudad.

—Todo parece estar más claro que el agua. Los vieron discutir y en un arrebato de furor él la golpeó. Tenía un motivo, no tenía coartada, estaba en el momento y el escenario del crimen, y una carta. Tenemos que calmar los ánimos de la gente. El suicidio de Albert Bernis y su implicación en el asesinato harán que la ciudad vuelva a la calma y dejen de circular por ahí las ideas más descabelladas. No es bueno para el país. En cuanto al asunto del rubí de los Cardona, podemos deducir que siempre había estado en poder de Victoria y que ella había hecho parecer un robo que nunca fue denunciado para quedarse para siempre con él y alejar la posibilidad de que algún día formara parte del patrimonio nacional de Cataluña. Ella lo llevaba en el momento del crimen. Si llevaba la diadema de Catalina de Rusia cómo no iba a llevar sus propias joyas. Así acabaremos con todos los rumores y desavenencias.

Aunque parecía que De Juana hablara para el señor Díaz Guijarro lo que intentaba con su conversación era persuadir a Requesens. Sospechaba que no estaba de acuerdo con sus conclusiones.

—Está más claro que el agua —añadió De Juana—. Así mismo se lo tenemos que comunicar al juez instructor.

Requesens no podía decir que contaba en su poder con el diario de la mujer de Bernis. No podía decir que su intuición le decía que Bernis era incapaz de asesinar a nadie, porque como había dicho una vez Díaz Guijarro no se podía ir ante el juez con intuiciones sino con pruebas. Quería contar con un poco más de tiempo. Sentía que rozaba algo, tenía la sensación de haber introducido las manos en una caja mientras tenía los ojos vendados. Debía convencer a Díaz Guijarro, pero tenía que ser cauto.

—Señor Díaz, me gustaría pedirles unos cuantos días más para acabar de investigar el caso.

—¿A cuenta de qué? —preguntó De Juana—. Si se cierra la investigación se cierra para siempre.

—A cuenta de la verdad. No sabemos si lo hizo solo o alguien le ayudó. La opinión pública quedará contenta si así lo desean, pero creo que no deberíamos dar el caso por cerrado del todo. Tenemos que presentar un informe policial perfecto. La prensa lo va a leer detenidamente. De Juana le miró con suspicacia. Redactar el informe era lo que todos los policías detestaban.

Muñoz Rodríguez se lo quedó mirando. Era intuitivo y muy inteligente, y se estaba dando cuenta de que había algo que Requesens deseaba averiguar. Pertenecía a una familia numerosa y se había tenido que poner a trabajar desde niño, primero en el mercado de abastos y luego de estibador en el puerto, antes de entrar en la policía. Era muy fuerte físicamente, pero admiraba a las personas inteligentes y con estudios. Había aprendido a leer y a escribir hacía relativamente poco y le gustaba escuchar hablar a Requesens sobre modernos métodos de investigación.

Al final Díaz Guijarro dijo:

—De acuerdo. Pero sea discreto. Y si le preguntan afirmará que está recabando ciertas pruebas que necesita el juzgado, y que quien sin duda cometió el crimen fue Albert Bernis. Y quiero que me mantenga informado. Y otra cosa. Solo dispondrá de una semana más, y sea lo que sea lo que descubra me informará a mí directamente. Si hay alguna otra persona implicada quiero ser informado. No pienso tenerle por la ciudad dando vueltas mientras aquí estamos hasta arriba de trabajo.

Requesens salió del despacho de Díaz Guijarro y se dirigió al suyo. Sentía un gran malestar por la forma en la que se estaba resolviendo el caso. Estaba mintiendo y ocultando información, y no veía forma humana de salvaguardar la intimidad de la mujer de Albert Bernis. Pensaba en todo ello cuando vio de repente a Cristóbal torpemente plantado delante de él, buscando las palabras adecuadas con las que intentar reconfortarle.

—Sé que Albert Bernis le caía bien.

—Lo que yo crea o deje de creer no es importante.

—Yo creo que sí lo es.

Requesens sonrió ante la amabilidad de Cristóbal.

—He de hacer algo que he descuidado estos días. ¿Te gustaría acompañarme? Iremos a caballo.

Salieron de Jefatura, cruzaron la plaza de Antonio López y caminaron por la calle Ancha hacia la Ramblas. La calle Ancha era la calle de atrás del paseo de Colón, y había numerosas oficinas relacionadas con la actividad portuaria, sedes de compañías navieras, agencias de aduanas y aseguradoras de transporte que no eran lo suficientemente importantes como para poder ocupar un lugar en el paseo de Colón. Allí se conseguían billetes de barcos bajo mano, se anunciaban dudosos negocios que prometían generar grandes beneficios en poco tiempo y había un ir y venir constante de gente. Era una calle muy transitada.

Al pasar por la plaza del Duque de Medinaceli y llegar al Dormitorio de San Francisco, Requesens se santiguó como había visto hacer a su padre muchas veces al pasar por allí. Al ver que Cristóbal se le quedaba mirando disimuladamente, pues allí no había signo de haber ninguna iglesia, Requesens dijo:

—Aquí estaba el convento de San Francisco, donde recibieron sepultura varios miembros de la familia real aragonesa. Mi padre es muy supersticioso y siempre que pasábamos por aquí camino de casa de mi abuela nos hacía santiguarnos por estar caminando sobre un cementerio real donde todavía siguen las sepulturas. Cuando el convento fue demolido los restos reales se trasladaron a la Catedral de Barcelona. Mi abuelo trajo a mi padre a ver cómo realizaban el traslado. Le gustaba la historia. Y vio que no trasladaron todos los cuerpos. Dejaron aquí los restos de ciertos infantes, hijos segundones del rey, los nietos de varios condes. No debían de tener suficiente sitio en la catedral. Dejaron aquí exprofeso al infante Jaime de Aragón, un infante maldito. Fue una pena que derribaran aquel convento y que sobre estos terrenos se hayan levantado estos tristes edificios. A veces esta ciudad parece devorarse a sí misma.

—Jaime de Aragón no era un infante, era hijo primogénito de Jaime II y heredero de la corona. Renunció al trono porque su estilo de vida... su personalidad, dicen que era muy compleja.

Requesens miró a Cristóbal. Se había puesto colorado como un tomate. Seguramente pensaba que había sonado pedante. Requesens sonrió. Estaba gratamente sorprendido. Era muy inteligente, y pensó que aquel país tenía cierto futuro y podría ser un país mejor y más civilizado si al menos uno o dos policías de cada promoción fueran como él.

Llegaron a las caballerizas de la Unidad de Caballería. Estaban situadas en la parte de atrás del edificio que había albergado el Círculo Ecuestre, en la Rambla de Santa Mónica, en el antiguo picadero que daba al Dormitorio de San Francisco, y que también albergaba la Escuela de Policía.

Julián era el encargado de cuidar de los animales y de que todo estuviera a punto en caso de una intervención rápida, que era un circunloquio para decir que estaban preparados para sofocar disturbios, protestas y huelgas, tal como había plasmado Ramón Casas en su famoso cuadro *La carga*.

Cuando Requesens y Cristóbal llegaron allí, Julián estaba sentado en un poyo, mascando tabaco y arreglando unas bridas.

—¿Qué tal está, Requesens? —preguntó sin dejar de lustrar las bridas.

—Te quería pedir un par de caballos.

Julián sentía un sincero aprecio por Requesens, como por todo aquel que hubiera servido en el ejército. A pesar de sus manías, era muy apreciado por el jefe de la Unidad de Caballería porque los caballos permanecían tranquilos junto a él. Julián los conocía, les comprendía, estaba más a gusto entre ellos que junto a las personas. Los animales habían sido entrenados para soportar ruidos, multitudes, explosiones. Era un mundo que se estaba empezando a perder, algo de lo que sus protagonistas no eran todavía conscientes. Los automóviles se estaban abriendo paso cada vez en mayor número ante gente como por ejemplo Cristóbal, al cual le molestaba el olor a cieno de las cuadras o andar pisando bostas, y que consideraba el olor de la gasolina como un símbolo de la modernidad.

Subieron a los caballos. A un lado estaba la Escuela de Policía. Habían aprovechado ciertas instalaciones del Círculo Ecuestre, el gimnasio y un par de pabellones. Se encontraron con varios alumnos que fumaban distraídamente, un tanto alejados de la puerta, y al verles se saludaron tocándose el sombrero. Requesens se dio cuenta de que Cristóbal se mostraba orgulloso de pasar por allí delante acompañándole. Todo el mundo estaba al tanto de los últimos acontecimientos y sabían que estaba a cargo de la investigación.

—Así que aquí está la Escuela —dijo Requesens sonriendo.

La Escuela había sido inaugurada por Ossorio hacía tan solo un año y tenía que formar a los futuros policías de una manera profesional y moderna.

—¿Y qué tal es la escuela?

—Bien, tenemos hasta un gabinete antropológico propio. Pero a decir verdad me gustaría que nos enseñaran más ciencias forenses en vez de tanta esgrima. No tiene sentido. ¿Con quién nos vamos a pelear con florete? Hay que adaptarse a los nuevos tiempos.

Requesens sonrió con tristeza. Rodearon la escultura de Colón, los tranvías tenían que girar aquí y las ruedas chirriaban. Pasaron por delante del embarcadero de viajeros, que a esas horas estaba lleno de gente porque un barco acababa de atracar. La gente iba y venía en un zigzag de baúles, sombreros y familiares. El edificio hacía dos años que había sido construido. Era de estilo romántico victoriano, con cuatro torres, una en cada vértice, con el mar prácticamente lamiendo sus pies. En la planta baja había una estación de telégrafos y otra de correos, y uno de los restaurantes que tenía más fama en la ciudad: el Mundial Palace. A un lado de los grandes barcos se hallaban las Golondrinas, unos barcos de paseo inaugurados para la Exposición de 1888, que permanecían indolentes en aquella tarde de invierno, y más allá, ominosos, los barcos de guerra y de transporte de tropas.

Pasaron por delante del colosal edificio de la Aduana. De una manera instintiva, Requesens miró arriba. Allí, vigilantes en cada esquina, había unas esculturas de unos leones alados de Eusebi Arnau. Eran las mismas esculturas que coronaban el palacio de los Cardona.

Siguieron avanzando y enfilaron hacia Montjuic. A un lado empezaba la avenida del Paralelo y al otro el muelle del Carbón, la zona portuaria donde se descargaba el carbón que traían los barcos. Y en medio de ellos la parte más ruda y brutal de la ciudad, una zona de frontera entre la ciudad, la montaña y el mar. El aire estaba cargado del polvo del carbón y filtraba la luz de tal forma que parecía que aquella zona del puerto estuviera sumida en un crepúsculo perpetuo. Allí se encontraba la central eléctrica que alimentaba los tranvías, construida al lado de las atarazanas. Su chimenea era alta, enorme, implacable. Y detrás de la central, una hondonada, la Tierra Negra, donde se acumulaba más carbón, separado por vallas de madera. Cuando empezaba a caer la noche ciertas siluetas de mujeres se paseaban en la oscuridad piadosa, canturreando en voz baja. El sitio era lóbrego y solitario: grupos de hombres de los talleres y fábricas se paraban delante de una de esas vallas en las que habían realizado agujeros y por un precio módico aquellas mujeres realizaban felaciones y masturbaban. Nadie miraba al otro lado. Si lo hubieran hecho tal vez no les habría gustado ver a las pajilleras, viejas artistas de cafés-concierto que ya no conseguían trabajo, feas y ajadas, enfermas y desdentadas. Lo que poca gente sabía era que a veces hombres de buena posición social sobornaban a las pajilleras para ocupar su lugar y poder recibir en sus bocas el sexo de aprendices de carpintería o estibadores del puerto.

Rodearon el Pabellón de Higiene, que se hallaba en plena efervescencia, un lugar donde se hallaban los lavamanos de los estibadores y los urinarios, llenos de hombres con cigarrillos en los labios, que echaban turbias miradas hacia las vallas del carbón, esperando tal vez que cayera definitivamente la luz.

Movimientos de grúas, poleas, mozos de cuerda que gritaban, tartanas que se iban y otras que llegaban, caballos exhaustos. Pasaron al lado de los barcos carboneros que no podían atracar directamente en el puerto, donde había un trasegar constante de barcazas sobre las que muchachos harapientos, apenas unos niños, en equilibrio sobre el carbón, se ayudaban de cables y cuerdas hasta alcanzar el muelle, donde les esperaban carromatos o anónimos vagones de color óxido que intercambiaban mercancías en la estación de carga del ferrocarril.

—¿Adónde vamos? —preguntó Cristóbal.

—A ver a un amigo. Debo hacer algo que prometí.

Dejaron atrás el puerto y empezaron a enfilar por la montaña. El campamento de gitanos se extendía por una de las laderas que se ofrecía al mar. Las barracas eran de muros blancos y tenían una dignidad que a Requesens le recordaba la de ciertos pueblos de Marruecos. Este sabía que les habían visto desde hacía rato porque subían desde el mar y la posición del campamento era inmejorable para observar los movimientos del puerto. Si un barco naufragaba, sus pertenencias, por ley, eran de quienes las encontraban. Algunos explicaban maledicencias de que los gitanos encendían hogueras por la noche para confundir a los barcos, pero eso era del todo imposible. Llegaron a la entrada del campamento, donde les estaba esperando un vigilante.

—Haz lo que yo te diga —le dijo Requesens a Cristóbal.

Descabalgaron y Requesens se abrió la americana en gesto de buena voluntad. Naturalmente iba armado, y era una muestra de cortesía obligada enseñar las armas que uno portaba encima. Las puertas del campamento se abrieron. Unos chicos se encargaron de los caballos. No era de extrañar ver teces morenas coronadas por cabellos rubios y ojos claros. Cristóbal no las tenía todas consigo y les siguió con la mirada, como si de un momento a otro fueran a despojarles de las monturas y a arrancarles las herraduras. Olía a café, a carne a la brasa, a leña y a algo parecido a la vainilla, pero Requesens no supo identificar el origen. Les recibió uno de los hijos del hombre a quien habían venido a ver. Era un chico joven.

—¿Por dónde anda el jefe? —preguntó Requesens con cordialidad.

—Pues por dónde quiere que ande. Está con las palomas. Acompáñeme.

Atravesaron las barracas y llegaron a una zona más alta y rocosa de la montaña donde la vegetación que crecía entre las piedras no hubiera desentonado en algún país del norte de África. Un hombre de mediana edad sonrió con amabilidad a Requesens al verle llegar y reconocerle. Tenía el cabello de un color rubio gastado, peinado en una intrincada trenza. Una barba que recordaba a los rabinos le daba un aire curiosamente intelectual. Se llamaba «Caramillo» y era un experto en colombofilia. Estaba de pie frente a un gran palomar que ocupaba diferentes niveles del terreno, aprovechando la pendiente de la ladera de la montaña. Varias palomas se hallaban libres y agitaban sus alas de colores alrededor de Caramillo. Él las acariciaba con movimientos suaves. Sus aleteos tenían un efecto caleidoscópico del cual costaba apartar la mirada. Requesens y Caramillo se saludaron de una forma respetuosa, conocedores de que, aunque se llevaran bien, las distancias sociales entre ellos dos serían siempre insalvables en una sociedad que no entendería que un gitano y un policía pudieran ser amigos.

—Hombre, Requesens. ¿Qué hace usted por aquí? Espero que mis chicos no hayan hecho nada malo.

—Si lo hubieran hecho usted lo sabría antes que yo y no haría falta que me lo preguntara.

—¡Cómo lo sabe! —dijo riendo.

Caramillo abrió una de las jaulas y las palomas regresaron mansamente al palomar.

—Necesito su ayuda.

—Así me gusta, que vaya directo al grano y no se ande con rodeos. ¿Y este chico?

—Es Cristóbal, un agente recién salido de la Escuela.

—Encantado, chaval. Pues aquí me tiene, inspector, liado como siempre con mis amigas.

Cristóbal, mirando la jaula, preguntó:

—¿Por que no se marchan las palomas? Quiero decir que por qué no salen volando y se van.

Caramillo sonrió con condescendencia.

—¿Por qué no se va usted a dar vueltas por el mundo? ¿Por qué no lo hace? Seguramente porque usted también tiene su palomar, un nido al que volver todas las noches. Yo me gano la confianza de las palomas. Me siento cerca del comedor mientras comen el pienso. Les hablo, les canturreo y ellas me conocen, saben que no les haré daño y que siempre tendrán grano con el que llenarse el buche. El nido, la colonia, estar rodeado de los semejantes tira mucho, saber que tienes comida y refugio. En el fondo son como todos nosotros. Todo el mundo tiene un palomar, y alguien que te vigila y te da de comer. El señor Güell, por ejemplo, lo sabe perfectamente. Se ha construido su propio palomar: la Colonia Güell. Yo tengo palomas. Él tiene gente. Les da trabajo, un hogar, un nido, se gana su confianza, lo ven como un protector. Y no se marchan, no se van a dar vueltas por el mundo, aunque sean libres.

Se quedó callado un momento, acarició una paloma entre las manos y añadió:

—No debería hablar de estas cosas con un policía, aunque sea usted, Requesens, no quiero que me tomen por un anarquista. Los gitanos no lo somos, no hay nada más importante para nosotros que la familia, y no nos gusta nada el desorden. A pesar de que usted vea todos estos cacharros por aquí sueltos, yo sé perfectamente quién ha traído qué y dónde está. Pero al menos a mis palomas las dejo volar y pueden ver el mundo desde arriba.

—Hay quien dice que somos animales migratorios y que estamos condenados a explorar —dijo Requesens sonriendo.

—Bueno, bueno, bueno, así que se ha levantado usted con ganas de porfiarme. Y nada más y nada menos que con la promesa de un edén perdido, de un reino justo y apacible, al otro lado del jardín, de la calle, del río, de la montaña, vaya usted a saber dónde... Sí, sí, esas cosas ya me las sé, Requesens, pero, en fin, creo que estamos aburriendo al chico con nuestro filosofeo, así que será mejor que vayamos a mi humilde morada y le ofrezca un cafecito de los buenos, de los que seguro que no se encuentran en el edén perdido. Y así me explica en qué quiere que le ayude.

Mientras se iban acercando a una de las barracas, una chiquillería entró en tropel en el campamento, riendo, aullando de placer porque se habían peleado con los del barrio del puerto, «a muerte», dijo uno de ellos, jugando a un juego inglés que se estaba poniendo de moda y que se llamaba fútbol. Envolvieron a Requesens y él les acarició la cabeza. Cristóbal, al que no le gustaban los niños, se vio de pronto rodeado por ellos, y como hacen los animales con quienes saben precisamente que no les gustan reclamaron su atención, tirándole de la americana, riéndose, preguntándole por qué era tan pelirrojo y si en todas partes tenía tantas pecas como en la cara.

Caramillo intentaba calmarles. Les hablaba en *xava,* el caló catalán, que usaban entre ellos y que les ayudaba a sentirse identificados. Ellos sentían simplemente que hablaban gitano. Aunque su lengua materna fuera el catalán, Requesens les entendía con cierta dificultad y Cristóbal, que se adscribía con riguroso celo a la norma no escrita en la policía de hablar solo en castellano, hacía ver que no les entendía.

El gitano hizo una señal con la mano y la chiquillería se dispersó. Pasaron al interior de una de aquellas barracas, donde fueron recibidos por la mujer de Caramillo, que con su inmenso sentido de la hospitalidad ya había preparado un café de puchero cuyo olor se extendía agradablemente. A Requesens el interior no podía dejar de recordarle ciertas jaimas. Había estado en ellas las veces que había tenido que negociar en alguna escaramuza en Marruecos.

Caramillo estaba en deuda con Requesens. Su hijo mayor había sido acusado del secuestro de los hijos del ingeniero inglés que diseñaba la línea de ferrocarril de la costa, un secuestro lleno de misterio y que parecía irresoluble. Niños desaparecidos, la prensa haciendo conjeturas, el cónsul Roberts presionando..., las autoridades necesitaban dar una explicación pausible y no se les ocurrió mejor solución que echar mano del hombre del saco en forma de gitano: el hijo de Caramillo.

Caramillo juró y perjuró que un hijo suyo era imposible que hiciera eso. Ellos serían todo lo enredadores que fueran, pero jamás harían daño a un niño. Requesens, siguiendo su instinto, le creyó y le dijo que no pararía hasta resolver el caso, e hizo todo lo que pudo para que el chico no fuera torturado. Era apenas un adolescente y estaba en el peor sitio, en el peor momento. La sombra vil del garrote se cernía sobre él. Requesens se había estrenado como inspector con el caso de los hijos del ingeniero inglés, como era conocido en ámbitos policiales. Cuando todo el mundo los daba por perdidos él los encontró, desnutridos, exhaustos, y descubrió que el secuestrador era quien menos se esperaba. Había pasado a ser inspector de primera clase. Naturalmente todo el clan se sentía en deuda con Requesens. Y cuando el hijo de Requesens murió de fiebres tifoideas, todos ellos se presentaron en el cementerio vestidos de luto y se quedaron respetuosamente a un lado. La familia de Mariona no vio con buenos ojos que una familia gitana apareciera por allí. Pero Mariona, a pesar del dolor, se acercó a ellos y, agradecida, les dio un beso a cada uno.

—Bueno, tú dirás... —dijo Caramillo.

—Quiero que me ayude a encontrar a dos personas. Una de ellas es un chico cubano, de unos catorce años. No tengo ninguna fotografía de él. Se llama Yusep. Trabajaba de figurante en el Liceo.

—Me han dicho que ya han encontrado al asesino, ¿por qué sigues buscando?

—Quiero atar todos los cabos.

—¿Sabes que conocía a la condesa? Digamos que no frecuentábamos los mismos sitios pero que un día toqué para ella.

Caramillo era famoso por tocar precisamente el instrumento que le daba nombre. Era una flautilla. Cuando lo tocaba le daba un aire de Sileno, de dios Pan. Le acompañaban otros gitanos y con cajas de madera a modo de percusión conseguían una música que tenía algo de berberisca, gitana, húngara, portuaria, irresistible.

—¿Cuándo fue eso?

—El año pasado. La condesa no le hacía ascos a mezclarse con según qué gente. Dio una recepción al señor cónsul de Inglaterra, el mismo que quería trincar a mi hijo. Organizó una fiesta. Unos cuantos literatos, artistas, que mezcló con gitanos y gente de mal vivir. La mujer del cónsul se emborrachó y cayó rendida a mis pies. ¿Y quién es la otra persona que buscas?

Requesens enseñó una fotografía de estudio de Ismael de Albí. La otra fotografía que tenía de él, la que estaba junto a Santiago, prefería no enseñarla.

—Se llama Ismael de Albí. Usted y los suyos recorren Barcelona de arriba abajo ganándose la vida y hay pocas cosas que se les escapen. Si supiera algo del chico cubano o de este otro os estaría muy agradecido.

Caramillo miró la fotografía.

—Parece un buen chico. ¿Por qué lo busca?

—Quiero saber dónde está y si se encuentra bien. Es un favor que he prometido hacer.

—¿Qué es lo que ha pasado con este chico?

—Digamos que alguien... le partió el corazón.

—No me digas que tan mal os pagan en la policía para que ahora también te tengas que dedicar a eso.

—Ya le he dicho que es un favor que debo a alguien. No sé si está en peligro o no. Necesito saberlo. Mientras realizaba la investigación alguien me pidió ayuda.

Caramillo no miró de nuevo la fotografía, pero empezó a darle vueltas en sus manos. Requesens bebió un sorbo de su café y preguntó:

—¿Sabes dónde puedo encontrar a Santiago Castejón? Era el hombre de confianza de Victoria de Cardona. En los archivos policiales no hay rastro de él. Es como si no existiera.

El rostro de Caramillo se contrajo como si le hubieran echado un jarro de agua fría.

—No sé si estás jugando limpio conmigo o no.

Requesens detectó miedo en su rostro por primera vez desde que se conocieron.

—Estoy jugando limpio.

—¿Por qué quieres encontrarlo?

—Quisiera hacerle unas cuantas preguntas.

—¿Está relacionado con el caso?

—A ciencia cierta no lo sé.

—Estoy acostumbrado a gente como Tresols y «Memento»... Nos chantajean. Memento se ha retirado ya y solo lo hace de vez en cuando, pero Tresols se sigue quedando una parte de lo que incauta, nos pide dinero y nos amenaza. Nosotros no robamos, no matamos. No hay ningún carterista que sea gitano. Nosotros trajinamos. Compro aquí y vendo allá. Pero Castejón... Hay algo dentro de él... No le importa traicionar a quien sea si con eso consigue sus propósitos, y todo ello lo esconde bajo una capa de afabilidad y encanto. Es un hombre peligroso. Conoce bien a la gente, lo que desea y lo que necesita. Sabe arrimarse a quien le conviene y sabe engatusar con sus maneras encantadoras y su sentido del humor. Ahora está dolorido. Pensé que no era capaz de tener ningún sentimiento, pero me equivoqué con él. Ahora estará más calmado sabiendo que el asesino de la condesa se ha suicidado. Toda Barcelona habla de ello. Cuando me dijeron que ya sabían quién la había matado me alegré por ti.

Los dos hombres se quedaron mirando el uno al otro. Parecían conocer el uno el pensamiento del otro sin intercambiar palabra.

—Así que el señor Bernis no asesinó a la señora condesa.

Requesens no dijo nada y sorbió de nuevo el café.

—Ten cuidado entonces. El de Castejón es dolor de animal herido. Y si tú no crees que Bernis es el asesino, él tampoco, y lo estará buscando. Si considera que la policía no hace lo adecuado pero ha decidido no actuar es por algún motivo. Tienes que vigilar.

—Parece que lo conoces bien.

—Tuvimos nuestros roces.

—¿Roces?

Caramillo apartó la mirada.

—Como tú bien has dicho, recorremos la ciudad de arriba para abajo y hay pocas cosas que se nos escapen. Y él también pensó lo mismo. Y quiso que fuéramos sus confidentes. Me negué, naturalmente. No sé cómo lo hizo, pero al día siguiente aparecieron todas las palomas muertas, degolladas..., y no solo eso: aparecieron destripadas. ¿Entiendes lo que te quiero decir? Entró aquí, en el campamento. Y esto está vigilado día y noche. ¿Cómo se las arregló? Lo que más me jode es que sin duda fue alguien de los nuestros, de nuestra sangre, quien nos traicionó, alguien que está en el campamento. Pero aquí todos nos conocemos, ¿quién pudo ser?, es algo que me reconcome. Hemos pasado las mil y una juntos, y si nos ha traicionado es porque ese hombre... Le debió de ofrecer, no sé, ¿qué pudo llevar a alguien a traicionarte así...?

—¿Dónde lo puedo encontrar?

—En el hipódromo.

—¿Cómo lo sabes?

Bajó la mirada.

—Ya te he dicho que prefería no hablar de él y ya te he dicho bastante. Sobre todo, no le acorrales. Tiene la furia de un animal herido y saldrías mal parado.

—Muchas gracias por todo.

—Antes una cosa...

—¿Lo de la trapería de la calle Ponent? —preguntó Requesens—. Los manteles bordados con las iniciales de una aristócrata que vivía en Sants...

Caramillo sonrió abiertamente por primera vez.

—Caray, inspector, a veces me sorprendes. Los chicos no hicieron nada malo. Solo fue un golpe de suerte.

—Está bien, está bien, haré todo lo posible para que os dé tiempo a que podáis convertir la F en una E.

◆•◆•

Después de dejar los caballos de nuevo en las caballerizas de la policía, Cristóbal acompañó a Requesens un trecho por las Ramblas porque se había hecho tarde y no se hacía necesario volver a Jefatura. Ninguno de los dos dijo nada cuando pasaron por delante del Liceo, respetando el uno el silencio del otro, y se despidieron amablemente a la altura de la calle del Carmen. Requesens dijo que se marchaba a su casa. Cristóbal dijo que haría lo mismo, volvería a su pensión de la calle Tallers, un poco más arriba.

Entonces esperó a ver desaparecer la figura de Requesens por la calle del Carmen para volver sobre sus pasos y bajar andando por las Ramblas para llegar a su cita. Era última hora de la tarde y las farolas se acaban de encender arrojando una primera luz perezosa sobre la calle. A aquella hora quienes habían trabajado volvían a casa, los quioscos iban guardando los animales en jaulas porque no podían permanecer allí de noche y las campanillas de los tranvías empezaban a dejar de escucharse.

Ahora en soledad, las Ramblas le parecían eternas, como si siempre hubieran estado allí, desde el principio de los tiempos. Al pasar de nuevo por el Liceo se quedó mirando su fachada, los arcos de las ventanas del Salón de los Espejos, que se ofrecían a la calle y que como tres ojos vigilantes parecían devolverle la mirada.

—*Senyoret, vol que li canti una cançó o li reciti un verset?*[3] —preguntó una vocecita atiplada a su lado.

Cristóbal dio un respingo y al darse la vuelta vio a una mujer con un vestido de colores chillones, mofletes repintados y el pelo recogido en un gran moño adornado con lazos, pasadores y flores que le regalaban las floristas de las Ramblas.

—Perdone, no quería asustarle —dijo la mujer con la mirada tierna de quienes han sido enajenados por la crueldad del mundo.

Cristóbal respiró aliviado al reconocer a la señora Lola, más conocida por todo el mundo como «la Moños».

—Es muy tarde ya. Debería estar en su casa.

Ella puso la mano en señal de limosna. Daba un saltito para adelante y luego, como si se lo hubiera pensado mejor, lo volvía a dar para atrás, y así una y otra vez. Llevaba un abanico que agitaba con sorprendente vigor.

Niños, animales, locos, ninguno de ellos era santo de la devoción de Cristóbal y no sabía cómo comportarse con ellos. Pero todos se acercaban a él, instintivamente, a sabiendas de que en el fondo era de los suyos y que algún día volvería a ellos, a los inocentes de corazón.

Le dio un par de monedas y acto seguido la mujer le dedicó un verso.

---

3. N. de la Ed.: Señorito, ¿quiere que le cante una canción o le recite un versito?

—*Si el teu cor se sent sol i crida perdut digues adéu al dia a ritme de vals.*[4]

Y empezó a bailar sola un vals imaginario. Sobre aquella mujer se decían muchas cosas, que había enloquecido por la pérdida de un hijo, que había sido robado por la familia rica para la cual trabajaba, pero la Moños era como las propias Ramblas, todo el mundo la conocía, pero en realidad nadie sabía quién era.

Cristóbal, tal vez atosigado por lo que iba a hacer, se apartó de la mujer y se encaminó con paso rápido hacia la plaza de San Felipe Neri.

La iglesia surgía con sencillez monacal en medio de la plaza como si hubiera sido tanto lo vivido que se encontrara más allá de todo cuanto aconteciera en la ciudad, lejos de apetitos vanos y deseos fugaces. El centro de la plaza era conocido en otros tiempos como la Fosa de los Condenados, porque allí se enterraban los cuerpos de los ahorcados, y durante un tiempo también fue el destino final de los verdugos. Ahora, en ese mismo lugar, Cristóbal se sentó a la espera, a pocos metros por encima de los cuerpos enterrados de ladrones, brujas, traidores o simplemente rebeldes, ajeno a aquel pasado y al ominoso futuro de la plaza.

Santiago Castejón emergió de entre las sombras.

—Hola, rey —dijo Santiago.

Cristóbal se estremeció al verle. De pronto, se sintió superado por sus acciones. Temía la reacción de él al saber que Requesens no creía que Bernis fuera el asesino de Victoria.

—Hola —contestó Cristóbal.

—Sé que has estado toda la tarde con el inspector. Y que luego le has acompañado a ver a unos viejos amigos míos.

Cristóbal no quería mirarle directamente a los ojos, pero la mirada de él le buscaba, dura e insistente.

—Mírame cuando te hablo.

Cristóbal le miró y no pudo evitar temblar. Santiago le pasó la mano por la mejilla.

4. N. de la Ed.: Si tu corazón se siente solo y grita perdido, di adiós al día a ritme de vals.

—Ya sabes que no has de temer nada de mí si te portas bien.

La voz era falsamente paternal.

—¿No tienes nada que contarme?

Cristóbal bajó de nuevo la cabeza.

—Me parece que te está empezando a caer demasiado bien ese Requesens —dijo con una sonrisa.

—Es un buen hombre.

—Ah, ¿sí?

Cristóbal tragó saliva. Temía haberle ofendido. Castejón le dio con sorna una palmadita en la cara.

—¿Qué ha pasado hoy?

Cristóbal no sabía cómo se iba a tomar la noticia. ¿Estaba de buen humor? Con él era difícil saberlo.

—El inspector no cree que el asesino de la señora condesa sea Albert Bernis. Le han apartado de las investigaciones, pero él seguirá. Le han dado una semana más para atar cabos. Se ha avenido a ello con tal de que le dejen investigar.

Santiago endureció la quijada y afiló las pupilas.

—Así que es cierto... él tampoco lo cree a pesar de la nota de suicidio. ¿Y por qué piensa eso?

—No lo sé.

—No lo sabes... —repitió él con una suavidad exasperante.

—No.

—Algo me decía que aquello no acababa de ser cierto.

Se calló, de pronto le tembló la voz. Solo fue un momento. Estaba acostumbrado a esconder los sentimientos. Volvió a mirar a los ojos de Cristóbal. Le había vuelto la rabia.

—Y dime, ¿para qué ha ido a ver a Caramillo?

—Le ha pedido ayuda.

—¿Ayuda?

—Quiere encontrar a Ismael de Albí.

A Castejón le crujieron las quijadas. Con un gesto rápido lo agarró del cuello le señaló con el dedo índice muy cerca de su cara.

—No quiero escuchar ese nombre en tu boca, ¿entendido?

—Es a lo que fue... yo solo le informaba.

Castejón, comprendiendo que Cristóbal era una pieza valiosa y que convenía tenerle atemorizado pero no asustado, decidió soltarlo. Se planchó con las manos el traje. No había ninguna arruga. Sacó un cigarrillo y lo colgó de sus labios sin preguntarle a Cristóbal si le apetecía uno, como era habitual en él.

—Dame fuego —ordenó.

Cristóbal encendió el cigarrillo. No podía evitar que las manos le temblaran al sujetarlo. Los rasgos de Castejón a la llama de las cerillas oscilaban entre la crueldad y la belleza. Cristóbal pensaba que le preguntaría por qué quería encontrar a Ismael de Albí, pero Santiago parecía haber perdido todo interés. Se había replegado, reconcentrado en algo que parecía surgir de un abismo interior.

—Vete para casa —dijo al fin.

Le puso un fajo de billetes en el bolsillo.

—No hago esto por dinero.

—Ya lo sé. Pero me has hecho enfadar y eso que tanto deseas no te lo voy a ofrecer esta noche.

•◆•◆•

Mientras tanto, algunas calles más hacia arriba, en el palacio de los Cardona, Teresa Santpere entraba en el salón privado de Casandra sin que su llegada hubiera sido previamente anunciada. Casandra, al verla, se dirigió a abrazarla, pero apenas pudo dar dos o tres pasos y cayó de rodillas, abatida, con el vestido a su alrededor como una flor desmadejada. Teresa se arrodilló a su lado y la abrazó con fuerza.

—He sido yo. Yo he tenido la culpa y nadie más que yo —dijo Casandra.

Teresa intentó calmarla, le acarició el cabello, la abrazó con ternura. La chimenea estaba encendida, los leños chisporroteaban. Las maderas del suelo estaban cubiertas por una espesa alfombra que invitaba a echarse sobre ella.

—No digas tonterías —murmuró Teresa cariñosamente.

Casandra se separó de ella y la miró. Tenía los ojos brillantes, febriles, y el fuego se reflejaba en ellos.

—No son tonterías —aseveró Casandra.

—Pero ¿cómo vas a ser tú la culpable de nada? —preguntó Teresa.

—Yo entregué el diario.

—¿Qué diario?

—El de la mujer de Bernis. Yo se lo entregué al inspector. Lo leí, no pude evitarlo. Era tan bonito. Contaba todo lo que sentía por Albert, todo cuanto él amaba, el miedo que sentía al dejarlo solo.

—Pero entonces él debía haber encontrado consuelo en ello, ¿no?

—¿Pero por qué lo tenía mi madre?

—A lo mejor quería que se lo guardara. Tú hiciste lo correcto.

—¿No lo entiendes? El diario lo precipitó todo.

Teresa atrajo la cabeza de Casandra de nuevo hacia su pecho y le volvió a acariciar el cabello. Casandra dijo:

—He estado volcada demasiado tiempo en mí misma. Esta inercia me ha vuelto loca. ¿Te acuerdas de cuando éramos pequeñas? Yo cuidaba de ti. Me decías que eras mi hermana mayor. Ahora eres tú la hermana mayor y quien cuida de mí.

—Tranquila, nadie sabe nada de unos diarios.

—Pero lo sabrán.

Teresa la abrazó nuevamente, la atrajo hacía sí esta vez incluso con más fuerza, le dio un beso en los labios. Por un instante, Casandra se estremeció al pensar que esos mismos labios debían de haber besado los de Álvaro. Y Teresa, viendo que Casandra no apartaba la boca como solía hacer, la abrazó con más fuerza si cabe.

CAPÍTULO 9

Requesens se sentó en una butaca de la quinta fila, en el lado derecho. No pudo evitar pensar que tal vez fuera una de las butacas sobre las que habían caído las dos bombas Orsini lanzadas por Santiago Salvador en 1893. Solo la primera de ellas explotó. La segunda cayó sobre la falda de una mujer ya muerta y el dispositivo no se disparó. Con una mezcla de respeto y superstición, los asientos de las personas que murieron no fueron ocupados durante años y en cada representación se podían ver aquellas veinte butacas vacías.

Varios tramoyistas desmantelaban con presteza el escenario. Cartago iba sucumbiendo ante aquellos escipiones que martillo en mano destronaban almenas, columnas y murallas entre improperios, advertencias, indicaciones de capataces y operarios en un ir y venir constante entre bambalinas. El catafalco había sido lo primero en ser desmontado. Requesens intentaba dilucidar qué se haría con aquel escenario, si iba a ser destruido, quemado o guardado vergonzosamente. Tal como era el Liceo, donde como en las casas ahorradoras no se tiraba nada por si acaso, suponía que sería guardado para siempre en alguno de los numerosos almacenes. La gente de la ópera era supersticiosa y un escenario que había sido testigo de un asesinato sería voluntariamente olvidado. De aquí a unos años apenas nadie recordaría dónde estaba almacenado y se perdería su rastro. Tal vez alguien, durante una representación, comentaría la maravillosa escenografía de Maurici Vilomara en la cual la condesa de Cardona murió como una reina y sería acallado entre susurros para no atraer el mal fario. Tal vez, generaciones más tarde, alguien lo descubriría enrollado en algún trastero tras realizarse alguna reforma.

Requesens oyó que alguien se acercaba a sus espaldas por el pasillo central de platea, se detenía a su altura, y suspiraba de una manera que tanto podía ser alivio como incredulidad. Instantes después Fernando Gorchs se sentaba a su lado.

—Le he estado buscando por toda Barcelona, señor Gorchs.

—Me he ido unos días fuera a reflexionar. Seguramente la Junta me pedirá que asuma la dirección artística, que sea el nuevo empresario del Liceo.

—¿Se hará usted cargo de la nueva temporada?

—No, intentaré llevar a buen puerto lo que queda de temporada, luego lo dejaré. La Junta querrá que las cosas vuelvan a hacerse a su manera. Querrán que vuelva a escucharse Wagner en italiano. Volverá la ópera italiana, las buenas costumbres, los grandes vestidos y las voces pequeñas.

Requesens asintió con pesar y dijo:

—Todo lo que ella odiaba.

—Parece que la conocía usted bien.

—Eso estoy intentando, dilucidar quién era ella.

—Lamento decirle que es una empresa condenada al fracaso. No creo que nadie la conociera en realidad.

—Usted la conocía desde hace mucho.

—Sí, desde poco antes de casarse con Salvador. Yo era un pintor en ciernes y a ella le gustaban mis cuadros, que por aquella época eran grandes y luminosos, escenas mitológicas fáciles de entender. En el fondo, Victoria era una mujer de gustos sencillos.

—Resulta curioso que una mujer de gustos sencillos estuviera interesada en una obra del barroco.

Los dos guardaron silencio mirando cómo desmontaban el escenario hasta que Requesens dijo:

—Un hombre que se ve forzado a abandonar a una mujer y seguir su destino... ¿qué vio ella en eso? ¿Por qué la conmovía? No creo que fuera nunca abandonada por ningún hombre, más bien sucedería al contrario. Me han comentado que Victoria acudió varios días al ensayo y que esta ópera fue imposición suya. Y al señor Bernis parece que le desagradaba. Creía que al público no le gustaría.

Gorchs se removió ligeramente en el asiento, y Requesens supo que conocía el motivo.

—Supongo que ya le habrán contado que discutieron antes del estreno. Me sorprendió cuando Albert Bernis vino a verme diciendo que tenía que dirigir esta ópera. Él tampoco lo tenía muy claro, pero por alguna razón que desconozco desde hacía algún tiempo obedecía mansamente a todo lo que Victoria le proponía. Verá, creo que hay que tener una sensibilidad especial para saber valorarla. En general, en la obra de Purcell hay una tristeza casi insoportable, profunda y trágica. ¿A usted le gusta?

—Sí, mucho

—Resulta curioso que a un policía le guste una obra del barroco y la sepa apreciar.

—*Touché*.

Los dos rieron suavemente. Gorchs dijo:

—Dicen que Purcell murió congelado, en la calle, a los treinta y seis años, junto a la escalera de su casa, ante una puerta que su mujer se negó a abrir. Tenía el corazón roto. Pero detrás de su tristeza se vislumbraba el final de un largo y oscuro túnel. Es una obra de enorme calado espiritual, si me deja decirlo, el fruto de una imaginación forjada en las estrecheces del puritanismo. Purcell tenía dieciocho años, el teatro y la música en las iglesias habían estado prohibidos. Se convirtió en el organista de la abadía de Westminster y lo que salió de allí fue realmente poderoso.

—Ella vino a los ensayos, ¿verdad?

—Sí, sí. En unos de los primeros ensayos estábamos sentados justo donde estamos ahora. Más que un ensayo era una primera toma de contacto. Yo prefiero que el primer día sea relajado porque así puedes observar muchas cosas. No había vestuario ni orquesta, solo un piano. Y vino a verlo. Era muy cuidadosa con el trabajo de los demás si este merecía la pena. No entró en el teatro como una gran señora, sino de forma discreta, intentando no molestar. Yo estaba sentado muy cerca de aquí cuando ella apareció y bromeé con ella a propósito de la posibilidad de estrenar una ópera de Wagner en catalán. Ella se echó a reír echando la cabeza hacia atrás, un gesto muy suyo. Realmente le gustaba reír. A pesar de los años, aquella risa que le subía por la garganta hacía eco, un eco de una naturaleza salvaje, primitiva, pura, domada hacía tiempo pero que en ocasiones se dejaba entrever. Recuerdo que en el escenario se encontraban ensayando Teresa y el tenor Francesc Viñas. Él doblaba en edad a Teresa y la redoblaba en peso. Cuando ordené descanso propuse a Victoria que subiera a saludar, y ella lo hizo, con una sonrisa dedicada a todos y cada uno de los que allí se encontraban. Teresa la abrazó de forma reverencial. Carmeta estaba a un lado. Había subido a traerle un poco de agua a su hija.

» Sin que nadie se diera cuenta se había formado un círculo alrededor de Victoria. Aunque hubiera entrado con discreción en el teatro, se había acicalado como si fuera a un estreno, y todo brillaba suavemente a su alrededor, como si su vestido estuviera entretejido con luz de candilejas. Además, conocía a todos los presentes y algunas veces incluso conocía sus circunstancias, quién tenía un hijo enfermo, o se había roto una pierna y había estado forzosamente apartado de los escenarios y necesitaba trabajo. Ella siempre intentaba ayudar, echar una mano, conseguirle trabajo en una portería tranquila, con lo que aquella persona quedaba agradecida de por vida.

Requesens percibía la rendida admiración que Gorchs había sentido por Victoria.

Sin embargo, en aquel ensayo hubo una figura que permaneció fuera del círculo que se había creado, una figura que miraba a Victoria con una intensidad poco habitual, con los ojos abiertos, deslumbrados, como si tuviera una visión largo tiempo esperada. Victoria fue consciente de que la estaban observando y se apartó ligeramente del círculo.

—Hola —dijo ella con un tono de voz que habría sido más adecuado para hablar con un niño pequeño.

—Hola —contestó aquel chico.

—¿Tú también cantas?

El chico negó con la cabeza. El círculo se abrió para dejar paso a aquel intercambio de palabras.

—¿Se te ha comido la lengua el gato?

El chico volvió a negar con la cabeza, pero esta vez sonrió. Una sonrisa amplia, hermosa, sin mácula. Y hubo un instante de perplejidad en Victoria porque aquella sonrisa le recordó algo, a alguien, y durante apenas un segundo su conciencia lo supo. Pero aquel pensamiento se desvaneció como bruma al amanecer y no pudo aprehenderlo por más que quiso.

—¿Cómo te llamas?

—Yusep.

—¿Josep?

—No. ¡Yusep!

Y todos rieron ante la vehemencia inocente del chico.

—¡Qué mono!

—Pobre, en la obra solo tiene que estar de pie —dijo Teresa.

—Es un gran trabajo —dijo Francesc Viñas.

—Pues en cuanto acaban los ensayos está usted deseando sentarse —dijo Teresa riéndose con suavidad.

—Claro, los grandes trabajos necesitan grandes descansos —respondió Francesc, ante lo cual todos rieron de nuevo.

Era evidente que Teresa se encontraba a gusto al lado de Viñas y que le trataba como una figura paternal. La joven había debutado junto a él en el Liceo con *Tristán e Isolda* hacía tres temporadas, cuando apenas contaba diecinueve años. Teresa no había conocido a su padre y veía en Viñas esa figura que la vida le había escamoteado.

Carmeta aseguraba que el padre de Teresa había muerto en la guerra. Sin embargo, nadie le había conocido y nunca hablaba de él. Y a veces Carmeta se equivocaba de guerra y a veces había muerto en Cuba y otras en Filipinas o Marruecos. Francesc Viñas y Teresa Santpere eran tan desparejados físicamente que a priori nadie hubiera podido pensar que entre ellos dos pudiera existir el más leve indicio de una gran pasión. Tal vez él sí hacia ella, pero a simple vista resultaba difícil vislumbrar qué pasión podía sentir Teresa, tan esbelta y hermosa, hacia aquel hombre corpulento y de aire un poco torpe.

Tres años antes, Albert Bernis había tenido que convencer a Viñas para que estrenara *Tristán e Isolda* junto a una perfecta desconocida. Victoria había tenido que utilizar todas sus artes para conseguir que finalmente Viñas aceptara. Le agasajó con una gran cena en su honor en el palacio de los Cardona, rodeado de la intelectualidad barcelonesa, pero solo fue cuando conoció a Teresa y quedó platónicamente enamorado de ella cuando decidió aceptar el papel. Al fin y al cabo, la historia de él había sido parecida y también había debutado como cantante en el Liceo. Tristán iba a ser cantado en alemán por expreso deseo de Victoria. Alguien afirmó que cantar Wagner en alemán era simple y llanamente una aberración. Todas las óperas fueran del origen que fuesen se cantaban en italiano.

Victoria poco a poco, primero como benefactora en la sombra, luego sin apenas disimulo, empezaba a decidir el repertorio de la temporada. Nadie entendía la influencia que poseía sobre Albert Bernis. En la calle de Sant Pau todo eran murmuraciones y la gente se mostraba escandalizada ante las graves insinuaciones de toma de decisiones por parte de Victoria. Y es que la condesa tenía un grave defecto ante sus ojos: era, nada más y nada menos, que una mujer. Si se hubiera tratado de un hombre todo habría sido diferente, nadie hubiese puesto pegas a que alguien financiara grandes óperas aún figurando oficialmente Albert Bernis como empresario. Pero una mujer... Algunos afirmaban que eran amantes, aunque la mayoría, conocedores de la pasión que Bernis había sentido por su esposa, recientemente fallecida, lo consideraba inverosímil.

Algunos de quienes acudieron al estreno de *Tristán e Isolda* lo hicieron con la intención de ver el bochorno y el fracaso de Victoria, su soberbia y desfachatez por fin puestas en su lugar. Otros, en cambio, los más ecuánimes o mejor informados, pensaban que Victoria jamás se atrevería a financiar una ópera si no estaba segura de obtener un triunfo. Nadie creía que una chica de apenas diecinueve años pudiera cantar Isolda y que su voz pudiera llegar a todos los registros necesarios. Muy pocos la habían escuchado cantar. Victoria la había guardado para sí como la joya más preciada. Fuera cual fuese el resultado nadie estaba dispuesto a perderse la cita.

El día del estreno de *Tristán e Isolda,* Victoria se encontraba más feliz que nunca porque había conseguido que su hijo acudiera al Liceo. Eduardo de Cardona y Eulalia no se mostraban en público habitualmente. Acudían a comer al palacio del paseo de Gracia pero ellos y sus hijos no vivían allí, pues preferían hacerlo en Sant Vicenç de Vallhonesta, cerca de Manresa, la ciudad donde se ubicaban los laboratorios e industrias Cardona.

Aprovechando la ocasión, la baronesa de Albí había decidido como muestra de buena fe invitar a Victoria y a su familia a su palco de proscenio. La baronesa no hacía caso de las habladurías. Era uno de los arcontes de la vieja sociedad y parecía encontrarse por encima del bien y del mal, y si a ella le parecía bien que Victoria hubiera financiado la ópera, eso era una señal inequívoca para que el resto de familias lo aceptara. Desde aquel palco de proscenio,

Victoria pudo revisar, uno por uno, los familiares semblantes de los palcos adyacentes y de las primeras filas de butacas; porque desde allí comprobó lo que era el poder, ser observada, admirada, respetada.

No estaban solos en el palco. Casandra e Ismael se llevaban maravillosamente bien y ambos disfrutaban hablando de libros y viajes, y se enzarzaban en absurdas disquisiciones sobre el teatro irlandés o el uso de la brújula en la guerra del Peloponeso. Casandra le trataba como el hermano pequeño que nunca había tenido y Victoria veía con buenos ojos que, ya que Casandra no deseaba casarse con Güell, al menos podía unirse a los Albí, la baronía más antigua de Cataluña y de toda España, que se remontaba al siglo X. Naturalmente, Ismael no heredaría el título, pero Alfonso XIII, que acaba de casarse, era un golfo, y ella sabía muchas cosas de él. Arrancarle un título, un pequeño marquesado, no sería tarea difícil. Victoria veía a Ismael como a un buen chico, tal vez un poco ingenuo, un poco pasmado, pero afable y bondadoso. Además, se mostraba cariñoso con Victoria, y ella sabía reconocer que era una de las pocas personas de las que podía afirmar que tenía un buen corazón, y además le recordaba en algunos aspectos a Salvador.

Por eso un par de años más tarde sintió algo parecido a la mala conciencia antes de utilizar las cartas comprometedoras que Ismael había enviado a Santiago Castejón para conseguir aquel mismo palco en el que estaba a punto de vivir su encumbramiento social. Pero Victoria había aprendido a dejar la conciencia a un lado y había despejado su camino hacia el éxito a fuerza de fría determinación y dureza de corazón.

Las dos viudas hablaban animadamente. El rumor de las voces de los espectadores llegaba agradablemente aterciopelado hasta ellas. Se bajaron las luces, tal como deseaba Wagner que se hiciera en sus óperas. Tras la obertura apareció el barco de Tristán y Teresa sentada en él. Un gran velo de gasa cubría su rostro y su cuerpo, y se prolongaba más allá hasta mezclarse con las velas del barco. Resultaba difícil saber dónde empezaba lo uno y acababa lo otro.

Teresa se levantó. El velo se deslizó y el mundo se hizo más hermoso ante el eterno femenino hecho por fin carne. Una túnica sin artificio acariciaba su cuerpo, envolviéndola en pliegues sensuales. Los cabellos refulgían como oro batido.

La primera nota.

El Liceo contuvo el aliento y ya no lo soltó hasta que llegó el aria final del drama. El *Liebestod*. La Muerte de Amor.

Isolda se transfiguraba hacia otra dimensión, muriendo de amor frente al cuerpo exánime de su amado Tristán.

> *En el fluctuante torrente,*
> *en la resonancia armoniosa,*
> *en el infinito hálito*
> *del alma universal,*
> *en el gran Todo...*
> *perderse,*
> *sumergirse...*
> *sin conciencia... ¡supremo deleite!*

La tonalidad llevada al límite. El amor inalcanzable, la obsesión enfermiza de quien ama y destruye al ser amado.

Se bajó el telón.

Hubo un primer momento de desamparo, de desconcierto ante su voz callada. Luego rompieron en aplausos, con las gargantas atenazadas por el puño fiero de la pérdida y el amor.

Todas aquellas personas que hubieran disfrutado de la caída de Victoria se levantaron de sus butacas y humildemente reconocieron su derrota, su error: ¡cómo iba a ser cantado el papel de Isolda por alguien que no fuera Teresa Santpere! Se había producido un milagro. Durante tres horas sus almas se habían entrelazado con la materia con la que estaban hechos los sueños. No sabían cómo, solo sabían que sucedía, y que pagarían lo que fuera para volver a sentirlo de nuevo. Una dicha infinita como jamás habían vivido.

Y cuando Teresa salió a saludar el clamor llegó hasta las calles, y los cocheros y las floristas que aguardaban en la salida reconocieron el rumor de las grandes noches del teatro.

La baronesa de Albí también se había puesto en pie y sin rubor alguno lloraba y aplaudía con fervor. Miró a su lado y vio que Victoria, sentada, solo agitaba regiamente la mano. Extrañada, le preguntó:

—¿No aplaude?

—Querida, para qué hacerlo si puedes mostrar tu aprobación haciendo sonar las joyas.

Sin embargo, el triunfo no era absoluto. El asiento de Eduardo se había quedado vacío. Se había marchado antes del último acto. Victoria se acercó a su hija con disimulo, sabiendo que todas las miradas iban desde Teresa hasta ella.

—¿Dónde está Eduardo? —preguntó.

—Ha dicho que le dolía la cabeza y que sentía marcharse pero que no quería despedirse de ti por temor a molestarte.

Victoria no solo era la mujer más rica de España: ahora también se había adueñado de otro poder, el de la ensoñación y de la evocación. Eusebi Güell se removía en su asiento. La ciudad había quedado a los pies de quien más detestaba. Pero su triunfo no era completo. No había logrado lo que más quería: el perdón de su hijo.

•◆•◆•

Cuando Gorchs le contó a Requesens la conversación de Victoria con Yusep, al policía le llamó la atención la presencia de aquel muchacho en el teatro.

—Ese chico mulato... ¿de qué le conocía? —le preguntó Requesens a Gorchs.

—En realidad no tendría que haber aparecido en la obra. El único hombre que tenía que haber aparecido era Eneas. Pero fue un favor que me pidieron.

—¿Quién se lo pidió?

—La señorita Matsuura.

•◆•◆•

La señorita Matsuura vivía en un piso en la calle Consejo de Ciento, cerca de la plaza de España. Si alguien había pensado que debido a su ocupación lo haría en aquel conglomerado de calles sucias que era la ciudad vieja se había equivocado por completo. Tenía su casa en una zona respetablemente aburrida de la izquierda del Ensanche, tan carente de personalidad que parecía haber sido hecha así a propósito para guardar el anonimato de sus habitantes. Aquí y allá había huecos donde todavía no se habían construido casas, pero en el suelo estaba trazado con tiza el espacio que ocuparían.

El piso de la señorita Matsuura era un discreto entresuelo. Requesens llamó a la puerta sin saber qué esperar y sin siquiera saber si sería recibido. Oyó un rumor blando de pasos que pretendían ser sigilosos y al poco tiempo percibió que alguien le observaba a través de la mirilla.

—¿Quién es?

—Vengo de parte de Fernando Gorchs. Quisiera hablar con la señorita Matsuura.

—Tiene que pedir cita —dijo la voz a través de la puerta. La voz era grave, de un hombre que Requesens intuía robusto.

—Soy el inspector Requesens. Me gustaría hablar con ella de un chico al que creo que conoce. Se llama Yusep.

Al otro lado hubo un silencio por respuesta. Requesens decidió jugárselo todo a una carta, sin tapujos.

—Soy el encargado de la investigación del crimen del Liceo. Seguramente sabrá de él por los periódicos. Verá, creo que ese chico está en peligro.

De nuevo oyó el rumor de pasos sigilosos alejándose y acercándose de nuevo, aunque esta vez acompañados. Al principio, Requesens pensó que la puerta no se abriría y que el viaje habría sido en balde, pero finalmente la puerta se abrió y vio entonces a una mujer japonesa, detrás de la cual había un hombre calvo, alto y fornido. El inspector tenía una idea romántica de las mujeres japonesas gracias a la ópera de Puccini *Madama Butterfly*, estrenada un par de años atrás. Sin embargo, la mujer que le había abierto la puerta no llevaba kimono, sino un vestido, negro, corto, entallado, que dejaba ver sus rodillas y que, como su peinado, que se llamaría en la década siguiente corte *garçon*, tardaría aún unos años en ponerse de moda. No era muy alta y llevaba unos zapatos que Requesens no había visto nunca, unos zapatos de tacón afiladísimo que dejaban al descubierto el empeine.

—Pase —dijo ella con una sombra de contrariedad. En sus brazos llevaba un perrito pekinés, tan pequeño que parecía un bolso.

—Buenos días —dijo Requesens quitándose el sombrero.

Ella se volvió y se movió delante de él para que le siguiera. Requesens no pudo evitar observar cómo los movimientos de su cuerpo provocaban en su vestido unas ondulaciones como de luces sobre el agua. Quedaron en medio de un saloncito. A una distancia prudencial, el hombre fornido se sentó en un gran sillón de mimbre y, curiosamente, se puso a leer una revista de moda y patrones.

Ellos, sin embargo, permanecieron de pie.

La mujer tenía ojos grandes y oscuros, unos ojos que miraban abiertamente y con interés. Llevaba la raya del maquillaje de ojos muy marcada, lo que le daba una curiosa expresión de lánguida sorpresa. Tenía los labios pintados de un rojo suntuoso y violento que recordaba a una fruta exótica.

—¿Le ha pasado algo a Yusep?

—Todavía no lo sé. Quisiera encontrarle.

—¿Para qué?

El estilo de ella era directo.

—Quisiera hablar con él...

—¿Se ha metido en algún lío?

—No lo sé todavía.

—Así que es usted policía...

—Sí.

—No lo parece.

—¿Por qué no?

—Tiene algo en los ojos, el resplandor de una llama interior.

—¿Una llama interior?

—Sí, una luz como de lámpara votiva. Las mujeres japonesas nos fijamos mucho en los ojos.

—Las mujeres catalanas se fijan mucho en todo. Mi esposa, por ejemplo.

—No quiero acostarme con usted, aunque reconozco que no me importaría, así que no ha sido necesario que me hiciera usted saber de buenas a primeras que está casado.

La observación tomó a Requesens por sorpresa y no pudo evitar sonreír, peligrosamente desconcertado.

La puerta de una habitación estaba entreabierta y alguien canturreaba dentro con alegría trajinando cubos de agua, por lo que Requesens dedujo que se trataba de una criada. La señorita Matsuura deslizó oscuramente una mirada hasta la habitación.

—Si me promete que nada de lo que vea u oiga será en utilizado en mi contra o en contra de mis clientes, le diré lo que sé —dijo.

—Se lo prometo.

—Siéntese, por favor.

Se sentaron en un sofá de cuero repujado. No había muebles modernistas, nada de formas retorcidas ni elementos de una naturaleza vegetal arrebatada, solo muebles ingleses Chippendale de exquisitas líneas rectas y algunos cuadros de brumosos paisajes británicos. Parecía una habitación sacada de una estampa victoriana. Pero de repente la estampa tomó un cariz distinto cuando alguien, la persona que en un primer momento Requesens tomó por una criada, apareció bajo el dintel de aquella puerta entreabierta. El inspector reconoció sin querer a uno de aquellos hombres barbudos y serios que le pedían explicaciones sobre el curso de la investigación en el Liceo. Llevaba una cofia puesta y un vestidito de criada corto, muy corto, mostrando unos muslos peludos y gordos. En sus manos sujetaba una bayeta húmeda. La piel que dejaba entrever la barba de su rostro enrojeció dolorosamente al ver a Requesens. Era unos de los concejales de la Lliga Regionalista en el Ayuntamiento.

—Si me disculpa —dijo la señorita Matsuura.

Se levantó del sofá, la tela de su vestido susurró en torno a sus caderas. Se acercó hasta aquel hombre y abrió las puertas en par en par. Una habitación desnuda, un suelo de mosaico hidráulico.

—No me gusta cómo has fregado el suelo, Dora —dijo ella. En su rostro había algo absolutista e irrevocable.

Y entonces la señorita Matsuura, con la punta del zapato, tiró el cubo de agua desdeñosamente por el suelo.

—Vuelve a fregar el suelo.

—Sí, señorita.

—Sí, señorita Matsuura.

—Sí, señorita Matsuura.

Y la mujer volvió a sentarse y Dora volvió a fregar el suelo. Las puertas de la habitación quedaron abiertas. Hubo un momento en que Dora les ofreció la imagen de sus posaderas velludas acompasadas con el enérgico bamboleo de las mollas de sus brazos.

Requesens no pudo evitar hacerse ciertas preguntas a sí mismo. ¿Qué llevaba a un hombre a desear ser humillado así? ¿Qué pulsión? ¿Qué deseo? El alma humana a veces resultaba tortuosa.

Recordó lo que había dicho la baronesa de Albí: intentar comprender la naturaleza humana, no juzgar. Desvió la mirada hacia otra parte. También recordó las lecturas cristianas de Mariona, su mujer, pero no pudo evitar sentir una mezcla de pudor y vergüenza ajena, y también, en algún lugar más profundo de su ser, la pulsión de una gran y terrible carcajada.

—Hoy tengo a uno de mis clientes especiales. No tengo muchos, dos, tres... Intento satisfacer las necesidades de mis clientes de la manera más profesional que sé. Solo hay dos reglas: no niños, no animales.

—¿Y no encuentra...

—Para los japoneses no existe el concepto de pecado. Nuestra religión nos hace llegar al conjunto a través de los detalles. ¿Por qué no se deja barba?

—No he venido a hablar de mí.

—Claro.

Ella sonrió. A su alrededor parecía haber un cerco quieto de suave luz.

—¿Dónde conoció usted a Yusep? —preguntó Requesens.

—*Do ut des.*

—Lo siento, pero mi latín está muy oxidado.

—Doy para que des. Hay gente que dice incorrectamente *quid pro quo.* Cuénteme cosas de usted y yo a cambio le contaré cosas que quiera usted saber. No es justo que venga usted aquí y empiece a preguntar así sin más. En mi religión no existe el concepto de pecado, pero sí el de reciprocidad.

Vaya.

—¿Para qué quiere saber cosas de mí?

—Me interesa la condición humana. ¿Por qué se hizo policía?

A Requesens no le acababan de gustar los vericuetos que tomaba la conversación. Las mujeres siempre le enredaban en sus juegos verbales y siempre salía perdiendo, así que pensó que lo mejor que podía hacer si quería obtener la información que deseaba era contestar de forma directa y clara.

—No soy una persona religiosa, ni tengo talento para la música ni para la ciencia. Así que cuando era joven me alisté en el ejército. Tras licenciarme pensé que la policía sería un buen lugar.

—Me parece que esa no es toda la verdad.

Ella se quedó mirándolo con una sombra de sonrisa en los labios.

—Pero, en fin, lo daremos por bueno. Decía usted que estuvo en el ejército...

—Sí, así es.

—¿Alguna guerra?

—Cuba.

—¿A cuántos hombres mató?

—No lo sé.

—¿No sabe si los mató o no sabe el número?

Requesens tardó en contestar:

—No sé el número. Tienes que tomar decisiones difíciles en momentos complicados. Disparar o no disparar. No solo depende de ello tu ida, sino la de otros compañeros.

—¿Se arrepiente?

—La compasión hacia uno mismo no es una buena compañera —dijo, tal vez con demasiada rapidez para ser creíble.

—Yusep es cubano.

—Lo sé.

—¿Por qué piensa que está involucrado en el crimen?

—No sé si está o no involucrado en el crimen, pero es una pieza que no he encontrado. Todos los que estaban en escena están localizados menos él.

—Una pieza que no encuentra... ¿Resolver un crimen es como una partida de ajedrez?

—En la que no se sabe el valor de las piezas hasta que no se mueven.

Ella parpadeó agradablemente sorprendida, como siempre hacía ante cualquier muestra de inteligencia.

—¿Por qué pidió al señor Gorchs que lo contratara?

—Necesitaba un trabajo.

—¿Sabe dónde puede estar ahora?

—No sé dónde está. Y por eso le he abierto la puerta. Porque me preocupa.

—¿Dónde lo conoció?

—En Santa Madrona. Allí hay una colonia cubana. Se habla mucho de los que se van a Cuba y luego vuelven, pero... ¿y de los cubanos que hacen el viaje al revés? Hay algunos indianos que traen a esos chicos que les han servido de criados desde pequeños. Los traen aquí como si fueran monos de feria. Pero luego crecen, ¿y qué hacen aquí? El desarraigo puede llegar a ser terrible. No les queda más remedio que trabajar en espectáculos denigrantes en los teatros del Paralelo en donde se ríen de ellos y se burlan. ¿Sabía usted que en la Barcelona del siglo XV uno de cada diez habitantes era esclavo?

—No, no lo sabía, pero me gustaría que nos centráramos...

—Tiene usted una mente muy occidental. A los orientales nos gusta dar unas vueltas previas, mirarlo todo en su conjunto.

Requesens asintió. Ella sonrió y siguió hablando.

—Tengo un cliente que se enamoró de una negra con rasgos chinos en un viaje. Solo me dijo que los ojos eran rasgados, la piel de un color moreno dorado y que llevaba el pelo muy corto, rizado y negro. No creía que en Barcelona existiera una mujer así. Decidí dar una vuelta por el puerto y por Santa Madrona. Iba pensando distraída y de pronto vi a Yusep bajo un portal, acurrucado, con los ojos llenos de una inmensa tristeza y a la vez de una enorme belleza. Avancé unos pasos y no quise darme la vuelta otra vez porque si lo hacía me metería en problemas, me conocía, y me dije a mí misma «no puedes, no puedes dejar que tu corazón se reblandezca por unos ojos tristes»... Ya le he dicho que yo me fijo mucho en los detalles, y hay cientos, miles de niños desamparados en Barcelona, no puedes pararte por ninguno de ellos porque si no tendrías que hacerlo por todos. Pero volví a pasar, un error del corazón. Estaba acurrucado, tan dulce. Me miró. Naturalmente no camino sola, voy con mi guardaespaldas, y él le debió de dar miedo. Abrió mucho los ojos y se asustó. Intenté tranquilizarle. Le pregunté si quería una moneda. Hay algunos pillos que fingen estar enfermos, para luego salir corriendo en cuanto tienen el tintineo de una moneda atrapado en la mano. Él negó con la cabeza. No quería limosna. Me preguntó de dónde era. Le dije que de Japón, lo cual no es del todo cierto. Él me dijo que de Cuba. Cada uno de una isla alejada la una de la otra y nos tuvimos que encontrar aquí, en esta ciudad vieja, milenaria. ¿Por qué había venido hasta Barcelona? No me lo dijo del todo, murmuró que quería encontrar algo. Y que quería conocer el Liceo. ¿El Liceo?, pregunté. Me quedé sorprendida, perpleja. Luego me fijé bien en él. Parecía bien educado. Y sus rasgos..., no sé cómo explicarlo. Había una especie de nobleza en ellos. Le dije que necesitaba un chico para los recados, cosa que no era del todo mentira. Le di un poco de dinero, pero esta vez no en forma de limosna sino en forma de préstamo, y le dije dónde podía encontrar una fonda de confianza. Le di mi dirección para que se presentara al día siguiente. Y fue así como empezó a trabajar para mí. Solo estuvo dos meses.

Requesens se la quedó mirando y decidió que, al igual que ella hacía, le preguntaría algo que no fuera demasiado importante.

—¿Y así que no es del todo cierto que usted naciera en Japón? A Dora le ha hablado en catalán... Y su castellano es perfecto.

Ella se echó a reír con una risa grave, clara y susurrante.

—No creerá que le voy a contar mi vida privada.

—Ni por asomo.

—Ya le he dicho que no soy una madame al uso. Soy alguien que consigue. Descubrir es mucho más excitante que poseer, se lo puedo asegurar. Hay hombres que recuerdan a su nodriza, y quieren una mujer gallega de pechos enormes que les dé de mamar y les trate como a un crío. Honrados padres de familia que desean ser sodomizados por embrutecidos marineros rusos. A veces, como en el caso de Dora, me encargo personalmente como un recuerdo de los viejos tiempos.

—¿Conocía usted a Victoria de Cardona o a alguien de su familia?

—Sabía quién era y había oído hablar de ella innumerables veces —dijo con una voz que sonaba natural, casi indiferente—. Quisiera enseñarle algo. Aunque primero...

La señorita Matsuura fue de nuevo a la habitación donde Dora fregaba el suelo. Se oyó un chasquido y luego un sollozo que Requesens no pudo dilucidar si era de dolor o de placer.

Cuando volvió le acompañó a otra habitación, pequeña pero luminosa y que daba a la calle.

—Era la habitación de Yusep.

—¿Puedo mirar?

La señorita Matsuura se quedó un momento pensando.

—Bueno, ya que se la he enseñado no tendría sentido que no pudiera entrar en ella.

Estaba limpia y ordenada. Los muebles eran sencillos aunque bonitos. Había un escritorio cerca de la ventana. Requesens se acercó y vio libretas y lápices de colores ordenados. Olía a ceras. Requesens sabía que se excedería si abría los cajones y que la señorita Matsuura protestaría. Apartó uno de los cuadernos. Había un libro. La portada estaba esgrafiada, el dibujo de una mujer y un hombre de estilo prerrafaelita, ropajes llenos de pliegues adheridos a la piel. Lo abrió con delicadeza bajo la atenta mirada de la señorita Matsuura. *Leyendas nórdicas y germánicas.* El libro era viejo, usado, pero cuidado. Requesens lo cerró de nuevo y se fijó en que algunas hojas estaban más marcadas o sobresalían. Lo abrió otra vez. Había un príncipe rubio de ojos claros, un joven que acababa de salir de la adolescencia y que aún mantenía la ternura de la niñez. A Requesens le recordó a alguien, pero era difícil retenerlo en la memoria.

—¿Estas eran todas sus pertenencias?

—Llevaba consigo un sobre, pegado siempre a él —dijo la señorita Matsuura.

Abrió el armario. Sus ropas eran sencillas. El típico blusón de los obreros, unas alpargatas. No desentonaría en la habitación de ningún chico obrero de Cataluña.

Cerró con cuidado el armario y salieron de la habitación. Ambos se volvieron a sentar. Ella parecía estar siempre bajo un resplandor trémulo.

—¿De qué conoce usted a Fernando Gorchs? —preguntó Requesens.

—¿Le gusta Purcell?

—No me ha contestado. Oh, se me olvidaba, mi mente occidental.

Ella sonrió divertida y él le devolvió la misma sonrisa. Sabía que no iba a contestar directamente.

—Fernando le ha dado un nuevo toque a Purcell. Él en realidad me dijo que le gustaría llegar a representar *La Reina India.* Una ópera rarísima, semihablada.

Se acercó un poco más a Requesens, pero sin atisbo de querer un contacto sexual sino como hacen los niños con los adultos con quienes tienen confianza. Olía a una mezcla de vainilla y pintalabios.

—Nos relatan la conquista en términos materiales, el número de oro, muertos y territorio, cuando lo verdaderamente interesante es la crisis espiritual que provocó: por un lado, unos indígenas que abandonan a sus dioses por un Dios, y por otro unos conquistadores que traicionan a Cristo al creer que se puede salvar matando. ¿Conoce la historia de la Malinche? La reina india, la hija del jefe de la tribu que se casa con Pedro de Alvarado destapando la caja de los truenos de un mundo mestizo. La historia de la violencia es la de los hombres, pero la de la cultura, la de una nueva civilización, es la de las mujeres. La señora condesa tuvo suerte con Fernando Gorchs. Él adora a las mujeres.

El alegre canturreo de Dora en la otra habitación se mezclaba con el discurso de la señorita Matsuura. El olor de ella perturbaba sobremanera a Requesens. El cabello recto y grueso, tan oscuro y brillante como una infinidad de noches; los labios separados sensualmente cuando hablaba, como si en el último instante se arrepintieran y retuviesen algo el uno del otro; su pintalabios espeso y de violento rojo. Sintió la punzada del deseo. Le resultaba dolorosamente imposible recordar la última vez que había hecho el amor con Mariona.

La señorita Matsuura era una mujer culta e inteligente y exudaba sexualidad, una combinación peligrosa para Requesens. Sin poder evitarlo, notó cómo su cuerpo reaccionaba y sintió el inicio de una intensa erección.

—Creo que debería marcharme —dijo él abruptamente, y su corazón se rebeló un poco, porque no quería renunciar a la luminosidad de ella.

Si se sintió extrañada, la mujer no lo mostró. Le dio una golosina a su perrito, se levantó y le acompañó a la puerta.

Requesens, una vez en la calle, intentó serenarse. Sentía unas dolorosas ganas de estar con una mujer.

Un chiquillo de cabello rubio y piel oscura se le acercó empujando un carrito en el que vendía de todo: bocadillos, periódicos, bebidas, tabaco.

—¿Le gusta el fútbol, señor?

—¿Fútbol?

—El balompié. ¿Usted de qué equipo es? Yo soy culé.

Era uno de los chicos del campamento gitano.

—Yo también.

—¿No quiere comprarme una cajetilla de tabaco?

—Me parece que no deberías vender tabaco.

Los vendedores ambulantes lo tenían prohibido, pero muchos de ellos lo vendían bajo mano, si se lo pedían, a un precio mucho más caro que el oficial.

—Por los viejos tiempos —dijo el chico como si fuera un viejo conocido.

Entonces le dio una cajetilla. Se caló la gorra y siguió caminando. Era de la marca El Duque, a la cual se había aficionado en Cuba. Y Caramillo lo sabía. Requesens abrió con cuidado la cajetilla. Dentro había un papel. Había escrito unas siglas, I A, y una dirección en el barrio del Born. También había escrito YU, nada.

Requesens encendió el cigarrillo. El olor y el humo del tabaco cubano le trajeron una oleada de recuerdos, algunos buenos, otros no tanto. Cerró los ojos, respiró hondo y echó a caminar en busca de un tranvía que le llevara al Born.

Este era un barrio popular, lleno de tiendas de pesca salada, aceite y jabones, un ir y venir constante de artesanos, mujeres vendiendo hortalizas, aguadores, limpiabotas, vendedores de todo tipo de mercancías, carromatos tirados por mulas cansadas, puestos que vendían enaguas sin ningún pudor... Los edificios eran estrechos, encajonados los unos contra los otros como dientes apiñados. La entrada del lugar anotado en el papel de la cajetilla era angosta y no invitaba a la confianza. Había que subir unas escaleras empinadas donde los escalones se agolpaban hasta alcanzar el último piso. Requesens llamó a la puerta y alguien le dijo desde dentro que pasara.

—¡Hola! —saludó Requesens.

A pesar de la poco prometedora entrada, el piso era un estudio luminoso cuyas habitaciones daban al mar. Era un espacio reducido, lleno de libros que parecían ocupar cualquier superficie en cuidadoso desorden.

Ismael de Albí estaba sentado en una vieja butaca de tapicería desgastada al lado de una de las ventanas. Se veían los tejados de las casas cercanas, los campanarios de algunas iglesias y el mar. Ismael se quedó mirando al inspector un instante, intentando encontrar en su mente quién era. Al no conseguirlo dejó de mirarle, como si no le importara que un desconocido hubiese entrado en su casa. Allí, entre sus cosas, en aquel estudio, parecía mucho más joven que cuando le había visto en el Liceo, casi un muchacho, tímido y del todo vulnerable. Tenía el cabello rubio oscuro y lo llevaba despeinado como un niño que se acabara de levantar de la cama. Tenía los ojos claros y velados por una media luz de tristeza y melancolía. Llevaba puesta una bata de terciopelo granate oscuro, un viejo pantalón de pijama e iba descalzo. Miraba sin mirar a través de la ventana, con la mente perdida, muy lejos de allí, en una arcadia poblada de recuerdos felices.

—Ismael...

Este volvió de nuevo la cabeza y miró con un poco más de detenimiento a Requesens. No les dio tiempo a intercambiar palabra alguna porque se oyó abrirse la puerta de la entrada y a alguien que canturreaba desde allí:

—Yuhuu, te he traído comida.

Y apareció en la puerta el conde de Treviso, con una bolsa de papel en las manos de la que sobresalían diferentes viandas. Requesens y él se miraron, y el inspector pudo leer en su rostro la sorpresa por verlo allí, mezclada con temor y cierta arrogancia.

—Usted...

Presto a defender a su amigo ante cualquier problema con la policía.

—¿Qué hace aquí?

—He venido a hablar con Ismael.

—Ismael no está para hablar con la policía.

—Ya me he dado cuenta.

—¿No pretenderá insinuar que tuvo algo que ver con... con lo del Liceo?

—No.

Requesens se volvió y habló a Ismael con un tono de voz agradable.

—Me llamo Ignasi Requesens. Vengo de parte de su madre.

Ismael le miró como si lo viera por primera vez, intentó buscar algo en su rostro, sorna, burla, y al no hallarlo negó ligeramente con la cabeza.

—Ella desea que vuelva a casa. Está muy preocupada por usted. No le importa lo que ha pasado. Solo quiere ayudarle.

—¿Es usted un detective? —preguntó Ismael.

—No, es un policía —dijo el italiano con algo parecido al rencor.

Un pliegue de incertidumbre apreció en la frente de Ismael.

—Un policía...

—No vengo como policía. Solo soy un... un mensajero, llamémoslo así. Al menos déjeme decirle a su madre que está bien. El otro día salió a buscarle junto a una criada de confianza por las calles menos recomendables de Barcelona.

Sus ojos se velaron aún más, y los bajó con un gesto que a Requesens le recordó el de Daniel, su hijo muerto, e intentó apartar aquel pensamiento porque había algo malsano en ello. Sin embargo, no pudo evitar sentir que debía proteger y ayudar a aquel joven.

—Debió de ir con la pobre Serafina... —dijo en voz baja—. Ni siquiera se imagina por qué...

—Creo que todo el mundo sabe de sus circunstancias, pero solo quieren que usted esté bien.

Ismael miró de nuevo por la ventana.

La playa estaba cerca. Se oían los gritos de las gaviotas mezclados con el ruido de los cascos de los caballos contra los adoquines y las voces de vendedores. En aquel barrio los automóviles aún no habían hecho presencia.

—¿No siente desdén, repulsión hacia mí?

—No, ¿por qué iba a sentirlo?

Ismael tenía una taza de café a un lado. La tomó, pero se dio cuenta de que estaba vacía. Había en él cierta torpeza física, como la de los adolescentes que han crecido y todavía no son conscientes de que ya no son niños. Se quedó mirando los posos de la taza como quienes dicen auscultar el futuro.

Requesens se fijó en unas hojas escritas que había a un lado.

—Yo siempre he sido torpe físicamente.

—Yo también —dijo Treviso—. Mi madre me decía que si de pequeño existía la oportunidad de tropezar raramente la desaprovechaba, y en ocasiones hasta dos veces.

—Él se mostraba tan seguro de sí mismo. No parecía que nada físico le costara esfuerzo. Conducir, nadar, parecía que fuera una extensión de él mismo. Yo le miraba admirado y él entonces me despeinaba y me sonreía. Me había visto en la casa *pairal* de los Cardona en la calle Montcada. Cuando era pequeño solía acercarme allí a jugar con Casandra. Sin embargo, yo nunca le vi. Luego él me explicó que cuando venían visitas no le dejaban salir. Cuando le conocí en el hipódromo, donde me había llevado el conde de Treviso, él pareció acordarse de mí, ¡qué tierna era mi alma entonces! Se me debió de notar todo en la cara. Él me sonrió desbaratando cualquier posible objeción. Se mostró tan cálido conmigo... Durante tres meses pensé que yo, que él... Un día me pidió que le escribiera declarando mis sentimientos y le escribí, y él entonces ya no quiso saber nada más de mí. Lo peor de todo era la forma en que me empezó a tratar, su frío desprecio. Se rio de mí y de lo que yo sentía por él, siempre con su mirada divertida y medio burlona. Fui al hipódromo varios días, suplicante, no entendía nada, hasta que mi madre recibió las cartas que yo le había escrito. Todo fue tan horrible. Aquellas cartas consiguieron transformar a mi madre en alguien a quien yo nunca había visto. No me atrevía a mirar a nadie a la cara. Sentía la mirada de los criados encima de los hombros. La ignominia, la vergüenza. Huí de casa. Acudí al conde de Treviso. Él me rescató.

—Deberías comer —interrumpió el italiano.

—¿Cuánto tiempo hace que no lo hace? —preguntó Requesens.

—Esta mañana he tomado una sopa de pollo.

—Eso está bien.

—Voy a llevar esto a la cocina —dijo el conde de Treviso.

—Le acompaño.

La comida era sencilla, jamón, queso, huevos, mantequilla, café. Todo iba cuidadosamente empaquetado, comprado en uno de los mejores colmados de la ciudad. Requesens, sin muchos miramientos, empezó a guardar las viandas. Lo hacía por dos motivos: porque quería ayudar y porque así de paso comprobaba en qué condiciones vivía Ismael y si le faltaba algo.

—Siento lo de antes. No parece usted un policía —dijo Treviso.

—¿Por qué lo dice?

—Nunca he visto a un policía guardar tocino en la cocina de un sospechoso.

Requesens no pudo evitar sonreír.

—No debería decirlo, pero no considero al señor de Albí sospechoso.

—¿Por qué no?

—Las personas, cuando se sienten heridas, pueden actuar de dos maneras: de una forma destructiva, con violencia, y en algunos casos extremos con la muerte; o, por el contrario, reaccionar de forma creativa.

—Intento que siga adelante, pero él no hace más que leer esos libros de Shelley y Keats.

—Saldrá de esta, no se preocupe. Es una persona sensible y melancólica, pero tiene imaginación, le gusta escribir y este dolor le servirá algún día para algo.

—Parece conocerle mejor que yo.

—No le conozco. Pero he visto que ha estado escribiendo. Tiene las manos manchadas de tinta. Libros abiertos por doquier. Está intentando salir de esta.

—Yo se lo he dicho muchas veces, es de quinceañeras enamorarse del malo. En fin, tendré que preparar mi famoso pastel de zanahorias para que se recupere.

—No quiero que se moleste, pero usted y él...

Treviso se echó a reír.

—Perdone, se equivoca. Yo no soy, como lo llamarían ustedes, un invertido. Es verdad que lo probé una vez, pero no dio resultado.

—Ya que estamos aquí... me gustaría preguntarle qué hizo la noche de autos, además de acorralarme con sus amigos.

—No me estará hablando en serio, ¿verdad?

—Sí.

—No creerá que tengo algún motivo para asesinar a Victoria...

Requesens no dijo nada. ¿Hubo una pequeña vacilación en el conde de Treviso? ¿Un parpadeo más rápido de lo habitual? No supo decirlo a ciencia cierta.

—Yo tampoco debería ser sospechoso, soy también una persona muy sensible y creativa —dijo con la voz fingida y divertida de un sainete.

Requesens se le quedó mirando.

—Me parece que usted tiene más conchas que un galápago y que ha caído muchas veces de pie.

—Da usted miedo con esa capacidad de percepción.

—No creo que a usted le den miedo demasiadas cosas.

—Pues la videncia es una de ellas. Pero, en fin, ya que estamos aquí, como usted dice, le contestaré. Todo parecía contener lo ideal para una fiesta: disfraces, un invierno frío fuera, bebidas dentro. Intento reírme, intento que quienes estén a mi alrededor se lo pasen bien, agradar a la gente, ¿hay algo malo en ello? Yo no tengo la profundidad intelectual de Ismael. No le encuentro la gracia a ver una ópera llena de anhelos y amores contrariados... He oído decir que la nueva ópera de Wagner, *Parsifal,* dura cinco horas... ¡Díos mío, cinco horas!

—No es nueva, solo que no puede estrenarse fuera de Alemania todavía.

—Bueno, pues eso.

—No me ha contestado a la pregunta.

—Ya empieza usted a parecerse a un policía como los otros. En fin, ya veo que le conmueve la situación de Ismael, pero la mía no...

—Prosiga, por favor.

—Justo cuando tuvimos el delicioso encuentro con usted, intentamos acceder al escenario... Habría sido magnífico aparecer entre aquellas esclavas vestidas como le gusta ir a la querida con pretensiones que tiene Manuel Girona. Habría sido un escándalo fenomenal, una *boutade* en toda regla. Pero, claro, no hubiera podido superar a la de la gran Victoria de Cardona. Un portero con muy malas pulgas nos lo impidió. Y luego vino un mozo y otro mozo, y nos zarandearon, debo decir que de una forma del todo adorable. Luego fuimos todos en tropel a por bebidas al Café del Liceo. Mientras estábamos allí, oímos voces, alguien había muerto, un atentado, y entonces se desató la histeria y todo el mundo salió corriendo.

Requesens escuchó las palabras de aquel hombre y, una vez este hubo acabado con sus explicaciones, se despidió de Ismael y de Treviso y abandonó el lugar.

•◆•◆•

Elías Bargalló seguía en el hospital. Podía haber vuelto perfectamente a casa, su cara ya no presentaba señales de ningún edema y las magulladuras habían desaparecido por completo. Sin embargo, aún no se hallaba con fuerzas para retomar su vida y temía que en cualquier momento Tresols le asaltara con la idea de acabar con su trabajo. Elías se puso en tensión nada más ver acercarse a Requesens por el pasillo. Estando rodeado de enfermeras y médicos era difícil no darse cuenta de que aquel hombre con un traje oscuro, paso firme y cara seria era un policía. Requesens se dio cuenta de ello, aflojó el paso y se quitó el sombrero con humildad.

—Soy el inspector Requesens.

Elías se calmó y sus rasgos se relajaron por completo.

—Es usted el marido de la señorita Mariona... usted... me trajo aquí.

El inspector aprovechó un momento en que sabía que su mujer no estaba trabajando para acercarse al hospital. No le gustaba ponerla en un compromiso y últimamente la había puesto en varios.

—Quería decirle que lamento de veras lo sucedido. Usted estaba en la lista de personas que acudieron al baile y deseaba tomarle declaración.

—Y al ver mi nombre pensó que había matado a Victoria para vengarme por el asunto de las patentes.

—Era una posibilidad.

Guardó silencio durante unos segundos.

—Siento lo que pasó con el inspector Tresols —dijo Requesens—. Debería haberle tomado declaración yo, pero no fui informado. Lo siento.

Los dos se quedaron de nuevo en silencio. La incomodidad de uno y la culpabilidad del otro conseguían que ambos midieran las palabras.

—¿Y al final cree que he sido yo?

—No.

—¿Por qué? Tuve la oportunidad y el motivo.

Porque cuando lo recuperó de las manos de Tresols vio su mirada y supo que no lo había hecho. Pero eso no se lo podía decir.

—¿Por qué decidió ir al baile?

—Fue idea de Manolo Martínez. Somos viejos conocidos. Pensó que estaría bien que me divirtiera y que saliese un poco. Visto lo visto fue una mala idea.

—¿De qué le conoce?

—Creo que usted ya lo sabe.

—Sé que estuvieron implicados en un caso de venta de estupefacientes. El caso no fue a más en la Audiencia. Lo que no sé es cómo se conocieron.

—¿Saberlo le ayudará a resolver el crimen?

—No, pero me gustaría hacerme una idea lo más clara posible de quién era Victoria.

—¿Por qué cree que ella estaba en medio de nuestra amistad?

—Ambos la conocían.

Él bajó la cabeza y sonrió blandamente.

—En realidad está usted en lo cierto. Todo el mundo conoce la historia. Ha sido relatada en la prensa una y otra vez, no me haga repetírselo.

—Me gustaría escucharla de sus propios labios.

—No sé qué va a conseguir con esto.

—Por favor.

Elías bajó la mirada y empezó a hablar lentamente:

—Yo trabajaba en la fábrica textil de los Cardona. Estudié Química y luego Farmacia. Allí llevaba el laboratorio de Química. Soy un especialista en colorantes y tintes. Los tintes son todo un mundo ¿sabe? Se han formado imperios y caído naciones a cuenta de un colorante. Victoria se acercaba a menudo al laboratorio. Le gustaba vernos trajinar con los erlenmeyers y los tubos de ensayo. Vino un día intrigada por algo. Me preguntó por uno de los colorantes. Era un rojo que utilizábamos para conseguir el rojo cardenalicio, diferente del púrpura. El rojo de los cardenales... ¿Sabe lo que significa?

Requesens negó con la cabeza. Elías volvió a sonreír y dijo:

—Significa que los cardenales defenderán la fe incluso con el derramamiento de su sangre, *usque ad effusionem sanguinis*. Victoria... Ella, curiosamente, me preguntó si podía servir para curar heridas. Yo le dije que podía ser. Había leído que en ciertas partes de la China utilizaban los mismos colorantes que servían para teñir las sedas como conservantes de la comida. Ella había convencido a su marido para que financiara una cátedra en la Universidad. Además de en los laboratorios Cardona, me habían contratado como profesor adjunto en la Facultad de Farmacia, con lo que teníamos acceso a sus laboratorios, mucho más avanzados que los de la empresa. Empecé a investigar. La investigación me absorbía cada vez más y más, dejé mi vida de lado. Descubrí que uno de los componentes del rojo cardenalicio era un gran antiséptico, pero para aislarlo, purificarlo y obtenerlo en cantidades suficientes me pasé horas y horas. Entré en una especie de trance febril. Quería descubrir cuál era el componente, purificarlo, llegar hasta su naturaleza última. Tenía morfina y cocaína al alcance de la mano, y un día de una forma natural... eso me ayudó a seguir investigando, y así podía pasarme días enteros. Pero cada día consumía más y se hizo demasiado peligroso conseguirla en la facultad. Pronto echarían en falta algunos frascos. Pero fue la propia Victoria quien se encargó de todo. Al descubrir que la necesitaba para seguir investigando, que estaba a punto de purificar la victorina, me proporcionó ella la morfina. Y así conocí a Santiago Castejón. Ese chuloputas que Victoria tenía a su servicio. Fue él quien me la proporcionaba. Todo la que quisiera. La única condición era que me pasara horas y más horas en el laboratorio hasta que consiguiera sintetizar el compuesto correcto. Y lo conseguí. A cambio me convertí en una piltrafa humana.

Hablaba de forma febril y empezaba a mostrarse agitado.

—Castejón. A veces él mismo me la inyectaba. Se me quedaba mirando con curiosidad al ver que todos mis males, mis ahogos, mis necesidades, se diluían poco a poco en la paz beatífica. Se quedaba mirando como si quisiera atrapar ese momento y hacerlo suyo. Lo hacía con interés, como un científico, como un vampiro. La victorina. Cuando conseguí la suficiente cantidad y comprobé que destruía la pared celular de las bacterias y curaba las heridas, y que estas cicatrizaban casi por arte de magia, me pasé varias semanas en la cama, durmiendo, esperando que Castejón viniera para inyectarme, algo que hacía puntualmente. Hasta que un día dejó de hacerlo. Pensé que me moría. Victoria, una vez obtenido lo que quería, dejó de proporcionarme lo que yo tanto necesitaba. La patente era de laboratorios Cardona. Ella se haría multimillonaria, ya no me necesitaba. Y me convertí en una piltrafa, arrastrándome todos los días, mintiendo, rogando por las farmacias de la calle Hospital. Manolo y yo nos hicimos amigos una tarde en el teatro. Él también era adicto. Y un adicto conoce a otro en cuanto lo ve. En todos los teatros hay dobles funciones, triples, todo el mundo funciona así... quién puede aguantar ese ritmo, ese ahora, ahora. El tráfico de cocaína no es ilegal todavía. Cuando lo sea Santiago ya lo habrá abandonado y se dedicará a otra cosa, a otra nueva necesidad de la gente.

—¿Y respecto a Victoria?

—La odiaba, pero como se puede odiar de una forma abstracta. Mi odio es como el que puede tener un campesino a las inundaciones, sé que está ahí aunque no puedo hacer nada. Denuncié a Victoria ante los tribunales por haberse quedado con la patente. Pero a los pocos días, casualmente, a Manolo y a mí nos detuvieron por adulteración de drogas, por obtenerla ilícitamente de la facultad de Farmacia, y por proxenetismo, cuando Manolo lo único que había hecho era que algunas chicas trabajaran en sesiones un poco más picantes a puerta cerrada en algunas casas respetables. Victoria sabía todo eso. A cambio de detener la investigación tenía que retirar la denuncia sobre la patente. Además, me ofreció una compensación económica si renunciaba a ello. No fue mezquina en ese aspecto. Podía conjugar la mezquindad con la generosidad según su conveniencia. No soy todo lo rico que podría ser, pero ahora puedo vivir de rentas.

—¿Cómo detuvieron la investigación?

—Enrique Díaz Guijarro era el fiscal de la Audiencia. El actual jefe de la policía, su jefe.

La mente de Ignasi Requesens se negó a seguir aquel hilo de pensamiento.

—¿No lo entiende? Está a sueldo suyo. Santiago quiere saber quién mató a Victoria. Toda la ciudad sabe que usted sigue investigando. Él está al tanto de todo lo que usted hace, de todo lo que usted dice. Por eso Díaz Guijarro le deja a usted continuar con esto.

—No puede ser.

Elías Bargalló se subió la manga del pijama. Requesens vio un antebrazo lleno de ulceraciones, cicatrices y nódulos.

—Él me hizo esto. No me importa si me cree o no me cree. Solo le pido que tenga cuidado.

•◆•◆•

Cuando llegó a casa ya era tarde y Mariona estaba preparando la cena. Su padre daba clases de música a los niños del barrio y llegaría más tarde. Lo cierto era que apenas podía oír la música y que entretenía a los niños realizando imitaciones de animales o contando aventuras de críos desamparados que eran de Charles Dickens pero que él hacía suyos. Así, Londres se transformaba en Barcelona y los marjales de *Grandes Esperanzas* en los humedales del Prat de Llobregat. Ella le dio un beso de bienvenida y se secó las manos con el delantal antes de acariciarle la cara.

—Necesitarías dos afeitados al día —dijo ella.

—Vengo del Clínico.

—¿Has ido a ver a ese pobre hombre?

—Sí.

Aunque ella tuviera conocimiento del lado oscuro de su trabajo, que un compañero suyo torturara no dejaba de provocarle aversión. La policía aún torturaba, mataba y asesinaba a sangre fría. Y uno no se podía fiar de nadie. Había una marea negra, corrompida, en la policía y en la justicia, y numerosos hombres habían sido absorbidos por ella, y Ossorio, por mucho que se esforzara, podría desviarla o contenerla, pero habían sido demasiados años de la vieja escuela y ahora era difícil librarse de aquella manera de hacer las cosas.

—Voy a poner agua a calentar —dijo ella llenando una cacerola con agua para que Requesens se pudiera lavar. Él se dio cuenta de que no quería seguir hablando de Elías.

No habían vivido nunca con holgura, pero ahora eran muy pobres. Habían vendido todo lo que tenía algún valor para salvar a su hijo. Mariona había pedido incluso dinero a su familia, un dinero que todavía les debían. Su familia culpaba a Ignasi soterradamente de no ser capaz de hacer frente a las necesidades de Mariona.

Requesens se lavó en una jofaina en el baño. Se lavaba por la noche después de llegar del trabajo. Durante la guerra había tenido que llevar durante semanas la misma ropa y ahora no podía estar un día sin lavarse, aquello se había convertido más en una necesidad moral que física. No siempre tenía que atender un caso como el actual, un crimen en un gran teatro. La mayor parte de los casos ocurrían en pisos anodinos y lugares destartalados, y se encontraba con cuerpos en descomposición de personas que nadie había echado en falta, crímenes por deudas de juego, robos con violencia, pasiones vulgares mezcladas con los aspectos más miserables de la naturaleza humana.

Se sentó en la cama del dormitorio. Todavía no se había puesto la camisa. No había prestado mucha atención a enjuagarse y le quedaban restos de jabón en su velludo pecho. La habitación era estrecha. Un armario ropero ocupaba un buen trozo de ella. Mariona entró a buscar algo y Requesens la sujetó contra sí, la abrazó y apoyó su cabeza con ternura en su vientre. Algo en su interior le decía que ya no podrían tener más hijos. Vio ante él su futuro. Sabía que moriría solo. Sabía que ella moriría antes que él. Sabía que acabaría en el Montepío de Policías, viejo y solo. Tenía treinta y ocho años y tal vez Güell tuviera razón: quizá fuera una edad muy mala. ¿Cuántos años viviría? Su padre tenía casi setenta años. Él era hijo único. Mariona tenía varias hermanas con las que no se llevaba bien porque había decidido casarse contra viento y marea con un policía, con la baja consideración que eso conllevaba. Hubiera podido aspirar a algo mejor, decían sus hermanas, un contable, un médico incluso.

Los padres de ella tenían una bonita papelería librería en la Rambla de Cataluña, la Fabré. Fue una casualidad que él entrara allí, mientras seguía a un sospechoso aparentando que se interesaba por el papel de cartas. Se enamoró de ella nada más verla. Trabajaba rodeada de cuadernos, agendas, libretas de colores y estilográficas. Él no sabía que era una de las hijas de los dueños, pensaba que era otra dependienta más. Hacía poco que había ingresado en la policía, atraído por las promesas de darle un nuevo aire de modernidad al cuerpo por parte del duque de Bivona, por aquel entonces gobernador de Barcelona, y había dejado aquel puesto de trabajo en la Caja de Reclutamiento, un lugar seguro pero burocrático. Empezó a ir a la papelería todos los días con cualquier excusa, comprar papel de cartas, sobres, incluso un día se permitió el lujo de comprar una estilográfica. Ella sonreía y bromeaba con que debía de escribir mucho para necesitar tanto papel. Él se mostraba avergonzado ante ella. Había luchado cuerpo a cuerpo, se había arrastrado bajo las balas, pero aquello apenas era nada comparado con el valor que tuvo que reunir para atreverse a pedirle si quería ir con él a tomar un chocolate caliente. No pudo dormir la noche anterior a pedírselo. Se presentó ojeroso, vislumbrando ya su rechazo y un futuro sin ella. Y cuando Mariona le sonrió y le dijo que sí, y se ruborizó un poco, e intercambió una mirada de complicidad con otra dependienta que estaba al tanto de las visitas de aquel joven tan atractivo, aunque de rasgos un tanto severos, él fue el hombre más feliz del mundo. Había vivido ciego y sordo al mundo hasta que la conoció a ella. Únicamente, a veces, escuchando música, sabía que, en algún lugar, había algo parecido a la felicidad, un mundo que podía anhelar, pero que parecía vedado para él. Nunca había sido feliz. Nunca. Y conocer la felicidad fue como tomar un licor demasiado fuerte: provocó una sacudida violenta en todas las fibras de su ser. «Así que la felicidad es esto», se dijo. Y cuando llegó el día en que por fin abrazó a Mariona y hundió su cara en aquel suave cuello pensó que había llegado al paraíso, un paraíso que además era el suyo.

Ella le acarició el oscuro cabello. No le gustaba como lo llevaba cortado. Los dedos blancos de Mariona contrastaban sobre él. Lo intentó peinar, pero luego se lo pensó mejor y creyó que estaba más guapo despeinado.

—Ignasi, me gustaría ser enfermera.

Él al principio no dijo nada. Pero al pensar que su silencio podía ser malinterpretado dijo:

—Yo solo quiero que tú seas feliz.

Lo de ser enfermera no le había sorprendido. Hablaba a menudo de sor Francisca y de su trabajo en el hospital, y Mariona, que hasta entonces no había sido en exceso devota, empezó a asistir con regularidad a misa. Requesens comprendía que era una manera como otra cualquiera de apaciguar el dolor por la muerte de su hijo. Ambos estaban heridos y no se podían ayudar el uno al otro.

De repente él la miró:

—Mariona...

A menudo, cuando la veía silenciosa o retraída, se daba cuenta de que él no formaba parte de sus pensamientos. Él sabía que no debía mostrar temor, aunque se sentía incómodo con aquella actitud circunspecta. Intentó encontrar las palabras adecuadas, sopesadas con cuidado, pero solo pudo llegar a decir:

—No te alejes de mí, por favor. No podría soportarlo.

De nuevo apoyó la cabeza en su vientre. Era el único consuelo que tenía.

Mariona le acarició el cabello de nuevo, lo besó con ternura en la cabeza, en la frente, cruzada por un par de obstinadas arrugas. En la habitación de los vecinos de al lado, se oyó de pronto el griterío de unos niños, tal vez los estaban bañando o simplemente se habían puesto a jugar. Eran voces felices. Y Mariona deshizo el abrazo.

CAPÍTULO 10

El hipódromo de Can Tunis se había inaugurado en 1883 en unos terrenos pantanosos, entre la montaña de Montjuic y el mar, al este de la ciudad. El hipódromo había conocido días de esplendor en la década previa, las carreras habían sido un éxito entre la aristocracia y la alta burguesía, y era como si al Liceo le hubiera salido un contrincante. Aquello duró tres o cuatro temporadas, porque desde el cambio de siglo se hallaba bajo un sopor más que notable. Tal vez había tenido que ver el terreno, una zona bastarda y húmeda entre los almacenes del puerto, desperdigadas masías, poblados de pescadores e incipientes zonas industriales. Allí los vestidos de las señoras se tenían que arrastrar por tierra; los alrededores eran ciertamente abruptos y con el tiempo reclamaron su verdadera naturaleza proletaria y comercial. Un escándalo con las apuestas fue la puntilla que colmó el vaso del abandono.

El tranvía del Morrot daba servicio tanto al hipódromo como al cementerio y tenía el apeadero en la entrada del primero. Junto con Requesens, apenas se bajaron cuatro o cinco viajeros.

El hipódromo era de considerables proporciones y mostraba cierto abandono no carente de atractivo, como si hubiera sido extraído de una vieja acuarela familiar. Requesens no había estado antes allí, aunque sabía de su existencia. Había dos pistas, una para las carreras sencillas y otra mucho más larga para las carreras de obstáculos, y una gran *pelouse* para que los espectadores, a pie, a caballo o en carruaje, pudieran seguirlas.

La tribuna cubierta, que podía albergar a dos mil personas, a primera vista parecía en buen estado, pero bajo una segunda mirada más atenta se observaban desperfectos en el tejado, asientos y barandillas rotas, y se percibía el aire de quien ha vivido tiempos mejores. La tribuna era reflejo de una sociedad estratificada; había asientos de libre circulación, de primera y segunda clase, y palcos ocupados por el Círculo Ecuestre y Fomento de la Cría Caballar.

A un lado se alineaban casetas de apuestas, ahora vacías; al otro, edificios de oficinas y cuartos de pesaje que permanecían cerrados aunque sin aparentar descuido, como si fueran casas de verano cerradas en invierno a la espera del buen tiempo.

Requesens tuvo que reconocer que era un buen lugar para hacer negocios no del todo lícitos, un lugar alejado, pero que aún mantenía cierta respetabilidad.

Detrás de la tribuna se encontraban las caballerizas, un jardín y dependencias que debían de funcionar como oficinas. Frente a ellas había aparcado un automóvil muy moderno, de líneas fusiformes, plateado y que brillaba lanzando destellos cromados; Requesens no recordaba haberlo visto circular nunca por la ciudad.

Santiago Castejón estaba de pie, al lado de aquel automóvil. Escuchaba con atención a un hombre joven, vestido con un traje de montar. Parecía que estuvieran apostándose algo.

A pesar de todos sus confidentes, nadie había avisado a Castejón de su visita y al ver a Requesens mostró cara de sorprendida extrañeza.

—Es usted Santiago Castejón, ¿verdad?

Este asintió y alargó la mano con diplomacia. Su encaje de manos era firme.

—Soy el inspector Requesens. Creo recordar que nos vimos en el entierro de la señora condesa. Espero no importunarle.

Castejón sonrió. Era evidente que no esperaba su visita, pero también que no le disgustaba del todo y que incluso admiraba aquel atrevimiento. Le presentó al jinete:

—Sergio Desvalls.

—Inspector.

Encajaron las manos. Sergio Desvalls, el famoso jinete, era el primogénito de los marqueses de Alfarrás, los dueños del laberinto de Horta. Vio que de cerca no era tan joven como parecía y que ya había alcanzado la treintena.

—Si no les importa les dejo a ustedes —dijo Desvalls—. *Rosemary* me está esperando.

El jinete inclinó la cabeza a un lado como si sintiera cierto pesar y se dirigió hacia las cuadras. Tenía el andar de quienes han crecido montando a caballo, nadando y realizando actividades al aire libre. Algo en él le indicó a Requesens que se encontraba a disgusto en aquel lugar.

Cuando estuvieron a solas, Castejón preguntó de buen humor:

—¿Quiere tomar un café?

—De acuerdo —contestó Requesens con seriedad.

El restaurante había sido proyectado para albergar a un gran número de personas y disponía de una terraza al aire libre. Una parte estaba cerrada y la que permanecía abierta apenas contaba con media docena de personas, en su mayoría hombres mayores que parecían recordar viejos tiempos. Santiago le ofreció tomar el café allí a pesar de que aún hacía frío, a lo que Requesens aceptó, y se sentaron a una mesa.

El día era despejado y la luz caía oblicua, perdiéndose un poco más allá de Montjuic. Las ráfagas de aire traían un olor a sal que se mezclaba con el olor a la hojarasca que algún agricultor estaba quemando en alguno de los campos de cultivo que se extendían en torno al Hipódromo. Algunos jinetes entrenaban ajenos a todo aquello. Los caballos, las cinchas, el olor a cieno, el ruido de los cascos al trote... No, no era un mal lugar.

—No sabía que todavía se hacían carreras —dijo Requesens.

—No tantas como antes. Para acompañar el café le recomiendo las torrijas.

A Requesens no le gustaba comer ejerciendo de policía. Creía que algo tan trivial como que se le quedaran unas migas en el bigote le restaba credibilidad.

Trajeron los cafés y las torrijas. Santiago se había sentado con el cuerpo ligeramente echado hacia atrás, las piernas abiertas. Era evidente que iba armado.

—Usted dirá.

—Como ya sabrá, soy el inspector encargado de la investigación del crimen ocurrido en el Liceo.

—Creía entender que la investigación había sido cerrada.

—Oficialmente.

—Pero usted sigue investigando.

—Me gusta dejar atados todos los cabos sueltos. Por ese motivo es por lo que he venido a verle. Es usted una de las personas que mejor conocía a Victoria de Cardona.

Santiago se le quedó mirando. Se pasó la mano por la barbilla de forma pensativa y dijo:

—La verdad es que cuando le he visto llegar no sabía si admirarle o cabrearme. Usted sabe perfectamente quién soy yo.

—No, no lo sé. ¿Hay alguien en esta ciudad que le conozca a usted realmente?

Castejón volvió a sonreír. Requesens tuvo la sensación de que consideraba aquella pregunta un halago.

—Me cae usted bien. Pero supongo que ni por un momento se le habrá ocurrido la audacia de tomarme declaración policial.

—La investigación ha sido cerrada, como usted bien ha dicho.

Las pupilas de Santiago Castejón se afilaron. Sin embargo, seguía sonriendo. Requesens tuvo por primera vez la sensación física de que se encontraba en peligro. Dos hombres que estaban disimuladamente apostados se abrieron la americana. Aquella rabia era real, aquel crujir de mandíbulas que tenía atemorizados a los gitanos del Sot del Migdia, mezclado con aquella sonrisa, había llevado a la desesperación a Ismael de Albí.

—Albert Bernis no fue quien la mató —dijo Requesens como quien arroja un trozo de carne a un depredador para calmarle.

—Eso ya lo sé. Para matar a alguien se necesita un cuajo que él no tenía.

—A veces, en determinadas circunstancias...

—O se es un cabrón o no se es. Lo que no se puede es ser moderadamente cabrón.

A su pesar, Requesens reconoció que aquella frase le había gustado y se descubrió a sí mismo sonriendo.

—Usted sabe algo, tiene cierta idea de quién fue —añadió Santiago.

Requesens no había hablado con nadie de Yusep, excepto con Caramillo. Estaba seguro de que si Castejón ponía las manos sobre Yusep no se andaría con chiquitas. Tal vez todo fuera un cúmulo de casualidades. El muchacho se había asustado del tumulto durante la noche del asesinato y había decidido no volver, pero cada vez que entraba en el Liceo algo le decía que no había sido así.

Castejón pareció seguir su línea de pensamiento y le dijo:

—Sospecha de alguien.

—Es un crimen difícil. Hubo multitud de personas que tuvieron oportunidad de hacerlo. ¿Quién deseaba su muerte? ¿A quién beneficiaba? Usted era uno de sus más estrechos colaboradores y quien parecía conocerla mejor.

Santiago reclinó el cuerpo, esta vez hacia adelante. Con un ademán ordenó a sus hombres que se marcharan dentro. Sacó una pitillera de plata y le ofreció un cigarrillo a Requesens.

—Gracias —dijo Requesens tomando uno.

En el interior de la pitillera estaban las iniciales V y S regiamente labradas. Parecía que lo hubiera dejado ver a propósito. Había un código no escrito por el que, si un hombre ofrecía un cigarrillo a otro, este último debía proporcionar fuego. Requesens le encendió el cigarrillo. Santiago protegió la llama del viento con sus manos. Eran fuertes y de uñas cuidadosamente recortadas, y en los puños de la camisa blanca, almidonada, llevaba unos gemelos también de plata. Los rostros de ambos hombres estaban de pronto muy cerca. Santiago exhaló el humo echando la cabeza atrás y, sonriendo, dijo:

—Tiene usted buen pulso. Se nota que está acostumbrado a empuñar un arma.

El cigarrillo era británico, suave y acre a la vez, y Requesens aspiró el humo y sintió una punzada placentera, algo dolorosa, en algún punto de su garganta.

Castejón se lo quedó mirando abiertamente como si intentara descubrir algo en él y, tras permanecer un rato en silencio, dijo:

—Espero que no se ofenda, que no se moleste por lo que voy a decirle.

Requesens inclinó la cabeza indicándole que podía continuar.

—Yo podría ayudarle —añadió Castejón.

Acercó su cuerpo un poco más. El humo de los cigarrillos de los dos hombres se mezcló. Y con voz suave dijo:

—Sé que usted logrará esclarecer el crimen. Me gustaría que me tuviera informado del transcurso de las investigaciones y una vez sepa quién asesinó a Victoria me lo diga y lo deje en mis manos. Puedo ofrecerle todo lo que quiera a cambio. El dinero seguramente no será importante en su escala de valores. No pienso ofrecérselo porque sé que lo rechazaría, ya le he dicho que no quiero ofenderle. Aunque ha de saber que el dinero está muy bien cuando se necesita. Como por ejemplo cuando murió su pobre hijo. Sé que tuvieron que venderlo todo para poder pagar la medicación y las atenciones médicas, así que dejo que sea usted quien decida qué es lo que yo podría proporcionarle.

Requesens guardó silencio y se quedó mirando a Castejón. Tenía los ojos castaños. Unas pequeñas motas como de mica resplandecían en ellos.

—Me ha mandado investigar.

—Naturalmente —dijo Santiago sin apartar la mirada.

—Entonces ya sabe que rechazaré trabajar para usted.

Castejón dijo, oscuramente divertido:

—No le he ofrecido trabajar para mí. Le he ofrecido lo que quiera, lo que desee más profundamente y nunca se atrevería a decir de viva voz a cambio de un culpable. Le sorprendería saber quién tiene ciertas necesidades que soy la única persona en esta ciudad capaz de proveer. Incluso podría explicárselo a usted, si quisiera.

Requesens no dijo nada. Santiago volvió a sonreír y con voz confidencial añadió:

—Usted cree que yo pienso que es un honrado padre de familia, obcecado, pero de buen talante, que bajo la capa de afabilidad con que le unto cree descubrir un íntimo desprecio hacia su persona. Piensa que ahora mismo estoy calculando sus pequeños ingresos, lo que vale su traje de confección barata, piensa que me río, que soy todo burla, pero no es cierto. Comprendo sus esfuerzos por conciliar su repugnancia instintiva por la vileza humana con su igualmente... instintiva piedad.

Castejón se detuvo. Su mirada se retrajo a la espera del efecto de sus palabras. Dejó escapar el humo por la nariz. Requesens no pudo evitar respirar aquel mismo humo, acre y de un tono azulado.

—Supongo que usted puede llegarme a ver como un personaje patético e incluso digno de lástima, que se consume en su propia hiel. ¿Cómo se comportaría usted, señor Requesens, si supiera que Mariona ha sido asesinada? ¿Conservaría su ecuanimidad? ¿No utilizaría todo lo que estuviese a su alcance, por ilegal que fuera, para desentrañar la identidad del asesino?

—Piensa usted demasiado.

—Sí, tal vez tenga razón. Tal vez todo sea más sencillo y lo único que sucede es que soy un ser terriblemente inmoral.

Soltó una carcajada, seca, sin crueldad.

—Victoria se hizo cargo de su educación —dijo Requesens—, pero no se crio usted con ella, seguía viviendo en la Casa de la Caritat de Manresa, un orfanato. Solo compartía el mismo techo con ella durante unas semanas al año. Debía de estarle tremendamente agradecido, pero descubrió que aquel hogar era solo por una temporada, dos, tres meses en verano, y que luego volvía a un lugar que no dejaba de ser un orfanato. Conocer una vida de riqueza y opulencia y luego volver a los dormitorios comunitarios y las camas estrechas y la ropa blanca, limpia pero áspera... Yo a eso no lo llamo inmoralidad. Yo a eso lo llamo morirse de pena.

Santiago se obligó a sonreír, pero esta vez era una sonrisa vieja que murió apenas al ser esbozada. Se levantó con una actitud de indiferencia demasiado ostensible para resultar auténtica, aplastando el cigarrillo en el cenicero, y dijo con voz contenida:

—Si me disculpa tengo cosas que hacer.

Arrojó la servilleta sobre la mesa y añadió:

—Si lo desea, puede quedarse aquí a acabarse el café.

—Lo haré.

Castejón se alejó. Requesens se quedó sentado. No tenía sentido desperdiciar aquel delicioso café.

Al cabo de unos minutos oyó un ruido potente, una serie de petardeos explosivos y metálicos. Levantó la vista y el automóvil que había visto aparcado cerca de las caballerizas circulaba ahora por la pista de carreras de caballos a una increíble velocidad, compitiendo con el famoso jinete. Requesens no pudo dejar de admirarlo. Nunca había visto correr tanto a un automóvil. En realidad, no había visto correr nunca a nada tanto. El automóvil era un Mercedes Blitzen Benz, un automóvil que podía alcanzar una enorme velocidad; no en vano, Blitzen significa rayo en alemán. Si tenía decidido realizar la carrera con anterioridad a su encuentro o había sido una decisión de última hora era algo que a Requesens se le escapaba.

El automóvil batió al jinete y se detuvo finalmente girando las ruedas, derrapando con estruendo y levantando una gran polvareda ante un grupo de gente que lo recibió con gritos de alborozo y alarma a un mismo tiempo. Sergio Desvalls desmontó. Su cara era de hastío, pero dio la mano amistosamente a Castejón y echó a caminar junto a su caballo. Había nobleza en él.

Varias figuras le resultaban familiares entre aquel grupo que rodeaba a Castejón. El conde de Treviso reía nerviosamente, admirado, sofocado incluso, su cuerpo delgado ante el recio de Castejón. Otros jóvenes cachorros de la alta sociedad burguesa, el hijo menor de los Güell y el hijo menor de los marqueses de Alella, también le vitoreaban.

Todos se conocían entre todos.

Todos fingían ante todos.

Requesens se levantó dispuesto a marcharse, sintiendo una especie de náusea. Y entonces, extrañamente, Santiago lo miró y le dirigió una sonrisa cálida y esplendorosa, como si fuera la única persona en este mundo merecedora de ello, como si él le comprendiera, como si a él toda aquella gente de la que estaba rodeado también le diera asco.

•◆·◆·

Llamaron a la puerta del despacho de Requesens.

—Pase.

—Jefe...

Fernández se acercó hasta el inspector de manera subrepticia. Ya no estaba adscrito a Jefatura y había vuelto a Atarazanas. Desde el día en el sótano con Elías Bargalló no se habían vuelto a ver. Se abrió la americana y sacó un sobre grande.

—Las fotografías del baile de máscaras. No diga que se las he traído yo.

—Me habían dicho que las fotografías se habían velado.

Era habitual que tomaran fotografías de las representaciones. Y también era cierto que a menudo fallaba la técnica y se velaban.

—Ya ve que no.

—¿Cómo las ha conseguido?

—Es mejor que no pregunte.

—Le debo una.

Fernández hizo un gesto de complicidad con el sombrero y se marchó.

Requesens se guardó el sobre. Su despacho no era un lugar seguro. Cualquiera podía entrar y salir, aunque le pidieran permiso.

En Barcelona se había creado unos cuantos años antes el primer gabinete antropométrico y fotográfico en el Gobierno Civil, a escasos pasos de allí, y poco a poco se había extendido su uso en prisiones y comisarías. La propia Jefatura contaba ahora con uno en el entresuelo del edificio. Bajó hasta él.

Pero no estaba a solas, naturalmente. Se encontró allí con el inspector Molins, jefe del gabinete e inspector jefe del distrito de Universidad. También era profesor de dactiloscopia en la Escuela de Policía. Era uno de los pocos que, como él, era catalán. Tenía cierto sobrepeso y se mostraba siempre afable.

—Molins...

—Requesens.

—Me gustaría ver unas fotografías con detalle.

—Y cómo las lleva escondidas en su americana creo que desea hacerlo a solas.

—Tiene usted una gran capacidad de observación.

—Lo tomaré como un cumplido.

—No era otra mi intención.

Molins miró a uno y otro lado.

—Los agentes Vivó y Pineda están en el Gobierno Civil pero no tardarán en volver. ¿Qué es lo que necesita exactamente?

—Necesito mirar con detalle unas fotografías, ampliarlas al máximo.

—Acompáñeme.

El estudio fotográfico estaba preparado para tomar fotografías de frente y de perfil de los sospechosos. Colgados en las paredes había dibujos con varias indicaciones de cómo hacerlo según el método Bertillon. También había otros dibujos que parecían tablas de gimnasia en los que se explicaba qué rasgos antropomórficos había que medir y cómo se debían tomar las fotografías del sospechoso. Se tomaban medidas de todo el cuerpo. Todas aquellas fotografías y medidas formarían parte de la ficha policial, que se almacenaba por un anticuado método alfabético, en vez de por rasgos, lo que provocaba que cada vez que se detenía a alguien se miraran las fichas una por una.

—Tenga, esta lupa le vendrá bien. Acérquela mucho a la fotografía y usted mire desde cierta distancia. Así verá mejor los detalles.

Molins le dejó a solas y Requesens abrió el sobre y sacó con cuidado las fotografías. Había muchas de diferentes grupos. Era evidente que el fotógrafo deseaba venderlas luego a los interesados. El ojo del fotógrafo había captado detalles de los que Requesens no se había dado cuenta. Chicas que vendían flores. Caricaturistas. Puestos en los que se leían las cartas. Grupos de amigos que posaban frente al fotógrafo. Gente divirtiéndose, ajena a la catástrofe que se iba a avecinar. Sin embargo, no había muchas fotografías del recital. Tan solo dos o tres. Probablemente había recibido indicaciones de Bernis de que solo podía hacer esas. El fotógrafo había huido tras ser encontrado el cadáver de Victoria. Todo el mundo había temido por su seguridad. En el gabinete había un fotógrafo criminalista que se encargaba de tomar las fotografías a los detenidos y también a los cadáveres cuando se podía, pero fue imposible encontrarle la noche de autos. Todavía no disponían de un servicio que estuviera dispuesto las veinticuatro horas.

Pero a pesar de todo ello había una fotografía realizada en plena representación que abarcaba todo el coro y los palcos. La lupa magnificó la imagen. Empezó a observarla de una manera sistemática desde la izquierda a la derecha y de arriba abajo. Se fijó en el palco de proscenio. Allí estaba Victoria. El rostro carcomido por una curiosidad violenta, no codicia, sino algo más fundamental, primigenio, incluso más que el sexo: la curiosidad, el deseo de saber el porqué. ¿Qué miraba con esa ansia? ¿Qué buscaba? Las cantantes del coro iban vestidas como reinas isabelinas y emperatrices bizantinas, y, en medio, el fulgor deslumbrante de la sencillez de Teresa. Yusep estaba a un lado, arrodillado como un cervatillo a punto de beber agua, vistiendo un chaleco cargado de falsa pedrería. Y entonces algo llamó su atención en el turbante: una pieza excepcional, una piedra preciosa que brillaba como el ojo de un dragón. Era el rubí de los Cardona.

Requesens sintió un estremecimiento. Se dijo a sí mismo que si él lo había reconocido, Victoria de Cardona también lo debía de haber hecho. Desde el segundo palco de proscenio casi podían darse la mano con los músicos de la orquesta. Los intérpretes estaban muy cerca. El brillo de la pieza debió de llamar su atención, aquel fulgor de sangre no le pudo haber pasado desapercibido; sin embargo, al resto de los presentes sí. Rodeado de piedras falsas, brillantes, entre tanta falsa apariencia se escondía una realidad.

¿Qué relación tenía Yusep con la joya? ¿Cómo la había conseguido? ¿Para qué se la había puesto en una representación de una ópera inglesa? ¿Qué relación tenía él con *Dido y Eneas*?

Sin duda, Victoria había descendido al ver la joya engarzada en el turbante. Habría esperado entre bastidores a que acabara la obra. Yusep no había vuelto al camerino. El rubí apareció en la mano de Victoria, con lo que ella y él se tuvieron que ver frente a frente. El ambiguo episodio de la desaparición de la joya del cual nadie deseaba hablar pendía sobre la investigación. ¿La había asesinado Yusep? Requesens no lo creía así. Pero tal vez él la había golpeado. Victoria seguramente se la quiso arrebatar y forcejearon, y entonces... Entonces, ¿qué? ¿La había asfixiado? ¿La había llevado en volandas hasta el catafalco? No. Era imposible. Requesens supo que tenía que haber intervenido otra persona. ¿Para qué asesinarla y dejar la joya en su mano? Lo único que sabía era que tenía que encontrar a Yusep, fuera como fuese. No podía solicitar ayuda sin levantar sospechas, ni enviar órdenes de busca y captura porque el caso estaba cerrado y se las denegarían, y además Díaz Guijarro daría aviso a Castejón y seguramente lo encontraría antes que él.

¿Dónde podía estar Yusep?

•◗•◖•

—Hay teatros que solo contratan espectáculos con pausas para poder mantener en plantilla a los empleados del bar —dijo Pauleta muy seria—. Es la única forma de explicar que se programen ciertas óperas.

Él se estiró un poco. Ella se quedó mirando sus piernas con aprobación.

—Tienes un pie generoso y fuerte. Yo diría que, si hicieras trabajo de barra y subido a las puntas con las rodillas sólidamente estiradas, podrías llegar a clavarlas en el escenario con gran autoridad.

No tengo a ningún chico en clase. No creo que pudieran, primero por la vergüenza que pasarían y segundo porque aquí los chicos parece que están todos muy agarrotados. Nunca he estado en Cuba, pero sí en Santo Domingo. Los niños parecen tener allí una flexibilidad natural y que nazcan bailando. Es la mezcla de genes. Es buenísima para las articulaciones.

—¿Cuándo empezó usted a bailar?

—Oh... hace tanto tiempo... Debía de tener unos diez años cuando aparecí en escena por primera vez. Era un pequeño papel. Era el lazarillo de un ciego en la *Karmesses* del segundo acto de *Fausto*. Por aquel entonces el baile aún se consideraba un complemento indispensable de la ópera. Malagueñas, zapateados, mollares, boleros, manchegas..., pero ahora todo eso se ha perdido. Luego fui bailarina de fila. No destacaba por mi físico. Yo no era guapa, no como por ejemplo Rosita Mauri, a la que pintó Degas en un cuadro maravilloso.

—Cuénteme más cosas.

—¿Por qué?

—No sé... me gusta escucharla...

—Bueno, pues luego estaba Adelani Pavi. Bailamos juntas *Mesalina*. Al final del espectáculo ella salía vestida de odalisca, a su manera, claro está, llevando botas de montar y con la corona condal de Barcelona en la cabeza en pleno imperio romano, imagínate qué combinación. La gente la aplaudía a rabiar. Luego pasé a ser maestra de baile y más adelante monté mi propia academia. Doy clases en la calle Sant Pau. Me paso la mañana amenazando con una caña de escoba diciendo: arriba, arriba, una vuelta. Por la tarde vengo aquí y doy clases en la Escuela de Baile del Liceo. He tenido tantas alumnas... ¿Sabes que una de ellas ha acabado siendo maharaní?

—¿Maharaní?

—Una especie de reina en la India. Y fíjate, quién me lo iba a decir cuando la conocí siendo ella y su hermana unas niñas. Anita Delgado y su hermana. Como si las estuviera viendo ahora mismo. Formaron una pareja de baile andaluz. Eran malagueñas, avispadas, divertidas, pero aquí ganaban una miseria, ocho pesetas para las dos y actuación tarde y noche. Yo les dije, «hijas, marcharos para Madrid, que allí esto que hacéis gusta más que aquí». Y les di una recomendación para el Kursaal, un teatro de varietés no muy respetable pero que pagaba bien. Allí fue donde las conoció un riquísimo maharajá de la India. Había ido a Madrid para asistir a la boda de Alfonso XII y se enamoró locamente de ella cuando la vio bailar en aquel teatro. Tenía treinta y cuatro años y le hizo de inmediato proposiciones, pero Anita, que en el fondo era muy suya, le rechazó. Había un grupo de tertulianos que se reunía allí, y entre ellos un escritor llamado Valle-Inclán. Él mismo escribió de su puño y letra una carta al maharajá, cuando este ya había regresado a París, explicando las condiciones por las que Anita se casaría con él. La firmó con el nombre de Anita sin decirle a ella nada. Lo cierto es que la chica apenas sabía de letra. Era una broma, claro, pero la carta logró que el maharajá se inflamara de pasión. Anita, hija de una familia empobrecida, se convirtió en princesa de un reino a los pies del Himalaya llamado Kapurthala. Se casaron el año pasado. Mira, aquí tengo el periódico donde salen.

Pauleta aprovechó para detenerse en su rostro ahora que él andaba distraído. Los ojos grandes y atentos, la curva suave del pómulo, el ángulo de la mandíbula que empezaba a enreciarse. De repente él se mostró enfadado. Una furia oscura, abotargada hasta entonces, salió a la luz.

—¿Qué te pasa? —preguntó ella.

—Las chicas pobres no se pueden casar con príncipes del otro lado del mundo. Él la abandonará.

·•·•·

Santiago Castejón volvió a casa dos horas después de su encuentro con Requesens, tras pasarse todo ese tiempo conduciendo. Disfrutaba haciéndolo y disfrutaba dominando aquel automóvil que le había costado una considerable fortuna. Le interesaban todos los artilugios mecánicos, cuanto más modernos mejor, y los asociaba con el progreso imparable de la sociedad. Pasear por la ciudad en un automóvil único y llamativo no era del todo aconsejable, pero el placer de saberse objeto de todas las miradas era superior al peligro de ser fácilmente reconocido. No había automóvil igual en toda Barcelona. Naturalmente, las miradas recaían en aquel artilugio y luego en su conductor, y la gente se preguntaba quién era.

La entrevista con Requesens le había dejado mal cuerpo. No era como los policías con los que estaba acostumbrado a tratar, como Tresols «el Vinagret» o Memento, que aceptaban un sobre con dinero sin hacer preguntas a cambio de una delación, silencio o apalear a alguien en un calabozo. Sin embargo, con aquel inspector las cosas eran diferentes: su forma de hablar era educada, había luchado en una guerra y había cuidado de un hijo enfermo, tres cosas que Castejón respetaba. Claro que no todo jugaba a favor de ese hombre. Aquel aire de integridad y de superioridad moral podría traerle problemas. Gobernación estaba controlada por sus confidentes y tenía acceso a todas las cartas que Ossorio enviaba a Maura y al ministro De la Cierva, pero en ellas solo se decía que las investigaciones sobre la muerte de Victoria seguían su curso y que Requesens continuaba investigando, a pesar de que el caso estaba cerrado. Tresols además era proclive a las meteduras de pata y había torturado al infeliz de Elías Bargalló. A Castejón no le importaba torturar y matar cuando era necesario, pero si había algo que le molestaba era la crueldad con la que no se obtenía ningún beneficio.

Castejón tenía una sensación ambivalente hacia Requesens. Por una parte, le gustaba que un policía serio siguiera con la investigación, pero por otra deseaba estar al corriente de todo. Lamentablemente, Requesens no contaba todo lo que tenía que contar a Díaz Guijarro, más bien investigaba a escondidas, y no conseguía averiguar toda la información que deseaba. Además, si había algo que le destrozara los nervios era verse excluido. Y desde la muerte de Victoria era una sensación que le perseguía y que le ahogaba, y lo único que le sacaba a flote era la rabia. Ni siquiera sus hijos se habían puesto en contacto con él, ni le habían invitado al entierro, y tuvo que presentarse allí por su cuenta. Y él era quien mejor la conocía.

Apretó con fuerza el volante y pisó el acelerador. Ojalá hubiera carreteras largas y llanas en las que no tuviera que lidiar con carromatos y esquivar viejas mulas. Tal vez en el futuro a alguien se le ocurriría hacerlas únicamente para que vehículos como aquel pudieran desplazarse a gran velocidad sin verse interrumpidos. Pero la carretera que conducía de Barcelona a Horta se había vuelto muy transitada, sobre todo desde que se había inaugurado el tranvía. Horta era una villa a las afueras de Barcelona que pronto sería fagocitada por la ciudad, pero mientras conservaba el aire de pueblo agrícola un poco ensimismado en sí mismo, donde las mujeres se ganaban un sobresueldo lavando las ropas blancas de los hoteles, restaurantes y hospitales de la ciudad.

Llegó hasta su casa enfurecido, colérico y melancólico a la vez, y no le gustaba sentir ninguna de esas sensaciones. Se había comprado una masía de habitaciones espaciosas que conservaban unos arcos antiguos entre unas y otras. La casa no tenía que llamar demasiado la atención y estaba rodeada por un muro lleno de enredaderas. A cierta distancia de la masía, aparecían aquí y allá casas bajas que no suponían una intromisión en su intimidad. Tenía un espacioso jardín en el que había varias balsas de agua remansada y un huerto en el que cultivaba tomates, calabacines y pimientos. Allí dentro era difícil pensar que estaban a poco más de media hora de tranvía de la ciudad. Allí dentro había visto a Victoria reír, recogiendo hortalizas con un pañuelo en la cabeza y un vestido sencillo, sin maquillaje, el rostro ligeramente quemado por el sol. Nunca dejó que nadie la viera vestida así excepto él.

Bajó del vehículo para abrir la verja. Una chica y un chico rubios y de piel muy clara, recién entrados en la adolescencia, jugaban en el jardín. Parecían hermanos, aunque no lo eran. Castejón los había encontrado muertos de hambre pidiendo trabajo cerca de una estación de tren. Había intentado reconstruir su historia sin conseguirlo del todo. Eran huérfanos y se habían escapado de las condiciones infames de una familia que les explotaba en una fábrica de vidrio. Cuando los encontró sintió la misma satisfacción de un coleccionista al encontrar un ex libris en una feria de trastos viejos. Viendo el potencial que tenían, los llevó a casa, mandó que les dieran de comer, les lavaran y les despiojaran, y les compró vestidos. Luego, extrañamente, en un acto que no acababa de entender, contrató a una institutriz para que les instruyera.

Nada más verle, trotaron a su encuentro y lo abrazaron.

—¿Qué hacéis aquí? ¿No tenéis frío? Entrad en casa, anda, os vais a helar.

Parecían dos cachorros ávidos por agradar y recibir caricias.

—¿Marina ya se ha ido?

—No, aún está en casa.

—¿Habéis aprendido hoy mucho?

—Síí —contestaron los dos al unísono—. Nos ha explicado lo que son los fósiles y quiere llevarnos de excursión a encontrar algunos.

—Así me gusta. Id a despediros de ella.

Tan rubios, la piel tan luminosa y clara... bien podían ser hijos de un aristócrata.

Estacionó el automóvil en las antiguas caballerizas. Tenía otros dos vehículos, pero ninguno de ellos se podía comparar con el Mercedes Blitz. Lo rodeó, quitó una imaginaria mota de barro de uno de los cromados y le dio unas palmaditas, como si fuera un ser vivo que pudiera responderle. Entró en la casa. Salió a recibirle su ama de llaves, la ex querida de un banquero que había sabido reconvertirse a tiempo en una respetable mujer y que estaba acostumbrada a ver de todo y a no decir nada. Tenía un hijo que estudiaba en los Salesianos; era muy inteligente y quería ser abogado, y era evidente que su padre era el banquero pero que no se había querido hacer cargo de él. Santiago corría con los gastos del colegio y pagaba a la mujer unos honorarios absurdamente altos a cambio de discreción y lealtad absoluta. Había aprendido de Victoria los beneficios de tender una red de favores en apariencia desinteresados que luego, en caso necesario, podían ser cobrados y atraer hacia él todo cuanto le interesara. Tal vez en un futuro podría serle de utilidad aquel chico con talento.

El ama de llaves le dijo que no había ninguna novedad. Tenía preparada la cena y toallas limpias en el baño. Ella le comentó que al día siguiente vendrían las dos señoras que se encargaban de las tareas pesadas de baños y limpieza. Él dijo que de acuerdo y que podía marcharse.

Se dirigió a la cocina. Tenía ordenado que siempre hubiera comida a su disposición. Tenía una enorme gula. Su cuerpo era de naturaleza recia y podía aumentar varios kilos sin que con ello su figura cambiara demasiado, pero sabía que era propenso a engordar, y había decidido mantenerla a raya realizando extenuantes ejercicios a primera hora de la mañana.

Pan con tomate regado con abundante aceite de oliva, queso manchego, varias lonchas del mejor jamón, embutidos, y frutas variadas. Bebía poco vino y no le gustaba el champán. Mientras engullía no podía evitar pensar en la Casa de la Caritat de Manresa. Compartir la comida. Como decían las monjas, él era un chico de vida y nunca parecía tener suficiente. Siempre se recordaba hambriento. Le gustaba comer, su cuerpo se lo pedía. Pero la comida allí era la que era, no hacían distinciones, y a él se le hacía difícil comprenderlo. A veces, cuando la sombra de una duda moral sobre lo que estaba haciendo era demasiado alargada y rozaba alguna de sus decisiones, solo tenía que rememorar esa sensación, el quedarse siempre con hambre, para que la sombra se diluyera bajo el sol de aquella Casa.

Recordaba el primer encuentro con Victoria. Lo habían descubierto robando comida y le habían castigado severamente. La humillación, el hecho de ser señalado por las monjas, le daba rabia y habían decidido dejarlo a solas en una habitación fría. Victoria estaba decidida a visitar toda la Casa de la Caritat, no solo las estancias que habían preparado para ella, y con gran desparpajo abrió puertas y entró en todas las habitaciones, visitó la cocina y miró la despensa, pues ya que iba a donar una pequeña fortuna para un nuevo pabellón con su nombre quería asegurarse de que realmente fuera necesario.

Y en una de esas habitaciones lo encontró.

Ella le dijo más tarde que un escorpión reconoce a otro en cuanto lo ve. «Supe que eras como yo», le confesaría años después. Esa avidez al aceptar el regalo que le ofreció, su cara de sorpresa porque alguien le diera algo, un bonito abrigo como él no había visto nunca, el mirar rápidamente a los lados por si alguien se lo quería quitar, aunque supiera que en aquella aula de castigo estaba él solo... Todo ello le era muy familiar a Victoria.

Las monjas desaconsejaron a Victoria que se hiciera cargo del niño. «Es un ladrón», le dijeron, a lo que ella contestó: «Por eso tenemos que quererle más, ¿no?». Castejón supo que se estaba mofando de ellas, que las estaba ridiculizando, que había otra manera de enfrentarse al castigo, y ambos sonrieron al unísono.

También había monjas que vivían la verdadera fe en Cristo no mediante el proselitismo, sino dando ejemplo con el día a día. Eran bondadosas, pero normalmente se veían relegadas a las cocinas o la lavandería porque la bondad se consideraba debilidad de carácter.

Allí también había maestros, e incluso algunos tenían vocación, la idea de que podían mejorar el mundo mediante la educación y de que la mejor forma de luchar contra la miseria era dando a aquellos niños una profesión, por limitada que fuera, pero con la que al menos pudieran conseguir un trabajo digno. Alguno de ellos incluso se llegó a preocupar por él. Santiago era astuto y rápido, aunque no era un chico académicamente inteligente. En lo único que destacaba era en Geografía. Adoraba los mapas de colores, un mundo en alguna otra parte que le hacía soñar constantemente con visitar diversos países. Pero si seguía la instrucción su destino sería el de aprendiz y nunca podría ver ninguna de aquellas tierras de colores.

Nadie como él podía entender ese ansia de ser respetada que le subía desde las profundidades de las vísceras.

Se dirigió a sus habitaciones, en el piso superior, y se encontró con Marina bajando las escaleras. Ella le sonrió con torpeza. Era tímida y joven. Castejón sabía que estaba enamorada de él y que el encuentro en la escalera no había sido del todo casual.

—Hola.

Era dulce e inocente, y a él le encantaba saber que no tenía ni la más mínima idea del alcance de su perversidad moral. Le devolvió la sonrisa.

—¿Cómo van los chicos?

—Van muy bien. Les gusta mucho la Historia. Había pensado si podría utilizar alguno de los libros de su biblioteca...

Santiago endureció el rostro y le habló con autoridad.

—Creo que dejé muy claro el primer día que no quiero que entren en ella, ni usted ni los chicos.

Vio cómo a la joven le subía el rubor hasta la raíz del cabello y cómo le temblaban las rodillas. Ella consideraba que él estaba realizando una generosa labor sacando a aquellos chicos de la calle, pues los había encontrado muertos de hambre y les estaba dando un futuro.

—Va a perder el último tranvía si no se da prisa.

—Sí, sí... Ya me iba, señor.

Él sonrió entonces con condescendencia. Le gustaba ser suave después de haber dejado las cosas bien claras dando órdenes o mandando dar palizas.

Llegó a su habitación, se desvistió y se introdujo en la bañera, previamente llenada por su ama de llaves. Había mandado construir un baño, el mejor. No había muchas casas en Barcelona que tuvieran baño y las que lo tenían no lo utilizaban. Pero él era meticuloso, exagerado en la limpieza. Se sumergió en el agua caliente y pensó que el tiempo que podría estar así sería infinito. En el orfanato se bañaban una vez a la semana. No había agua caliente, el jabón era pura sosa, la forma en que les despiojaban era rapándoles el pelo. Primero empezaban con los mayores y luego con los más pequeños. Recordaba que cuando le tocaba a él bañarse, el agua ya estaba usada y sucia. Por rescatarlo de esa y de tantas otras cosas siempre le estuvo infinitamente agradecido a Victoria. Porque le regaló otra vida.

Victoria no tuvo ningún amante en vida de Salvador. Se casó con él siendo virgen. Era verdad que había despertado la pasión de Jaume, el padre de Salvador, pero a Santiago nunca le hablaba de eso. Nunca le hablaba de los primeros años de matrimonio. Salvador era un buen hombre, aunque en la cama era apocado y todo ocurría muy rápido y vergonzosamente. Ella, por un código de honor, pues al fin y al cabo él la había sacado de la cuneta y le había dado lo mejor de sí mismo en forma de infinita bondad, no había querido tener ningún amante.

Santiago Castejón, en cambio, tenía numerosas amantes, desde deslumbrantes bailarinas de varietés hasta modistillas a las cuales deslumbraba llevándolas a cenar a la Maison Doreé o a alguna fiesta. Las encontraba encantadoras, les compraba vestidos cada vez más atrevidos, alguna joya, y cuando las tenía enamoradas las abandonaba y se buscaba otra nueva. A veces incluso parecía decidido a formar una familia, y lo había intentado, alguna buena chica que no le diera problemas, pero llegaba algún momento en que las abandonaba, con exquisita crueldad y sin remordimientos. Porque siempre llegaba un día en que una parte de su ser, oscura y abisal, reclamaba su lugar. Tal vez aquel confinamiento había sido el culpable de su sexualidad exacerbada, porque siendo todavía impúber descubrió el placer, y descubrió en el orfanato que podía utilizar aquello en su propio beneficio.

Victoria y Santiago se convirtieron en amantes meses después de la muerte de Salvador. Ella tenía cuarenta y tantos años, pero parecía haber vuelto a la adolescencia. Él no había alcanzado siquiera la treintena. En aquella masía ella había paseado desnuda, se había arrodillado ante él y había tomado su sexo en la boca. Una vez Santiago le pidió que se pusiera todas las joyas posibles para hacer el amor y a partir de aquel día lo hicieron siempre así. A Victoria le gustaba cabalgarle y mientras lo hacía le hablaba con una sinceridad descarnada:

—Tú siempre has entendido el porqué de mis actos. Ellos no me entienden, ni los que me odian ni mucho menos los que me aman, porque ellos, catalanistas y lerrouxistas, anarquistas y monárquicos, tienen su ideología, con la que lo explican todo, lo justifican todo, sus miserias y sus bondades, pero yo no voy vestida de blanco como una diosa griega, no soy inalcanzable, ni inmaculada, ni soy un modelo moral, ni el mundo adquiere un sentido gracias a mí, ni respeto el orden moral, ni la mesura, ni la elegancia, porque me gusta follarte encima como una puta, con tu polla dentro de mí mientras te cuento todo esto, porque yo no soy una bien plantada cualquiera, porque reprochan mis actos, porque me he salido del sitio que otros habían escogido para mí, porque he hecho realidad lo que en el fondo todos ellos quieren: poder y dinero.

Y entonces Santiago le daba la vuelta, la hacía callar, estrujaba sus pechos y la embestía con furia. Lograba que gimiera de placer, sabiendo que no había ninguna posibilidad de que él se convirtiera algún día en barón de Ribes y señor de Fluxà.

Salió del baño, se miró en el espejo y sonrió lleno de satisfacción. Una punzada de sensualidad perezosa se enroscó en su cuerpo. Se puso un batín de seda y se acercó hasta la biblioteca.

Había empezado a leer novelas clásicas de una forma desaforada, como todo lo que hacía cuando se entregaba a ello. Hasta hacía poco no le había importado su falta de educación formal, pero dos de las cosas que había descubierto en Ismael eran su educación y su cultura. Un día, Santiago, tomándole el pelo, le preguntó si sabía con quién había estado casado Enrique II, un nombre que dijo al azar, sin saber si ese rey existía o no. Ismael le contestó sin darle importancia que si se refería a Enrique II de Castilla no lo sabía, porque los Trastámara eran un tanto proclives a casarse con Juanas y Manuelas, pero que Enrique II de Inglaterra estaba casado con Leonor de Aquitania y que sus hijos eran Juan Sin Tierra y Ricardo Corazón de León, y pasó luego a hablar de Enrique II de Francia y su mujer Catalina de Medicis, y de la noche de San Bartolomé y de los hugonotes, y la influencia de estos en Shakespeare... Y entonces Ismael se quedó callado y se sonrojó al ver que Santiago le miraba fijamente, con una especie de oscura admiración, porque aquella cultura, aquella facilidad para relacionar hechos que parecían no tener ninguna conexión entre sí, y sobre todo aquella falta de petulancia, no se podían comprar con dinero.

Su mirada recayó en el lugar en que la caja fuerte de la biblioteca estaba escondida y decidió echarle una ojeada, como muchas veces hacía antes de retirarse a dormir. Allí había una considerable cantidad de dinero y varias joyas. Los diamantes eran sus predilectos. En caso de que tuviera que huir las joyas eran el mejor salvoconducto, se podían esconder en cualquier bolsillo, sobornar con ellas a cualquier guardia de fronteras, una bolsita con diamantes siempre podía salvar el pellejo. Incluso había algunas ya guardadas en saquitos de terciopelo y dispuestas según su valor. Abrió uno de ellos. Diamantes, rubíes y esmeraldas. Los guardó de nuevo. Había también un buen revolver, manejable y corto, por si alguien le obligaba a abrir la caja fuerte estando él desarmado.

Pero no todo eran dinero, joyas y armas en la caja fuerte. Sus dedos rozaron sin querer un libro. El *Paraíso Perdido,* de Milton. Se lo había regalado Ismael. Quería realizar una traducción nueva, tanto al catalán como al castellano. Castejón abrió el libro al azar y sus ojos se posaron sobre uno de los cantos.

Porque ahora,
Satán, henchido de rabia por primera vez, descendió
Tentador de la Humanidad antes que Acusador,
para vengarse en el hombre, frágil e inocente, de la pérdida
de aquella primera batalla y su huida al Infierno:
sin regocijarse en su rapidez, aunque temerario,
distante y arrojado, y sin motivo de orgullo,
emprende su ominoso intento que, cercano al nacimiento
ahora da vueltas y hierve en su tumultuoso pecho,
y que como un arma diabólica retrocede

sobre sí mismo, horror y duda perturban
sus confusos pensamientos y desde el fondo remueven
el Infierno en su seno, porque en sí,
y alrededor de sí lleva el Infierno,
ni un solo paso puede dar para alejarse del Infierno,
porque no puede alejarse de sí mismo
cambiando de posición.
Ahora la conciencia despierta el desespero
que dormitaba, despierta el amargo recuerdo,
de quién fue, de lo que es, y peor aún, lo que será.
Peores hechos, peores sufrimientos vendrán.

En medio del libro había una carta. Acarició el borde. De las varias cartas que Ismael le había escrito, no todas se las había entregado a Victoria; se había quedado con una de ellas. Creyó que sería divertido leer las cartas de amor que Ismael le enviaba, pero le resultaron ser extrañamente dolorosas, tocaban fibras sensibles en su interior. Ismael había desnudado su alma al escribirle, pero a la vez había desnudado la de Santiago. Era como si pudiera ver a través de él con una clarividencia abrumadora. Acarició el sobre, la elegante letra de Ismael, y la comparó mentalmente con la suya, infantilmente torcida. Lo volvió a guardar dentro del libro. Y algo parecido al remordimiento, parecido a la nostalgia, se coló entre alguna fibra de su ser.

Subió las escaleras y entró en su dormitorio. Se encontró a la chica y al chico, ambos desnudos, echados encima de la cama como si hubieran adivinado que necesitaba una dosis de sensualidad placentera. Debían de haber estado jugueteando antes de que él llegara, pues el chico mostraba evidentes signos de excitación. Los dos se incorporaron en la cama al verle y abrieron los brazos, anhelantes, suplicantes...

Santiago sonrió divertido, se desató el cinto y su batín de pulcra seda se deslizó hasta el suelo, arrastrando consigo cualquier duda, cualquier remordimiento, cualquier pena.

CAPÍTULO 11

Tres días después de su muerte, Albert Bernis era enterrado en el cementerio de Pueblo Nuevo, también conocido como cementerio Este o cementerio Viejo, que había dado servicio a la ciudad hasta que se vio desbordado y se decidió construir el de Montjuic.

Aquel día, en homenaje a Bernis, todos los teatros de la ciudad suspendieron sus funciones. El único que seguía funcionando, aunque no tuviera representación, era el Liceo. Las clases del conservatorio y los bailes no se habían suspendido.

Aunque el caso se hubiera cerrado policialmente, aún se estaba a la espera de su cierre judicial, y adjudicar la muerte de Victoria a Albert aún llevaría un tiempo. Sin embargo, había quienes creían que era imposible que una persona de la caballerosidad y sensibilidad de Bernis hubiera cometido semejante crimen, sobre todo los artistas y trabajadores que habían estado bajo sus órdenes en el teatro Principal y el Novedades. Albert Bernis había ayudado a muchos artistas, músicos e intelectuales a salir a flote. Había reescrito obras de autores que necesitaban ayuda para que resultaran más comerciales y tuvieran ingresos, siempre se acordaba de alguna vieja actriz necesitada para algún papel de solterona y ayudaba con representaciones a favor del Montepío de Actores. Era cierto que su carácter había cambiado desde la muerte de su mujer, pero lo había vuelto más melancólico y triste, no agresivo y capaz de asesinar a alguien.

Requesens había guardado el diario de la mujer de Albert Bernis a buen recaudo y sentía graves cargos de conciencia por ello. Era consciente de que era una prueba judicial, que se estaba saltando la ley y que no entregarlo era un delito. Pero si lo hacía Cristina iría a la calle, y la idea de que todo el mundo removiera en los dolorosos sentimientos de la mujer de Bernis le repugnaba.

La prensa lerrouxista había dado un giro a la trama y si antes defendían a Victoria ahora trataban su muerte como los devaneos burgueses de una señorona asesinada por su amante, en medio de un mundo de lujo, líos de faldas, amantes y celos. Parecían haber olvidado que las Damas Rojas habían gritado justicia en medio de su entierro. ¿Podía la prensa atacar hoy a alguien a quien ayer había defendido con tanto encono? ¿Había recibido la prensa lerrouxista la consigna de alguien poderoso para destruir la memoria de Victoria? Era difícil saberlo. Se había publicado una cruel caricatura de ellos en acto amatorio que había indignado a mucha gente. Quienes no habían abandonado la defensa de Victoria eran la prensa monárquica y la catalanista, y la más seria, como *La Vanguardia* y el *Diario de Barcelona,* lamentaba profundamente lo ocurrido y la pérdida de ambos.

Numerosas personas del mundo de la música y el teatro se congregaban en silencio a los lados del nicho en el que iba a ser enterrado Bernis. Desde actores y músicos hasta maquinistas, electricistas, gente del teatro, todo el mundo guardaba un buen recuerdo de él y sentían sinceramente su muerte.

A pesar de que el Liceo no hubiera cerrado, las sastras, un par de fregatrices, algunos mozos, Manolo Martínez y Lo Jaumet se las habían apañado para escaparse y dar su respetuosa despedida a Albert Bernis. Ninguno de los músicos de la orquesta ni miembros del coro había podido acudir. Tampoco estaban Teresa ni su madre.

No hubo ningún acto religioso, ni nadie que diera un discurso o dijese unas palabras. En teoría era un asesino y un suicida, y había que guardar ciertas respetuosas formas. Había podido ser enterrado allí porque el cementerio del Este era civil y uno de los pocos que contaba con parcelas del camposanto dedicadas a otras religiones.

El ataúd fue introducido en silencio en el nicho. A sus pies descansaban multitud de coronas y ramos de flores. La gente se santiguó. Requesens se hallaba junto a las sastras, Manolo Martínez y Lo Jaumet. Todos ellos le habían saludado amablemente en cuanto le vieron y de forma natural le habían dejado un lugar entre ellos. Era *vox populi* que él proseguía con las investigaciones y que no creía que Albert Bernis hubiera asesinado a Victoria. Todos ellos permanecieron frente al nicho.

—Era un buen hombre —dijo una de las sastras.

—Desde que murió su mujer que no volvió a ser el mismo —dijo otra.

Alguien empezó espontáneamente a rezar el Padrenuestro y fue seguido por un murmullo de voces. Desde un grupo de personas que había frente a ellos, alguien se fue abriendo paso con timidez. Era un hombre joven, apenas un muchacho. Requesens vio cómo el grupo formado por los trabajadores del Liceo se le quedaron mirando con aprensiva cautela. Pero aquel chico, tímido y de aspecto frágil, se le quedó mirándolo a él, y era evidente que le conocía. Y Requesens tuvo un *déjà vu*. En un entierro alguien le conocía y él no tenía ni la más remota idea de quién era. La misma sensación que había tenido en el cementerio de Montjuic con Castejón. Sin embargo, aquel chico no mostraba la seguridad y vigor de Santiago, sino que se le veía como un negativo de aquel, apenas un pobre muchacho de piel pálida, ojos tristes y las ojeras de quien ha pasado tremendas calamidades.

Se acabó el rezo. La gente se desmadejó en grupos y empezó a marcharse. Las sastras bisbisearon entre ellas:

—Carcasona no nos puede hacer nada.

Se acercaron hasta aquel chico.

—Hola, Mateu —dijo Roser.

—Hola, Roser —contestó el chico.

Pepita se adelantó y le dio un beso. Las otras le siguieron e hicieron lo mismo.

—Estás muy delgado.

Mateu. El novio de Cristina. El mozo expulsado del Liceo por Carcasona.

Él asintió con la cabeza, avergonzado y agradecido a la vez porque ellas le hablaran y no lo hubiesen apartado de sus vidas. Sin embargo, los mozos dieron unos pasos atrás, incómodos, y rehuían mirarle; decidieron marcharse sin decir nada. En el rostro de Manolo Martínez se veía algo parecido a la compasión. Manolo y Lo Jaumet se despidieron de Requesens y las sastras, pero no le dijeron nada a Mateu. Manolo intentó bromear diciendo:

—Vamos a acompañar a estos chicos. No queremos que se pierdan por el camino.

Chus, Pepita, Montse y Roser dijeron:

—Nosotras nos vamos a ver la tumba del Santet.

—Vente con nosotras —le dijo una de ellas a Mateu.

—Te concede todo lo que le pides. A mí se me fue el reuma de las rodillas.

—Venga usted también —le dijo otra de ellas a Requesens.

De una forma natural, quedaron ellos dos detrás de ellas como si fueran un cortejo galante. Las mujeres caminaban, recogiéndose un poco las faldas porque no les gustaba arrastrarlas por tierra santa, comentando las fotografías de alguna lápida, lo joven o viejo que había muerto alguien, lo bonitas que eran algunas flores o que les gustaba mucho más aquel cementerio que el de Montjuic. Verlas caminar delante de ellos tenía algo de tranquilizador. El frufrú de sus faldas y la oscilación de sus telas tenía algo de primigenio, de mar antiguo, del murmullo de unas deidades protectoras del hogar.

Requesens observó el traje raído de Mateu. No llevaba zapatos sino alpargatas. Las manos daban vueltas a una gorra vieja. Pero había algo en ese movimiento que no era correcto del todo y que Requesens intentó dilucidar sin éxito.

Era evidente que el chico quería hablar con él. Y que parecía rebuscar torpemente alguna manera de empezar una conversación:

—Quería darle las gracias. Cristina me ha dicho que usted no es un policía como los otros. Ella me ha dicho que usted la ha ayudado.

—Sé que has estado en la cárcel.

Al ver la fragilidad de él, Requesens empezó a comprender por qué Cristina había hecho todo lo posible para mejorar su situación, aunque eso incluyera la mentira y el engaño. En la cárcel, aquel chico debió de ser objeto de todo tipo de desmanes.

—Me acusaron de ser anarquista. Y todo porque hice un curso en el Ateneo Enciclopédico Popular. El señor Carcasona lo tomó como una traición, como un agravio a la casa.

Requesens estaba seguro de que no servía para ser un anarquista. Se le veía todo en el rostro. No servía para esconder las emociones. Hubiera caído a las primeras de cambio.

—No me imaginaba que Carcasona pudiera actuar así.

—Pues imagíneselo. El señor Carcasona lo quiere tener todo bajo control.

La gorra daba vueltas entre las manos.

—Yo quería progresar. No quería ser un mozo toda la vida. ¿Ha visto a los mayores? Muchos de ellos llegan a ser porteros o acomodadores, pero hay algunos que no, que tienen más de sesenta años y aún se les llama mozos y aún tienen que vestir con esos pantalones abotonados de perneras cortas. Yo quería ser maestro de escuela, quería mejorar, ser alguien.

—Pero no lo entiendo. ¿Le dijiste al señor Carcasona que deseabas ser maestro? Es un trabajo noble y respetable. Tendría que haber estado orgulloso de ti.

—Él quiere que la gente esté únicamente por el Liceo y no piense en nada más, que sea el centro de sus vidas. Ya ha visto a los demás. Se han apartado de mí. No les culpo. Yo lo quería hacer por mí y por Cristina, para demostrarle que no era un pazguato, pero al final, ha sido ella la que ha tenido que tomar decisiones difíciles y es quien me ayuda a sobrevivir. Si se enteraran de que Cristina y yo somos novios también la despedirían a ella. Ella hizo todo eso por mí, señor. En la cárcel... No soy un chico fuerte, como comprobará usted.

—Si no habías hecho nada, ¿cómo es que te enviaron a prisión?

—El señor Carcasona se lo comentó a alguien de la Junta. Y ese alguien conocía a un inspector de policía que me interrogó.

—¿Quién fue?

—Tresols.

El chico sujetó con una sola mano su gorra y le mostró la otra. No tenía uñas. No le habían vuelto a crecer. Así que eso era lo que había detectado su mirada, pero su conciencia se había negado a aprehender.

—No han vuelto a crecer desde entonces.

Era aquel lado oscuro que tanto asco moral daba a Requesens. Tresols había participado en los infames juicios del castillo de Montjuic tras el atentado en Cambios Nuevos. Aún se seguía vanagloriando de ello. Tras la bomba que explotó en 1896 dejando doce muertos y numerosos heridos durante la procesión de Corpus Christi, la opinión pública exigía resultados, pero la policía no tenía la menor idea de quién había podido cometer tan execrable atentado. El fiscal llegó a decir que era preciso cerrar los ojos a la razón. Las detenciones, torturas y hostigamientos fueron indiscriminados. En el castillo de Montjuic Tresols había formado parte activa de todo aquello. Era casi seguro que de los cinco anarquistas que habían sido condenados a muerte ninguno era responsable del atentado.

El anarquismo había ido cambiando de piel y tras la detención de Rull solo quedaban los restos de un anarquismo un tanto romántico. Además, los trabajadores ya no les mostraban apoyo, se habían volcado en el partido de Lerroux. Aún quedaban viejos militantes y unos cuantos jóvenes, muchos de ellos sin oficio, petulantes, embelesados por el aura romántica de la violencia, que preferían a Nietzsche antes que a Tolstoi y que juraban por Ibsen. Su cuartel general era el Centro de Estudios Sociales y el Café del Teatro Circo. Muchos de ellos procedían de familias adineradas, incluso alguno de ellos podría formar parte del grupo de las Alegres Comadrejas, pero era evidente que aquel chico, Mateu, no encajaba con ellos.

—Firmé todo lo que me pusieron delante. Cristina vino a verme en cuanto la dejaron y me encontró que no era persona. La señora condesa visitaba a las modistas del Liceo. Un día Cristina reunió fuerzas y le pidió que intercediera por mí. Ella fue muy amable y le dijo que no se preocupara de nada. El señor Castejón se encargó de todo. Primero consiguió que me pasaran a una celda individual. Tan solo aquello ya fue todo un alivio. Luego me dijo que si Cristina ayudaba a la señora condesa podría ayudarme a salir de allí.

—¿Cómo supo el señor Carcasona que ibas al Ateneo Enciclopédico? ¿Se lo dijiste tú? ¿Le dijiste que querías ser maestro acudiendo allí?

—Yo no le dije nada. Pero no era necesario. Fue casi un milagro que no se enterara de lo de Cristina y yo. No sabe usted las precauciones que tomamos, cuidando siempre de no ser vistos, yendo a parques lejanos en su única tarde de descanso. Vivimos todos en el propio Liceo, en el último piso, en habitaciones diminutas y estrechas, encajonadas entre el corredor del quinto piso que da acceso a la galería superior y la fachada exterior, a las cuales no llega todavía la luz eléctrica. Antes las compartíamos entre dos, pero el señor Carcasona las reformó para que estuviéramos tres. Decía que de a dos podíamos establecer vínculos demasiado emocionales, no se si entiende a lo que me refiero. Siendo tres es más difícil que eso ocurra. No le gusta que hagamos amistad entre nosotros. El corredor hace forma de herradura. Nosotros vivimos en una pata, él en la otra. Las delaciones estaban al orden del día, nos controlábamos los unos a los otros. Era difícil que él no se enterara. Me convocó a su despacho un día y me preguntó si era cierto lo que decían de mí. Yo le dije que sí, ¿qué otro remedio me quedaba? Además, no se me da bien mentir. Y empezó a darme un discurso sobre moral y respeto.

Requesens empezó a plantearse preguntas y a contestarlas casi al mismo tiempo que las formulaba. Seguramente Carcasona acudió a Guëll. Y de Güell a Tresols solo había un paso. Tresols le torturó aun sabiendo que nada tenía que ver con el anarquismo.

—¿Por qué no te despidieron sin más? ¿Por qué te denunció como posible anarquista?

—Para dar ejemplo, para que a nadie se le ocurriera desear hacer algo que no le correspondía, como medio de presión social. De esa manera todo el mundo tiene controlado a todo el mundo.

—Y dime, ¿de qué te ganas la vida ahora?

Tragó saliva.

—Trabajo para el señor Castejón. Soy su confidente. Busco información. Dice que con la pinta de santito y buen chico que tengo la gente confía en mí. Sé que en el fondo se burla de mí, pero no me queda más remedio... Le debo estar aquí, en la calle. No sé qué hacer, señor. Me tiene en sus manos. Y ahora usted también. Se lo ruego, no delate a Cristina. Estaríamos en la calle. Yo con mis manos no puedo trabajar en ninguna parte. No me han crecido las uñas desde entonces y tengo calambres en los dedos. Tengo sacudidas como si aún tuviera los cables clavados dentro. ¿Qué puedo hacer, señor? Mi vida está en las manos de otras personas. Me metí en esto tontamente. No me extraña que los otros mozos me esquiven. Si no hubiera intentado salir de mi posición, nada de esto habría pasado y tendría una vida normal en el Liceo.

—Vamos a ver, ¿en qué círculos quiere que te introduzcas Castejón? ¿Quiere que te manches las manos de sangre?

—No, señor. Él sabe que no valgo.

—En eso está en lo cierto.

Pero Requesens se arrepintió de hablar así. El chico estaba sufriendo.

—Me ha elegido para que me haga amigo de Ferrer i Guardia. Él dice que como tengo un pasado de torturas y que soy estudioso no levantaré sospechas. Me dará todo el dinero que necesite. He de viajar a Francia y conocerle.

Ferrer i Guardia era el creador de la Escuela Moderna, un proyecto pedagógico que le había acarreado la enemistad de los sectores conservadores y la Iglesia Católica, que veían en estas escuelas laicas una amenaza a sus intereses. La Escuela había sido clausurada repetidas veces y sufría la persecución de los sectores políticos y religiosos más conservadores de la ciudad. Practicaba la coeducación, niños y niñas mezclados, complementándose con la publicación de un boletín, charlas, recitales y teatro. Toda una revolución. Pero Ferrer i Guardia guardaba también algo turbio en él. Mateo Morral trabajaba como bibliotecario en su centro educativo y perpetró el atentado frustrado contra Alfonso XII. Esto tuvo como consecuencia para Ferrer el cierre de su escuela y varios meses de encarcelamiento acusado de complicidad, al término de los cuales fue absuelto por falta de pruebas. Sin embargo, casi todo el mundo estaba seguro de que Ferrer, directa o indirectamente, había estado involucrado en el atentado.

—¿Para qué quiere información de Ferrer i Guardia?

—No lo sé a ciencia cierta. Él saca provecho de ciertas situaciones. Quiere que haya siempre un estado de malestar. Así aprovecha y monta protestas sindicales a los industriales si no se avienen a lo que él quiere. Está infiltrado en todos los sindicatos, o si no monta uno y le hace la vida imposible al industrial que se le resista. Se infiltra en grupos críticos y revolucionarios. Los enreda, les da dinero, los corrompe. Cuando se cansa de ellos crea discordias entre diferentes corrientes de pensamiento y estas se pelean entre ellas, se deshacen y crean otras nuevas. Aunque los laboratorios Cardona están siempre a salvo. Por eso sentía el señor Güell tanta animadversión hacía Victoria.

—¿Y cómo sabes tú todo eso?

—Santiago me considera un buen chico, un poco tontito, inofensivo. Él es astuto y vitalista, pero también egoísta y sobre todo vanidoso, y me lo cuenta, tomándome el pelo y riéndose. Es su punto débil. La vanidad.

—Vamos a hacer algo: haz lo que te diga Castejón. No le lleves la contraria. Si solo quiere información del Partido Radical, dásela. Cristina por ahora no tiene que hacer el papel de madame Olenska. Si tienes algún problema ven a verme. Si ves que lo que te pide Castejón te plantea un problema moral te ayudaré. Pero hazlo con cuidado. Me tiene vigilado. No conviene que sepa que nos conocemos.

Llegaron frente a la tumba del Santet. Francesc Canals Ambrós era un chico normal, nacido en 1877, que trabajaba en los grandes almacenes El Siglo, en las Ramblas, muy cerca del Liceo, y que murió joven, a los veintidós años. Pronto, entre los vecinos corrió la voz de que hacía milagros. El nicho era sencillo, pero el cristal estaba lleno de papeles en los que se hallaban escritos mensajes. Había también numerosas flores, velas y crucifijos. En medio de la lápida había una fotografía del chico. Las sastras empezaron a santiguarse y a escribir deseos en papelitos a la vez que parloteaban entre ellas.

—Dicen que era muy buena persona.

—Y que podía leer el futuro.

—Dicen que él mismo predijo su propia muerte.

—No debes pedir dinero. Las peticiones deben estar escritas en un trozo de papel y uno debe alejarse por el lado derecho.

A Mateu no fue difícil convencerle para que escribiera un deseo en uno de los papelitos que le había ofrecido. Requesens se dio cuenta de que su personalidad era fácilmente influenciable.

—Usted también —dijo una de ellas.

Tal vez arrastrado por su entusiasmo, porque no quería que le viesen como un hombre insensible a los deseos humanos, Requesens se vio en la obligación de escribir un deseo en los papelitos que las sastras habían tenido a bien dejarle y lo introdujo en la ranura de cristal del nicho.

Requesens observó la lápida y, al apartarse y mirar de nuevo a Mateu, comprendió por qué las sastras le tenían tanto aprecio. La imagen del Santet y de Mateu se parecían en extremo.

•◆·◆·

Y mientras tanto, en el Liceo, Francisco Carcasona se veía acorralado en un pasillo por varias cantantes del coro.

—La casa está de luto, hoy mismo se ha celebrado el entierro del señor Bernis. ¿Cómo pretenden celebrar una fiesta? —preguntó contrariado Carcasona.

—No será una fiesta, será un pequeño homenaje. Es el cumpleaños de Teresa.

—¿Cómo se les ocurre? ¿Y por qué tendrían ustedes que celebrarlo aquí?

Pero las chicas del coro, preparadas para las objeciones de Carcasona, fueron una a una desgranando frases que habían ensayado antes:

—Porque Teresa se ha portado muy bien con nosotros. Ha convencido a Casandra para que nos pague una gran parte de la función como acto de buena fe, aunque no se haya estrenado la ópera. Hemos ensayado y todo estaba a punto para el estreno la semana que viene.

—El día del estreno era el mismo que el de su cumpleaños.

—Será muy triste para ella. Seremos pocas personas. Solo sus amigas del coro, algunas sastras y peluqueras, Manolo y Lo Jaumet, y gente de la orquesta, no muchos, Fanny, una de las fregatrices, Joaquín, el señor Soriano, ya sabe.

—Ella se crio aquí... como usted. El padre de usted la tenía en alta estima.

—¿No se acuerda de que su padre, que Dios le tenga en la Gloria, le organizó una fiesta cuando cumplió diez años?

—Todos dicen que estaba preciosa. Ahora cumple veintidós. Y es como si hubiera una continuidad entre usted y él.

—Por favor... —dijo Carcasona cada vez con menos vehemencia.

—¿Se acuerda de aquella fiesta? Usted también estaba. Vendaron los ojos a Teresa, le dieron vueltas y le hicieron buscar su regalo por todo el teatro hasta que cuando le quitaron la venda estaba en medio del escenario y fue una sorpresa para ella. Nos gustaría hacer lo mismo.

—Primero un asesinato y luego un suicidio. Es una forma de exorcizar el mal fario.

—Para que todo vuelva ser como antes.

Carcasona se dio por vencido.

—Está bien, pero no habrá alcohol, ¡ni se les ocurra!, no utilizarán ni el Salón de los Espejos, ni palcos, ni antepalcos, ni nada que pueda provocar la queja de los señores propietarios —dijo finalmente.

—¿Cuándo será?

—Este viernes.

—Está bien. Ahora las dejo, he de seguir con mi trabajo en el despacho.

⬩◆⬩◉⬩

Requesens acompañó a las sastras de vuelta al Liceo en el tranvía de Pueblo Nuevo. A su alrededor discurría un paisaje de fábricas y huertos, depósitos de gas y, finalmente, los muelles del puerto. Las sastras recordaban cuando la línea iba tirada por animales y los saltos que daban los asientos. Su cháchara perezosa, mezclada con el trajinar del tranvía y su campanilleo, amodorraba un poco, lo justo para resultar agradable. Bajaron todos en el Pla de Palau, frente al edificio de la Lonja, y las sastras se despidieron de él con algo parecido al cariño. Ya estaban decididas a tomar el tranvía de la Barceloneta, que las dejaría frente al Liceo, cuando vieron que se acercaba un *rippert* de La Española y se lanzaron como locas a tomarlo porque era varios céntimos más barato. A Requesens tan solo le separaban unos cuantos metros de Jefatura cuando sintió un pálpito, decidió seguirlo y se subió al *rippert* en marcha.

Ellas no se sorprendieron en exceso al verle subirse con ellas.

—No puedo estar sin ustedes —dijo una vez subido al *rippert* casi sin aliento.

—Lo sabemos.

Sonrieron con complicidad.

—Ha sido el Santet que le está guiando.

La presencia de Requesens no era mal vista en el Liceo. Algunos no estaban de acuerdo en mancillar la reputación de Albert con semejante crimen. Pero para otros tampoco era bienvenida del todo. Su presencia era el vivo recordatorio de dos muertes trágicas en el teatro. Los cantantes, actores y músicos son supersticiosos y algunos le veían como un ave de mal agüero. Otros querían olvidar aquellos luctuosos sucesos y que todo volviera a la normalidad.

Las sastras se despidieron, esta vez sí, en la puerta del Liceo. Ellas tenían que entrar por la de Sant Pau mientras que él todavía podía entrar por la principal. Pero en cuanto entró en el Liceo supo que algo había cambiado. Xavier Soriano le miró con cierta preocupación, como si estuviera disgustado con lo que tenía que decir, y uno de los porteros auxiliares que estaba su lado se retiró educadamente.

—Inspector...

—Señor Soriano.

—El señor Carcasona ha mandado recado de que deseaba verle en cuanto volviera de nuevo a visitarnos. Está en su despacho.

Xavier Soriano no dijo nada, pero se quedó mirando el crespón que Requesens lucía en la solapa, algo que contravenía todas las órdenes policíacas, pues estaba llevando una muestra de luto por un asesino. Soriano apartó la mirada con algo de pudor, arrepentimiento y unas gotas de rabia por una decisión que le obligaban a tomar en contra de su conciencia.

Requesens no quería que el bueno de Soriano padeciera y se dirigió sin más diligencias al despacho de Carcasona. Llamó a la puerta y una voz seria le dijo que pasara. Al entrar encontró al gerente del teatro escribiendo cuidadosamente en un grueso libro. Tenía la mirada reconcentrada, parecía un alumno aplicado desentrañando algún difícil ejercicio de aritmética. Requesens distinguió una letra clara, pulcra, precisa. Intentó de nuevo dilucidar la edad de aquel hombre, pero de nuevo le resultó imposible. Alguno de sus rasgos denotaba aún cierta juventud, aunque de otros, sin embargo, se desprendía algo viejo, sacerdotal, como si fueran fruto de enfrentarse a implacables adversidades diarias. Era de los pocos hombres que Requesens conocía que no lucía ni barba ni bigote, iba perfectamente afeitado y llevaba el cabello pulcramente peinado y cortado como el que le gustaría a una madre que llevara un hijo el primer día de colegio. En realidad, no recordaba haberle visto nunca con nada fuera de sitio incluso el día del asesinato de Victoria.

—Disculpe, el señor Soriano me ha dicho que deseaba verme.

—Ah, sí, inspector, quería hablar con usted.

No se levantó ni le estrechó la mano esta vez y se entretuvo en secar la pluma con cuidado como si necesitara cierto tiempo de preparación para lo que iba a decir.

—Perdone que le haya interrumpido mientras escribía. Parecía usted muy concentrado —dijo Requesens amablemente con la idea de congraciarse con el y distender los ánimos un poco, pues ya intuía lo que iba a decirle.

—No se preocupe, estaba escribiendo en el dietario del conserje. Se lleva escribiendo desde 1862. Todos los días.

—Ah, ¿sí? ¿Y qué anota? ¿Sus reflexiones?

—Mis reflexiones no son importantes y las anotaciones han de carecer de toda visión personal o subjetiva. Escribo sobre el día a día de la Casa, incidencias, la atención que se ha de prestar al edifico, conservación, seguridad, decoración, limpieza, escenografía, atrezo, cantantes, reacciones del público. Tal vez, algún día, en próximas generaciones sea valorado nuestro esfuerzo. Intento escribir con cierto sentido histórico, pertenecemos a una institución. Mi padre antes que yo fue gerente del teatro, y antes que él un tío suyo, y luego lo volvió a ser hasta que lo fui yo. La Casa es lo primero y lo único, y haré todo lo posible por preservar el buen orden, la seguridad y, sobre todo, la moralidad. Lo que sea.

Su mirada mostraba una resolución rocosa. Se veía a sí mismo como un hombre con una misión, sin duda. Se detuvo y miró a Requesens como si buscara qué impresión le habían causado sus palabras. Pero este, bregado en instituciones tan jerarquizadas como el ejército y la policía, estaba acostumbrado a mostrar una expresión atentamente vacua con la que esconder sus pensamientos.

¿Era posible que aquel hombre hubiera enviado deliberadamente a Mateu a prisión? ¿No le había temblado el pulso al hacerlo? ¿Supo que había sido torturado? ¿Un acto ejemplarizante? Requesens recordó la cara de pánico de los mozos cuando vieron aparecer a Mateu.

—Verá, todo el mundo valora lo que ha hecho, pero su presencia una vez esclarecido el crimen es a veces considerada inapropiada. Es mi deber informarle de que la Junta quiere que cada vez que desee usted entrar en esta Casa sus intenciones nos sean previamente informadas.

—Le informaré a usted con antelación.

—Le estaría muy agradecido. Por cierto, su visita de hoy, ¿a qué obedece?

Una parte de su conciencia hubiera querido decir que necesitaba volver una y otra vez allí, porque había algo que no se había aclarado del todo, porque quien asesinó a Victoria de Cardona todavía no había sido descubierto. Pero otra parte, más vieja, astuta y zorra, la que le había servido para subsistir y sobrevivir a la guerra y la enfermedad, dijo:

—He de realizar el último informe policial. Antes de entregarlo al juez quería corroborar que los datos fueran correctos.

No era del todo cierto, era una excusa, pero Requesens se sintió defraudado y algo dolido al ser tratado de aquella manera. Pensaba que entre ellos dos había una relación de amistad, una corriente de entendimiento mutuo, y los dos deseaban lo mejor, que sin duda fuera esclarecida la verdad. Le recordaba a algún compañero de colegio, más avispado e inteligente que él, y por el que sentía admiración y del que a cambio solo recibía menosprecio por sus manos bastas y sus huesos fuertes. Aquellas amistades duraban poco. Intentó imaginar cómo sería Carcasona de pequeño. Se dio cuenta de que la única pertenencia de veras personal que tenía era la fotografía de un hombre que por el parecido físico debía de ser un familiar. Dejándose llevar por un impulso sujetó la fotografía y la observó. Un bigote y una barbita curiosamente blancos en comparación con un cabello oscuro peinado hacia atrás, una mirada tierna que invitaba a la confianza, un lazo de corbata blanco que se perdía en su camisa, un cuerpo menos tenso que el de Carcasona.

—¿Era su padre? —preguntó con una voz cordial que intentaba disimular su decepción.

—Sí —contestó Carcasona secamente.

La misma forma de ladear la cabeza, los mismos ojos. Pero si en el retrato mostraban una calidez afable en el hijo mostraban una helada amabilidad.

—Además, tendrá que volver a utilizar la entrada de Sant Pau —le dijo el gerente.

Requesens asintió. Dejó la fotografía donde estaba y salió en silencio del despacho. Se topó con Lo Jaumet, al que sorprendió en una posición poco natural, a contrapié, con lo que se hizo evidente que había estado escuchando detrás de la puerta. Lo disimulaba de una manera tan torpe que a Requesens le hizo gracia y no pudo evitar sonreír.

—Usted y yo tenemos una conversación pendiente —le dijo medio en serio, medio en broma.

—Sí, sí, pero no aquí.

Y Lo Jaumet le hizo unas señas para que le siguiera.

—Está mal visto hablar con usted aquí —dijo en voz baja—. Iremos al Conservatorio. Allí Carcasona no tiene poder. Y últimamente nos está todo el día encima, controlándonos. La señorita Santpere también está allí ahora. Ella desea hablar con usted.

Requesens se dejó guiar por Lo Jaumet.

—Parece que conoce muy bien a Carcasona —dijo moviéndose entre pasillos atestados de instrumentos musicales.

—Le conozco desde que nació. No es un mal gerente, pero sustituye su falta de carisma con la prolijidad extrema y una meticulosidad rayana en el ridículo. A mí no me puede decir nada. Ser una institución viviente tiene sus ventajas. Fueron gerentes primero su tío y luego su padre, y luego otra vez su tío hasta que lo fue él.

—¿Conoció a usted a Carcasona padre?

—La pregunta interesante sería ¿a quién no conozco?

—En eso tiene razón.

—Se llamaba Bartomeu. Tenía una mano firme, pero era un buen hombre. Le gustaba la música. Escribió zarzuelas que no se estrenaron y sobre todo mucho teatro. Escribía con un seudónimo, Roser Pic de Aldawala. Eran obras teatrales entretenidas. Tuvieron su éxito. Mucha gente pensó que en realidad se trataba de una mujer. Escribió una obra de teatro que incluso se llegó a estrenar aquí, *Àngels de Deu!* Hace veinte años aún se estrenaban zarzuelas y se representaban obras de teatro. Era un acto único. Estaba ambientada en el mismo pueblo de donde eran ellos. Un boceto costumbrista, liberales y carlistas, una manida lucha ideológica entre la tradición autoritaria y los nuevos valores de la juventud. *Li pagaré amb usura, perquè ell sigui ditxós m'esposaré a eterns dolós, sacrifcant mon ventura. Mon cor vestirà de dol més quan pensi que es pel pare que sufreix, trobaré encara en sol dolor, son consol.*[5]

---

5. N. de la Ed.: Le pagaré con usura, para que él sea dichoso me esposaré a eternos dolores, sacrificando mi ventura. Mi corazón vestirá de duelo, mas cuando crea que es por el padre que sufre, encontraré en el dolor, el consuelo.

Cuando se decidió a estrenar obras con su propio nombre no tuvo ningún éxito.

—¿Cómo es que recuerda líneas de la obra?

—Me acuerdo de todo lo que se ha estrenado aquí. Y si no lo he visto estrenarse lo leo. Solo necesito leerlo una vez y se queda grabado aquí dentro. Por eso todos los cantantes confían en mí.

—¿Y la vio estrenar?

—¡Y tanto! El propio señor Carcasona hizo un papel cuando era niño. El de Agneta, siguiendo la tradición isabelina de que los niños hicieran los papeles de niñas. Además, el señor Carcasona por aquel tiempo era rubio y su madre le dejaba tirabuzones. Sí, le encantaba. Era muy diferente a lo que es ahora. Parecía un querubín. Y era tan presumido, tanto... Y muy divertido.

—Divertido en qué sentido... —quiso saber Requesens, pues no le cuadraba demasiado lo que estaba escuchando con la imagen que en la actualidad tenía del gerente del Liceo.

—Reía, le gustaba jugar, se metía por todas partes, era un poco enredador. Era un chico guapo, rubio. Luego quedó traumatizado por la muerte de su padre. Se ve que el hombre cayó en un pozo en su casa del pueblo cuando iba a tomar el tren para venir a Barcelona. Quedó muy afectado. Del Liceo se hizo cargo su tío, Marcel. Pero fue una regencia interregno.

—¿De qué pueblo estamos hablando?

—De un pequeño pueblo. Sant Vicenç de Vallhonesta. El señor Carcasona nunca ha vuelto a ir allí. El accidente fue hace unos quince años.

—Sant Vicenç de Vallhonesta... El mismo pueblo en el que nació Victoria de Cardona...

—Sí, muy interesante, ¿verdad?

—Sí, mucho. ¿Llegó usted a conocer a Yusep, el figurante cubano de la obra?

—No hablé nunca con él —dijo sumiéndose de pronto en un silencio oscuro.

Llegaron al Conservatorio. El Liceo y el Conservatorio eran dos entidades separadas jurídicamente, aunque estuvieran en el mismo edificio. Los pasillos eran estrechos y uno se tenía que apartar para dejar pasar a otra persona. Todo el mundo saludaba a Lo Jaumet. A través de los cristales esmerilados de las puertas se intuían las salas donde se realizaban las clases y podían oír los ejercicios de declamación.

Llegaron al teatrino. Era un teatro en miniatura y estaba hecho para que los alumnos del Conservatorio se enfrentaran por primera vez con el público, aunque este estuviera compuesto por sus compañeros, profesores y familiares. El escenario era una tarima elevada en la que había un piano, a cuya banqueta se hallaba sentado Antoni Mestre Nicolau. Lewinsky, sentado a un lado, con unas partituras en la mano, hacía algunas anotaciones. Teresa Santpere parecía estar ensayando.

Los dos hombres se levantaron al verle y le saludaron amablemente, algo que no esperaba y que le hizo sentirse agradecido después del encuentro con Carcasona, tan súbitamente hosco. Requesens besó la mano de Teresa, y ella enrojeció un poco.

—No hemos podido acudir al entierro del señor Bernis —dijo Lewinsky—. No han querido suspender las clases en señal de duelo.

—Para contrarrestarlo, hemos decidido hacer unas clases un tanto diferentes.

—Tenía entendido que el Conservatorio y el Liceo eran dos entidades separadas.

—No tanto, no tanto —dijo Mestre Nicolau.

Se vieron interrumpidos por un grupo de chicas vestidas con tutú seguidas por Pauleta y fue como si un grupo de palomas entrara en la habitación.

—Perdonen, pensaba que estaba vacío. Me han debido de informar mal —dijo la mujer.

—Lo siento. No teníamos previsto usar el teatrillo.

Se pusieron en tensión. Pero ella sonrió.

—No, no se preocupen. Las chicas estaban un poco alborotadas y las he hecho bajar para calmarlas y amenazarles con un buen sermón aquí en el teatrillo. Sigan si quieren aquí. Las haré subir de nuevo. Bajar y subir escaleras también es un buen ejercicio para ellas.

Las chicas mostraron caras de decepción. Pauleta volvió a cerrar las puertas y se pudo oír el cloqueo quejumbroso de sus alumnas

—No me lo puedo creer —dijo Lewinsky—. No ha montado un escándalo al descubrir que no estaba vacío el teatrillo.

—¿Ha sonreído o me lo ha parecido a mí? —preguntó Antoni Nicolau.

—Sí, es cierto, yo también lo he visto. Y no se le ha resquebrajado el rostro.

—Es una diosa —dijo Lo Jaumet.

—¿Aún sigue enamorado de ella? —preguntó Teresa.

—Yo de ti le diría algo —dijo Lewinsky—. Al menos te pondría firme y así no andarías tan encorvado.

—Deje de burlarse de él —dijo Teresa medio en serio medio en broma.

—¿Cómo se encuentra su madre? —preguntó Requesens.

—Oh, gracias por acordarse de ella. No sé qué voy a hacer con ella. El suicidio del señor Bernis la ha afectado muchísimo. Esta mañana no ha querido salir de casa. Se pasa todo el día rezando el rosario.

—Comprendo.

—Quería hablar con usted en privado.

Teresa Santpere se excusó con una pequeña reverencia y tomando a Requesens del brazo se alejaron del escenario.

—Me gustaría hablar con usted tranquilamente en cualquier otro sitio. La prensa ha dejado de molestarme, pero aun así he de ir cubierta de pies a cabeza a todas partes porque todo el mundo me reconoce.

—No tuvimos oportunidad de hablar después de encontrarnos en casa de los Cardona.

—Sí, es verdad, no me pudo usted tomar declaración. ¿Quiere hacerlo ahora? —sonrió ella.

Era muy joven, muy hermosa. Alguien podría llegar a matar por la belleza del ángulo que había entre su cuello y la mandíbula. El color de su cabello era un rubio pálido que incluso en un país nórdico llamaría la atención. Ella sonrió y bajó la mirada, y por un momento Requesens se preguntó si de una manera confusa estaba coqueteando con él. Era difícil no estar a su lado y desear abrazarla y protegerla. Se había criado sin padre y ella parecía gravitar de una manera natural hacia un hombre mayor.

—No creo que sea necesario ya.

—Dicen que usted no cree que el señor Bernis fuera el asesino de Victoria.

—No debería decir mi opinión.

—Sabe... yo estaba en el camerino de divos cuando ocurrió el asesinato. Tal vez incluso llegué a cruzarme con esa persona.

—¿No vio nada extraño?

—No.

—¿Estuvo usted sola?

—Sí. Me cambié y subí al camerino de las chicas. Tendría que haberme estado esperando mi madre, pero ella se fue a esperar a Yusep al de chicos. Supongo que todo eso ya lo sabe. Mi madre es muy buena, pero a veces... En fin, no quiero aburrirle con todo ello. Verá, quería hablar con usted de Casandra. Estoy muy preocupada por ella. Se echa la culpa del suicidio del señor Bernis. Ella dice que le entregó a usted un diario de la difunta esposa del señor Bernis y que todo ello precipitó su muerte. Yo le he dicho que es fruto de la casualidad.

Requesens no supo qué decir en un primer momento. Él también se sentía culpable por la muerte de Bernis. Pero una parte de su ser, la que algunas veces, en medio de un cañizal rodeado de mambises invisibles para calmar los ánimos de sus hombres, aunque él estuviera aterrorizado, dijo en voz alta:

—Tranquilice a la señorita Casandra. Yo también quería hablarle de otra persona, ¿sabe usted dónde podría estar Yusep?

—Oh, mi madre también anda preguntándoselo. Está muy preocupada por él. Mi madre le tomó mucho cariño. Le traía comida hecha en casa y todo. Él era todo agradecimiento. Mi madre es como... no sabría decírselo. Los niños le roban el corazón. Le dijo que si alguna vez necesitaba algo acudiera a ella. El otro día se echó a la calle a buscarle con una cesta con comida. Piensa que debe de estar muerto de hambre en algún lugar. Es lo único que logra sacarla de su estupor. En fin, así que ya nos ve, las dos preocupadas por otras personas.

Guardó la información sobre Carmeta y Yusep para sí mismo y prometió que hablaría con Casandra y que intentaría tranquilizarla, aunque se le hiciera muy difícil hacerlo sabiendo que, efectivamente, el diario de su mujer había provocado el suicidio. Se despidió de todos ellos y se mostró agradecido por la corriente de afecto con la que le habían tratado.

Tras la entrevista con Teresa, mientras bajaba las escaleras del Liceo, alguien le chistó desde un rincón. Era Fanny, una de las fregatrices. Miró hacia un lado y hacia el otro antes de hablarle.

—Los dos agentes que le acompañaron el otro día quieren hablar con usted. Están ahí al lado, en el Café del Liceo. Tienen que decirle algo.

Fanny se fijó en su crespón.

—Me hubiera gustado mucho haber ido al entierro del señor Bernis. Era un buen hombre. Me han dicho que usted le ha pedido al Santet. Él le protegerá, ya verá —dijo.

•◆•◆•

En el Café del Liceo se reunía todo el mundo menos los socios del Liceo. Era un café céntrico, popular y punto de encuentro de quienes acudían a Barcelona procedentes de otras ciudades y pueblos. Había siempre multitud de gente que parecía esperar a otra gente. Los grandes espejos y cristaleras que adornaban las paredes lograban aumentar la sensación de ser un lugar concurrido a todas horas y de un ir y venir constante. Aunque estuviera ubicado puerta con puerta con el Liceo, solo entraba en contacto directo con el teatro a través del piso superior en ciertas ocasiones como bailes de máscaras, estrenos y algunas funciones. Cuando Requesens llegó, Fernández y Rosales estaban en la barra tomando un café. Era difícil no darse cuenta de que eran policías; a su alrededor, a pesar de que el café estaba abarrotado, se había creado un espacio vacío. Había todavía cierto temor de estar al lado de un policía en público. El temor de un disparo anarquista. Requesens se acercó, les palmeó en la espalda y les dio la mano.

Fernández y Rosales habían vuelto a la comisaría de Atarazanas, en la calle Conde del Asalto,[6] muy cerca de allí, y resultaba imposible que no se acabara sabiendo que se habían reunido en aquel café.

---

6. N. de la Ed.: Es la actual «carrer Nou de la Rambla». Se abrió en 1788 y su nombre original, calle del Conde del Asalto, hacía referencia a Francisco González de Bassecourt, militar español de origen flamenco. Recibió el título de I Conde del Asalto por defender el castillo del Morro de La Habana del asalto inglés de 1762. Más tarde, sería capitán general de Cataluña.

—¿Qué tal están?

—Bien, jefe —dijo Rosales.

—Bueno, ustedes dirán...

—Fernando Gorchs ha desaparecido. Bravo Portillo es el encargado de la investigación y nosotros trabajamos también en ello.

—¿Qué quieren decir con desaparecido?

—Al parecer, no ha acudido al Liceo desde hace unos días, pero tenía una reunión importante con la Junta porque iba a sustituir a Bernis. No le han podido localizar. Fuimos a su casa. Pensamos que era pura rutina. La portera nos dijo que se había marchado. Nos dejó las llaves del piso. Estaba recogido, todo en orden... En fin, que ha hecho las maletas y se ha largado.

—También hemos descubierto que Fernando Gorchs era el testaferro de varios negocios de la señora condesa.

—Todo lo que no tenía que ver con los laboratorios Cardona y la fábrica textil.

—Era todavía más rica de lo que se pensaba. Armas, compañías mineras en África y Sudamérica, industrias farmacéuticas, acciones en varios periódicos. La empresa que lo controla todo está en Londres. Fue creada hace unos años para trasladar todo el patrimonio que tenían los Cardona en Cuba y no pagar liquidaciones aquí. Tiene también una filial en Nueva York. La compañía se llama Maymó Limited.

—Y ahora Fernando Gorchs es técnicamente el dueño de todo eso —dijo Requesens más para sí mismo que para los demás.

—Siento lo del chico y haberle hecho pasar un mal trago. Solo queríamos interrogarle cuando apareció Tresols.

Requesens sabía que aquellas disculpas ya eran mucho en aquellos dos hombres que no estaban acostumbrados a pedir perdón por nada ni por nadie.

Se dieron un apretón de manos. La información que le habían dado era importante.

—Jefe... una cosa más —dijo Rosales—. Bravo Portillo es ahora quien puede salir y entrar cuando quiera del Liceo. Por la puerta grande. Le ha sido encomendada la seguridad del Liceo.

—¿Quién se lo ha encomendado?

—Díaz Guijarro.

Requesens se quedó pensativo. ¿Díaz Guijarro le estaba ganado la partida al gobernador? Pero, por otra parte, si estaba a sueldo de Castejón y Castejón quería encontrar al asesino, no tenía sentido que le apartara a él de la investigación de aquella manera.

—Quería pedirles un favor, pero no deben comentar nada. Me gustaría que si supieran de Yusep, el chico cubano, me lo dijeran a mí antes que a nadie.

—Jefe, le ayudaremos en lo que podamos pero... no vaya diciendo por ahí que busca al chico.

Miró hacia un lado y al otro.

—Bravo Portillo quiere verlo a usted fracasar.

—¿Por qué me están contando todo esto?

—A nosotros no nos parece justo.

—Fue él quien retuvo las fotografías, ¿no? —preguntó Requesens.

—Nosotros no hemos dicho nada —dijo Rosales.

—¿Por qué se han reunido aquí conmigo? Ya saben que él se enterará.

—Eso es algo entre él y nosotros. Usted ha jugado siempre limpio con nosotros.

—Bien, sea lo que sea les debo una.

—Tenga cuidado, jefe —dijo Fernández.

—Lo tendré.

—Vaya armado siempre —añadió Rosales.

—Lo estoy.

Y Requesens se puso de nuevo el sombrero.

Echó a andar hacia Jefatura. La cabeza le bullía. ¿Era posible que Eduardo de Cardona no supiera lo del testaferro? Era posible. Pero ¿no había previsto Victoria una posible eventualidad como su muerte? Requesens intuía que ella era del tipo de personas que creía que viviría siempre, que la vida era algo demasiado bueno para que se inmiscuyera la muerte. Victoria debió de pensar que Fernando Gorchs era un testaferro seguro. Gorchs no había asistido oficialmente al baile de máscaras, pero para él no hubiera sido un problema entrar en el Liceo siendo el director de escena. Podría haber estado por la mañana, haberse escondido en cualquier lugar y llegada la ocasión aparecer disfrazado. Es cierto que había hablado con él, pero no le había tomado declaración porque no se hallaba en la escena del crimen. No sabía si tenía coartada o no. ¿Había utilizado como cebo a Yusep? ¿La había atraído y la había matado? Él había llevado a Yusep al Liceo. Pero había sido el propio Gorchs el que le había puesto bajo la pista de Yusep y cuando lo hizo no mostró ninguna vacilación. La señorita Matsuura le había comunicado a Fernando la existencia de Yusep. Él lo había traído al Liceo. Sin embargo, si eso era así, ¿para qué le había puesto sobre la pista de la señorita Matsuura? ¿Por qué sencillamente no se había callado?

Llegó a Jefatura con la cabeza llena de conjeturas. Temía sentarse en la mesa de su despacho porque le costaba concentrarse. Además, le esperaba el informe que tenía que acabar y que debía presentar al juez instructor en un plazo improrrogable de dos días.

Cristóbal estaba en la puerta limpiando los faros de uno de los automóviles de la policía. Era un Hispano-Suiza. A otro policía le podría parecer un castigo tener que hacerlo, pero él lo hacía de buena gana. Parecía sentir devoción por aquellos automóviles. Los detenidos todavía iban en un carruaje cerrado tirado por caballos, unos vagones policiales especiales que salían de Gobernación, aunque aquellos carruajes tenían los días contados.

—Hola, señor —dijo Cristóbal.

—Hola, Cristóbal.

—Parece preocupado —dijo él con voz educada, quedándose plantado frente a Requesens con un paño amarillo en las manos.

—Necesito pensar un poco.

—¿Por qué no va a dar una vuelta con el automóvil?

—Ya sabes que prefiero los caballos.

—Lo sé, señor, pero creo que debería irse acostumbrando a los automóviles.

—Sí, ya lo sé.

Requesens se dio cuenta de que no sabía nada de Cristóbal, salvo que era inteligente y culto. Se preguntó qué le había llevado a ingresar en la Escuela de Policía. Por lo que sabía, la mayor parte de los alumnos eran soldados licenciados, gente que no tenía otras posibilidades de trabajo; pocos de ellos se tomaban en serio su profesión. Observó su traje, cuidadosamente elegido para no llamar la atención, pero que sin duda tenía buen corte. Sus zapatos no tenían ornamentación alguna, aunque igualmente se veían de buena calidad. Requesens se percató de que su mirada era demasiado insistente porque Cristóbal empezó a dar vueltas al paño y se puso colorado.

—Te haré caso e iré a dar una vuelta.

Pero no llegó a dar muchas. Aparcó frente a un edificio anodino en la calle Consejo de Ciento. No había ningún vehículo más aparcado en toda la calle, solo un coche de punto que debía de estar esperando a alguien, cuyo chófer permanecía inmóvil y encapotado. Encendió un cigarrillo. Tuvo que reconocerse a sí mismo que no estaba allí porque deseara resolver el crimen del Liceo. También deseaba verla de nuevo.

Una mujer vestida de negro salió del portal, cubierta de pies a cabeza, una estela de oscuridad que parecía repeler la luz. Un largo velo cubría su rostro. Había algo lejanamente familiar en su forma de caminar y se dio cuenta de que era la misma mujer de negro que había visto subiendo a otro coche de punto en la plaza de Cataluña. Subió deprisa y corriendo al coche de punto que estaba esperando. Requesens detectó el nerviosismo en su huida. Supo que las cosas en casa de la señorita Matsuura no funcionaban bien. Tiró el cigarrillo a un lado y salió del vehículo. Por un momento dudó entre seguir al coche de punto o subir escaleras arriba. Decidió esto último con la penosa sensación de que si seguía al carruaje resolvería el crimen del Liceo, pero también que era cuestión de vida o muerte entrar en el piso de la señorita Matsuura. Echó a correr escaleras arriba. Llamó a la puerta.

—Señorita Matsuura.

Había algo extraño. Un silencio poco natural al otro lado de la puerta. Apretó el oído. Todavía conservaba unas buenas botas de su pasado en el ejército, así que le dio una patada a la puerta. El pestillo no estaba echado y se abrió con cierto estrépito. Entró en el saloncito. Había un juego de té. Dos tazas. Dos señales de carmín. Tocó la tetera, estaba ligeramente caliente. A pesar de la domesticidad de la escena, en el ambiente se percibía algo imposible de ignorar, algo tenso, la violencia de pronto desatada. La sensación de que la figura oscura había estado allí mismo era tan palpable como lo era la temperatura de la tetera.

Había varias puertas que no sabía adónde daban. Fue abriéndolas una por una hasta que al final de un pasillo descubrió el dormitorio de ella.

La señorita Matsuura estaba tendida en la cama, vestida con un vestido de seda, largo y sensual. Iba muy maquillada, pero a pesar de ello vio que tenía la cara pálida y los labios cianóticos. Le echó la cabeza para atrás para liberar las vías respiratorias, tal como había visto hacer a los médicos militares. Buscó la carótida. Vio que había unas señales muy marcadas de enrojecimiento. No detectó el pulso. Se agarró a la posibilidad de que no estuviera muerta. Alguien le había explicado que un pulso débil era difícil de detectar. Dos, tres bocanadas de oxígeno. La levantó en brazos. No había tiempo que perder.

Condujo todo lo veloz que era posible. Entró deprisa en el Hospital Clínico con la señorita Matsuura en brazos, cuyo vestido de seda acariciaba el suelo. No sabía con quién se iba a encontrar. Allí era conocido tanto por ser policía como por ser el marido de Mariona.

—Necesitamos ayuda —dijo.

Isabel Fabra, enfermera voluntaria al igual que su mujer, acudió a ayudarle. Varias monjas se hicieron cargo de la señorita Matsuura entre un revuelo de cofias y uniformes, y el largo vestido de seda desapareció de su vista.

Isabel Fabra se acercó a preguntarle si necesitaba algo. Se la veía muy guapa.

—Avise a Odriozóbal. Querría que la visitara él.

La sala para desamparados era un gran pabellón con multitud de camas separadas por cortinillas. El hospital había sido construido atendiendo a las nuevas directrices en cuanto a higiene y las cristaleras eran grandes y luminosas. El olor le resultaba agradable por ser conocido, al jabón con que lavaban a los enfermos, a alcohol, a desinfectante de limón. Era el olor que traía Mariona en la ropa al regresar a casa del hospital.

Esperó sentado a que Odriozóbal acabara de visitarla. Había llamado a la comisaría del distrito de Universidad para avisarles del suceso.

Odriozóbal al verle se sentó a su lado.

—¿Cómo está? —preguntó Requesens.

—La han intentado estrangular.

—¿Se va a recuperar?

—No sabemos cuanto tiempo ha estado el cerebro sin oxígeno, pero por la cianosis de labios y uñas creo que un tiempo considerable. Creo que el asesino la ha debido dar por muerta.

—¿Pero se recuperará?

—Es pronto todavía para decirlo. Se ha resistido, ha luchado por su vida, porque tiene restos de tela bajo las uñas.

Permanecieron en silencio un rato hasta que Odriozóbal dijo:

—Sé por qué me ha mandado buscar cuando ha llegado aquí con ella.

Desdobló una hoja de papel cuidadosamente. Había un relieve al carboncillo.

—No lo puedo afirmar con seguridad, pero creo que ha sido estrangulada con el mismo guante que llevaba Victoria de Cardona en el momento de su muerte. El guante que faltaba. Estas señales han sido provocadas por un guante alrededor del cuello, un guante de brocado de seda con diamantes. Antes de que se llevaran todas las pertenencias de Victoria de Cardona hice una copia de la trama del guante.

—¿Cree que ha sido la misma persona que asesinó a Victoria?

Odriozóbal encendió un cigarrillo.

—El modus operandi no es el mismo, sin embargo... Es como si hubiera algo parecido a una imitación. He pedido al doctor Saforcada que la reconozca él también. Es el mejor médico forense y además es psiquiatra. Creo que él le podrá ayudar mejor que yo en este caso. Por cierto, ¿dónde la ha encontrado?

—En su casa.

Requesens se levantó de pronto.

—He de volver allí.

Cuando el inspector volvió de nuevo a casa de la señorita Matsuura vio que la puerta estaba vigilada por dos policías uniformados. Aparcó delante. Ambos hombres lo conocían y no fue necesario que se identificara.

—Los de Vigilancia están arriba.

Se encontró en el piso al inspector Molins. Aquel barrio estaba bajo la jurisdicción del distrito de Universidad. A su lado había una mujer mayor que se asustó al verle y se escondió detrás de Molins.

—Ese es el que se la llevó.

—No se preocupe, señora, es también inspector de policía. Requesens...

—Molins...

Requesens miró en derredor. Un fotógrafo estaba tomando fotografías. Un policía que trabajaba en el gabinete antropológico estaba anotando detalles. Tenían la suerte de que Molins era el jefe del gabinete y las cosas se harían como era debido.

—Bueno, Requesens, creo que nos debe una explicación...

—Este es el piso de la señorita Matsuura. Quise hablar con ella de algunos flecos de la investigación del Liceo. Vi a una mujer salir del portal vestida de negro de pies a cabeza. Sospeché que algo no andaba bien. Cuando llegué la señorita Matsuura estaba cianótica, tendida en la cama. Me la he llevado al Clínico.

—Entiendo.

—Las tazas —señaló Requesens.

—Sí, no se preocupe. He traído todo el equipo de dactilografía.

—La mujer llevaba guantes. Seguramente no se los quitó.

La vecina, sintiéndose excluida de la conversación, empezó a decir:

—Espero que la señorita Matsuura esté bien... Es tan educada a pesar de ser de fuera, siempre me dice «buenos días, señora Ramona, que tenga usted un buen día, señora Ramona».

—¿Ha visto usted a alguien abandonando el piso? —preguntó Requesens.

—A la pobre viuda.

—¿La pobre viuda?

—Una mujer que va siempre vestida de negro de arriba abajo.

—¿La ve a menudo por aquí?

—Pues la verdad no lo sé muy bien..., no quiero que me tome por una chafardera..., puede que una vez por semana, tal vez, no me fijo mucho, los miércoles creo..., puede que de cinco a siete. La trae y la lleva un coche de punto, pero debe de gastarse un dineral, porque el coche la espera siempre.

Requesens se dedicó a inspeccionar el piso, seguido por Molins.

—Ahí está el dormitorio —dijo.

Entraron. El dormitorio era espacioso y estaba lleno de *sketches* de dibujos de vestidos, algunos de ellos inacabados. Parecía que la señorita Matsuura tenía ideas mientras dormía y necesitaba levantarse por la noche para acabarlos. Era evidente que no era Fernando Gorchs el que se diseñaba aquellos trajes que deslumbraban en el Liceo, sino ella. Alrededor de los dibujos, descansando en mesas, sillas e incluso en el suelo, se amontonaban libros de arte, de historia, papeles, carpetas. En el centro había una cama antigua, amplia y sencilla. Los armarios estaban cerrados y no había desorden de ropas ni el olor enrevesado y rancio de polvo, maquillaje y ropas de cama usadas que había en otros dormitorios que Requesens había investigado.

Pero allí habían intentado estrangular a la señorita Matsuura.

Siguieron inspeccionando y abrieron otra puerta. Descubrió una sala que daba a un patio interior. Tenía una gran cristalera orientada al sur y unas cortinas tamizaban agradablemente la luz. La sala tenía varios espejos de cuerpo entero y tres cuerpos que se reflejaban en otros tantos. Requesens se pudo ver a sí mismo y a Molins reflejados una y otra vez, dos figuras masculinas que estaban fuera de lugar en aquel sitio, con sus trajes oscuros, profanando un santuario femenino. Porque aquel lugar respiraba en femenino.

A un lado había en un cuidado desorden varios vestidos de muselina. Algunos colgaban de perchas, otros estaban dejados caer sobre un par de sillas. Al otro lado había varias pelucas de cabello largo. Requesens se acercó y tocó una de ellas; descubrió que era cabello natural. Una peluca rojiza y algo alborotada parecía estar colocada de manera descuidada. Cerca de allí había un completo equipo de maquillaje: pintalabios delicadamente expuestos agrupados por tonalidades, polvos c, diferentes brochas. Requesens recordó que la señorita Matsuura iba perfectamente maquillada, pero aquello parecía más un taller, una recreación teatral.

Sin embargo, lo que más llamaba la atención era un dibujo tomado al natural que ocupaba un espacio central sobre un caballete cerca de una tarima rodeada de espejos. Requesens se acercó y vio trazos rápidos y precisos, realizados con lápices de colores aun polvorientos que el papel no había acabado de absorber. La modelo estaba ligeramente girada de espalda y el rostro miraba por encima del hombro. Un cabello rojo, alborotado. El carmín confería un halo de sensualidad a unos labios que se adivinaban estrechos y duros. Un vestido de un vigoroso color verde esmeralda arropaba el cuerpo, La parte alta del vestido dejaba al descubierto el hombro. El rostro aparecía maquillado, pero no en exceso. Requesens se sintió sobrecogido por la mirada baja, el eterno femenino de su vulnerabilidad, una recatada mujer que liberaba a la vez su belleza y su tristeza desde lo más profundo de su ser.

Requesens recogió el vestido del suelo. Era de una seda verde que parecía escaparse entre sus manos como si fuera agua. Era el mismo vestido que llevaba la modelo del dibujo.

—¿Quién es? —preguntó Molins.

—No lo sé —confesó Requesens.

Ninguna mujer podría salir así a la calle a pesar de lo íntimamente femenino que era el vestido. Brazos y hombros quedaban al descubierto. Se les había retirado cualquier artefacto que no obedeciera al deseo de liberar la belleza del cuerpo de una mujer. La modelo no llevaba camisa, corsé, sobrecorsé, pantalón, enaguas, pasacintas ni refajo. Solo un vestido de seda verde envolviendo, acariciando, deseando su cuerpo.

Dejó a Molins en el taller e instintivamente fue a la habitación que ocupaba Yusep. Aquí nada parecía haber sido tocado. Se acercó al escritorio y el libro sobre leyendas nórdicas seguía en su lugar. Disimuladamente, se lo guardó.

Se oyeron sonidos pesarosos, alguien que forcejeaba por subir cuanto antes la escalera. Y apareció en la puerta el conde de Treviso, seguido de uno de los policías, que no había podido retenerle.

—Dios mío, ¿qué ha pasado? ¿Dónde está Miki?

—¿Miki?

—La señorita Matsuura...

Estaba deshecho en lloros.

—¿Dónde está? —preguntó acongojado—. ¿Por qué siempre está usted metido en todo?

—Eso mismo le podría preguntar yo a usted...

—¿Dónde está? —volvió a preguntar.

—¿Qué relación tienen ustedes dos?

—Ella y yo...

Se quedó callado. Y de repente volvió a echarse a llorar.

—Es mi mujer.

A Requesens la noticia le tomó por sorpresa.

—Está ingresada en el Clínico. Está grave. Lo siento.

—Miki... —Era el sonido de la congoja.

—Si quiere puedo acercarle en automóvil.

El inspector Molins le dijo:

—Y si usted quiere me inhibo del caso y se lo dejo a usted.

—No, no. Prefiero que siga usted con él. Luego le contaré todo lo que sé.

◆•◆•◆•

El conde de Treviso miraba ciegamente por la ventanilla del automóvil. Se había serenado y Requesens respetó su silencio. Conducir era una situación a veces complicada. No había muchos autos, pero sí bicicletas, carruajes, carretas, mulos y burras que se cruzaban delante de uno, y no se tenía todavía establecido un código de circulación ni había prioridades entre unos vehículos y otros.

Requesens distinguió a Mariona al fondo de la doble fila de camas, ayudando a una monja a la que reconoció como sor Francisca a ordenar un carrito de enfermería. Su mujer llevaba un traje azul para distinguirse de las enfermeras y monjas, y una cofia y una especie de delantal blanco.

—Hola —le dijo él—. Es el marido de la señorita Matsuura, el conde de Treviso.

Mariona descorrió una cortinilla. La señorita Matsuura parecía tranquila, como si solo estuviera durmiendo. Le habían lavado la cara y ahora, sin maquillaje, su rostro blanco y pálido parecía una máscara.

El conde de Treviso se acercó a su mujer en silencio y sujetó sus manos entre las suyas. Mariona corrió las cortinillas que separaban a unos enfermos de otros para respetar su intimidad. Luego se acercó a su marido, lo tomó del brazo y reposó la cabeza en su pecho. Requesens le besó en el nacimiento del cabello. Sabía que a su mujer no le gustaba que se mostrara afectuoso en su trabajo. Creía que no sería tomada en serio si la vieran con su marido.

—¿La conocías? —preguntó Mariona.

Requesens afirmó con la cabeza y le agradeció que no le preguntara dónde ni cómo.

Dieron unos cuantos minutos al conde de Treviso para estar a solas con su mujer. Al cabo de un rato, Mariona y sor Francisca se acercaron al hombre y le indicaron a Requesens que también podía hacerlo.

Treviso tenía los ojos enrojecidos, estaba sentado a un lado de la cama.

—Ha estado murmurando cosas —dijo de pronto con aire ausente.

—¿Qué tipo de cosas? —preguntó Requesens—. ¿Ha dicho algún nombre?

—No.

—Háblele usted si quiere —le dijo sor Francisca a Requesens—. No le va a hacer mal alguno. A veces no sabemos hasta qué punto la conciencia permanece en los enfermos.

Requesens miró al conde de Treviso y él mostró su aquiescencia con un leve movimiento de cabeza. Requesens se acercó. Sor Francisca había atendido a miles de moribundos en sus últimos días. Tal vez tuviera razón. Le susurró al oído:

—Señorita Matsuura... Soy el inspector Requesens. Señorita Matsuura..., ¿quién le ha hecho esto?

El rostro seguía pareciendo una máscara mortuoria de arcilla blanca. Ignasi Requesens la tomó de la mano y acercó el oído a los labios. Cuando estaba a punto de separarse escuchó un murmullo. Requesens acercó un poco más el oído.

Ella volvió a murmurar. Dijo algo que no entendió.

—Por favor... —dijo él—. No la he entendido bien.

Pero el murmullo cesó y la señorita Matsuura pareció sumirse más profundamente en su estado. Requesens se incorporó.

—¿Has entendido lo que te ha dicho? —preguntó Mariona.

—*Vestis virum aperit* —repitió Requesens extrañado y en voz alta.

—Es latín. El vestido revela la verdadera naturaleza del hombre —dijo sor Francisca—. *Vestis* también puede significar disfraz. Y en ese caso significaría algo así como que el disfraz revela su verdadero yo.

—El disfraz revela su verdadero yo —repitió Requesens para sí.

—¿Por qué ha hablado en latín? —preguntó sor Francisca.

—Oh, Dios, pensé que todo eso estaba olvidado ya... —se lamentó el conde de Treviso.

Sor Francisca saludó a alguien que se había acercado hasta ellos pero que esperaba prudentemente a un lado. Mariona y Requesens se acercaron a él, apartándose del lecho de la señorita Matsuura.

—Doctor Saforcada.

—Requesens.

Se estrecharon la mano.

—Señora Requesens, ¡qué agradable verla! —dijo el doctor al ver a la mujer.

Ella enrojeció un poco como cada vez que la halagaban.

—He venido a visitar a la señorita Matsuura. El doctor Odriozóbal quería mi opinión sobre ella.

—Ahora se encuentra su marido con ella —dijo Mariona.

Saforcada dijo en voz baja:

—Si es cierto lo que dice el doctor Odriozóbal se tendría que reabrir el caso del Liceo. El juez Díaz de Lastra sabe que usted sigue con el caso y todo el mundo se pregunta por qué. La carta de suicidio del señor Bernis parecía muy reveladora.

—Por ahora será mejor que no digamos nada. Molins se encarga de este caso. Es un buen inspector, hemos tenido suerte. Voy a intentar hablar con el conde, así podrá examinar usted a la señorita Matsuura con tranquilidad.

—¿Cree usted que ha sido cometido por la misma persona?

—No lo sé.

Mariona se acercó al conde de Treviso y con firme suavidad le sujetó por los hombros y le pidió que la acompañase para dejar que el doctor Saforcada examinara a su mujer. El conde, a disgusto, se apartó de ella.

Requesens preguntó a sor Francisca:

—Sor Francisca... ¿podríamos disponer de algún sitio donde el conde de Treviso y yo pudiéramos hablar?

—Pueden pasar al cuartito de las vendas, como le llamamos aquí. Acompáñeme. Es un pequeño almacén.

A pesar de estar rodeados de estanterías con rollos de gasas, vendas y desinfectantes, Treviso se sentó, cruzó las piernas y encendió un cigarrillo como si estuviera en un club de caballeros. Parecía encontrarse cómodo en cualquier sitio. Sus movimientos eran en apariencia lánguidos, aunque guardaban cierta fiereza.

—Siento lo de su mujer —dijo Requesens.

Por un momento se preguntó qué debía de haber visto en él la señorita Matsuura. Era muy delgado, y bajo una aparente suavidad Requesens creía detectar un humor vitriólico y en ocasiones irascible.

—El otro día usted me puso cara de asco, al pensar que era un hipócrita cuando me vio con Santiago Castejón en el hipódromo.

—Como comprenderá usted, me resultó muy extraño verle allí habiendo estado el día anterior en casa de Ismael de Albí.

—Todo tiene su explicación.

—Me imagino. ¿Cómo se encuentra Ismael?

—Extrañamente el encuentro con usted pareció sentarle bien. Quiere encontrarse con su madre, pero desea dejar pasar unos cuantos días más. Es difícil para él.

—Lo comprendo.

—Parece usted ser demasiado comprensivo para ser un policía.

El tono no era halagador. Requesens hizo caso omiso.

—Me gustaría hablar sobre la señorita Matsuura. ¿Es ese su verdadero nombre?

El italiano negó con la cabeza y dijo:

—Cuando yo la conocí ya se hacía llamar Miki Matsuura, pero en realidad se llama María del Mar. Al menos así es como la llamaban cuando era pequeña. Ella ni siquiera sabe cómo se llama realmente.

—¿De dónde es?

—Ella es medio china medio mulata, y la mezcla hace que parezca japonesa, una raza de la que no tiene ni una gota de sangre. Con el tiempo, cuando intentó descubrir quién era en realidad, se tuvo que buscar una nueva identidad y utilizó su apariencia para recrear a la señorita Matsuura. Algo tenía que hacer. Era una manera de sobrevivir como otra cualquiera. Ella solo sabía de sí misma que había sido un regalo.

—¿Un regalo? ¿Qué quiere decir con un regalo?

—Pues eso, simple y llanamente. Era una niña muy bonita. Una muñequita oriental. Se la regalaron a Luisa Bru, la primera marquesa de Comillas.

—¿La mujer de Antonio López?

—Sí. La suegra de Eusebi Güell.

—Pero no acabo de entender, ¿un regalo?

—Sí, fue un regalo. Se la compraron a su madre. Debía de tener tres o cuatro años. Dice que solo recuerda el sonido del mar. A usted y a mí nos puede parecer extraño comprar a una niña para regalo, pero ellos están acostumbrados a tratar así a la gente, ¿sabe? Antonio

López se encargaba de colocar a los esclavos que traía de África, y entre ellos había mujeres y niños. No les importa nada el sufrimiento ajeno si es de las clases inferiores o si es de gente con diferente color de piel. ¿Ha ido usted a alguna fábrica? ¿A un telar? ¿Ha visto a los niños introducirse entre las máquinas para desentramar una hebra mal puesta? Son niños de cinco, seis años, que trabajan jornadas agotadoras.

—¿Quién se la regaló?

—Fernando Gorchs...

Ante la cara de perplejidad de Requesens, Treviso dijo:

—Sí, lo sé, Miki y él son amigos... La historia es compleja. En aquella época era un pintor en ciernes. Quería abrirse paso y para eso necesitaba que la alta sociedad le comprara sus cuadros. Fernando Gorchs pintaba bonito. Grandes cuadros, luminosos, que quedaban muy bien en un salón. Tenía cierto éxito, pero no pasaba de eso. Un día alguien le presentó a la marquesa de Comillas. Era una oportunidad para vender sus obras. ¿Conoce el palacio Moja? Está en las Ramblas, muy cerca del Liceo. La marquesa había quedado viuda. Su hijo primogénito había muerto. Y no tenía muchas cosas que hacer. Se encontraba deprimida. Y Gorchs se presentó un día con aquella niña tan mona. Una muñequita. A Luisa Bru le pareció preciosa. Los sastres le confeccionaban los mismos vestidos que a Isabel pero en pequeñito y la paseaban como si fuera una monita. Vestiditos y vestiditos. Ni siquiera se les ocurrió darle una mínima educación. Solo se preocupaba de la pequeña un cura que vivía con ellos. Se llamaba Jacinto Verdaguer. Le enseñó poesía, historia y latín...

—La señorita Matsuura..., ¿dónde nació?

—En Pekín.

—Es china entonces...

—No, nació en Pekín, peo no en el que usted se imagina, sino en la barriada de Pekín.

Requesens comprendió. Pekín. Las barracas de la playa, entre los distritos de San Martín y el Besos. Nonell pintaba su playa. Un barrio formado por algunas cabañas y miserables barracas. Parecían una tribu aparte, mezcla de diferentes razas. Ese barrio atraía a artistas y gente de la bohemia, y allí vivían pescadores, mecánicos, vendedores de pescado, de fruta, de utensilios de cocina y mercería. Se llamaba Pekín porque había sido fundado por unos chinos de religión católica de la provincia de Cantón, que se establecieron allí después de recalar en la isla de Cuba. Habían construido barracas con los restos del barco que les había traído desde Cuba en una travesía infernal. Era un lugar pintoresco. Oleadas de inmigrantes se habían establecido allí; gitanos y filipinos que trabajaban en la Exposición de 1888 se instalaban en el único lugar que podía aceptarlos sin problema. Era un lugar salvaje y libre. Algunos religiosos con buena fe y bondad habían construido una iglesia para ayudar a los más pobres de entre los pobres. Allí se podían conseguir niños fácilmente para la prostitución.

—La marquesa la trataba como a una muñeca. Jugaba a los vestiditos con ella y la sacaba en las fiestas. La encontraban tan mona, tan graciosa recitando poemas de Horacio que Verdaguer le había enseñado, vestida con blondas y lazos, un primor. Ella tiene mucha facilidad para los idiomas. Supongo que debe de ser normal si por tus venas corre sangre de tan diferentes países. A las señoras les hacía gracia que ella dijera cosas en latín, la encontraban graciosísima, pero a veces ella decía verdades como templos, decía lo que realmente pensaba en ese momento... En realidad a veces las insultaba, o recitaba los versos más procaces de Catulo, pero, claro, ellas no sabían latín. Cuando tenía once o doce años se empezó a interrogar sobre su origen. Una laguna absoluta en su vida. Solo recordaba que se oía el mar a todas horas.

»Ella encontraba de lo más normal verse expuesta, que la vistieran, que la desnudaran. Más tarde eso fue su salvación, porque un día la echaron de casa. La muñeca había crecido y se había vuelto rebelde. Y a la marquesa ya no le interesaba, aquella muñequita tenía vello púbico y menstruaba. Y un día fue arrojada a la calle, por sucia, por marrana, se había vuelto peligrosa, contestona, viciosa, y ellos eran los fundadores de la Asociación de Padres de Familia contra la Inmoralidad. Solo Verdaguer se apiadó de ella. Pero ya era demasiado tarde. Vagó por las calles. Todo era una novedad para ella. Conocía muchas historias sobre leyendas medievales, pero no tenía ni idea del día al día. No tenía ni oficio ni beneficio. Ella era como yo. Yo no soy conde. Soy un pobre farsante, un *comedianti*. Ya se lo puede usted imaginar. Salí de Venecia con un pasaje a Marsella. Había tenido ciertos problemas con la justicia y quise poner tierra de por medio. Cuando bajé del barco no acababa de entender por qué la gente me miraba de manera tan extraña cuando les hablaba educadamente en francés. Lo hablo muy bien. Y cuando ellos me hablaban, les entendía, pero qué francés tan... tan dialectal... Dije «bueno, debe de ser el francés de aquí». Tuvieron que pasar un par de días hasta que descubrí que estaba en Barcelona, no en Marsella. No se lo creerá, pero me había confundido. Soy tremendamente despistado. Gracias a Dios descubrí el Paralelo, sus teatros y sus cafés, y supe que era mi mundo. En la pensión en la que empecé a vivir conocí a Miki. Ya se había inventado la historia de que era japonesa e hija de un embajador y una geisha. Ella trabajaba en el Circo Teatro Español, en la explanada del Paralelo y Conde del Asalto. Tenía un pequeño número con una serie de abanicos y telas. Le encantan las telas, sabe sacarles partido de un modo insospechado. Nos hicimos amigos enseguida. Supongo que como soy tan desastre y lo olvido y pierdo todo se encariñó conmigo. Le propuso al dueño del teatro hacer un número cómico conmigo. Y así fue como compartíamos escenario con Miss Leodiska y sus cacatúas entrenadas, Freire y la gimnasta Madam Rougatti, las hermanas Sansoni, dos mujeres de gran corpulencia que se deshacían de cualquier atadura, la funambulista Miss Zephora... En fin, era nuestro mundo. Números cómicos, juegos de palabras, malentendidos, todo eso. Pero no éramos lo suficientemente buenos. Les hacíamos gracia un rato. Jugábamos mucho con la primera impresión. Yo alto y rubio con pinta de alemán despistado y ella con aspecto de pérfida oriental. Apenas teníamos para vivir. Luego alguien nos ofreció que actuáramos en lugares más clandestinos... escenarios con menos público. Nos pagaban mucho mejor. Teníamos que hacer el amor ante diez, doce personas a lo sumo. Teníamos un as escondido en la manga.

El conde de Treviso se levantó y sin más preámbulos se abrió la bragueta y se descubrió un sexo descomunal. Requesens parpadeó de perplejidad sin poderlo evitar. Se vistió de nuevo.

—La persona que nos ofreció trabajar en ese tipo de espectáculos era Manolo Martínez. Creo que lo conoce.

—El regidor del Liceo.

—Dio resultado. Yo tan alto, ella tan pequeña. A ella no le suponía ningún esfuerzo. Encontraba del todo natural que la vieran. Un día me dijo que podríamos casarnos, así lo nuestro sería más decente. Y lo hicimos. Teníamos éxito. Yo estaba enamorado de ella y eso se notaba. Pero entonces alguien empezó a venir a diario. Se sentaba, fumaba y no decía nada. Era un hombre muy atractivo y yo no acababa de entender qué veía en nosotros. Él podría acostarse con quien quisiera. Era Santiago Castejón. Una noche, al finalizar la representación, nos ofreció trabajar para él. Hacíamos especiales, bolos, como les llamamos nosotros. A veces nos pedían que trabajáramos en alguna casa respetable. Una vez fuimos a hacerlo a casa de una respetable baronesa y todas tomaban chocolate con churros mientras lo hacíamos delante de ellas y no perdían detalle. Miki no se encontró a gusto por primera vez. A algunas de aquellas mujeres las conocía de su anterior vida.

»Castejón nos pidió entonces un especial. Pero el especial que él quería era toda una obra de teatro. No quería que hiciéramos el amor. Yo era actor, ¿sabe?, y me ofreció hacer el mejor papel de mi vida. Me ofreció ser un conde italiano. Soy un sentimental, así que elegí mi ciudad de origen, Treviso. A Miki le ofreció que consiguiera satisfacer los gustos de cierta clientela. Ella es buena en eso. Estuvo de acuerdo con una condición: no niños, no animales. Teníamos que actuar por separado y nadie tenía que saber que éramos un matrimonio. Solo soy un farsante. Me hizo bajar de un barco, me hospedó en el hotel Colón. Victoria al principio se mostró reticente, pero finalmente accedió y me invitó a una de sus cenas con nobles y con intelectuales y artistas y... me presentó y... Fue todo tan fácil, tan rematadamente fácil. ¿Conoce la expresión las ropas hacen al hombre? Pues es verdad.

—Pero ¿qué ganaba Castejón con todo eso...?

—Información y pleitesía. Formé el grupo de las Alegres Comadrejas. Está financiado por él. Cada vez que el champán cae por uno de los gaznates está pagado por él. Fiestas, bebidas, carreras automovilísticas, caballos, casinos, todo... por medio de mí, claro. A él le idolatran. Representa el peligro, la falta de escrúpulos les atrae, queda de buen tono tener un amigo de turbio pasado. Luego, con el tiempo, sentarán la cabeza; son buenos chicos, heredarán los negocios de sus padres, se casarán con quien corresponda, tendrán una amante, un palco en el Liceo, harán lo que se espera de ellos... Los catalanes son en ese aspecto como los ingleses, dejan que sus hijos disfruten dos, tres años, es mejor que hagan lo que quieran ahora, que se desfoguen, luego ya se les pasa la tontería. Sin embargo, Castejón les espolea, les envicia, los envuelve en el aura de una vida mejor, los enreda, como si viviéramos en la época romántica... Los *whertheriza*, como si dijéramos. Nos enteramos de todas las desavenencias familiares. Castejón conoce sus más íntimos deseos, les ofrece todo lo que anhelan, los corrompe, es una forma de vengarse, tanto de él como de Victoria. Él lo hacía todo por ella. Quien diga que no tiene sentimientos miente.

»Miente, porque él la amaba profundamente. Ella era su creadora, lo hizo a su imagen y semejanza. Pero como para todas las criaturas, nuestro creador también es nuestra frustración y nuestro desespero. Nunca podría aparecer con ella en público. Ni ir a cenar, ni ir a hacer el mierda por el paseo de Gracia en automóvil. La única forma de conseguir la respetabilidad sería casándose con alguna joven de buena cuna, ¿pero qué padre dejaría que su hija se casara con Castejón? Nadie le aceptaría. Si cualquiera de los Comadrejas tuviera una hermana no se la presentarían, por muy alocados que sean. Saben que no le pueden invitar a sus casas de veraneo, ni a sus fiestas, ni presentarse con él en casa sin más. La buena sociedad siempre le cerrará las puertas. Victoria tuvo mucha suerte al contar con un Salvador de Cardona, y ella era consciente de ello, por eso le respetaba y lo amaba a su manera, porque le había permitidlo entrar en la Gran Sociedad. Pero esa sociedad es cruel y se las hizo pasar canutas, y Castejón... ¿Qué iba a hacer él? Él, un huérfano de la Casa de la Caritat, ¿cómo se las iba a apañar? ¿Qué podía hacer? ¿Dejar embarazada a alguna incauta? Tendrá todo el poder que quiera, pero la tienda de caramelos está cerrada para él, su dinero no vale aquí. Por eso creo que disfruta mintiendo, engañando, corrompiendo todo lo que le está vedado y no puede poseer. El pobre Ismael quedó rendido ante él. Al principio, Castejón no se creía su buena fortuna al ver que aquel chico de buena familia, hijo de aristócratas catalanes, ingleses y daneses se ponía colorado al verle. Ismael tenía algo que Victoria deseaba y no había podido conseguir. Era un trofeo que ofrecerle. Era como esos ratones descabezados que ofrecen los gatos que han sido recogidos de las penalidades de la calle a un amo bien intencionado. Sin embargo, Ismael despertó algo en él, cierta compasión. Por primera vez en su vida sintió la quemazón del remordimiento y eso era algo que Castejón no se podía permitir.

Requesens guardó silencio. Intentaba encontrar un punto de unión en todo ello.

—Fernando Gorchs ha desaparecido. Han intentado asesinar a su mujer. No acabo de entender la relación que mantenía la señorita Matsuura con Fernando Gorchs. ¿No le odiaba? Él la había comprado a su madre.

—¿Ha ido alguna vez a la playa de Pekín? Ella una vez me llevó, en una especie de arrebato. Los niños corretean desnudos, tenían los vientres hinchados, llenos de lombrices... Son libres, sí, pero a qué precio. La miseria se respira. El olor a pescado podrido es nauseabundo. Fernando se la compró a su madre. ¿Fue su infancia peor o mejor que la de los otros niños? La trataban como a una muñequita, pero comía varias veces al día y dormía caliente. Nunca los vi juntos, aunque sé que se veían. Mantenía una relación ambivalente hacia él. En el fondo él era algo parecido a su creador.

—He visto que en su piso tenía un estudio con dibujos de vestidos y telas. Esos vestidos eran utilizados en algunas óperas y se hacían pasar por trabajos de Fernando Gorchs.

—Ella tiene buen ojo para las telas. Su sueño era ser una especie de modista sin necesidad de coser, ser una diseñadora de vestidos. El vestuario de al menos un par de óperas fue idea suya. Ella sueña con abrir una tienda de modas, la mejor, con la última ropa de París, quiere crear una revolución con los vestidos, acortarlos, quitarles todos los volantes, liberar a la mujer. Hoy tenía una visita especial. Su amiga Verónica. Es su confidente. No sé mucho de ella. No quería que estuviera su guardaespaldas y lo mandó a pasear con el perrito.

—¿De qué la conoce?

—Verónica es su amiga, alguien que disfruta tanto de las telas y de los vestidos como ella. Lo único que sé es que pueden estarse probando vestidos durante toda la tarde, se maquillan y creo que Miki experimenta con ella. Hay algo que a mí se escapa en esa relación. Creo que a veces acaban haciendo el amor...

Verónica. La mujer de negro que había dejado la casa justo antes de que Requesens encontrara medio muerta a la señorita Matsuura.

¿Quién podía ser?

La señorita Matsuura, que parecía saber más de lo que decía y que lo enredaba con acertijos, frases en latín y disquisiciones históricas que no veían a cuento. ¿O estaba intentando proteger a alguien? Requesens tenía la intuición de que la señorita Matsuura no rompía códigos de honor.

•◆•◆•

Yusep quería aprender a bailar un vals y Pauleta le estaba enseñando.

—A ver, tienes que sujetarme.

Había innumerables azoteas en el Liceo. De esos primeros intentos de aprender un vals eran espectadores la claraboya que dejaba paso a la luz en el taller de escenografía y los grandes depósitos de agua que se utilizarían si el Liceo se incendiara.

—Me tienes que llevar, sujetarme por la cintura, pero no de una manera rígida. Tienes que permitir que me mueva, aunque tampoco debes dejar que vaya a mi aire.

Yusep empezó a girar, a girar y a girar. Nunca se habían atrevido a ir hasta tan lejos, fuera de los reinos del almacén de la vieja lámpara y la habitación secreta.

Pauleta quería decirle que ya estaban sobre su pista, que debían tener cuidado, pero por primera vez en su vida la mujer entendió la expresión carpe diem. Dieron vueltas y vueltas a los sones de una música imaginaria y cuando se detuvieron se descubrió a sí misma notando que le faltaba la respiración. Se sentó. De entre sus ropas sacó una cajetilla de cigarrillos, la misma marca que fumaban los obreros. Él se la quedó mirando desconcertado, como si no esperase algo así de ella.

—No digas a nadie que fumo. Solo faltaría que me señalaran por enseñar a fumar a jovencitos. Bastante mala fama tengo ya.

—Alguien nos podría ver desde aquí.

Ella encendió el cigarrillo a pesar de que el chico tenía razón. El humo, una punta de lumbre, podría llamar la atención.

—Está usted extraña hoy.

—¿Por qué?

—Bailando… no parecía usted misma. Se pueden saber muchas cosas de las personas viéndolas bailar.

Ella se lo quedó mirando con cierta perplejidad.

—Sí, es cierto, no se puede mentir y bailar al mismo tiempo. Tengo que decirte algo... El inspector que sigue el caso del asesinato de la condesa está detrás de ti. No se ha creído que el señor Bernis asesinara a Victoria.

Yusep se encogió. Su cuerpo podía pasar de ser un adolescente a un niño con una rapidez asombrosa.

—Era normal que acabase por echarte en falta. No sé qué viste, no sé qué tuviste que ver. Fuera lo que fuese. Y que conste que no me importa, no pienso inmiscuirme en eso, pero ¿no crees que es hora de marcharse?

Yusep bajó la mirada.

—Preferiría no hacerlo.

Pauleta se levantó y le sujetó la cara con ambas manos. Sabía hacerlo sin que el cigarrillo se cayera al suelo.

—No quiero escuchar jamás ese tipo de expresión. Si no lo quieres hacer di no. No. Si no quieres hacer algo di sencillamente no. ¿Me has entendido?

—Sí.

—Di no

—No.

—¿Querías realmente decir no?

—Sí —dijo él, echándose a reír.

—Es un trabalenguas.

—Muy bien.

Ya de noche, Barcelona se extendía ante sus ojos como un manto, cada vez menos oscuro. La luz eléctrica había cambiado la naturaleza de la ciudad. Quienes habían nacido antes de su existencia recordaban que en invierno todo acababa a las seis de la tarde y que el mundo se volvía entonces una masa oscura, ominosa, en la que la gente se movía bajo el halo de una antorcha. Pero ahora, con la luz eléctrica, las tiendas cerraban más tarde. La gente salía a las calles y acudía a los teatros. La chimenea grande y voraz de la central de carbón alimentaba el refulgir de las farolas de la avenida del Paralelo, de la ciudad entera. Pauleta se sintió mayor de golpe. Una dosis de felicidad como una última cena a los condenados a muerte. Y fue consciente de pronto de que ya no le quedaban demasiados días.

CAPÍTULO 12

S ant Vicenç de Vallhonesta era un pueblo pequeño que se encontraba enclavado en un valle, cerca de Manresa. Victoria había nacido y pasado su primera infancia allí, antes de que sus padres la llevaran a Barcelona y prácticamente la abandonaran a cargo de una tía lejana con la urgencia de que se mantuviera a sí misma. La sorpresa de Victoria fue mayúscula cuando comprobó años más tarde que al casarse con Salvador de Cardona se había convertido también en dueña y señora del castillo de Vallhonesta, un lugar en ruinas que se alzaba en la montaña más cercana al pueblo y que dominaba el valle. Había que remontarse al siglo XVI para descubrir que Onofre de Cardona había conseguido el señorío del pueblo en lucha, curiosamente, contra los barones de Albí. Tras la Guerra de Sucesión la propiedad no le fue incautada porque del castillo apenas quedaba una torre y las tierras eran terreno baldío, y las nuevas autoridades decidieron que aquellas tierras no valían ni para criar cabras. Pero se equivocaron.

Pasaron años antes de que Victoria decidiera volver a Sant Vicenç de Vallhonesta, y cuando lo hizo fue siendo una mujer rica decidida a mostrar a todo el mundo su nueva posición mandando construir una suntuosa residencia de verano como no se había conocido nunca en la comarca. Sus padres aún vivían, pero no les había vuelto a ver desde que la dejaran en Barcelona. No fueron invitados a su boda, nadie de su familia lo fue. La única persona que acudió por parte de la novia fue Carmeta.

El pueblo, a pesar de ser pequeño, estaba bien comunicado, y desde hacía tiempo contaba con una estación de tren a la que daban servicio los Ferrocarriles del Norte. Estaba bien cuidado y se le veía laborioso y próspero. Una biblioteca pública llevaba el nombre de Victoria y una placa conmemorativa daba las gracias a la condesa de Cardona por haber pavimentado las calles. Era también el lugar de nacimiento de Carcasona y Requesens intentó imaginárselo correteando por aquellas mismas calles cuando era un niño pequeño, rubio, alegre y despreocupado. También allí debía de haber ocurrido el accidente en el que su padre había muerto ahogado en un pozo y que le había cambiado el carácter.

A Requesens no le costó esfuerzo descubrir la residencia de los condes de Cardona. El castillo dominaba el lugar. Era una edificación suntuosa, pero sin pretensiones, de planta cuadrada que se extendía a ambos lados de la torre medieval reformada. Nada allí recordaba la suntuosidad de la casa del paseo de Gracia. Sorprendentemente, las puertas de la reja de la entrada estaban abiertas y no había ningún guarda que vigilara el paso. Los jardines hacían pendiente y habían sido escalonados en terrazas de estilo italiano. Había plantados mandarinos, naranjos y limoneros en los que empezaban a despuntar las flores. Se oían las risas de varios niños jugando, correteando de un lado para el otro, mezcladas con el rumor de varias fuentes. El día era agradable y las montañas de alrededor tenían un aspecto terso y prometedor. Las risas se hicieron más sonoras a medida que Requesens se acercaba a la puerta de entrada.

Descubrió que las risas procedían de varios niños que jugaban al escondite inglés. Ahora le tocaba precisamente a Joan, *l'hereu*, taparse los ojos. Todos los niños salieron corriendo a esconderse. En aquel jardín lleno de fuentes y árboles y setos y deliciosos parterres era fácil hacerlo.

A Joan no se le podía diferenciar por sus ropas de los demás niños, que parecían ser chicos del pueblo o incluso hijos de los criados. Requesens cayó en la cuenta de que se habían saltado todas las normas protocolarias dejando que el niño no vistiera de luto y se le permitiese jugar y reír en el jardín con los demás niños, sin importarle lo que pensaran las gentes del lugar. El sol y el río y la alegría de vivir parecían alejar cualquier mal y Requesens comprendió por qué Eduardo había deseado protegerse allí con toda su familia.

El niño contó hasta veinte y se apartó la mano de los ojos. Requesens comprobó con divertida satisfacción que no había hecho trampa ni había separado los dedos o abierto los ojos. Y cuando finalmente lo hizo, Joan no mostró sorpresa alguna al descubrirle plantado allí en medio. Requesens se quitó el sombrero para que su figura no se viera tan autoritaria y bajó la cabeza en gesto de humildad.

—Hola —dijo el inspector de manera afable.

—Hola.

—Sé que te llamas Joan. Soy policía y vengo de Barcelona. Quisiera hablar con tu papá.

—Sí, lo sé. Usted nos vigilaba en el entierro de la abuela.

Requesens se quedó perplejo y sin saber qué decir hasta que le preguntó:

—¿Cómo lo sabes?

—Le vi.

Joan se puso serio de golpe, con una actitud de príncipe que tiene que atender al deber.

—Mi padre está en el jardín trasero. Le llevaré hasta él.

Rodearon la casa y hubo un momento en que Joan volvió a ser un niño y, confiado, lo tomó de la mano. Requesens se sintió culpable por todo el dolor que sus preguntas iban a provocar en aquella casa.

Eduardo estaba en pie, vestido con ropas de trabajo y un azadón en la mano, junto a dos hombres más y dos lebreles. Estaban removiendo la tierra, oreándola para la primavera, renovando un parterre.

—Papá...

Eduardo levantó la vista y al ver a Requesens tampoco se mostró sorprendido; tal vez puede que incluso mostrase cierto alivio, como si hubiera estado esperando desde hacía un tiempo lo irremediable, la inevitabilidad de todo aquello. Los dos hombres que lo acompañaban dejaron de trabajar y dieron un par de respetuosos pasos atrás.

—Inspector.

—Señor.

—Discúlpeme. Estaba ayudando a estos hombres con el trabajo. Perdone que no le dé la mano, las tengo sucias.

—No importa —dijo Requesens. Se la dio, y Eduardo de Cardona la estrechó con fuerza.

El rostro no mostraba signos de abotargamiento y parecía haber recuperado algunos rasgos de su juventud. Había adelgazado, aunque de una forma saludable, como si se hubiera deshinchado. Su cabello se veía incluso más fuerte y rubio.

—Vayamos dentro y me cambiaré.

—No es necesario que se cambie si no quiere. Podemos pasear por el jardín. Hace buen día. No es una entrevista oficial. La verdad es que no debería estar aquí.

—De acuerdo. Podemos bajar hasta el río, es uno de mis lugares favoritos desde pequeño.

Llamó a los perros para que le siguieran. Llevaba un bastón.

—El gobernador me había comunicado que las investigaciones ya habían concluido.

—Sí, oficialmente, como ya le he dicho, no debería estar aquí.

Eduardo no dijo nada. Salieron del jardín y empezaron a bajar por la ladera.

—Albert Bernis no fue el asesino de su madre.

Él bajó la mirada.

—Lo sé.

Quitó unas malas hierbas ayudándose del bastón.

—Era muy buena persona. Era imposible.

—El día que vino usted al Liceo vi que usted y él eran amigos.

—Sí, me venía bien contar con alguien como él. He lamentado mucho su muerte. Por eso no me importa que todo se descubra si es necesario. Así que adelante con sus preguntas. Estoy preparado.

Eduardo de Cardona contaba con la protección del gobernador y de las más altas instancias. Hubiera podido negarse en redondo a hablar con Requesens y no habría pasado nada, y no solo eso, sino que Requesens podría verse en una difícil situación si Eduardo se quejaba.

—Me gustaría saber si pasó algo en Cuba relacionado con el rubí de los Cardona.

Eduardo tragó saliva. Cerró los ojos con fuerza y los párpados le temblaron.

—Orietta.

—¿Orietta?

—Sí.

Abrió los ojos. Se frotó las manos la una contra la otra y dijo:

—Es la mujer de la que me enamoré, de la que aún sigo enamorado.

Siguieron caminando en silencio, sin decir nada más hasta que llegaron al río. Había nevado con intensidad aquel año. Todavía no habían empezado los deshielos de la montaña, pero el agua corría fresca, y un nuevo verdor despuntaba aquí y allá en el paisaje. Se sentaron en unas rocas cerca del río como si fueran dos compañeros de juegos que han ido a pescar. Los lebreles se adentraron en el agua, se mojaron, chapotearon cómicamente, salieron y se echaron al lado de su amo, con las orejas vigilantes.

—¿De qué año estamos hablando?

—De un año antes de la guerra.

—Por entonces sería usted muy joven.

—Creo que no lo fui tanto como en aquella época. Después de eso... solo ha sido una existencia baldía.

—¿Fue usted a Cuba?

—Cuando mi abuelo murió, mi madre propuso a mi padre que vendiéramos todo cuanto teníamos en Cuba. Fue justo antes de la independencia, cuando Cánovas decía aquello de «Hasta el último hombre, la última peseta». Mi madre, sin embargo, sabía cuándo iban a cambiar los tiempos. Sabía que los Estados Unidos eran la nueva potencia emergente, que antes o después Cuba acabaría en sus manos. Tenía el don de ver enseguida por dónde soplaba el aire. Creo que en otras épocas la hubieran quemado por hechicera o bruja... Tenía la sabiduría de la tierra, la astucia del campesino, que sabe cuándo no se ha de sembrar y cuándo es preciso esperar porque no serán buenos tiempos... Una astucia innata. Como usted verá, yo no he heredado nada de todo eso. Mi hermana sí, de un modo algo más filosófico, aunque no creo que sea muy consciente de ello.

—¿Y a su padre le pareció bien?

—¿Mi padre? Estuvo encantado con la idea. Cuba para él era sinónimo de la dominación de su padre, mi abuelo, y era una forma de desembarazarse de su memoria. Mi abuelo le hizo sufrir mucho. Mi padre era un hombre intelectual, poco proclive a la acción, todo lo contrario que mi abuelo y también que mi madre. Ella propuso que el dinero que consiguiéramos podríamos invertirlo aquí en modernizar la fábrica. Mi madre quería financiar una investigación sobre un producto químico en el que se había fijado. Los dos estuvieron de acuerdo en enviarme a mí con la misión de supervisarlo todo. Querían que adquiriera prestancia. Era mi primer viaje. Cruzar el Atlántico. La Habana, la ciudad con las casas de todos los colores, las torres de las iglesias, los arrecifes, replegada y a la vez secretamente abierta, húmeda. Y ahí me tiene, recién llegado, ignorante de todo, poniéndome a vender todo aquello, comprar y revender, y negociar y regatear, ignorante de precios, sin saber distinguir una caña de azúcar de una planta de yuca. A los pocos días de estar allí me tuve que desplazar a una plantación en una pequeña ciudad de provincias que no había visto al amo desde que mi abuelo se fue. Todavía quedaba la sombra de mi abuelo, que la había llevado con mano de hierro, y había un miedo reverencial hacia él. El hombre que la regentaba se llamaba Eliseo. Estaba casado y tenía dos hijas un poco mayores que yo. Mi padre y aquel hombre tenían muchas cosas en común: la bondad, la inacción, el deseo de pertenecer a un mundo intelectual, pero hallarse sujetos siempre a circunstancias que les desbordaban. La finca la llevaba Pedro, el capataz. Al día siguiente de llegar recorrimos la plantación a caballo. Echamos la siesta porque allí era obligado hacerlo, es imposible moverse en las horas del mediodía. Pero dormir resultaba imposible, era una duermevela agitada, yo no soportaba el calor, aquella gelatina caliente que caía sobre nosotros, así que salí a dar una vuelta. Había un río y decidí bañarme. Y de pronto apareció ella con un canasto de ropa para lavar. Y nos quedamos mirando, sin vergüenza, sabiendo que los dos éramos el uno para el otro. Yo abrí los brazos sin saber por qué, como si fuera lo más natural, como si el girar del mundo durante siglos fuera para conseguir que ella y yo coincidiéramos en aquel lugar, en aquel momento. Ella se introdujo en el agua completamente vestida. Y encontraba maravilloso que un hombre se ruborizara, bajase los ojos delante de ella, lo encontraba tan extraordinario... No cabe decir que yo era virgen y que no tenía ninguna experiencia sexual. Su piel era tan hermosa. Era hija del capataz y de Ofelia, una esclava negra. A veces trabajaba en la finca de criada. Ella guardaba un libro como si fuera un tesoro, un libro que una de las niñas de la casa le había regalado por su cumpleaños. Cuando lo vi se mostró por primera vez avergonzada. Lo aferraba contra sí y tuve que rogarle que me lo enseñara. Era un libro curioso, de sagas nórdicas, nieve y colinas verdes, protagonizado por *sir* Lancelot y hombres rubios de cabello lacio... Como yo, tan blanco, tan rubio. Había aprendido a leer con ese libro. Y comprendí entonces. Mi piel como seda de nieve, como la llamaba ella. Era todo un poco de cuento. Era curioso que en aquel mundo de calor pantanoso ella pensara en sagas medievales y nórdicas. Era una forma de escapar.

»Porque en aquel lugar todos eran esclavos, no legalmente, claro está, sino de una manera más sutil y cruel. Las imposiciones de los amos, la degradación, la corrupción moral, la rigurosa división de clases, la conformidad... Aquella finca era un infierno terrenal, los gritos de los esclavos a veces se confundían con los alaridos de las bestias de la jungla y los juramentos de los condenados. Decidí quedarme a vivir allí. No quería que pensara que era un aprovechado y me casé con ella. Fue un gran escándalo del que todavía se habla en el Casino Español de La Habana.

»Naturalmente dieron aviso a casa. Eduardo de Cardona casado con una negra, la hija de una esclava. Enviaron a un emisario, Fernando Gorchs. Fernando y mis padres se habían hecho amigos. Le habían comprado varios cuadros. No eran buenos, eran bonitos, quedaban bien en un salón, pero nada más que eso. Sin embargo, en aquella época de juventud él representaba la bohemia y el arte, y yo me hice muy amigo de él. Fue idea de mi madre enviarle para convencerme. Pero decidió también enviar a Santiago, apenas un adolescente. Él es unos años menor que yo, pero allí dijo que tenía mi edad y todo el mundo le creyó. Tenía una astucia natural de la que yo carecía. A primera vista sabía captar de qué pie cojeaba alguien, sabía nada más echar una ojeada lo que valía una finca, sabía cerrar un buen trato. Liquidó todos los negocios en un par de semanas y sacó un buen precio. Además, él sabe moverse, sabe halagar, sabe decir lo adecuado en el momento justo y engatusar a la gente. Descubrió el poder de las influencias y el dinero, y que tenía talento para ello. Yo apenas disponía de dinero. Fernando se entrevistó con Orietta a mis espaldas. Le dio una larga carta escrita por mi madre. Santiago me enredó con su labia, tenía que encargarme de los negocios en casa. ¿Qué futuro me esperaba en la isla? Sin dinero, sin posición, aquel mundo todavía era peor que este. Me pidió que volviera yo solo, que todo se arreglaría aquí, y que cuando estuviese la situación más calmada y el terreno preparado Orietta podría acompañarme. Finalmente me rendí, aunque lleno de dudas. Habíamos vivido felices un par de meses. Aquello fue mi verdadera vida. Pasamos una última noche juntos, ella dijo siempre que me tendría que marchar, que lo esperaba, que ese día tenía que llegar, porque mi lugar estaba en Barcelona. En el puerto, cuando ya me marchaba, volví sobre mis pasos. No quería volver a casa, todo me daba igual. Pero ella había desaparecido. Fernando se apiadó de mí y mandó buscarla. Busqué por toda la isla y no la encontré. Al poco tiempo vino el doctor Feliu, enviado por mi madre, porque mi salud peligraba. Orietta parecía haberse esfumado. Nunca más la volví a ver. Alguien me dijo que se había dejado morir. Renunciaba a mí, por mí. Ella tenía la suficiente fuerza, pero yo no. Cuando volví aquí me convertí en lo que usted ya ve, una especie de fantasma. Y aquí me tiene. La vergüenza, la ignominia, todas esas palabras altisonantes. ¿Pero qué somos si renunciamos a lo que verdaderamente amamos? Tenía diecinueve años y no había tenido contacto con ninguna mujer, no sabía lo que era el amor. Le dirigía el primer pensamiento del día y el último antes de cerrar los ojos. En algún lugar, en alguna parte de la existencia, ella y yo seguimos adelante, el uno al lado del otro, sin que nada nos importe, enfrentándonos a las adversidades. Y esa vida es la real, la auténtica, y esta que llevo ahora es solo un sueño, una pesadilla, una sombra.

—No volvió a saber nada de ella.

—El doctor Feliu, cuando regresó, me dijo que probablemente ella había muerto. Castejón se había quedado en la isla. Pasado el tiempo llegué a la conclusión de que Santiago... siempre fue muy expeditivo y no le gustaba dejar las cosas a medio hacer, no sé si me comprende. Y en el fondo... no hizo más que cumplir los deseos de ella. Orietta no quería que la encontrara, ella quería que viviese esta vida que llevo ahora. Ella renunció a lo que más quería. A veces, por la mañana, en la cama, me miro las manos, fijamente, y pienso si son de verdad, si hay carne en ellas, si no soy un fantasma, una trasposición vacía de aquel que dejé en Cuba. Volví de nuevo a la administración del negocio, yo que apenas entiendo de números, detrás de un escritorio manchado de tinta, rodeado de tenedores de libros. Mi padre intentaba ayudarme, se acongojaba al verme. Tal vez él había sentido algo parecido alguna vez, pero la presencia de mi madre era muy grande y él no sabía qué hacer para que yo me sintiera mejor... A la vuelta escuché muchos sermones, voces bien pensantes que me recomendaban valor, conformidad, resignación. Y al final volví a casarme, una mujer paciente que me ama, pero a la que yo no correspondo.

—Cuando usted se marchó... le dio el rubí de los Cardona, ¿verdad?

—Sí. Cuando me marché le di el rubí, mi corazón, el corazón de los Cardona se quedaba allí, con ella. Cuando me dijeron que lo habían encontrado aferrado a la mano de mi madre, muerta en el escenario, me dije que era imposible. Pensé que era una especie de castigo. Si todo ya era irreal, aquello no hacía más que acrecentarlo. Lo robé cuando era un crío. No hay otra palabra para ello. Santiago me atormentaba, se las apañaba para no hacerlo delante de mi madre, para mostrarse respetuoso y agradecido, pero luego, a solas, siempre me miraba como diciendo «Por qué tú y yo no... Porque yo, que soy atlético y fuerte y astuto, no puedo tener todo esto y lo tienes tú, tú a quien todo te lo robarían de las manos, un blando, un tontito». Él llevaba la ropa que yo ya no quería, cuando estaba en casa dormía en una habitación cerca del servicio. Yo no era ni muy atlético, ni muy fuerte, ni muy resistente, pero sabía nombrar las plantas y las constelaciones. Mi madre y Santiago eran muy parecidos. Pero si él pensó alguna vez que podría destronarme en el amor de mi madre andaba muy equivocado. Mi madre estaba obsesionada conmigo, me miraba, perpleja a veces, pensando cómo era posible que alguien parido por ella fuera noble y considerado, todas las bondades de las cuales ella se burlaba pero que en el fondo admiraba.

»Y se trajo a Santiago del orfanato como compañero de juegos, como si esto fuera todavía la Edad Media. Quería a alguien con una mente fuerte y sana, que sirviera de contrapunto a mi tendencia a la melancolía y las preguntas desconcertantes y comentarios precoces de mi hermana, que dejaban a todo el mundo pasmado, como cuando con siete años utilizó la palabra lupanar con la misma naturalidad que si hubiera estado en uno.

»Un día robé el rubí. La audacia de los tímidos, ya ve. Yo quería que le echaran la culpa a Santiago, aunque mi madre supo desde un primer momento que no había sido él. Yo odiaba la felicidad comprada con deslealtad, crueldad e indiferencia mientras que Santiago se regodeaba en ella. Visto ahora parece una chiquillada, pero en aquel entonces fue un acto de valor. Quería demostrar a Santiago

Castejón lo que yo valía, que sus burlas y risas cada vez me hacían más fuerte. Mi madre no dijo nada. Sabía que había sido yo. Enviaron de nuevo a Santiago al orfanato. Volvió más oscuro e hiriente unos meses más tarde.

—¿Tiene idea de quién podía desear la muerte de su madre?

Eduardo se levantó. Llamó a los perros.

—A veces incluso yo mismo. ¿Sabe algo? Mi madre no se llamaba Victoria, cuando era una adolescente se lo cambió. Su verdadero nombre era María Maymó. A partir de ahí... no creo que nadie llegara a conocerla de verdad.

—Su madre quiso que se estrenara *Dido y Eneas* en el Liceo. Hay cierto paralelismo entre esa ópera y su historia.

—También lo intentó con Wagner. Y el Liceo... Ese horrible edificio. Ojalá se volviera a quemar

•◆·◆•

El viaje de vuelta a Barcelona se le estaba haciendo más largo y cansado que el de ida. El tren traqueteaba. Apoyó la cabeza contra el asiento y cerró los ojos.

Victoria de Cardona entró en el compartimento y se sentó frente a él. Llevaba un enorme sombrero ladeado que solo dejaba ver medio rostro. Su vestido era voluminoso y no era el más indicado para ir de viaje. La luz temblorosa de la tarde se reflejaba en sus joyas y se perdía en la tela de su vestido, de un corte moderno y vivaz. Ella se quedó mirando el paisaje por la ventana sin emoción alguna y dijo:

—Hola, Ignasi.

—Hola, María.

Ella le sonrió un tanto cautelosamente.

—Hace mucho que nadie me llamaba así.

Victoria dirigió la mirada al paisaje.

—Estos campos... En invierno es todo marrón y ocre, su monotonía puede llegar ser terrible. El infierno no es un lugar lleno de llamas, es un lugar como ese, lleno de colores ocres.

—Yusep es su nieto. Él tenía el rubí de los Cardona. Y lo tenía porque se lo dio su madre, Orietta. La esposa cubana de su hijo —le dijo él.

Ella asintió con suavidad.

—¿Desde cuándo lo supo? —preguntó Requesens.

—Creo que nada más verle.

—¿Qué pasó cuando bajó al escenario?

—Eso, si me lo permite, me lo guardo por ahora. No me mire así. Usted también tiene sus secretos. Sé que se portó muy bien con los soldados que enviaban a la guerra, a esos pobres chicos que traían de pueblos de Castilla y Andalucía, que no tenían el dinero suficiente para evitar ir a quintas. Sobre ellos no tengo nada que objetar. Los acompañó en sus delirios, en sus fiebres y en el vómito negro, los vio llorar y les leyó y escribió sus cartas, preocupados en sus lechos de muerte por los aparejos y por cómo se debía guardar el ganado..., sí, eso está muy bien. Pero yo sé cuál es su secreto. Y por eso tal vez duda en juzgarme. Se lo agradezco.

Los soldados eran muy jóvenes, estaban desorientados y preocupados por sobrevivir en una tierra desconocida, atormentados por las enfermedades, luchando contra enemigos a los que apenas podían localizar y distinguir. Los muchachos eran los más pobres, llegaban a la guerra apenas pasada la veintena, recibían una instrucción elemental, basada en el saludo, los giros, la modalidad de desfile y con apenas ejercicios de tiro. Eran los soldados más baratos y peor equipados de Europa Occidental, vestían un uniforme de rayadillo, un sombrero de paja y calzaban alpargatas de esparto en cuyas suelas anidaban las niguas, diminutos parásitos que se instalan entre los dedos de los pies y establecían colonias bajo la piel, envenenando la sangre. La comida era a base de boniatos o arroz con tocino, y para combatir el hambre se hinchaban a frutas locales que les provocaban diarreas. Las ciénagas, la fiebre amarilla, el bicho candela y la nigua eran peores que los tiros y los machetazos. El general Weyler les prohibía vivaquear dos días en el mismo sitio, y caminaban hasta la extenuación. A veces Requesens tenía que depositar a los heridos en cualquier hospital, iglesia o ayuntamiento del recorrido, rogando para que sus hombres sobrevivieran. Muchos reclutas jamás pudieron entrar en combate, sin periodo de aclimatación caían como moscas. En ocasiones tenía la sensación de que comandaba un ejército de cadáveres. En su memoria había quedado, en algún lugar de la infancia, su pasión por los coloristas campos de batalla, con humos, banderas, uniformes, y se topó con la oscuridad, la sorpresa y la añagaza, sin treguas ni piedad. Pero lo peor vino después. Weyler, el general al que tanto respetaba, tuvo aquella idea. No era nueva. Pocas ideas lo son. Los estadounidenses ya lo habían hecho antes incluso en su propio país, aunque luego le dieran una publicidad terrible y torticera.

La Reconcentración.

Su secreto. Lo que le quemaba la conciencia.

La guerra continuaba gracias a que los campesinos protegían y apoyaban con provisiones a los mambises. Y se decidió concentrar a toda la población en las ciudades bajo control. Arrancaban a la gente de sus casas y de sus campos. Ancianos, mujeres y niños, ya inmersos en la miseria de la guerra, fueron concentrados en las ciudades ocupadas por las tropas, en lo que a todas luces se convirtieron en campos de concentración. El calor, los gemidos de dolor y de hambre que se mezclaban con el rumor de las bestias de la selva. Aunque le diera asco, era un buen profesional, un buen militar, e intentó cumplir lo mejor posible con el encargo. Siempre se le dio bien organizar, intentar sacar lo mejor de cada uno de sus soldados. Le encargaron el mando de una de aquellas zonas de reconcentración, organizando tierras de cultivo con destacamentos destinados a dar alimentación a los concentrados. Pronto se dio cuenta de que no podía dar abasto. Se dijo a sí mismo que duraría poco tiempo, que aceleraría el final de la guerra. Las disposiciones eran necesarias para acortar la guerra y sus inherentes miserias. Musitaba entre dientes que era lamentable, terrible, pero necesario.

Lo peor era la noche, un gemido doliente que parecía salir de un solo cuerpo, niños que eran todo clavículas, ancianos que no podían moverse, cuyas cabezas daban vueltas buscando moscas invisibles. Los soldados también morían. Los yanquis lo criticaban interesadamente en una campaña periodística feroz. Sin embargo, ellos lo habían inventado en su guerra civil. La situación se complicaba a medida que avanzaba la guerra. Los sufrimientos y calamidades aumentaban por la vida de los concentrados en barracones, almacenes o refugios abandonados, viejos hangares, casas abandonadas y cobijos improvisados. La afluencia de hombres, mujeres y niños fue tan numerosa que toda esa gente se vio obligada a dormir en cualquier parte, en patios o pasillos, sin la más ligera protección contra los elementos. No había separación entre mujeres y hombres, y no había servicios ni camas. El hambre, la desnutrición, las enfermedades, las condiciones higiénicas, la superpoblación, la escasez y mala calidad de la comida y de los cuidados médicos... Al final, fue más un genocidio por incompetencia y falta de planificación por parte de las autoridades españolas que por intenciones. No se planeó el exterminio deliberado de decenas de miles de cubanos, pero eso fue lo que ocurrió. Resultaba difícil hacer las cosas peor.

Weyler fue tachado de cruel y despiadado, y esa táctica surtió efecto en el curso de la guerra, a pesar de la injusticia que representaba.

Lo destituyeron, como siempre sucede en este país cuando alguien tiene éxito.

Perdida la guerra, el viaje de vuelta fue terrible.

Bajo la cubierta, tendidos de seis en seis sobre literas de hierro, yacían cientos de hombres, algunos oscuramente callados, otros murmurando delirios incomprensibles. Las luces eran tenues, los motores latían sin descanso y Requesens pensaba a menudo que aquel buque eran las entrañas de un animal prehistórico. Allí estaban ellos, los hijos de la nación. Algunos de ellos habían sido hermosos.

Desembarcó en Barcelona más muerto que vivo y le trasladaron a uno de los lazaretos que se habían dispuesto para atender a las tropas. Allí conoció a sor Francisca. Ella lidió con los coletazos de las fiebres que le habían consumido en Cuba y con los delirios. Ella le trató con infinita paciencia, le calmó mientras aullaba por la noche por el sufrimiento de aquellos hombres y mujeres en los campos de reconcentración, ayudó a que hubiera una reconciliación entre padre e hijo. Requesens no era religioso, no creía en un Dios plenipotenciario que mataba o perdonaba según un designio que se le antojaba aleatorio, aplicado por igual al honrado, al piadoso, al ladrón y al asesino.

El bien no tenía sentido para Dios, pero en las manos de sor Francisca existía la bondad. Sin aquella bondad el mundo sería caótico. Cuando se miró al espejo por primera vez vio lo que era. Él mismo se había convertido en un campo de concentración. Tenía los huesos fuertes y recios, pero había perdido tanta carne que los pómulos eran los de una calavera.

Volvió a casa y quiso olvidar, aunque por la noche si permanecía en silencio todavía seguía oyendo aquel lamento. Y lo seguía haciendo. Solo Mariona lo sabía. Se recuperó de todo aquello, más o menos. Dijeron que estaba sano de nuevo. Le enviaron a Marruecos. Pequeñas escaramuzas. Negociaciones que necesitaban de cierta mano. Nada importante. Cuando era un adolescente solo sabía de música, había heredado la sensibilidad de su padre, pero no su talento: «Mis manos son fuertes y cuadradas, no son muy buenas tocando instrumentos». Eran unas manos como las de su madre, hija de jornaleros andaluces y murcianos, una madre que enfermó. Un día, Ignasi se peleó con su padre porque se habían quedado prácticamente sin dinero. Su madre les daba miedo. Los dos la querían, pero no se podían ayudar el uno al otro y no sabían qué hacer. No entendían por qué aquella mujer tan bondadosa y considerada empezaba a decir palabras soeces e improperios, no comprendían aquellos ataques de furia y de rabia, aquel comportamiento abominable. Se gastaron todo el dinero en internarla en el frenopático de Nueva Belén, un lugar moderno, espacioso, lleno de luz, pero que no dejaba de ser un manicomio. Porque estaba loca. Porque Requesens la amaba intensamente, pero odiaba verla así. Cuando murió hubo algo de bendición en ello.

Se despertó de golpe cuando alguien le tocó en el hombro.

—Disculpe, señor.

Era un revisor. Requesens tardó un momento en comprender que le tenía que enseñar el billete. El hombre revisó el billete y se lo devolvió, pero se lo quedó mirando como si quisiera decirle algo.

—¿Algún problema? —preguntó Requesens.

El hombre miró a uno y a otro lado.

—Estaba usted hablando en sueños. No se preocupe. Yo también estuve en la guerra. Y todavía sueño con ella.

Le tocó en el hombro fraternalmente y Requesens le apretó la mano. Los veteranos recibían profesiones como esa, revisores, guardias, policías.

—Espero no haber molestado al resto de los viajeros.

—No, el tren está casi vacío.

El revisor se marchó. Requesens se quedó mirando por la ventana. Ya se estaban acercando a Barcelona. La luz se volvía diferente cerca de la ciudad, más perezosa, más reticente a abandonarla. Una sensación se arremolinaba en su interior. Tenía la sensación de que Yusep estaba escondido en alguna parte. Y había que encontrarlo fuera como fuese.

¿Pero dónde?

El sueño le había dado cierta clarividencia. Fernando Gorchs era el testaferro de Victoria de Cardona, el mismo que había regalado a la señorita Matsuura a la marquesa de Comillas, cuya hija, Isabel, se había casado con Eusebi Güell, acérrimo enemigo de Victoria. Esa misma señorita Matsuura había acogido a Yusep, hijo de Eduardo de Cardona y nieto de Victoria, y habían conocido a Santiago Castejón por medio de Manolo Martínez, que a su vez era amigo de Elías Bargalló, quien había descubierto la victorina y había hecho inmensamente rica a Victoria de Cardona, gracias a lo cual esta había financiado las óperas en el Liceo, subyugando a Albert Bernis con juegos fatuos sobre el más allá, protegiendo a Teresa Santpere, que a su vez era amiga íntima de Casandra de Cardona, la cual era amiga de Ismael de Albí, arrastrado a la ignominia por Santiago Castejón.

Todo el mundo parecía conocer a todo el mundo.

Pero ¿y Verónica? ¿Quién era esa enigmática mujer a quien nadie más que la señorita Matsuura parecía conocer?

Y lo que más le quitaba el sueño: ¿quién había asesinado a Victoria de Cardona?

•◆•◆•

La visita a Eduardo de Cardona no pasó desapercibida y al día siguiente, cuando se tenía que estrenar *Dido y Eneas,* casualmente también el cumpleaños de Teresa Santpere, Requesens fue llamado al despacho de Enrique Díaz Guijarro.

—El caso se da definitivamente por cerrado —dijo este.

—¿Son órdenes de Ossorio?

Díaz Guijarro negó con la cabeza.

—Vienen de más arriba —dijo sin amargura—. Parece que ha molestado a quien no debía. También tiene prohibida la entrada en el Gran Teatro del Liceo. Si eso ocurriera será duramente castigado.

Recoja sus cosas, por favor. Puede volver a Balmes. La noticia ha sido comunicada esta mañana al gerente señor Carcasona y él ha informado a todos los trabajadores.

«A sueldo de Santiago Castejón —pensó Requesens—. ¿Qué le debió ofrecer?». El inspector sabía que no se trataba de dinero. Díaz Guijarro le miró intuyendo lo que estaba pensando. El inspector fue consciente de ese perfil duro que le había pasado desapercibido, los ojos, grises, metálicos. No tenía sentido discutir con Díaz Guijarro. No iba a defender sus actuaciones frente a quien fuera que le hubiera vetado. Se levantó en silencio y salió del despacho sin decir nada. Tresols le estaba esperando fuera.

—Hombre, si está aquí el defensor de las florecitas.

—Prefiero defender florecitas a hacer el capullo.

Jefatura se quedó en silencio. Todo el mundo dejó de hacer lo que estaba haciendo. No era normal que Requesens utilizara una palabra salida de tono.

—Usted y sus aires de superioridad moral. ¿Quién se ha creído que es? —escupió Tresols.

—Un policía.

—Sé lo que piensa usted de mí.

—Si lo sabe entonces sería mejor que se apartara.

—Ah, ¿sí?

Requesens le dio un golpe en el pecho y Tresols cayó al suelo.

—Todos ellos nos desprecian —dijo Tresols curiosamente tranquilo—. Nos quieren para poder dormir seguros por las noches en sus casas. Usted pensaba que podía ir desentrañando verdades y que todo el mundo aplaudiría sus intentos, pero no. Ellos forman una casta y ellos solos se lo guisan y se lo comen, y para ellos la gente como usted y como yo no somos nada, ¡nada!, ¿me entiende? Para esa gente solo somos unos pobres diablos que les defienden de otros peores. ¿Y sabe qué? Me voy de la policía. Se la dejo a tipos como usted. Voy a montar una agencia de detectives y voy a sacarles los cuartos todo lo que pueda. Voy a atender a mujeres que quieren saber con quién se acuesta su marido, o buscando hijos maricones que se han ido de casa... Ya ve, tendré mucho trabajo.

Muñoz Rodríguez salió de su despacho.

—A ver, ¿qué coño pasa aquí?

Unos hombres ayudaron a levantar a Tresols. Muñoz comprendió enseguida lo que había pasado y no pareció disgustado. Era de los que creían que un buen puñetazo a tiempo ponía las cosas en su sitio y arreglaba tensiones.

—Venga, venga, todo el mundo a su trabajo.

Se acercó a Tresols y a Requesens.

—Aquí no. Si se quieren ustedes matar, váyanse a la calle.

Tresols se colocó bien el traje. Muñoz Rodríguez se llevó consigo a Requesens y dijo:

—Joder, has tardado, ¿eh?

•◆•�’◆•

Era una fiesta privada para celebrar el cumpleaños de Teresa. Se habían reunido unos cuantos músicos, maquinistas, fregatrices, mozos, sastras, algún miembro del *ballet* y buena parte del coro. La procedencia geográfica de todos ellos era muy variada. Barcelona era un lugar que aceptaba a la gente viniera de donde viniese. Desde la Vall Fosca hasta Jerez de la Frontera.

Los regalos se habían envuelto cuidadosamente en papeles que crujían al tacto. Eran pañuelos, perfumes, pastillas de jabón oloroso, cepillos de imitación al carey, la mayor parte comprados en los almacenes *El Siglo,* situados un poco más arriba, en la Rambla dels Estudis. Todo el mundo trajo comida.

Utilizaron la sala de ensayo del coro para la fiesta, pero tenían preparada una sorpresa en el escenario. Deseaban espantar el mal fario del cadáver de Victoria con un acto de amor y gratitud. También estaba Felipe, que empezaba a trabajar a partir de las diez de la noche y debía hacer la ronda hasta las seis de la mañana, hora en la que Xavier Soriano lo relevaba. Achacaban su rostro taciturno al tener que trabajar con el turno cambiado al resto de la gente. Era de gran envergadura y tenía que entrar en las salas agachándose. Apenas hablaba. Su uniforme de trabajo era un guardapolvo azul oscuro, casi negro. Todo el mundo era consciente de que estaba allí para vigilarles. El mecanismo de control social era sutil. Sabían que delante de él no podían hacer bromas ni chascarrillos.

Entró Carcasona. Parecía atribulado, pero con él era difícil saberlo.

Teresa llevaba un vestido verde oscuro, largo, que se ajustaba a su cuerpo, y una larga cola. Dio un par de besos a Carcasona.

—Está usted preciosa —dijo él admirativamente.

—Me voy a hacer la ronda —dijo Felipe.

Unos cuantos músicos empezaron a tocar. Primero un instrumento, luego otro. No era la música habitual que se escuchaba allí, sino la de los cafés. Era una música portuaria, un vals bastardo, primario y alegre. La sorpresa fue mayúscula cuando vieron aparecer a Pauleta.

—Señora Pauleta... —exclamó Teresa.

—Hola, querida. He oído esta música y no he podido dejar de entrar. ¡Qué maravillosa! Espero que no te importe.

Teresa se alegró sinceramente al verla.

—También te he traído un regalo.

Ellas dos apenas habían intercambiado algunas frases desde que se conocían. Pauleta sabía que Teresa la consideraba estirada y arisca, y probablemente tenía razón. Desde que era pequeña siempre la había visto por los pasillos pegada a su madre y pensaba que el Liceo no era un buen lugar para criar a un hijo. También había pensado lo mismo de Carcasona y sabía que el tiempo le había dado la razón. Aquel hombre era muy extraño, por muchos motivos... Pauleta le ofreció un paquetito y Teresa empezó a quitarle el papel con cuidado. Envuelto en papel de seda, descubrió un abanico de nácar, pintado a mano.

—Oh, es precioso, muchas gracias, de verdad.

Carmeta estaba a un lado. Se había avenido a asistir a la fiesta de cumpleaños para sorpresa de Teresa. Se dieron dos besos. Pauleta apretó el brazo de Carmeta con cariño, logrando que todo el mundo se preguntara a qué se debía aquel cambio.

—Lo utilicé hace mucho tiempo, cuando aquí aún se bailaban malagueñas. Espero que no lo vea Fernando Gorchs. Seguramente te pediría que lo sacaras en escena.

Pauleta miró a uno ya otro lado buscando con la mirada a Gorchs. La noticia de su desaparición todavía no se había hecho pública.

•◆•◆•

En Jefatura los ánimos se habían calmado. Requesens entró en su despacho. Se acercó a la ventana. Tan solo unas semanas antes la ventana daba a la *androna*[7] que separaba el edificio de la Jefatura del convento de San Sebastián, y a través de ella tan solo se veía un muro. Tras derribar el convento para dejar paso a la vía de la Reforma, ahora la Jefatura hacía esquina con la plaza Antonio López. Del convento tan solo quedaban los arcos del claustro sobresaliendo de entre las ruinas, indefensos, desnudos ante la intemperie mientras varios obreros se esforzaban en quitar los cascotes.

La vía de la Reforma[8] iba a ser una vía ancha, como las que había en París o Chicago, y uniría el Ensanche directamente con el puerto. Pronto se estrenaría el primer tramo. Se había llevado por delante calles y plazas con cientos de casas y palacios nobles. A medida que pasara el tiempo nadie sabría que en aquella parte de la ciudad había existido uno de los lugares más llenos de vida de la ciudad y las nuevas generaciones solo verían una gran avenida poblada por bancos y entidades financieras. Con el tiempo, el viejo caserón que albergaba la Jefatura de Policía también sucumbiría y sería derribado, y la propia Jefatura se trasladaría a aquella avenida para convertirse en un lugar temido y odiado por los barceloneses. Pero por ahora todavía existía en aquella casa de aire provinciano, cuyas oficinas estaban dispuestas al tuntún entre diferentes pisos. El día anterior, Requesens se había enterado por uno de los agentes que habían tenido que atender a una mujer que vagaba por las calles enloquecida, buscando sus calles, de pronto desaparecidas, pues la buena señora apenas había salido de aquel barrio que había sido derribado.

Requesens volvió su mirada a la estatua de Antonio López que presidía su plaza: el primer marqués de Comillas, padre de Isabel, suegro de Eusebi Güell. Era una estatua de la que nadie hacía caso, a pesar de ser una obra concebida por los mejores escultores. El pedestal estaba hecho con planchas de bronce de barcos desguazados de la

---

7. N. de la Ed.: Una *androna* es una palabra catalana que hace referencia en edificación a un pedazo de terreno ubicado en la propia finca y que colinda con la de al lado, que se deja sin edificar para que así se puedan abrir ventanas e inyectar luz en el propio edificio.
8. N. de la Ed.: Es la actual Vía Layetana (Via Laietana).

Compañía Transatlántica Española, su más próspero negocio, barcos que habían sido utilizados para transportar soldados durante la Guerra de Cuba. Pero el origen de todo ese imperio fue posible gracias al dinero de su mujer, Luisa Bru, con el cual López compró barcos y una gran plantación de café. Y mientras vivía como un terrateniente cafetero, bajo mano se saltaba la ley que prohibía la trata de esclavos al norte del Ecuador. Fue astuto y ante la posibilidad de problemas, lo vendió todo, volvió a Barcelona y creó la Compañía General de Tabacos de Filipinas y el Banco Hispano Colonial, el mismo banco que financiaba la Reforma y echaba a la gente de sus casas.

Alguien llamó a la puerta de su despacho.

—Tiene una llamada, señor —dijo Cristóbal arrancándole de sus ensoñaciones—. Es del Hospital Clínico.

Contestó al teléfono pensando que iba a encontrar la voz de su mujer, pero se equivocó.

—Inspector, soy sor Francisca. Quería hablar con usted sobre la señorita Matsuura.

—¿Cómo se encuentra?

—Ha estado delirando toda la tarde y en uno de los delirios ha murmurado su nombre y luego otro. Y luego ha repetido una frase varias veces. Tal vez pueda interesarle.

—Sí, dígame.

—Después de su nombre murmuró Josep.

—Josep..., ¿puede que dijera Yusep?

—Puede ser, sí. Lo que sí dijo con claridad es: *Non reliquit*.

—¿Qué quiere decir?

—Nunca se marchó. No sé si tiene algún significado especial para usted.

El corazón de Requesens palpitó con fuerza.

—Sí, sí que lo tiene. Muchas gracias.

—Requesens, espero haberle servido de ayuda. Rezaré por usted.

—Muchas gracias, sor Francisca.

Requesens colgó el teléfono. Una premonición que le había estado rondando por la cabeza se convirtió en certeza.

Yusep era un superviviente nato.

¿Dónde se había escondido?

En la boca del lobo.

La señorita Matsuura lo había sabido desde un primer momento. Nadie que hubiera atravesado un océano de polizón, hubiese dormido en las calles y se hubiera escondido de las amenazas de malcarados marineros conseguía sobrevivir sin que su instinto de supervivencia se aguzara. Se había escondido en el propio barco. En la bodega. A oscuras, con el oído atento a cualquier ruido. Y dónde esconderse mejor que un lugar lleno de rincones y pasadizos. Por eso siempre tenía la sensación de que debía volver allí, una y otra vez, que había algo que se le escapaba, encerrado en aquel lugar.

—Yusep está escondido en el propio Liceo —dijo casi para sí mismo—. Quédate aquí, Cristóbal. Si en un par de horas no vuelvo, avisa a Fernández y a Rosales y explícaselo.

Se puso el sombrero. Salió deprisa de Jefatura y apretó el paso.

Mientras, en Jefatura, Cristóbal descolgó el teléfono.

—Por favor, con el Hipódromo.

•◆•◆•

Requesens llegó al Liceo. Intentó recobrar la calma y el aliento. Xavier Soriano estaba en la puerta. Ambos hombres se miraron. La obligación y el deber enfrentándose a la amistad y el saberse miembros de una misma clase social. Soriano bajó la mirada, consciente de lo que Requesens deseaba hacer. Este dio dos o tres pasos y el conserje se interpuso entre él y la puerta, la incomodidad dibujándose en su rostro.

—Por favor, se lo ruego, déjeme entrar —dijo el inspector.

—Me juego el puesto, Requesens.

—Lo sé.

—Tengo una familia que alimentar.

—Lo comprendo. Pero necesito entrar. Es muy importante, sé quién mató a la condesa de Cardona.

—Mi hijo murió en la guerra. No pudimos pagar el cupo para que no se lo llevaran. Mi mujer y yo suplicamos, prometimos trabajar aquí gratis para el resto de nuestras vidas, pero no hubo manera. Era nuestro único hijo y siempre me acuerdo de él. Si hubiéramos conocido a Victoria en aquella época, ella nos habría ayudado y mi hijo habría sobrevivido. A cambio, habríamos tenido que jurar lealtad a Victoria y explicarle todo lo que sucedía en este lugar. A mí no me habría importado. Porque ellos no me importan. Pero nunca podremos con ellos, Requesens. Son poderosos y más fuertes que usted y que yo. Ella no era de los suyos y no la querían. Por mucho que lo intentara no la dejaban entrar. Ellos siempre se saldrán con la suya. Por muchas revoluciones que haya, por muchas guerras... Ellos seguirán mandando con diferentes disfraces, harán ver que se pelean entre ellos, pero no se lo crea, Requesens. Ellos saben lo que se hacen. Sé que usted perdió a su hijo, que usted y su mujer se arruinaron para salvarle, y que por eso estaba usted aquí, para ganarse un mísero sueldo que llevarse a casa. Déme un puñetazo. Déjeme en la garita. La fiesta en honor de la señorita Teresa se ha desplazado hasta el escenario. Tardarán en echarme en falta. Con fuerza. No tema.

¿Por dónde empezar a buscar? No disponía de mucho tiempo antes de que alguien encontrara a Xavier Soriano en la garita y al pobre buen hombre no le quedara más remedio que delatarle.

Decidió subir por la escalinata central porque paradójicamente era el lugar donde tenía menos posibilidades de encontrarse con alguien. Llegó al corredor de platea. Las puertas estaban abiertas. El escenario estaba lleno de gente. Risas. Una pequeña fiesta. Aquel día se debía estrenar la ópera *Dido y Eneas*. Teresa Santpere estaba en medio y, aunque ella y su madre llevaran luto por deferencia a Victoria, se la veía cálida y luminosa. Celebraban un cumpleaños para exorcizar una muerte.

De repente, mientras caminaba pegado a la pared por el corredor de platea, pensó que necesitaría días enteros para encontrar a Yusep y que él siempre podría jugar al gato y al ratón con él en aquel lugar tan propicio para ello. Se había lanzado a la calle sin pedir refuerzos ni autorización, siguiendo solo los murmullos en latín de una moribunda traducidos por una monja. Un grave error, un error de principiante.

Era como en Cuba. Los mambíes esperaban y actuaban, dejaban que te movieras, y entonces descubrías tu posición. Nadie pensaba que ellos habían estado allí, no se oía ningún ruido, solo los de la selva, pero entonces, al salir de la tienda de campaña, veías las señales, los signos de mal fario grabados en las maderas. Y ahora era lo mismo, solo que en vez de la jungla era un teatro lleno de rincones oscuros.

No debían verle. Empezó a subir por las escaleras laterales cuando descubrió a Felipe, el sereno. Aquel día había empezado demasiado pronto su jornada laboral. Debía tener cuidado con él, pues ya sabía que su presencia estaba prohibida allí. Requesens estaba seguro de que Felipe no tendría inconveniente en pararle los pies y recurrir a la violencia física si fuera necesario, por muy policía que fuese. Se pegó todavía más a la pared, intentó confundirse con las sombras, no hacer ruido, pero las maderas eran viejas y crujían bajo sus pies. Los pasillos todavía estaban iluminados con luces de gas y las bujías estaban bajas. A excepción del escenario en donde se desarrollaba la fiesta, el resto del teatro parecía extraordinariamente vacío y sin movimiento. Sabía que por encima de él se hallaban las habitaciones de los mozos. El conservatorio estaba cerrado y los trabajadores tenían fiesta. Tras la suspensión de la ópera no se había programado ninguna nueva para sustituirla. Todo parecía atenuado y emborronado por la luz de los distantes quinqués de gas.

Subió hasta lo más alto que él conocía, el taller de escenografía. Las puertas no estaban cerradas y entró sigilosamente. El olor a pintura y a disolvente se hizo presente enseguida. Aquí las luces permanecían apagadas y la única claridad que entraba era la que dejaban pasar las claraboyas. Levantó la vista. Ya había anochecido. Las estrellas no se veían tan bien como cuando él era pequeño porque la luz eléctrica las estaba empezando a diluir. Telas de futuras escenografías colgaban fantasmagóricas de las vigas metálicas, como sueños deshilachados de una mente atormentada. Valles encantados, aldeas, lagos, templos antiguos, mares encrespados... Entre las penumbras se formaban juegos de sombra y de luz. No tenía miedo. No creía en fantasmas, y si los hubiera bienvenidos fueran, porque así aún tendría la esperanza de ver a sus seres queridos. Pensó en Albert Bernis, la catástrofe interior que debió de sentir al descubrir que todo era un engaño.

Tuvo la intuición de que no estaba solo y levantó la voz para decir un nombre, aún sabiendo que no tendría respuesta.

—¡Yusep!

Guardó silencio. Un ligero eco recorrió maderas y hierros.

Aguzó el oído.

Notó una respiración, un aliento. Algo se movió entre las telas. Una figura pequeña que podía ser la de un muchacho se movía escurridiza entre las sombras. No obstante, había en ella una rigidez no natural. La esperanza de que fuera Yusep se desvaneció.

—¡Sal de ahí!

Requesens empuñó su revólver.

—¡Voy armado!

La figura vaciló un momento y luego adelantó un paso.

—Sé dónde está.

La voz parecía surgir de la nada.

Requesens guardó el revólver. Eso solo lo podía hacer una persona en todo el teatro y tal vez en todo el mundo.

La figura dio un paso más y ahora Requesens la pudo ver con relativa claridad.

Era Lo Jaumet.

—No hay nada en esta casa que yo no sepa. Conozco todos los rincones.

—¿Dónde está?

—Ella le protege.

—¿Quién?

—La Gran Dama.

—¿Quién es la gran dama?

¿Podía ser la misteriosa Verónica?

◆◆◆

La gran lámpara ocupaba todo el cuarto. Los brazos largos, nervudos y curvos, dispuestos para sujetar cientos de velas, le daban un aire de criatura mitológica. Lo Jaumet rodeó la lámpara y Requesens le siguió. Al fondo había una puerta. El apuntador la abrió con confianza y el policía pudo ver un pasadizo largo y estrecho. Lo Jaumet abrió una lámpara de gas, la descolgó y siguió avanzando. Era una lámpara de queroseno que lanzaba oscilantes haces de luz. Requesens se fijó en que había una serie de ventanucos que daban al exterior. Según sus cálculos, estaban caminando paralelos a la calle Conde del Asalto. Llegaron a una habitación donde había colgados vestidos que se habían llevado en escena, un arlequín, algunas máscaras, zapatillas de *ballet*... Pero también había bandejas usadas. Vasos. Varias telas acomodadas formando un colchón.

¿Cómo había podido Yusep ir a parar allí? Algo debía de haberle hecho correr, algo terrible que lo empujó a subir y subir hasta llegar allí.

Lo Jaumet susurró:

—Le gusta acercarse hasta uno de los traspatios y ver la ciudad.

Abrieron la puerta. Debían de estar bajo la azotea. Las paredes exudaban la frialdad de la noche.

—¿Por qué no me dijo que él estaba aquí?

—Porque ella no quería que usted lo encontrara hasta ahora. Ayer bailaron un vals aquí mismo y ella le dijo al fin que debería marcharse por su bien.

—¿Y usted les espiaba?

—Pues sí. Y a mucha honra. No soy un Apolo que digamos. Dios me ha dado este aspecto de bufón y no puedo remediarlo. No me alegro del mal ajeno. Si otros triunfan y son amados me alegro. Nunca nadie me ha deseado físicamente. Para otros hubiera sido un horror. Yo he intentado llevarlo lo mejor que he podido. He intentado expurgar en mí la amargura de no poder acariciar una piel amada. Lo he hecho por medio del arte, de la música, de la literatura y, sí, también por medio de otras personas, porque vivo vicariamente las emociones de los otros. Y les he espiado, sí. He visto cómo ella empezaba a amarle, cómo ella, seca como un junco, caía derrotada ante una pasión imposible. ¿Les tengo envidia? No. Tal vez cierto sentimiento de... de... esa maravillosa palabra alemana, *Fernweh,* esa nostalgia que se siente por un sitio en el que nunca se ha estado... Allí lo tiene.

Estaba de perfil, en la azotea, mirando la ciudad vagamente iluminada, vestido como un paje. Requesens no pudo evitar que la luz de la lámpara de queroseno apareciera de pronto amenazadora iluminando el lugar. Le habría gustado contar con más tiempo y tranquilizar al muchacho. Yusep se volvió y al ver a contraluz la figura recortada de un hombre se asustó.

—Por favor, Yusep, no te asustes. Estoy de tu parte. Quiero ayudarte. Sé quién eres.

Pero la última vez que Yusep había escuchado eso habían roto todas sus esperanzas. Y echó a correr sin atender a razones. No tenía salida, pero de un brinco saltó a la otra azotea. Entre una y otra había un hueco cuyo final no se distinguía. Requesens se quedó en el borde. Tenía casi cuarenta años, ya no podía saltar aquello.

Sintió a Lo Jaumet detrás de él.

—Desde esa azotea a la que ha saltado hay una puerta que conduce a uno de los depósitos de agua. Allí hay una puerta que lleva hasta a un pasillo. Yo sé dónde desemboca. Sígame.

Efectivamente, Yusep entró en uno de los depósitos de agua preparados para ser abiertos en caso de incendio. Toda el agua caería sobre los telares y el escenario. Había un saliente alrededor del depósito que servía para limpiarlo y se movió por él; a punto estuvo de resbalar un par de veces. Un agua oscura y verdosa, recogida de la lluvia, parecía estarlo mirando desde su interior. Abrió una portezuela metálica. Había unas angostas escaleras que bajó y que le llevaron a un pasillo estrecho que rezumaba humedad. Echó a correr. Sabía que igualmente habría tenido que marcharse, pero lamentaba no haberse despedido de su benefactora. Llegó hasta el final del pasillo. Abrió la puerta y esta vez el pasillo era mayor. ¿Hacia dónde girar? Giró a la derecha, abrió una puerta y vio un pasillo estrecho, largo y tapizado por cuerdas y poleas de repuesto. Se vislumbraba una luz al final y echó a correr de nuevo; al llegar al final vio de repente desde considerable altura el escenario a sus pies. Frente a él se extendía la parrilla, el telar escénico por donde subían y bajaban telones, bambalinas, bambabilón y rompimiento. Era la zona más alta del torreón de tramoya y estaba atravesada por innumerables cuerdas, pesos y contrapesos, galerías de trabajo, balcones y vigas de madera cuidadosamente numeradas que soportaban todos los elementos que colgaban sobre el escenario.

Miró abajo. Tenía vértigo. Pero vio lo suficiente para darse cuenta de que estaba lleno de gente, Teresa, los músicos, las chicas del coro que tanto le habían ayudado y que se habían hecho amigas de él. Y también estaban Carmeta y Pauleta. Se los quedó mirando desde las alturas. Era la primera vez desde hacía varios días que veía a tanta gente junta y sintió una puñalada de añoranza.

Giró sobre sus talones dispuesto a marcharse, pero entonces vio que en el fondo del pasillo aparecía el hombre de rostro severo que le había descubierto y cuya cara extrañamente mostraba su misma sorpresa.

—No te asustes. Yusep, no quiero hacerte daño.

—¡No! Ella también me dijo lo mismo.

Le dio la espalda y empezó a caminar por una de las estrechas pasarelas que cruzaban de un lado al otro del escenario .

Sus compañeros del teatro estaban en el escenario, ajenos a lo que sucedía sobre sus cabezas. Había desaparecido cualquier rastro de escenografía y las paredes del escenario se mostraban desnudas. Algunos músicos habían bajado hasta el foso y se habían traído los instrumentos para tocar una música que no solía escucharse allí, una música portuaria, agitanada, más propia de un café que de un teatro de ópera. La orquesta del Liceo no era estable, los músicos se contrataban a principio de temporada y muchos de ellos tocaban en diferentes bandas municipales; pero otros se ganaban la vida en oscuros cafés.

Y uno de ellos tuvo un extraño presentimiento. Acostumbrado a tocar en aquellos cafés en los que cualquier cosa podía pasar, una pelea, una botella lanzada al aire, solía tocar sin perder de vista lo que sucedía a su alrededor. Y levantó la cabeza. Alguien se movía por los telares y él dejó de tocar en cuanto lo vio. El resto de los músicos dejaron también de tocar. Y de pronto todo el mundo levantó la cabeza.

—¡Dios mío!

—¡Yusep! ¡Yusep! —exclamó Carmeta.

Un sudor frío corría por el cuerpo del chico. Se hallaba en un estado irracional de pánico. Al oír decir su nombre miró ligeramente para abajo. La sensación de vértigo pudo más que su miedo: perdió pie y quedó colgado de la pasarela, de la cual colgaban varias poleas y contrapesos.

En el escenario gritaron.

—¡Tiene vértigo! —exclamó Pauleta.

Desde la galería a la que daba acceso el pasillo, Requesens dijo:

—Yusep, tranquilo, tranquilo, voy a ir a buscarte. No te voy a hacer daño.

Requesens también tenía vértigo, pero la vida de otro ser en peligro le espoleaba y empezó a caminar por la pasarela.

Los dedos del chico empezaban a resbalarse. Hubiera podido levantar una pierna, intentar auparse, pero estaba bañado en sudor y pánico. Requesens fue andando poco a poco por la pasarela. Había dos cuerdas de seguridad a ambos lados, aunque no le daban confianza.

—Voy en tu ayuda. Confía en mí, por favor, confía en mí.

Y cuando Yusep estaba a punto de caer llegó hasta su lado y lo agarró, sujetándose a una de las cuerdas de la pasarela.

—No mires para abajo, Yusep, no mires para abajo. No te voy a hacer daño, te lo prometo. He estado en casa de la señorita Matsuura. Ella te ayudó y te guardó el secreto. Y he visto el libro que tanto le gustaba a tu madre sobre leyendas de princesas y caballeros... Por favor, por favor, sujétate a mí, confía en mí.

A Requesens le empezaban a fallar las fuerzas cuando dijo:

—Eres un Cardona y mil años de historia corren por tus venas.

Ambos se miraron.

Entonces Yusep se empujó, dejó de ser un peso inerte y Requesens consiguió alzarlo. Y se quedaron mirando el uno al otro, ambos recobrando el aliento. El inspector le sujetó la cara y le preguntó:

—¿Estás bien, hijo mío?

No pudo evitar una voz paternal, y ante la mirada noble del muchacho, ante su timidez, no pudo evitar abrazarle.

Y mientras estaban abrazados Requesens oyó el clic de un revólver. Y susurró al oído de Yusep:

—No te muevas, hijo, no te muevas.

El policía se volvió poco a poco, interponiendo su cuerpo entre Yusep y la persona que empuñaba el revólver. Empezó a pensar rápido. Era imposible sacar su arma sin que quien le estuviera apuntando se diera cuenta.

Santiago Castejón. En una mano empuñaba un Colt. Con la otra sujetaba por el pescuezo a Lo Jaumet, que parecía un muñeco de ventrílocuo a su lado.

—Debería haberlo dejado caer —dijo Santiago.

Requesens se interpuso del todo entre el revólver de Castejón y Yusep.

—Si no se aparta morirá usted también.

—Santiago, él no fue. Él no pudo hacerlo. Pero él sabe quién lo hizo.

Una voz se elevó desde el escenario.

—¡Fui yo! —dijo Carmeta con sorprendente firmeza.

•▬•▬•

Una vez acabado el recital, cuando el telón ya había caído y los aplausos habían cesado, Yusep permaneció en el escenario. Había deseado los aplausos de toda aquella gente tan bien vestida y elegante, pero descubrió con pesar que le habían dejado una sensación de melancolía y un vacío doloroso en su interior que no lograba apaciguar. Había sido una tontería, ahora lo comprendía, haber cosido el rubí de los Cardona en su turbante, y lo arrancó avergonzado. Todas las mujeres del coro se abrazaron, rodearon a Teresa, las sastras entraron de golpe y, riendo, se dirigieron a los camerinos. Él era el único chico. Y estaba solo. Solo.

Como lo había estado toda su vida. Nunca habían encajado, ni su madre ni él, en aquella ciudad de provincias oriental en la que ella se había refugiado. Y cuando su madre murió, hacía apenas unos meses, decidió marcharse en busca de aquel lugar, la Arcadia de la cual ella le había hablado cuando estaba ya enferma. El lugar en el que su madre habría sido feliz. El lugar que retrataba aquel libro de ilustraciones de Bruce-Jones, lleno de caballeros y doncellas. Muchos hombres blancos volvían allí. ¿Qué debía de tener aquel lugar para que todos decidieran volver, qué poderoso influjo? Él quería descubrirlo. Ahora se arrepentía de ello y con pasos lentos se dirigió a la chácena. Quiso que murieran los aplausos, que se fueran las risas, y quedarse a solas con sus pensamientos. No quiso seguir a las cantantes del coro. Se refugió en la chácena, era su lugar predilecto del teatro. Un pequeño y triste fauno sumido en una ensoñación.

Y entonces Victoria de Cardona emergió de entre las sombras.

El chico levantó ligeramente la mirada con una especie de reconocimiento, como si de alguna forma la hubiera estado esperando allí desde siempre y hubiese anticipado aquel encuentro cientos de veces en su imaginación. Ella era su abuela. ¿Y si lo llevase hasta su padre y fuera amado y cuidado? Un hogar al fin. Pero ahora había descubierto que eso solo sucedía en los libros a los que tan aficionada era su madre. Había descubierto que Barcelona no era ninguna Arcadia. Varias veces había estado a punto de que lo asaltaran y hombres mayores y zalameras mujeres envueltas en chales se le habían acercado con oscuras intenciones. La señorita Matsuura le había protegido. Ella había sido diferente. Ella le había dicho la verdad. No te puedes presentar en su casa sin más. Has de tener cuidado. Victoria, como en los cuentos, era la gran bruja del Este, la hechicera que disfrazada de Mercurio le recordaba a Eneas que debía proseguir su viaje

—¿No tendrías que cambiarte? —preguntó ella con tranquilidad.

—Quería estar a solas...

Victoria se acercó un poco más hasta él.

—¿Por qué estás triste?

El instinto de Yusep se puso en alerta, el tono melifluo de su voz era el mismo que algunos marineros del puerto habían utilizado para acercarse a él cuando llegaba la noche.

Ella tenía ahora la mirada fija, hipnotizada en la piedra preciosa que Yusep había llevado prendida en el turbante. Sí, había un resplandor de fuego en aquel rubí. Ella lo había tenido en la mano extendida. Salvador le había enseñado a reconocer las vetas oscuras como sangre coagulada. El vino y la sangre tienen el mismo color, había dicho. Nunca desprecies un buen vino y una buena sangre. Ella se había casado con esa joya prendida en el pecho.

Al otro lado del telón sonaba la música, una polka, y las parejas bailaban de un lado a otro.

—Yusep, porque es así como te llamas, ¿verdad? —preguntó Victoria tratando de que su voz sonara dulce.

—Es mi segundo nombre.

—¿Tu segundo nombre?

—Sí, el primero es Arnau.

—¿Arnau? No me hagas reír.

—Ría todo cuanto quiera.

Victoria reconoció algo en él. Su instinto sabía de qué se trataba, pero se negaba a creerlo. Le había sucedido desde el primer día que lo había visto. Sin embargo, las implicaciones eran tales que su mente se negaba a creerlas.

Arnau era el nombre que por tradición tendría que haber llevado el primogénito de la casa Cardona, pero Eduardo se negó explícitamente a ello.

—He atravesado océanos para encontrarla, abuela.

Ella raramente se sonrojaba, y aquella vez parecía que la cara le quemara. Un profundo rubor le había subido por el rostro y se había extendido por el cuello y los hombros al escuchar que, efectivamente, era su nieto.

Yusep se abrió el chaleco lleno de pedrería y mostró su pecho desnudo. Una marca extraña le atravesaba la carne, una cicatriz blanca provocada por un instrumento punzante.

—Soy fuerte, abuela.

—Deja de llamarme así.

—Se tendría que haber encargado usted personalmente, abuela. Hay cosas que no se deben dejar en manos de otros.

—Eres un pequeño bastardo. ¿Cuántos hay como tú en Cuba? ¿Decenas? Mi hijo se lo pasaba bien con tu madre y con muchas otras.

Arnau levantó el rostro con una dignidad que no le correspondía a alguien de su edad.

—Eso no es cierto, y usted lo sabe. No hace más que montar óperas para hacerse perdonar por mi padre. Wagner, *Dido y Eneas,* sí, la historia está muy bien traída. Pero él no la va a perdonar. No es de su clase, es de la de los otros.

¿Cómo sabía él todo eso? ¿Y cómo hablaba con ese coraje y ese conocimiento un chico que era apenas un crío? Lo que no se imaginaba Victoria era el dolor y la soledad que Yusep acumulaba, la de veces que había imaginado ese momento y había pensado las palabras que le diría a su abuela. Los puños de Victoria se cerraron. Él le hablaba con la seriedad de un adulto, de quienes habían tenido que madurar muy pronto, pasar penalidades, tomar decisiones que no les correspondían. Hablaba como un niño que había tenido que cuidar de adultos a los que quería y había visto morir.

—Mis padres se amaban —dijo con desconcertante sobriedad—. Usted la obligó a que abortara. Mandó al doctor Feliu a practicarlo. Pero yo soy fuerte, abuela, y a él le temblaba el pulso. Y sobreviví. Aunque me quedaron estas marcas en el pecho. Las de un objeto punzante que no acertó con mi corazón.

—¡No entiendes nada! Una negra ¿condesa de Cardona? No me hagas reír. ¿Qué futuro le hubiera esperado aquí? ¿Qué te crees que pensaría esta sociedad? Solo habría tenido para ella repulsa, risas, humillaciones... Una negra entrando en el Liceo y sentándose en un palco, ¿en qué mundo te crees que vivimos? Mira mi piel. Blanca como la leche. Mira mi cabello. Rubio. ¿Y cómo te crees que me las hicieron pasar? ¿Sabes todo lo que tuve que escuchar? Muerta de hambre. Lechera. Antes pastora y ahora señora. Todas las barbillas alzadas a mi paso cuando entré por primera vez aquí, todas como si arrastrara aún el olor de las bostas de la vaquería. No era suficientemente buena para ellos, se inventaron todas las calumnias habidas y por haber sobre mí. Y juré que me vengaría de ellos, que estarían a mis pies, que se morirían por recibir una de mis invitaciones a cenar.

—No les hubiera importado, habrían sido felices...

—Felicidad no es más que una bonita palabra.

Victoria lanzó una carcajada, pero Yusep la ignoró e insistió.

—A pesar de todo, ellos habrían sido felices si usted no se hubiera inmiscuido.

Victoria comprendió que él estaba repitiendo lo que le había explicado su madre, una idea que él había elevado a la categoría de verdad absoluta.

—Se necesita ser muy fuerte para eso. Yo misma estuve a punto de desfallecer. Y mi hijo no lo hubiera soportado, no lo habría aguantado. ¿Toda esa gente que hay allí sentada quiénes te crees que son? Solo a unos pocos les interesa la música, el arte. Ellos se creen aparte. Son las trescientas familias que controlan y controlarán siempre este país. Y a la gente como tú y como yo, a quienes venimos del arroyo, del lado malo de la ciudad, nos tienen vetada la entrada, nos enredarán, nos engañarán, harán ver que todo cambia, que todo cambiará, pero serán ellos quienes manejen la situación. Y dirán tú sí, tú no.

Y entre dientes añadió:

—Te destrozarían...

El chico negó con toda la tranquilidad del mundo, con un movimiento de cabeza, el mismo movimiento que en Victoria provocaba el terror de las criadas.

La condesa de Cardona vio cómo apretaba los puños. La sangre le subió a la cara a pesar de su tez morena. Estaba a un paso de ella. Escuchaba su respiración jadeante, veía los ojos centelleando. Reconoció aquella rabia. Había que tenerla en cuenta, porque era la rabia que le había empujado a ella a escapar, a vagabundear por las calles, buscando, anhelando ser alguien. Había que evitar que aquella rabia fuera a más. Victoria a punto estuvo de dar un paso atrás. Pero no había que mostrar miedo. No había llegado tan lejos para ver la caída de la casa Cardona por culpa de aquel chico. Con las manos en el regazo, sujetando su bolsito, riéndose con los dientes brillantes, dijo como para sí misma:

—Tienes el perfil noble de los Cardona.

Y reconoció algo más, reconoció el atrevimiento, el ímpetu de su propia sangre hirviendo en él. Victoria se vio a sí misma en el chico, su mismo descaro, su mismo desafío, la sangre que te hierve y la rabia. Habría sido un magnífico *hereu*. Alguien con su misma furia que le hubiera impregnado su vitalidad a los Cardona.

—Es una pena... pero no eres más que un bastardo —dijo Victoria entre dientes.

Y con un movimiento rápido le arrancó el rubí y dijo:

—¡No es tuyo!

—Quédeselo si quiere. Pero no soy ningún bastardo.

Él sacó algo de entre los pliegues de sus ropas. Un acta matrimonial, perfectamente legal y sellada como correspondía.

—Mis padres se casaron legalmente.

Victoria reconoció toda aquella profusión de sellos a los que tan proclives eran en provincias y las colonias, y supo que el chico no estaba mintiendo. Ella cerró los ojos un instante. Arnau Yusep era mayor que Joan, su nieto. Oyó las risas que venían desde el otro lado del telón, tenía que ganar tiempo.

—Podemos hablar.

Ella se acercó hasta él. La diadema brillaba. Se quitó poco a poco uno de los guantes, blanco, de seda brocada.

—No quiero hacerte ningún daño —dijo ella con humildad.

Y Yusep confió en ella y relajó los músculos. Al fin y al cabo era su abuela, tan guapa y tan rubia como le habían contado. Sin embargo ella, con la rapidez de una mantis, atrapó su cuello con el guante de seda.

—Si supieran de tu existencia sería la caída de la casa de Cardona. No se ha luchado durante siglos para recuperar lo perdido en 1714 para que ahora vengas tú y lo eches todo a perder. Como bien dices, hay cosas que es mejor hacer una misma.

Pero Yusep se resistió y sujetó a Victoria por las muñecas. La mujer sentía las muñecas doloridas bajo la férrea presión de él. Las risas que provenían del otro lado la espoleaban. Aunque no se podía mover, ella lo tenía agarrado como el niño que en el fondo todavía era. Sus rostros estaban muy cercanos: el de Arnau Yusep de Cardona i García lleno de desesperación y sorpresa; el de María Victoria de Cardona Maymó, consciente de su fuerza superior, casi sonriente, anticipando cómo se desharía del cadáver, seguramente a manos de Santiago.

A Yusep empezaban a fallarle ya las rodillas.

—¡María! ¡Por el amor de Dios! Es un niño. Es hijo de tu hijo, es de tu propia sangre —gritó Carmeta.

—Lo has visto todo y lo has oído todo.

—¡Déjalo!

—Pagué mucho dinero al doctor Feliu para que se deshiciera de ti. Tenía que haber seguido el consejo de Santiago. Tenía que haber mandado que mataran a tu madre en vez de ofrecerle el destierro.

El rubí se desprendió, cayó y fue rodando hasta los pies de Carmeta, que se agachó a recogerlo. Aquella piedra parecía tener una pulsación en su interior. La mujer cerró la mano. Una piedra, dura, redondeada, como las que utilizaba cuando era niña para defenderse en la calle de los chicos que acosaban a los más débiles. Se acercó hasta Victoria. Levantó la mano y sin más la golpeó con todas sus fuerzas en la cabeza.

Yusep cayó de rodillas. La primera bocanada de aire fue tan pura, tan llena de vida.

•◆·◆•

—No lo entiendes, Santiago, los dos sois huérfanos y estáis solos.

El revolver siguió apuntando. Requesens miró con rapidez a ambos lados. Había unos cuchillos en las paredes, cerca de las cuerdas, por si tenían que ser cortadas rápidamente en caso de incendio, pero estaban muy lejos y dejarían a descubierto a Yusep. No había escapatoria.

Castejón seguía apuntando cuando desde el escenario subió una voz. Teresa cantaba el *Lamento de Dido*.

CUANDO YAZGA, YAZGA EN LA TIERRA, QUE MIS ERRORES
NO CAUSEN CUITAS A TU PECHO.
RECUÉRDAME, PERO ¡AH! OLVIDA MI DESTINO.
RECUÉRDAME, RECUÉRDAME, PERO ¡AH! OLVIDA MI DESTINO.

La música era pura y hermosa, simbolizaba todo lo que en esta vida merece la pena, el amor y la esperanza, la inocencia y los buenos tiempos, la luz del verano, todo por lo que merece la pena vivir, y ello rondó por la cabeza de Santiago, que se fue apaciguando. ¿Qué habría sido de él si hubiera sido amado desde niño? Si hubiese reído y jugado con sus hermanos, si la mano de una madre o un padre le hubiera tapado por la noche en su cama, le hubiese deseado buenas noches o abrazado al despertar el día. Si le hubieran dicho que le querían, si no hubiese conocido la miseria moral desde que tenía uso de razón.

Castejón bajó el revólver. Sollozaba, como si un terrible dolor abrumase todas las fibras de su cuerpo y algo estallara en su cabeza.

Lo Jaumet, a un lado, movía los labios al son de la canción. Se había apartado a un lado, observaba con curiosidad el cuerpo convulso de Santiago Castejón.

Teresa dejó de cantar.

—Lo siento, Santiago, la golpeé, no me quedó más remedio. No podía dejar que matara a un niño. Ella ya lo intentó conmigo, lo intentó con la madre de Yusep. Soy yo la culpable, soy yo —dijo Carmeta.

—Victoria no murió por el golpe en la cabeza —dijo Requesens—. Murió sofocada. Carmeta, ¿quién la ayudó a colocar a Victoria sobre el catafalco? Fue usted quien quiso dejarla allí, pensó que estaba muerta, y quería que la vieran como merecía, ¿verdad? La dejó con el vestido bien colocado. ¿Qué pasó después? ¿Quién la ayudó a subir a Victoria al catafalco?

Y entonces Yusep señaló a alguien con el dedo.

A través del pasillo de platea un hombre se había acercado al escuchar la música, pero no atraído por la voz de Teresa, sino porque a aquella hora no había programado ningún ensayo y quería saber por qué alguien cantaba en el escenario sin haber sido él informado previamente.

Francisco Carcasona se había acercado de igual manera semanas antes a la chácena. Vigilaba que estuviera todo en orden cuando se encontró algo que detestaba, un imprevisto.

Victoria de Cardona yacía en el suelo. Con Carmeta arrodillada a su lado y aquel chico negrito.

—¿Pero qué ha pasado? —dijo acercándose y agachándose junto a Victoria.

—La he matado, la he matado —repetía Carmeta.

Carcasona se acercó. Era imposible que Carmeta hubiera matado a alguien, era como si de buena mañana alguien le dijese que el sol había salido por el oeste.

Habían pasado algunas semanas desde entonces y Requesens creía tener bastante claro qué había sucedido.

—Señor Carcasona, haría bien en colaborar, algo que no ha hecho hasta ahora como a mí me habría gustado. Dígame, ¿qué ocurrió exactamente esa noche?

El gerente del teatro refirió cómo había encontrado a Carmeta junto al cuerpo de Victoria y, de repente, fue como si un dique se rompiera, porque empezó un relato que sonó a confesión:

—Tenía una herida en un costado, apenas sangraba. La levanté en brazos. Carmeta le puso los brazos sobre el pecho. Al principio me pareció una locura, pero el catafalco parecía estar montado exprofeso para ello y la deposité en él. Carmeta se acercó, le puso bien los pliegues de la ropa, enderezó la diadema, sacó el peine que siempre lleva encima para peinar a Teresa y esta vez peinó a Victoria. El rubí estaba manchado de sangre, pero lo limpió con un pañuelo y lo dejó en sus manos. Y sí, por primera vez debo admitir que parecía una reina. Carmeta se puso a rezar, aunque yo sabía que Victoria no estaba muerta. Estaba inconsciente. Pronto se recuperaría. Le palpé el pulso en el cuello y la mano se deslizó hasta su boca para ver si respiraba. Noté su aliento en la palma. Dejé reposar mi mano sobre su boca y su nariz. Y pensé que si dejara de respirar todos los problemas se resolverían y el Liceo volvería a ser como antes. Las cosas volverían a ser como tenían que ser. Las óperas volverían a ser cantadas en italiano, las reinas irían vestidas de reinas y las criadas de criadas, tal como tenía que ser. La Junta volvería a dar el visto bueno a las escenografías. Todo sería correcto. No habría excentricidades. No podía ser que la Casa estuviera en manos de una mujer. Era un comportamiento que no se podía tolerar.

Todos escuchaban atónitos las palabras de Carcasona, que fluían incontenibles. Pero aún tendrían que escuchar algo realmente inesperado para todos.

—Y el vestido refulgía, brillante. Y a Verónica le gustó. Ella tomó entonces una decisión. Cuando me quise dar cuenta mi mano se había cerrado sobre su boca y su nariz, y cuando la levanté ya no había aliento. Alguien se había dado cuenta de todo. El negrito me miraba con sorpresa y escapó. Mandé buscarlo por toda la ciudad pero no lo encontré. Descubrí que sin querer había recogido el guante y lo guardé en mi poder. Dejé que Carmeta pensara que había sido ella quien la había asesinado. Le dije que si decía algo el negrito moriría, porque sin duda alguna el amante de la señora condesa lo asesinaría. Unos días más tarde, Felipe descubrió el cadáver de Albert Bernis y vino a comunicármelo a mis habitaciones. No podía imaginarme el golpe de suerte. Había dejado una nota de suicidio.

No culpo a Victoria, sino a mí mismo.

—Dejé que usted le encontrara primero. Usted incluso me hizo reconocer la letra del señor Bernis. Todo estaba atado y bien atado. Y al negrito, al fin y al cabo, quién iba a creerle. Pero usted y su perseverancia... Y ese desmedido afán de justicia. Fui a ver a la señorita Matsuura porque Verónica adora sus vestidos. Ella siempre supo que Gorchs no podía diseñarlos, porque le faltaba ese amor por las telas, y entonces me hizo preguntar, y me hizo insistir, y al fin Gorchs reconoció que no era él quien los hacía y me indicó las señas de la señorita Matsuura. Y entonces ella, como si siempre lo hubiera sabido, pareció hablarle directamente a Verónica. Al principio fue solo una vez a la semana, pero Verónica insistía una y otra vez, porque para ella aquellas sesiones eran un opio, y mientras nos probábamos los deliciosos vestidos de seda y los zapatos y las medias, decidí ponerme el guante porque era precioso, y entonces ella se lo quedó mirando con curiosidad, fue un error mío, y me preguntó de dónde lo había sacado. Porque ella había diseñado ese guante para el vestido de Victoria, se lo había dado al señor Gorchs, y este a las sastras, y ellas lo habían cosido, y entonces ella lo supo, porque ella es muy inteligente. Verónica tomó una decisión que yo no hubiera tomado, la misma que cuando vio a Victoria de Cardona echada sobre el catafalco, la misma que tomó cuando lanzó a mi padre al pozo cuando nos descubrió en el desván frente al espejo, probándonos unos viejos vestidos.

—¿Me está diciendo que usted es además responsable de la muerte de su padre, señor Carcasona? ¡Dios mío! —exclamó Requesens.

—Él era un mal hombre, él no entendía mi manera de ser, eso es lo que pensaba Verónica. Porque, ¿sabe?, yo descubrí a Verónica en este mismo escenario, cuando salí a actuar con un vestido, y ella es valiente y fuerte, ella tiene el carisma que yo no tengo. Ella siempre estuvo dentro de mí, aunque la descubrí mucho tiempo después.

Se abrió la americana. Sacó un guante de seda, blanco, de brocado.

Entonces sonó un disparo.

La magnífica sonoridad del Liceo amplió el sonido por todos los palcos.

En la pulcra camisa de Carcasona se empezó a abrir una flor de sangre en medio del pecho.

Nadie de los que estaba allí se movió, nadie se acercó hasta él. Cayó de rodillas y dijo:

—La Casa debe seguir funcionando. Yo no soy importante.

Su cuerpo cayó a un lado como si no quisiera estorbar.

Castejón arrojó el revólver hasta Requesens. Lo Jaumet tenía cara de expectación, como si estuviera viendo una obra de teatro.

—Un escorpión siempre será un escorpión —dijo Santiago Castejón—. Ahí tiene el arma del crimen.

Abrió los brazos como diciendo aquí me tiene. Estaba a su disposición.

Sin embargo, una voz en alguna parte del cerebro de Requesens recordó: «No lo acorrales. Es un animal herido».

Requesens abrazó con fuerza a Yusep, negó con la cabeza y de un puntapié lanzó el revólver por toda la pasarela hasta llegar a los pies de Castejón. Este se quedó mirando el arma, divertidamente sorprendido.

—En el fondo es usted un sentimental, inspector Requesens —dijo sonriendo.

Santiago se agachó, recogió el revólver, agarró una de las cuerdas, la cortó con el cuchillo preparado en caso de incendio y se descolgó por ella, para quedarse en medio del escenario. Realizó un gesto de saludo con el sombrero y dijo:

—Señoras, caballeros, por favor, prosigan con la fiesta de cumpleaños.

Bajó desde el escenario por la escalerilla que se utilizaba para no dar toda la vuelta a platea y con toda la tranquilidad del mundo caminó por el pasillo central de platea. Pasó entonces por encima del cadáver de Carcasona, no sin antes haberse agachado a recoger el guante de seda, y salió a la calle por la puerta principal.

CAPÍTULO 13

El palacio de los Albí se hallaba en la calle Bajada de San Miguel, muy cerca de la plaza Constitución. Era un palacio de gruesos muros y planta cuadrada, de estilo gótico y renacentista, pero de antiquísimo origen, pues sus cimientos se hundían en otros más antiguos, hasta llegar a los de una antigua villa romana.

Ismael había insistido en que Requesens le acompañara.

—¿Sabe una cosa? —dijo Ismael—. Me estaba acordando de que un día, cuando era pequeño, mi madre me dijo que con lo revoltoso que era no le extrañaría que un día un policía me trajera de vuelta a casa.

Requesens sonrió.

Ismael llamó al portalón con el escudo de la baronía enclavado en él. Pasó un cierto tiempo hasta que una vieja criada abrió la pesada puerta. Ella gimió nada más verle. Le puso las manos en la cara. Lo abrazó. Se echó a llorar.

—Serafina —dijo Ismael con amabilidad.

La mujer les dejó pasar y echó a correr dando gritos de alegría.

Se quedaron esperando en un patio cuadrado y abierto. A un lado había una escalinata de piedra que bajaba bajo un porche escultórico. Una mujer mayor, de cabello muy blanco, con un vestido negro del ochocientos, se había quedado al inicio de las escaleras, paralizada, temerosa de romper el encanto. Una vez se aseguró de que sus ojos no la engañaban, descendió con rapidez la escalera y al llegar hasta su hijo lo apretó con fuerza contra ella. Un sollozo de amor, puro, primitivo, instintivo, salió de su pecho. La baronesa besó la cara de su hijo una y otra vez, y se lo quedó mirando como si quisiera cerciorarse de que era él. De espaldas, Ismael parecía un muchacho todavía más joven de lo que era.

Serafina, varias criadas y un mayordomo se habían asomado desde el piso superior. Era evidente que querían a aquel chico y que harían cualquier cosa por él.

Requesens se puso el sombrero e hizo ademán de retirarse. La puerta había quedado abierta.

—No se vaya— dijo la baronesa de Albí.

La mujer se acercó a Requesens. Le tomó de las manos, se las llevó a los labios y las besó.

—Por favor, por favor —dijo Ignasi, ruborizándose por primera vez en mucho tiempo.

La baronesa dijo:

—Quiero que sepa que desde ahora debe considerarse bajo la protección de la casa de Albí. Sé que le han degradado por no cejar en su esfuerzo y desobedecer órdenes en la búsqueda de la verdad. La Reina Madre está al tanto de todo eso y va a tomar las medidas necesarias.

•◆•◆•

El portero del Ateneo dejó pasar a Requesens con gran amabilidad y le indicó que utilizara las escaleras de Jujol para subir hasta el jardín, donde le esperaba Miquel de Corominas.

Las mesitas de hierro esmaltado estaban ocupadas en su mayoría por diversas peñas de contertulianos que bajaron la voz al verle. Hacía un buen día, el primero de los estertores del invierno. El susurro de la fuente era agradable. Corominas le estrechó la mano y le pidió que tomara asiento. Varios hombres le miraron y al encontrarse las miradas realizaban un gesto de reconocimiento. Santiago Rusiñol se acercó a saludarle y le dio varias vigorosas palmadas en la espalda. Se retiró y dejó que Requesens y Corominas hablaran largo y tendido.

—Es extraño como a veces las personas te sorprenden. El conde de Treviso no se ha despegado del lecho de la señorita Matsuura. Mi mujer y él se han hecho grandes amigos.

—¿Crees que se recuperará?

—Ha ido mejorando. Ahora se encuentra en un estado de semi-inconsciencia. Mariona dice que empieza a reconocer la luz. Pero es difícil saberlo.

—¿Sospechaste alguna vez de Carcasona?

—No. Mi instinto me falló. El doctor Saforcada dice que dentro de él también vivía Verónica. Como si su mente fuera dual. Estaba agazapada en su interior.

—¿Era invertido?

—No, es más complicado. A la señorita Matsuura le gusta la moda. Se maquillaban y se ponían pelucas juntos. Ella reconocía su verdadera naturaleza y no tenía problema en tratar con Verónica. Al registrar sus habitaciones en el Liceo no se ha encontrado nada. Creo que era un secreto que la señorita Matsuura se guardaba para sí. Nunca le chantajeó ni nada parecido, por lo que yo he llegado a saber. Simplemente le gustaba la ropa de mujer. Desde pequeño parece ser que se deslizaba hasta los camerinos, hasta la sastrería, y se ponía los vestidos. Era un chico alegre y divertido hasta que ocurrió lo del pozo y su padre. Supongo que fue entonces consciente del poder de Verónica e intentó sujetarla. Creo que por eso era tan extremadamente prolijo y deseaba tenerlo todo bajo control. Pero se le fue de las manos, y todo se fue al traste cuando la señorita Matsuura descubrió el guante.

—¿Podré hablar en *La Vanguardia* de todo esto que me has contado?

—Lo dejo a tu buen hacer.

—Me han dicho que has sido ascendido a inspector de primera. Así que solo estuviste un día de policía raso... y ahora eres el protegido de la Reina Madre.

—Bueno, no estuvo mal volver a patrullar la ciudad a caballo.

—Dicen también que dejaste escapar a Santiago Castejón.

—Registraron la masía de Horta y descubrieron una caja fuerte en su biblioteca. Estaba vacía. Había una chica, una institutriz, Marina, y unos chicos. Castejón sacó un montón de dinero de una caja fuerte y se lo dio a ella para que montara una escuela y para que a los chicos no les faltara de nada. Firmó un papel apresuradamente teniendo a dos jardineros y a la gobernanta de testigos conforme le cedía la masía y todo lo que había en ella a la tal Marina. Había otro automóvil en el garaje. El Mercedes era un vehículo demasiado llamativo para escapar. No sé dónde puede estar ahora. Marsella, Roma. Castejón tiene muchos recursos. Puede que le protejan grupos anarquistas o todo lo contrario, ¿quién sabe?

—No me has contado si le dejaste escapar o no.

—Eso es algo entre él y yo.

—¿Cómo supo Castejón que Yusep estaba en el Liceo?

—Estaba vigilándome. Supongo que me vio salir corriendo de Jefatura. No fue difícil atar cabos.

—¿Corriste?

—Como un galgo.

—¿Se sabe algo de Fernando Gorchs?

—No se sabe lo que ha pasado con él. Pero ese es un asunto que maneja Bravo-Portillo. Lo que en definitiva me importa es que el buen nombre de Albert Bernis ha sido restituido.

—¿Y Yusep?

—Yusep es su segundo nombre. El primero es Arnau, y todo el mundo en Cuba le conoce como Arnau, «el catalán».

Requesens miró su reloj.

—Por cierto, creo que en este mismo momento debe de estar llegando a San Vicenç de Vallhonesta.

●•◆•●

Pauleta y Yusep bajaron del automóvil frente a la casa de verano de los condes de Cardona. Los criados, los jardineros, los granjeros de las tierras arrendatarias, todos le esperaban en fila a ambos lados de la entrada. Naturalmente, seguían vestidos de luto, pero al negro le habían quitado la tristeza y le habían añadido la solemnidad de los momentos importantes. La familia al completo le esperaba en la puerta.

El rostro de Eduardo de Cardona había recuperado la vitalidad de hacía mucho tiempo. Yusep se quedó avergonzado, sin saber qué hacer mirando a su padre. Eduardo sonrió y abrió las manos en gesto de bienvenida. El chico miró a Pauleta, que, suavemente, le empujó para que se acercara hasta su padre.

Padre e hijo se quedaron el uno frente al otro. Eduardo dio el primer paso y abrazó con fuerza a Yusep.

—Hijo mío... mi pequeño.

Y Arnau Yusep de Cardona i García se aferró a su padre y sintió la indescriptible sensación de que por fin había llegado a casa, ante la mirada atenta de Joan de Cardona i Maymó.

●•◆•●

Mientras sucedía eso, en el palacio de los Cardona en Barcelona, Casandra e Ismael apoyaron la cabeza sobre la cristalera a la vez y sin proponérselo. Estaban el uno frente al otro, pero los dos miraban el paseo de Gracia, que se veía en todo su esplendor. Jugaban a un juego. Le tocaba el turno a Casandra:

—No te acerques demasiado a mí. Dentro está oscuro. Es donde mis demonios se esconden.

—Acércate entonces. Hay un infierno dentro de mí. Es donde tus demonios pueden vivir.

Ambos se echaron a reír con risas tristes. Ella empezó de nuevo:

—A veces el amor es cruel. Y el no correspondido es el más cruel de todos. Y te hace ser mezquino y miserable. Y descubres, hoy, horrorizado, que todas las puertas se cerraron —si alguna vez existieron—, incluso la última y más precaria de todas ellas.

—Es duro esperar algo que sabes que nunca sucederá. Pero todavía es más duro renunciar a ello cuando sabes que es todo cuanto quieres que suceda.

Casandra dijo:

—Creo que no puedo competir contigo. Siempre fuiste mejor que yo en esto.

—Es nuestro juego.

Ismael sonrió:

—¿Te quieres casar conmigo? Sería un matrimonio blanco, ya lo sabes.

—Dos soledades juntas no hacen una compañía.

—Ahora me estás ganando tú.

Se quedaron de nuevo en silencio. Desde cierta distancia podría decirse que eran hermanos. Ismael se quedó mirando el paseo de Gracia, buscaba sin quererlo una línea platino en el horizonte, parecida a la que podría dejar un Mercedes Blitz conducido a toda velocidad.

◦•◦•◦

En aquel mismo momento, en medio del océano Atlántico, un hombre y una mujer estaban contrayendo matrimonio.

—Y por el poder que me ha sido concedido, yo os declaro marido y mujer —dijo el capitán del barco.

Teresa y Álvaro se casaban en el trasatlántico que los llevaba a Buenos Aires. Ella había roto todos sus compromisos. Carmeta se hallaba más tranquila porque no tenía el cargo de conciencia de haber asesinado a Victoria. En realidad, había salvado una vida, pero lamentaba la muerte de Carcasona.

Buenos Aires esperaba a Teresa con los brazos abiertos. El crimen del Liceo no había hecho más que aumentar las expectativas y su caché se había multiplicado enormemente.

•◆•◆•

Y también en aquel mismo momento, alguien desembarcaba del *RMS Lusitania* en el puerto de Nueva York procedente de Londres. A su lado, los veleros parecían maquetas de juguete. Una gran cantidad de coches de caballos esperaban a los viajeros y una multitud se agolpaba a la espera de que surgieran los pasajeros.

Fernando Gorchs aguardaba pacientemente a que pasara los trámites de la aduana la persona para quien trabajaba. No estaba nervioso porque sabía que el pasaporte y la tarjeta de identificación estaban perfectamente falsificados a nombre de Francisco Maymó. No obstante, respiró tranquilo cuando le vio aparecer procedente de la aduana. Apenas llevaba equipaje de mano.

Siguiendo sus órdenes, Fernando Gorchs había comprado un automóvil, un Cadillac modelo 30, revolucionario porque tenía un arranque eléctrico. Era de un precioso color azul y destacaba entre los carruajes y los baúles negros.

—Señor Maymó —dijo Gorchs al encontrarse, sabiendo que estaban rodeados de gente.

Francisco Maymó dio una vuelta al automóvil y lo miró con aprobación, igual que hizo con el chófer, un negro enorme vestido con un traje rojo. Se subió muy animado en el asiento trasero y sin que el cansancio del viaje hubiera hecho mella en él preguntó sonriente:

—¿Algún problema?

—No, señor, todo está en orden.

Permanecieron en silencio. Maymó miraba con detenimiento a su alrededor. La ciudad era vasta y brillante. Las tiendas que flanqueaban las avenidas estaban iluminadas.

—Investigarán mi desaparición —dijo Gorchs. El chófer estaba separado por un cristal y ya no podía oírle.

—Sí, lo sé, pero ordené a Díaz Guijarro que asignara el caso a Bravo-Portillo.

Fascinado, Maymó no dejaba de mirar los rascacielos. Luego dijo:

—Habría que distraer la atención un poco sobre la Maymó Limited.

—Nadie puede acceder a las cuentas. Solo tú, Santiago.

—Sí, tienes razón, estoy en ello. Pero creo que el próximo verano será muy recordado en Barcelona y se olvidarán un poco del Liceo. Y no me vuelvas a llamar Santiago.

Los rascacielos se abrían ante él, imponentes, majestuosos.

—Nueva York. Creo que me va a gustar esta ciudad.

Apenas había traído equipaje. Guardado en uno de sus bolsillos llevaba un guante de brocado de seda, en el otro llevaba un ejemplar de *El paraíso perdido* de Milton.

·•·•·

Requesens deseaba llegar a casa. Un piso pequeño. Una escalera estrecha. Allí estaría su mujer, cansada del trabajo en el hospital pero esperándole con una estupenda cena a punto. Y su padre realizando maquetas. Un mundo seguro, estable. Feliz.

La condición humana. La depredación, el hombre blanco como el más feroz animal encima de la tierra. Y él había formado parte de todo eso. En el horizonte llameaba la guerra de Marruecos, tal vez llameaba la ciudad entera. Requesens sabía que aquello no acabaría bien. Pero aquel día no le importaba. Oyó música a través de la puerta. ¿Un pasodoble? Su padre había sacado el gramófono de la casa de empeños.

Abrió la puerta y salió a recibirle un calor doméstico de algo cocinándose a fuego lento, y vio a su mujer y a su padre bailando torpemente, dejándose llevar por Mariona, muertos de risa. Y le asaltó algo parecido a la felicidad.

EPÍLOGO

Diario del conserje

Hoy, 23 de marzo, he sido nombrado conserje gerente de esta Institución. Espero cumplir mis funciones con el esmero de mis antecesores. Hemos entrevistado a varias personas para el puesto de sereno que ha quedado vacante. La temporada de ópera ha sido cancelada por completo. No obstante, se ha previsto un ciclo de conciertos de Wagner en el recién inaugurado Palau de la Música a beneficio de los trabajadores del Liceo.

Espero cumplir con mis nuevas funciones tal como han dispuesto La Junta y los Señores Propietarios y cumplir con la confianza depositada por ellos en mí.

Felipe Carvajal

NOTA DEL AUTOR

Esta novela es una mezcla de personajes reales y de ficción. Victoria de Cardona es un personaje completamente imaginario. Su familia también resulta serlo. No obstante, el linaje de los Cardona existió en realidad y fue tan poderoso como una casa real, pero su destino se perdió entre los meandros de la historia.

Algunos de los personajes que trabajan en el Liceo se inspiran en personas reales, pero de la mayor parte de ellos apenas conocemos más que un esbozo, por lo que su vida ha sido ampliamente recreada. Es el caso, por ejemplo, de Albert Bernis. Quizá fue uno de los mejores empresarios del Liceo y fue admirado y querido en vida por lo mucho que ayudó a todo aquel que lo necesitaba. Sin embargo, la vida que yo relato en esta historia es completamente imaginaria, incluida su muerte. De igual manera sucede con la familia Carcasona, cuyos miembros se encargaron durante un par de generaciones del correcto funcionamiento del Liceo. Para una mejor comprensión de sus funciones he cambiado el nombre de su cargo, el de conserje por el de gerente.

Aunque pueda parecer un personaje de ficción, Charles Arrow, el detective de Scotland Yard, fue un personaje real. Se le encargó crear la Oficina de Investigación Criminal, pero la ciudad y la enrevesada y difusa frontera que existía entre policías, confidentes y anarquistas hicieron que se viera superado.

A pesar de la mezcla de personajes reales y ficticios —o tal vez gracias a ello—, he descrito el funcionamiento del Gran Teatro del Liceo, con sus no pocas peculiaridades, ateniéndome lo máximo posible a la realidad.

Varios títulos nobiliarios que aparecen en la novela tienen un origen real, pero sus poseedores, la baronesa de Albí y la baronesa de Maldá son personajes de ficción.

BIBLIOGRAFÍA

Las fuentes de información que he utilizado para la creación de esta novela han sido múltiples y variadas. El Gran Teatro del Liceo ha conservado el archivo completo de los documentos administrativos y de funcionamiento musical. Gran parte de esos archivos está digitalizada gracias a la Universitat Autònoma de Barcelona y se pueden consultar en línea. Abarca desde 1837 hasta la actualidad. Diversos documentos escenográficos, materiales musicales y artísticos, repertorios, pero también balances, comprobantes y estados de cuentas. La información es inmensa. No obstante, de donde he extraído más información ha sido de los libros del conserje. Se trata de veintiséis volúmenes con anotaciones diarias del funcionamiento cotidiano del Liceo, en las que se habla de los problemas y las cuitas de los empleados del teatro. Se escribieron de 1862 en adelante.

La descripción de los vestidos del baile de máscaras que aparece en el primer capítulo se la debo a Elisa Vives de Fábregas y a su libro, *Vida femenina barcelonesa en el ochocientos*.

La descripción de la decoración del interior del restaurante Maison Dorée la he tomado de la novela *The Summons*, de A. E. W. Mason.

El verso que canta «la Moños» es una adaptación de un verso de Martí i Pol de *Valset per a innocents*.

AGRADECIMIENTOS

Quiero dedicar un agradecimiento especial a Rosa María Prats, profesora del Ateneo y editora, y a Pau Pérez, ya que sin ellos este libro nunca hubiera existido. También quiero dar las gracias a Xavier, mi lector cero, y a Miki y Alberto, por su apoyo constante.

A todos aquellos que aman la ciudad y que recrean el pasado de Barcelona en unos blogs magníficos, gracias también. Estoy hablando de páginas como: *El Tranvia 48*, *Barcelofilia*, *abansvialaietana*, Bereshit de Enric H. March, y muchos otros más. Sin ellos tampoco habría conseguido escribir este libro.

Por último, quisiera dedicar este libro a todos aquellos que, durante mucho tiempo, solo podían entrar en el Liceo por una puerta lateral y asistir al teatro desde el cuarto y el quinto piso, como les sucede al inspector Requesens y su esposa en la ficción. Desde esas localidades apenas se podía ver el escenario. Fueron muchos, maestros de escuela, escribientes y un largo etcétera quienes tenían que ahorrar durante mucho tiempo para poder pagar una de esas entradas; sin embargo, eran ellos también quienes de verdad amaban la música.